年度教育部人文社会科学研究规划基金项目
世纪英国现实主义女性小说在中国接受史（1949–2014）”（15YJA752017）资助

19世纪英国现实主义女性小说在中国接受史：1949–2014

姚晓鸣　著

同济大学出版社

图书在版编目(CIP)数据

19 世纪英国现实主义女性小说在中国接受史:1949—2014 / 姚晓鸣著. -- 上海:同济大学出版社,2018.11
ISBN 978-7-5608-8043-3

Ⅰ.①1… Ⅱ.①姚… Ⅲ.①妇女文学—小说研究—英国—19 世纪 Ⅳ.①I561.074

中国版本图书馆 CIP 数据核字(2018)第 165826 号

19 世纪英国现实主义女性小说在中国接受史:1949—2014

姚晓鸣 著

责任编辑 张 睿 责任校对 徐春莲 封面设计 陈益平

出版发行 同济大学出版社 www.tongjipress.com.cn
(地址:上海市四平路 1239 号 邮编:200092 电话:021-65985622)
经 销 全国各地新华书店
印 刷 江苏句容排印厂
开 本 889 mm×1240 mm 1/32
印 张 12.5
字 数 336 000
版 次 2018 年 11 月第 1 版 2018 年 11 月第 1 次印刷
书 号 ISBN 978-7-5608-8043-3

定 价 49.00 元

前　言

比较文学接受学，又称接受研究，是与影响研究、平行研究等平等的比较文学学科理论建构的一部分；它是建立在20世纪60年代中期联邦德国尧斯（Hans Robert Jauss）和伊瑟尔（Wolfgang Iser）倡导的西方当代接受美学理论基础上的一种新的、比较文学的研究模式，并于1983年引入中国。接受理论认为，文学作品的存在离不开读者的阅读活动，读者通过创造性活动赋予作品意义；读者在阅读作品之前存在着“期待视野”，一旦进入阅读，期待视野就与作者在作品中提供的潜在的期待视野发生相互作用；任何接受（阅读与理解）都是一定时空中的活动，文学接受既是同一时代的不同读者对文学作品的共时性接受，又是不同时代的读者对作品的历时性的接受。① 接受理论主要研究一个民族、一个国家的作家、作品被外国读者、社会接受过程中出现的变异的地方；或者研究本民族对外民族作家、作品的接受，从而解释一定历史时期中本民族内部结构、价值观念、审美情趣等发生的变异。

在接受理论的视域下，19世纪英国现实主义时期最主要的五位女性作家（夏洛蒂·勃朗特、艾米莉·勃朗特、安妮·勃朗特、伊丽莎白·盖斯凯尔和乔治·艾略特）的五部小说《简·爱》（*Jane Eyre*）《呼啸山庄》（*Wuthering Height*）《怀

---

① 马新国.西方文论史[M].北京:高等教育出版社,2002:579-587.

尔德菲尔府的房客》(*The Tenant of Wildfell Hall*)《玛丽·巴顿》(*Mary Barton*)《弗洛斯河上的磨坊》(*The Mill on the Floss*)及其主要女性角色(简·爱、凯瑟琳·恩萧、海伦·亨廷顿、玛丽·巴顿、麦琪·塔里弗)在新中国成立六十六年的接受状况是怎样的呢?通过对五部作品在中国的翻译和评价,以及五部小说中的五位典型女性形象在中国的形象变迁分析,能否阐释新中国成立六十六年间中国人的阅读经验、审美情趣、价值观念、女性主体地位的变更呢?为什么遴选上述五位作家作品来进行研究呢?这些是本书所要回答的问题。

19世纪的英国文坛人才辈出,女性作家更是群星璀璨。当时一共产生了三十多位有影响的著名女作家,形成了历史上从未有过的女性文学繁荣。[①] 据约翰·萨瑟兰统计,自称是维多利亚小说家的约有七千人,其中三分之一为女性。[②] 勃朗特姐妹、艾略特、盖斯凯尔们打破狄更斯、萨克雷和哈代们对文学市场的垄断,开始以女性的感悟、女性的视角为基点介入客观环境,参与塑造社会文化传统,构造违于男性家长式惯性的女性经验,形成了英国文学殿堂中的女性文学传统。

虽然,在世界文学史上,英国女性文学最早可以追溯到中世纪和文艺复兴时期,但直至19世纪之前,“没有女性规划以写作为业;那时也没有女性知识分子的概念”。[③] 伊莱恩·肖瓦尔特(Elaine Showalter)出于对职业精神、市场运行和团体

---

① 邓楠. 论19世纪英国女性文学繁荣的原因[J]. 求索,1998(4):105.

② John Sutherland, ed.. The Stanford Companion to Victorian Fiction [M]. Stanford: Stanford UP, 1989.

③ 露丝·佩里. 大名鼎鼎的玛丽·阿斯泰尔:一位早期的英国女权主义者(Ruth Perry. The Celebrated Mary Astell: An Early English Feminist)[M]. 芝加哥和伦敦:芝加哥大学出版社,1986.

意识的考虑，在其《她们自己的文学》中表示，她认为女性主义文学始于19世纪40年代，并把勃朗特姐妹的创作，看作是英国女性文学的起点。① 这与近代以来英国社会的巨大变迁密切相关，在18世纪业已走上资本主义工业化道路的英国，其生产关系的变化动摇了英国固有的社会文化传统。于是，英国开启“女性小说家的时代”。② “勃朗特峭壁”（Brontë's Cliff）③ 小说中的女主人公不像之前文学传统中对夫人小姐、名门闺秀的塑造，而是描写中人之姿、纤弱无助的简·爱，自由奔放、倔强叛逆的凯瑟琳·恩萧，以及自尊自爱、自信自强的海伦·亨廷顿。被马克思归入“现代英国的一批杰出的小说家”之列的盖斯凯尔夫人创作的《玛丽·巴顿》将女性意识从个人情感转换到广阔的社会领域，天真无邪、刚毅果断的玛丽成功自主选择生活道路，改变了自己的生存环境。英国批评家利维斯盛赞乔治·艾略特的伟大之处与托尔斯泰相同，并将其列入英国文学史上“伟大传统四大家”之列。乔治·艾略特笔下纯洁善良、热情冲动的麦琪身上闪耀的叛逆之光最终转化为温情的女性基督之光。上述五位作家对英国女性文学传统的建立都功不可没，其作品全景式记录了英国女性文学的创作视角是如何从家庭走向社会、从单个女性的刻画走向群体女性的形塑、从中产阶级走向社会底层的整体轨迹。

在国外，19世纪英国维多利亚时代的特殊的时代环境和英

---

① ［美］肖瓦尔特，著. 她们自己的文学[M]. 韩敏中，译. 杭州：浙江大学出版社，2012.

② 梅丽·威廉斯. 英国小说中的妇女，1800-1900[M]. 麦克米兰出版社，1984.

③ Elaine Showalter. A Literature of their Own: British Women Novelists from Brontë to Lessing [M]. 北京：外语教学与研究出版社，2004.

国人的道德意识、接受心理使这一时期的女性小说家和她们所创作的作品受到了不同的评价。夏洛蒂·勃朗特创作的自传体小说《简·爱》（1847）在发表当年就受到了英国评论界的高度赞扬。该作品与乔治·艾略特1860年创作的自传体小说《弗洛斯河上的磨坊》一起成为当时英国妇女间互相推荐阅读的女性必读教程。在评论界，她们的小说因为极富现实主义风格而受到了西方评论界的高度赞扬。伊丽莎白·盖斯凯尔在1848年出版的《玛丽·巴顿》也因为真实地反映了资产阶级和无产阶级之间劳资矛盾冲突、反映了英国“饥饿的40年代”所经历的剧烈的政治和社会动荡而在评论界引起了轩然大波。而艾米莉·勃朗特1847年发表的《呼啸山庄》则被指责为阴森可怕、不道德的异教作品，安妮·勃朗特的《怀尔德菲尔府的房客》更是被忽略、被遗忘。

20世纪，关于艾米莉·勃朗特和乔治·艾略特在西方评论界的批评之风终于停息，她们在评论界的地位逐渐上升。尤其是1948年利维斯出版《伟大的传统》以后，认为艾略特作品“说教意味浓重，分析成分过多，整体格调阴郁”的批评大潮也得以扭转了；艾米莉·勃朗特的《呼啸山庄》所描绘的爱恨情仇得到了新的评论和阐释，一股艾米莉研究热潮得以形成。20世纪60年代末、70年代初，随着女性主义文学批评在欧美国家的诞生，妇女形象、女性创作和女性阅读成了众多西方评论家关注的核心。英国19世纪维多利亚时代的现实主义小说作品以其丰富多彩的女性抗争者角色吸引了众多的研究者，例如伊莱恩·肖瓦尔特在她的作品《她们自己的文学：从勃朗特到莱辛的英国妇女小说家》中详细地描述了英国小说中的女性文学传统，用一个女性主义者的视角阐释了女性作家奥斯汀、勃朗特、艾略特和伍尔夫的文学创作史；而英国小说家、诗人和文学批评家安东尼娅·苏珊·拜厄特女勋爵更是对维多利亚时代的小说着迷。随着越来越多的评论家对女性小说的关注，长期被埋没的安妮·勃朗特在21世纪终于找到了知音，而盖斯凯尔夫人所创作的小说作品也在评论界复活。

在国内，20世纪的西学翻译运动为汉语世界增加了巨量的知识内容，引进了不同的思维方式，激发了更大的想象空间，跨文化交流引起的触动促进了为数众多的外国文学作品大规模地被译为中文出版。当时以英国为代表的西方发达资本主义国家作为民主、工业化和先进的象征，中国知识分子对其文学作品的引进充满热情，他们认为外国文学承载的先进思想将会作为新鲜血液注入中国本土文学作品，而中国本土文学作品承载着改变国民和国家的面貌，影响民族的、未来的历史使命。“接受外来的文化，是发扬本土文化的惟一源泉……从民四到民十六之间的新文艺作品在各方面都有长足的进步，一大半的力量，还是得之于当时从欧洲翻译过来的作品……文学是社会意识形态在文字上的反映，因为作者所处的社会和时代有所不同……”①

1917年，《妇女杂志》上《泰西女小说家论略》一文首次把勃朗特姐妹介绍给中国读者，自此勃朗特姐妹进入中国读者视域。1924年，《英国小说发展史》一书中设专章介绍了夏洛蒂·勃朗特的作品，从而促进了中国读者对她的作品《简·爱》的关注和认识。同时，艾米莉·勃朗特的《呼啸山庄》在中国评论界也引起了一股批评热潮。乔治·艾略特的作品《弗洛斯河上的磨坊》在20世纪50年代才被译介给中国读者，盖

① 程鸥，夏雨，编. 英国文学[M]. 上海：中流出版社，1941：1.

斯凯尔夫人的《玛丽·巴顿》在1978年才有第一个中译本，安妮·勃朗特的《怀尔德菲尔府的房客》则在1992年才被翻译介绍给中国读者。直到2011年中国学者李维屏在其《英国女性小说史》中将简·奥斯丁、勃朗特三姐妹、盖斯凯尔夫人、乔治·艾略特列为19世纪英国女性小说家，并列专章分别对其进行介绍评论。五位作家创作的真正价值在哪里？她们据以影响读者，包括中国几代读者的文学魅力究竟何在？在更加开放、包容、多元的新世纪，我们有必要对中国学术界的五位作家研究成果以及中国读者群对五位作家的接受和解读作一个梳理和回顾，以审视一百多年来中国文学评论界对五位作家作品做出的美学评价和价值判断，以总结新中国成立后中国读者的接受视野及价值观的变迁。

本书选取英国现实主义时期夏洛蒂·勃朗特、艾米莉·勃朗特、安妮·勃朗特、伊丽莎白·盖斯凯尔、乔治·艾略特五位女性小说家及其作品作为主要研究对象，对19世纪英国现实主义女性小说在国内外评论界的研究现状进行了调查。将搜索年限设定为“1949—2014”，主题词设定为五位作家的名字，在Springer-Link（外文数据库）和中国知网（CNKI）中进行了相关搜索，结果显示如下：

表1　1949年至2014年间19世纪英国现实主义小说家国内外研究现状

作家	伊丽莎白·盖斯凯尔	夏洛蒂·勃朗特	艾米莉·勃朗特	安妮·勃朗特	乔治·艾略特
外文数据	295	205	130	104	2466
知网数据	121	445	39	27	146

由表1数据不难看出，国外关于五位女性小说家的研究中，乔治·艾略特的研究最多，其次是盖斯凯尔夫人和夏洛蒂·勃朗特；而在中国却恰恰相反，夏洛蒂·勃朗特位居榜首，乔治·艾略特次之，盖斯凯尔夫人位居第三。在西方享有极高声誉的女权主义代表作家乔治·艾略特在中国的研究和声誉远远低于夏洛蒂·勃朗特在中国的社会声誉。为什么19世纪现实主义时期的五位女性小说家，在国外和在国内的研究力度出现了如此大的反差呢？这五位作家的小说作品在中国又受到了怎样的礼遇呢？以五位作家的作品——《简·爱》《呼啸山庄》《怀尔德菲尔府的房客》《玛丽·巴顿》《弗洛斯河上的磨坊》为搜索主题词，搜索年限设定“1949—2014”，得到表2所示的结果：

表2　1949年至2014年间19世纪五部英国现实主义小说国内外研究现状

作品	《玛丽·巴顿》	《简·爱》	《呼啸山庄》	《怀尔德菲尔府的房客》	《弗洛斯河上的磨坊》
外文数据	76	352	104	2	410
知网数据	20	1 535	1 181	60	60

表2数据表明，在国外，作品研究与作家的研究状况是基本一致的、是呈现正态分布的；而在国内，评论界对作品的研究力度却是与对作家的研究力度严重不相符。代表女性成长和反抗的《简·爱》备受中国读者关注，《呼啸山庄》位居其次，而对其他三部小说的研究就不能望其项背了。同为自传体小说的《弗洛斯河上的磨坊》和《简·爱》在中国的研究状态更是悬殊天地。那么，同样反映单身女子心路历程的两部小说为什么在中国读者视域下会产生如此不同的反响呢？本书也将为这

一问题寻求答案，试图解开这一谜团。

虽然随着女性主义文学批评理论在中国的深入，女性主义文学作品及典型人物形象的研究也必定会成为未来中国研究者们关注的新趋势，安妮·勃朗特的作品《怀尔德菲尔府的房客》中的海伦·亨廷顿作为叛逆的家中天使的代表，成功获得了自己的爱情和婚姻生活，但是她在中国却少有人论及。在西方文学史上已经宣布复活的盖斯凯尔夫人，其中国读者也是微乎其微。她的作品《玛丽·巴顿》作为无产阶级战斗的历程被引入到中国以后，研究论文为数不多，这个作品中的女性形象显然没有得到充分地挖掘。为什么代表着女性奋斗和抗争历史的《怀尔德菲尔府的房客》和《弗洛斯河上的磨坊》却在中国受到了如此的冷落呢？为什么《玛丽·巴顿》被当成“无产阶级的战斗画卷”进入中国读者的评论视野了呢？是什么造成了这种现状？这是否代表中国读者对 19 世纪英国现实主义女性小说家的作品的研究存在偏颇？中国读者是基于什么标准选择了《简·爱》和《呼啸山庄》，而不是《怀尔德菲尔府的房客》《弗洛斯河上的磨坊》或者《玛丽·巴顿》？是什么原因造成了这些维多利亚时代的新女性形象在中国会受到如此不同的待遇呢？

通过梳理 19 世纪英国现实主义时期五位女性主义小说家的五部女性成长小说作品在中国的接受史，来发掘 19 世纪英国现实主义女性小说在中国的研究不足和研究空白，促进中国女性主义文学研究的均衡健康发展，以丰富比较文学接受研究的领域；通过对比、分析中国读者对五部作品的女主角的阅读和评价，来发现中国女性社会地位的变化，中国人评判女性的标准的变化，中国人的阅读心理、审美心理、接受条件的变化，以帮助中国读者观察自身在中国不同历史时期审美情趣、接受心理、期待视域的变化。

接受理论认为，读者在阅读文本的过程中会不自觉地运用自身潜在的经验视野来实现文本所蕴含的各种意义，这种“先见”“前理解”会影响读者“排斥某些阅读而认可另一些阅读”。因此，当我们在阅读文本的时候，其实是在阅读我们自己。因此，笔者执着于探索中国人视域下的 19 世纪英国女性主义文学传统，从写作视角、社会地位、两性关系、人物形象、生存价值、性别意识、创作技巧等方面去追寻她们进入中国文学市场、改变中国文学市场并被中国文学市场所改变的轨迹，研究她们的小说得以翻译、出版、传播、评价的社会历史环境，类比当代女性的政治、经济和社会经验。虽为域外文学，虽然五位作家距今已逾百年之遥，其作品在中国市场的沉浮变迁足以说明中国读者分别从她们的小说中遇见了自己，遇见了家人和朋友，那份熟悉就像是在读关于自己的故事。

姚晓鸣

2018 年 3 月

目　录

第一章　伊丽莎白·盖斯凯尔在中国的接受

伊丽莎白·盖斯凯尔（Elizabeth Cleghorn Gaskell）原名伊丽莎白·克莱格雷恩·斯蒂文森（1810—1865），是19世纪英国一位出色的现实主义女作家。生于伦敦，周岁丧母，父亲信奉唯一神教。幼年寄养在纳茨福德姨妈家里，姨妈寡居多年，家道殷实，待外甥女如同亲生，她从小过着衣食无忧的生活。在宁静乡村中读着《圣经》长大，受父亲文学修养的熏陶及父亲和姨母虔诚的宗教信仰的影响，造就了她淡泊谦和、深沉敦厚的气质和性格。14岁开始受教于附近的斯特雷特福德镇一家女子学校，22岁与文学修养深厚的唯一神教派副主持威廉·盖斯凯尔结婚，随丈夫居住曼彻斯特。在那里，她目睹了工人阶级的悲惨生活，劳资双方的紧张关系，以及宪章运动的发展过程。

19世纪，英国工业革命催生了机器生产和现代工厂制度，资本主义雇佣劳动制度已经普遍建立起来，社会明显两极分化。“两极分化直接表现在社会财富的分配不均上。本来，自人类进入文明之后，贫和富的差别就一直存在。但贫富悬殊从来不像工业化开始后那么鲜明；工业革命产生难以置信的财富，同时却造成更大的贫困。”① 在这种情况下，如果不赈济穷人，缓解无产者与资本家之间的冲突，就会导致翻天覆地的社会革命。因此，慈善事业引起了社会越来越多的关注，慈善

---

① 钱乘旦. 第一个工业化社会[M]. 成都：四川人民出社，1988：253.

话题开始充斥维多利亚人生活的各个方面。当时的小说、慈善团体报告、议会文件、报纸、宣传册、儿童杂志、访问指南、书信日志、传记、布道辞等，都有关于访贫问穷的情景描述。

婚后的盖斯凯尔夫人操持家务，生儿育女，随丈夫从事慈善事业，过得平静愉快。她虽然喜欢文学，但走上创作之路并不是刻意追求的结果。1844 年他们唯一的儿子不幸夭折在襁褓之中，为了排解痛苦，她在丈夫鼓励下开始写作。作为下层牧师的妻子，她往往配合丈夫做些慈善工作，或护理穷苦的病人，因而有机会接触处于水深火热中、有一定阶级觉悟的产业工人，了解他们的生活与思想，这为其写作奠定了基础。

1848 年《玛丽·巴顿》问世，它是英国文学史上第一部反映工人阶级生活与斗争的不朽杰作。盖斯凯尔夫人在序言中写道："三年前，我一心一意（缘由不必在此详细交代）想写一部小说。我住在曼彻斯特，对乡村却十分爱好，深切向往。我最初的念头是用农村风物来做我那篇故事的骨干；我也已经开始写了一部分，故事发生的时代是一个世纪以前，发生的地点是约克郡的边区。"不过，这个最早想写的故事被暂时搁置起来，原因是盖斯凯尔夫人"忽然想起"，在她"居住的城市里，那些每天在熙熙攘攘的街道上擦肩而过的人们的生活中间，该是有着多么深刻动人的传奇材料"。作家"素来对那些焦心积虑的人们感到一种深厚的同情：他们好像命中注定要一生一世在生活中挣扎，时而就业，时而失业，受尽环境的颠簸，比另外一些人显然经历着更大的痛苦。"① 她试图作为工人的辩护

① 《玛丽·巴顿》原序. 荀枚，佘贵棠，译. 上海：上海译文出版社，1980 年.

者，为那些没有话语权的劳苦大众代言，向她的中上阶层读者呈现他们的痛苦，希望中上阶层读者能受到触动，能对穷人多做善举，进而推进社会改革。盖斯凯尔夫人把自己的创作当作了女性慈善事业的一部分，希望通过自己的作品，激发人们关注并革除社会弊病。作为小说家，其小说文风质朴流畅，写人状景细致逼真，她的作品生动再现了社会生活，深刻直接探讨了社会、伦理等方面的问题。作为母亲，因丈夫威廉·盖斯凯尔忙于传道教书，家中4个女儿全靠盖斯凯尔夫人照顾培养。因此，在她过世时，维多利亚时代评论家兼盖斯凯尔的出版商——乔治·巴内特·史密斯精辟点评道，盖斯凯尔的一生最有力地证明了女性通常都能取得比对该属性预期的更大的成就，但同时她又不缺乏使得家庭成为"人间天堂"的所有品质。① 盖斯凯尔的一生都在兼顾家庭责任和文学创作的重任，而这是为维多利亚人点头称道的。她以身兼社会与家庭责任的形象印刻在众人心中，"盖斯凯尔研究"对于面临诸多道德困惑的当代社会及当代女性都极具启发意义。

历史上，身处简·奥斯汀同乔治·艾略特之间，从盖斯凯尔夫人的文字中可以见到她对前者的继承和对后者的影响。她的观照目光不再着眼于狭窄的起居室、舞会、茶会和社交圈子中，而是扩展至历史和社会激流之中，以她女性的视角观察着正经历着剧烈变化的时代。由此，女性开始走出小家，进入社会。作为对女性文学的发展具有积极意义和过渡意义的作家，

---

① Smith G.. Mrs Gaskell and her novels [C]. // Sanders V. Lives of Victorian Literary Figures: Elizabeth Gaskell, the Carlyles and John Ruskin by Their Contemporaries [M]. London: Pickering &Chatto, 2005: 106.

"她虽没有艾略特这般伟大，但在19世纪，却是第一个有名的作家"，[①] 因此对盖斯凯尔夫人的研究价值是不容忽视和小觑的。在很长的一段时间里她的名字都与夏洛蒂·勃朗特联系在一起。作为当时英国文坛两位齐名的女作家，她们互相欣赏，结为好友。勃朗特英年早逝后，勃朗特的父亲还聘请盖斯凯尔夫人为她撰写了那部经典的传记《夏洛蒂·勃朗特传》（*The Life of Charlotte Bronte*，1857）。而更多的时候盖斯凯尔夫人的名字是与之后的乔治·艾略特联系在一起的。盖斯凯尔夫人和艾略特这两位作家的天才无可比较，两代人之间的精神互相渗透，艾略特生活和工作在不同的社会气氛中，追求的是更为纯粹的艺术与哲学目标，但没有一个读过《牧师情史》和《亚当·比德》的人能不承认盖斯凯尔夫人是她文学的重要先驱之一。[②] 的确，艾略特自己也承认说"我对生活和艺术的感觉曾被在《克兰福镇》和《玛丽·巴顿》的前几章中鼓舞过我的东西所吸引。"[③] 在给友人的信中盖斯凯尔夫人经常谈到作为一个妻子、母亲和小说家几个角色间的冲突。在《夏洛蒂·勃朗特传》（1857）里，她沮丧地承认："一个妇女在生活中最主要的工作似乎就是甘心情愿服从她自己的'选择'，她不能弃家庭于不顾而去做一个独立的人。"[④] 夏洛蒂·勃朗特则被另一英国作家骚塞（Southey，1774—1843）劝

---

① 金东雷.英国文学史纲[M].上海：商务印书馆，1937(民国二十六年二月)：419.

② Easson，Angus. ed.. Elizabeth Gaskell：The Critical Heritage[M]. London：Routledge，1991：562.

③ 同上：488.

④ 雪莉·福斯特.维多利亚时代妇女小说：婚姻自由与个人[M].伦敦：克鲁姆·海尔姆，1985：13.

说，“文学不是妇女生活的职业，她应去履行自己的义务”，又说，“对于创作，一个妇女是无暇顾及它的，即使她是一个有造诣的，或是一个发明家”。① 女作家们被强行剥夺了在中产阶级客厅以外的一切活动。

尽管如此，英国维多利亚时代（1837—1901）的女性写作蓬勃发展，女作家层出不穷。脱颖而出的乔治·艾略特和夏洛蒂·勃朗特在女性文学传统中被追溯为两大重要源头，艾略特更是在英国大批评家利维斯的《伟大的传统》（*The Great Tradition*，1948）中占据极为重要的地位，成为英国文学“伟大传统”的重要代表人物。虽然盖斯凯尔的第一部长篇小说《玛丽·巴顿》（*Mary Barton*，1948）因其“对每个读过此书的人都会大有好处”，指向了“这么久一直都无人提及，但又早应让大众知晓的重大话题”，得到卡莱尔的高度赞赏。② 盖斯凯尔小说中对劳资问题的尖锐洞察，构建了她在维多利亚时代的文学盛誉。然而，盖斯凯尔却似乎一直难以在英国文学史中找到她的位置。在很长一段时间内，她一直以“盖斯凯尔夫人”之名屈居英国文学的偏僻角落，从20世纪70年代左右起，受到冷遇的命运才开始变化，“盖斯凯尔夫人”，这一称呼一直沿用到20世纪80年代。

至21世纪，国外盖斯凯尔研究的热潮又被掀起：2000年和2003年，她的书信集出版；2007年《剑桥文学导读·盖斯凯尔卷》推出；另外，包括有她全部创作、书信和评论文字

---

① 雪莉·福斯特. 维多利亚时代妇女小说：婚姻自由与个人[M]. 伦敦：克鲁姆·海尔姆，1985：12.

② Easson，Angus. ed.. Elizabeth Gaskell：The Critical Heritage [M]. London：Routledge，1991：72.

的十卷本《伊丽莎白·盖斯凯尔文集》也于同年出版。[①] 时至2010年9月25日，在盖斯凯尔两百周年诞辰纪念日之际，她的名字被正式绘到了"哈伯德纪念彩绘花窗"上。盖斯凯尔成为进驻"诗人角"的少数女作家之一，这也意味着她在英国文学中的重要地位获得官方认可，荣升经典作家之列。在经历一个半世纪多的盛衰沉浮之后，盖斯凯尔以强有力的社会批评家的形象跻身英国文学史，同时也以身兼社会与家庭责任的形象印刻在众人心中。盖斯凯尔研究对于面临诸多道德困惑的当代社会及当代女性都极具启发意义。

从"盖斯凯尔夫人"到"伊丽莎白·盖斯凯尔"称呼的变化，足可窥见后人对其认知的演进。[②] 盖斯凯尔对维多利亚时代社会问题的敏锐洞见，以及她身为维多利亚时代女性所展现出的对社会和家庭的责任、担当和勇气，皆是中外现代人应当引为参考的典范，非常值得研读、借鉴和铭记。

第一节　盖斯凯尔小说在中国的译介与研究

伊丽莎白·盖斯凯尔一生创作颇丰，共有六部长篇小说、一部传记、三十多篇短篇小说。作品题材丰富多样，按照内容一般可以分作三类：一类是反映工业问题和社会问题的小说，包括《玛丽·巴顿》《南方与北方》《露丝》等；一类是反映小镇生活或者田园生活的作品，有《克兰福镇》《妻子和女儿》

---

① 宁.伊丽莎白·盖斯凯尔的"复活"[J].外国文学评论，2007(1)：154.

② 傅燕晖.不仅仅是亲爱的山鲁佐德——论伊丽莎白·盖斯凯尔的经典化过程[J].天津大学学报，2015(5)：239.

《西尔维亚的两个恋人》等；最后一类是鬼怪故事的短篇小说，如《老保姆的故事》《格瑞菲斯的厄运》等。和同时期另外三位女作家简·奥斯汀、夏洛蒂·勃朗特、乔治·艾略特相比较，她的小说生活面非常广阔，从繁华的城市到偏远的乡村，从激烈的阶级矛盾到平静的家庭生活，从上流社会的奢侈浮华到下层平民的艰苦度日，都一一有所展现。盖斯凯尔夫人由《玛丽·巴顿》而一鸣惊人，因其反映了劳资矛盾而被马克思称赞为"现代英国的一派出色的小说家。"① 随着她的名字在2010年9月25日被绘在了威斯敏斯特教堂"诗人角"的花窗玻璃上，伊丽莎白·盖斯凯尔成为文学声誉日益高涨的现象级人物。

根据图书情报专家南希·维扬特的统计，在2002年至2011年的十年间（至2011年7月16日），盖斯凯尔研究的英文成果已有75部（篇）传记文献、12部（篇）书信、495部（篇）批评文献包括博士论文和专著以及65篇硕士或荣誉学位论文。据国内学者陈礼珍的考证，仅统计数据本身而言，21世纪以来十余年间的年均研究成果数量是20世纪中叶（1929年至1975年）年均成果数量的十倍以上。② 如今，伊丽莎白·盖斯凯尔得以再次走进英国和世界各地的千家万户，如同当年她在维多利亚社会风行一时的盛况一样。盖斯凯尔在当代公众话语中已经重新崛起，盖斯凯尔研究在国外学术界正在蓬勃发展。那么，国内学界对盖斯凯尔作品的译介、研究又是怎样的一种状况呢？

---

① ［德］马克思．英国资产阶级．//（表示析出）马克思恩格斯全集（中文版）·第10卷［M］．北京：人民出版社，1956：686．

② 陈礼珍．伊丽莎白·盖斯凯尔的重新崛起［J］．外国文学动态，2013(2)：63-64．

一、国内对盖斯凯尔作品的译介出版情况

继唐代翻译印度佛经之后，20世纪是中文翻译历史上的第二个高潮时期。来自欧美的“西学”以巨大的规模涌入中国，参与改变了一个民族的思维方式，这在人类文明史上也是罕见的。1905年，清朝废除了科举制，新式高等教育以新建“大学堂”的方式举行，而不是原来尝试的利用“书院”系统改造而成。新建的大学、中学，数理化、文史哲、政经法等学科，都采用了翻译作品，甚至还有西文原版教材。于是，中国读书人的思想中又多了一种新的标杆，即在“四书五经”之外，还必须要参考一下来自欧美的“西方经典”，甚至到了“言必称希腊、罗马”的程度。① 文学翻译更是风起云涌，20世纪二三十年代兴起文学翻译高潮，大批量的维多利亚时期小说开始进入中国。上海成为译著出版发行的主阵地。1949年之前，能够查阅到的国内盖斯凯尔作品的译介已有五种单行本《女儿国》《克阑弗》《女性的禁城》《菲丽斯表妹》和《老保姆的故事》以及小说选读本《英国文学》中出现的 *Hand and Heart* 的译文《手与心》。但译者对盖斯凯尔姓名以及作品名字的翻译并不统一。最早译本当属林家枢译述的“加斯克尔”的长篇小说《女儿国》，在1921年由上海泰东图书局出版发行。1927年3月伍光建译述的“格士克夫人”原著《克兰弗》由商务印书馆

---

① 李天纲，主编．民国西学要籍汉译文献·经济学(61种)[M]．上海：上海社会科学院出版社，2016年4月第一版．

https://www.douban.com/group/topic/88096303/.

出版发行。1937年6月，朱曼华翻译的《女性的禁城》在启明书局出版，作者译为“珈兹格尔（加斯克尔）”，并于1939年4月再版。这三个译本的译名虽不相同，实际上均是*Cranford*（《克兰福德》）的中译本。另外，徐灼礼翻译的“格斯克尔”小说《菲丽斯表妹》1929年由春潮书局出版发行。盖斯凯尔作品的较早评价出现在1931年。这年5月译者梁遇春在北新书局出版发行的《老保姆的故事》中介绍道，“这位女小说家是英国小说家里第一个把穷人们的生活老老实实描写出来”，“她大胆地将英国工业区里工人穷苦不堪的状况朴素地写出，而成为很妙地小说”，“她对于低微朴素地生活深有同情，能看出其中地种种意义”，“她知道怎样用女性特有的敏锐观察力和体贴能力，做平凡和穷苦人的生活的舌人，这个功绩是值得钦佩的”。[①] 1941年5月，程鸥、夏雨编撰的《英国文学》由中流书店出版，其中收录了胡仲持翻译的“恩盖尔夫人”的《手与心》（*Hand and Heart*）。

1949年至1979年的三十年间，共出现七个译本和一个选读，集中在*Mary Barton*的翻译上面，这跟《玛丽·巴顿》从工人阶级的角度来反映劳资冲突不无关系。因为该小说着重描写19世纪工人与资本家之间的矛盾和冲突，反映的是曼彻斯特棉纺工人生活与斗争的真实故事，向读者诉说的是她对英国工业革命的真切感受，因而作品更多地表现了工人阶级的情感结构。在1955—1963年间《玛丽·巴顿》有五个版本出现，成为当之无愧的中国盖斯凯尔翻译界的宠儿。佘贵棠、荀枚翻译的《玛丽·白登：曼彻斯特的故事》1955年由上海文艺联合出版社

① 葛棒录. 中英文学关系编年史[M]. 上海：上海三联书店，2004：198.

出版，新文艺出版社也在1956年出版了此作品。1957年，时代出版社出版了高厚坤翻译的《玛丽·巴顿》英语简易读物，并在1962年由商务印书馆再版。上海文艺出版社、上海译文出版社分别于1963年、1978年出版了佘贵棠、荀枚翻译的《玛丽·巴顿》。上海译文出版社1979出版的周煦良编著的《外国文学作品选》中选录了《玛丽·巴顿》的第6、16章。

1980年至1999年的二十年里，对盖斯凯尔作品的译介逐渐丰富起来。其中1980年代有三部小说被收录或部分选录，四部小说被翻译。1980年人民文学出版社出版了朱虹编著的《英国短篇小说选》，收录有《莉比·玛什一生中的三段世界》；1982年商务印书馆出版了陈嘉编著的《英国文学作品选读》，选录了《玛丽·巴顿》的第8、15、16章；1983年百花文艺出版社出版了张玲翻译的《牧师情史》，收录有《老保姆的口述》。1985年百花文艺出版社出版了徐新、顾明栋翻译的《克兰福德镇》，1986年云南人民出版社出版了筱璋翻译的《露丝》，1987年人民文学出版社出版了主万翻译的《南方与北方》、上海译文出版社出版了祝庆英、祝文光翻译的《夏洛蒂·勃朗特传》。20世纪90年代对盖斯凯尔作品的译介工作更加活跃，三部作品被选录、推介。《西尔维亚的两个恋人》《妻子与女儿》得到翻译：1992年，吴岳添等主编的《世界长篇名著精华》在漓江出版社出版，选录了《克兰福德镇》（杨丹品述要、赏析，徐新、顾明栋翻译）；1994年、1995年，外语教学与研究出版社、牛津出版社联合出版了《妻子与女儿》（英语读物），前者还单独出版了《玛丽·巴顿》（英语语言读物）；黄梅选编的《自己的一间屋·英国卷》在河北教育出版社出版，节选了《克兰福德镇》；1991年，秭佩、逢珍首次翻译了

《西尔维亚的两个恋人》，由上海译文出版社出版；1998年，钱新哲翻译的《西尔维亚的两个恋人》在百花洲文艺出版社出版；1998年，秭佩等翻译的《妻子与女儿》在上海译文出版社出版。

进入新世纪，盖斯凯尔的传记作品《夏洛蒂·勃朗特传》首先被翻译成中文，在2000年由团结出版社出版，译者为张淑荣、李洪顺、袁升文、王丽娟；经典作品《玛丽·巴顿》受到译者王爱民的青睐，译本在2002年由南方出版社出版；外语教学与研究出版社分别于2003年和2004年出版了马托克改写、高黎翻译的《克兰福德》以及王春景注释的《祥和的克兰福特小镇》。另外，丁梦翻译的《茜尔薇和她的情人》（风化文学系列译丛）2001年在吉林摄影出版社出版；周顿编著的《外国奇趣小说菁华》收录了短篇小说《异父兄弟》，2000年在敦煌文艺出版社出版。

异彩纷呈的盖斯凯尔作品译介成果进入中国和她进驻威斯敏斯特教堂的“诗人角”不无关系，随着其经典地位的确立，会有越来越多的盖斯凯尔作品走进中国读者的视野，引发越来越多的关注。

二、国内盖斯凯尔研究

刘意青教授指出：“虽然选定经典的过程相当复杂，但一般都同意有以下因素介入：它得到了持不同观点和情感的批评家、学者和作家的广泛参与和推动……其次，经常出现在文化群体的话语中，成为该国文化生活的一个组成部分，知名度高……等。”① 那么，中国的盖斯凯尔研究呈现出什么样的状况呢？根据文献调查，虽然中国国内早在1921年就有了盖斯凯尔作品的译作，直到20世纪80年代，她的作品才得到真正意义上的中国文学评论界的关注，2000年以后的研究步入了一个全新的阶段。因此，国内的盖斯凯尔研究大致可以分为1921年到1978年的发展停滞期，1979年到1999年的发展复兴期以及2000年以后的发展繁荣期三个阶段。

（一）国内盖斯凯尔夫人研究的停滞期（1921—1978）

19世纪末，西方的思想文化和科学技术逐渐渗透了进来。到20世纪初，一批进步知识分子在国外先进思想的影响下，尝试通过在西方文库中寻找新式“武器”来装备民众，唤醒民众，解决中国的问题，促进国家民族发展。在此思潮影响下，中国掀起了一股翻译西方文学的热潮。虽然盖斯凯尔小说都有译本出现，这一时期却难以寻觅对其进行的研究性评论和文章。当时文学界对盖斯凯尔的认识和评价仅存于文学史的讲述和译本的序言之中，我们也只能借此窥其文学风格、文笔特征之一斑了。

最先引起中国译者关注的盖斯凯尔小说《克兰福德》被普遍理解为作家的代表作。“夫人著作甚富，其最有名于世者，即今所译之克阑弗也。”② “《克兰舫》便是珈兹格尔夫人底代表作……说到《克兰舫》，在英国文学中的地位早已确定，是

① 刘意青. 经典[M]. 北京：外语教学与研究出版社，2006：282.

② 格士克夫人，著. 伍光建，译. 克阑弗[M]. 上海：商务印书馆，1927年3月(民国十六年三月)：序.

所谓‘名著’（Classic）之一。”[①] 著名翻译家伍光建在其《克阑弗》译本序言中将盖斯凯尔的文风总结为“顺”“条畅自然”“谈话尺牍，尤为合宜”；并认为她尤其擅长讽刺性描述“琐事”，“予以其颇类我国之儒林外史。”[②] 之所以盖斯凯尔这种平顺、简洁的叙述风格能受到伍光建的称赞，正是因为她的写作符合了“时”和“事”的标准，“文章合为时而著，歌诗合为事而作”是白居易所倡导的，文学应与时代、社会和国家政治紧密相连的一个文艺创作标准。[③] 在伍光建看来，当时问题频发的社会状况与盖斯凯尔小说的社会背景不无相似之处。莫逊、勒樊脱等对盖斯凯尔的评价是：“英国宗教问题与社会问题的另一位态度不甚热烈的阐明者……她把这些困难（工业及社会方面的困难）巧妙地表现于玛利·巴顿及北与南里。在其最著名地小说克兰弗中，她踏入一个新的天地，借一个相当奇异的背景来发展她那实际的观察。”[④] 19世纪的女性作家受到来自社会的、家庭的、世俗的很多限制，导致生活空间和观察范围相当狭窄。因此，她们只能站在自身有限的空间和独特的角度去观察、感受、反映生活。盖斯凯尔并没有能力为社会弊病开药方，她只能表现事物朴实的自然状态，表现出一种平实、质朴的现实性风格，只能忠实地记录自己所看到的。但这种朴实却并不平淡乏味，作者幽默、讽刺的

① 珈兹格尔（加斯克尔），著．女性的禁城［M］．朱曼华，译．上海：启明书局，1937（民国二十六年）：初版序．

② 莫逊，勒樊脱，等著．英国文学史［M］．上海：商务印书馆，1947（民国三十六年四月）：319．

③ http://blog.sina.com.cn/s/blog_4cff98f501009lav.html．

④ 莫逊，勒樊脱，等著．英国文学史［M］．上海：商务印书馆，1947（民国三十六年四月）：319．

语言和漫画式人物塑造等艺术表现手法的运用使得小说活泼、有趣、富有生气。

《玛丽·巴顿》和《南方与北方》都是以英国北部的工业城市为主要社会背景，描写了英国工业革命期间人们的种种心理矛盾和心理冲突，阶级矛盾与文化冲突，作品体现了作者在不同时期对英国工业革命的不同体验。梁遇春特别认可作家在这两部小说中的体验，“第一个把穷人们的生活老老实实地描写出来”，并且使用了一种“素朴”的创作手法，却成就了一部绝妙的小说。能够体会下层人的心情，同情低微朴素人的生活，明了造成这些现状的缘由，作为“英国第一个善说出保姆，管家婆，女仆的心情的人”，“做平凡人和穷苦人的生活的舌人”的人。①

在《女性的禁城》的序言中，曾任中华艺术大学英文及西洋文学教授的汪倜然先生评价了英国19世纪的三位重要女作家艾略特、盖斯凯尔和奥斯汀，梳理了她们之间文学风格的异同和传承关系：“这三位女小说家颇有一种幽默的笔锋，对周围的人物作轻松的调笑，对日常的情事作善意的讥诮，是这些女士们共同的特色……譬如琪恩奥斯登，原是一位玲珑剔透的小姐，所以她的笔调是温静而俏皮。至于爱列奥特，则因为是诗人的性情，所以往往是‘含泪的微笑’。只有珈兹格尔夫人，不感伤，不轻巧，幽默与讥刺，均适得乎中……这三位女作家都是写实主义的作风，但写实的手法各不相同。奥斯登取材轻巧，着眼于日常的事物；爱列奥特题旨严肃，多掇拾特异的情境，两人底作风简直是相反的。唯有《克兰舫》的作者介乎这

① 梁遇春，著. 高恒文，选编. 醉中梦话[M]. 天津：天津人民出版社，1998：57.

两人之间，有奥斯登取材的妙腕，也有爱列奥特底细微的观察。而且从时间的过程看来……（盖斯凯尔）恰好是女作家群中的一个承前启后的人物。她本人是很受奥斯登底影响的……在她以后的爱列奥特却是受她的感发而兴动了创作的念头，虽然那部书不是《克兰舫》，而是《玛丽巴登》。”① 汪倜然没有囿于英国文学史为盖斯凯尔的性属和阶级地位所划定的界线，而是与同代人简·奥斯汀和乔治·艾略特现实主义风格进行详细比较，指出奥斯汀取材轻巧、艾略特取材严肃，而盖斯凯尔夫人的写作取材与风格则位于二人之间，这不仅仅强调了盖斯凯尔对奥斯汀和艾略特的调和，及其在英国维多利亚时期女性作家群中起到的承前启后的作用，并借此暗示了盖斯凯尔未来的文学地位。1949 年之后的很长一段时期内《玛丽·巴顿》被反复翻译，遗憾的是，在 1978 年前未能找到关于盖斯凯尔作品评论的只言片语。

（二）国内盖斯凯尔夫人研究的复兴期（1979—1999）

1978 年 12 月，中共十一届三中全会的召开，标志着中国思想的解冻以及改革开放政策的实施。中国学者开始了对盖斯凯尔的关注与研究。在 1979 年《读书》杂志第 6 期，王云缦、傅淑芳发表了题为“为名作家立传，好！——读《外国名作家传》（上）”的文章，指出“……《盖斯凯尔夫人》《歌德》《哈代》《柯切托夫》诸篇都写得很好，能向读者指明这一作家的

① 珈兹格尔（加斯克尔），著. 女性的禁城［M］. 朱曼华，译. 上海：启明书局，1937（民国二十六年）：初版序.

创作特色及作品的思想意义。这里说明一下，我并非以为别的章节就写得不好，而只是因为我对这四十余位作家比较熟悉，所以对照一看，觉得介绍中所勾勒的形象是合乎真实面目的”。① 她们还指出“另外，此书的选录范围应尽可能再广泛一些，兼顾不同时代、不同流派、不同风格的作家。此书以汉语拼音字母为顺序排列，就上册所录人名来看，有些作家未经选入，似有遗漏。如‘A’字部分，可以把英国19世纪著名女作家、女记者乔治·艾略特选入，她是《弗洛斯河上的磨坊》《织工马南传》等书的作者，在19世纪英国文坛，完全可以与夏·勃朗特、盖斯凯尔夫人、吉·奥斯汀并列而无逊色”。② 尽管这仅是一篇书评，却标志着盖斯凯尔在中国的研究与批评进入复兴发展期。

从1979年至1999年的二十一年间，国内研究者发表论文19篇，平均每年不到1篇。其中关于翻译、出版、读后感的共4篇、评论10篇、人物形象研究3篇、创作手法及叙述技巧2篇，主要关注的也是作者的《玛丽·巴顿》这部作品；无专著出现，盖斯凯尔的作品还未能走近中国读者大众。

1982年张敏、繁澍发表了国内第一篇关于盖斯凯尔作品的研究论文，论文题目是“试论《玛丽·巴顿》的思想内容——关于盖斯凯尔夫人代表作的评价问题”。该论文运用马克思的阶级矛盾和阶级斗争的观点，指出“作品敏感地着眼于成长中的无产阶级，独到地描写了工人们的生活、斗争和思想、感情，尖锐地揭示了大工业发展带来的劳资矛盾的高度激化，直

① 王云缦，傅淑芳. 为名作家立传，好！——读《外国名作家传》(上)[J]. 读书，1979(6)：40.

② 同上：42.

接有力地打破了关于资本主义制度的完善性和永恒性的幻想”。① 1984 年王秋荣和丁子春的论文“无产者战斗的画卷——评盖斯凯尔夫人的《玛丽·巴顿》”通过分析盖斯凯尔夫人如何塑造约翰·巴顿和玛丽·巴顿这两个战斗的工人阶级形象，指出她“极大地扩展了批判现实主义文学描写人物，表现生活的领域”。② 1991 年，胡亦乐在其“试论盖斯凯尔夫人笔下的妇女形象”一文中把盖斯凯尔夫人小说中的妇女形象分为三种类型并逐一剖析，提出“盖斯凯尔夫人又是一位独立的思想家。或许她自己也未充分认识到这一点。她创作的众多作品中至少有三部小说（《玛丽·巴顿》《露丝》《北与南》）向传统观念提出了尖锐的挑战。随着年龄的增长，她对妇女问题所持的观点越来越开明”。③

中国盖斯凯尔研究以《玛丽·巴顿》为起点，这是由当时的社会政治环境所造成的。20 世纪 80 年代初，“文化大革命”刚结束不久，“政治标准第一，文艺标准第二”仍然对中国文学评论界有着较大的影响；而《玛丽·巴顿》以英国文学史上第一部正面描写宪章运动时期的激烈阶级冲突而著称，正好符合当时中国政治与文学环境，此论文的发表也掀开了从社会历史学的角度来分析盖斯凯尔夫人工业小说的一页。从此时起直到 20 世纪 90 年代初期，几乎所有盖斯凯尔研究论文都从社会历史学的观点出发重点分析她对于劳资冲突的描写和先进工人阶级

---

① 张敏，繁澍. 试论《玛丽·巴顿》的思想内容——关于盖斯凯尔夫人代表作的评价问题[J]. 文科教学(乌盟师专)，1982(1)：70.

② 王秋荣，丁子春. 无产者战斗的画卷——评盖斯凯尔夫人的《玛丽·巴顿》[J]. 上海师范大学学报(哲学社会科学版)，1984(1)：25-31.

③ 胡亦乐. 试论盖斯凯尔夫人笔下的妇女形象[J]. 山东外语教学，1991(4)：25.

形象的塑造，其中比较具有代表性的属吴祖镏、程慧静和刘立峰的两篇论文。吴祖镏从《玛丽·巴顿》的序言和盖斯凯尔夫人创作活动的背景材料两方面入手论证了《南方与北方》是盖斯凯尔夫人早就酝酿于心的《玛丽·巴顿》续篇。“此书再次以曼彻斯特工人问题为题材，重新回到了《玛丽·巴顿》的社会主题上，实践了她‘重弹旧调’的战斗誓言。”① 甚至在分析与工业小说完全不同的乡村小说《克兰福德》时，吴祖镏也运用了社会历史学的观点，指出该书“揭露了英国政府为扩展殖民地发动侵略战争给英国人民带来的沉重灾难”。② 程慧静和刘立峰则论证了《南方与北方》和《玛丽·巴顿》的现实性特色，从其思想内容的现实性，对待问题的现实性及其创作风格和艺术表现方面的现实性来探讨了其作品的现实性艺术价值。③

总之，当时研究者们普遍认为盖斯凯尔夫人是拥有真正勇气的现实主义小说家，她不回避现实社会中的矛盾所在，细致并深刻地揭露了19世纪英国社会底层民众的窘境。但由于所在的阶级属性和宗教信仰蒙蔽了她的智慧，又表现出阶级调和的幻想，她认为真实地把工人身处的非人境遇揭露出来是缓解劳资对立的紧张关系的办法和途径，这是她的局限所在。对于《克兰福德》，研究者也多采取一种社会学的眼光去看待，从贵族阶级传统权威的失落、侵略战争对本国和他国的伤害、对资本主义的深恶痛绝和对中下层民众的同情这样的角度出发。虽

---

① 吴祖镏. 关于《南方与北方》的一点看法[J]. 南通师专学报(社科版)，1994(4)：34-36.

② 吴祖镏. 浅论盖斯凯尔夫人的《克兰福德》[J]. 广西师范大学学报(哲学社会科学版)，1987(1)：84-90.

③ 程慧静，刘立峰. 盖斯凯尔夫人创作的现实性[J]. 南昌教育学院学报，1998(3)：23-26.

偶有涉及《克兰福德》中透露出的讽刺和幽默等艺术手法，也只是为这之前的社会学红花作陪衬。

和发表于20世纪80年代和90年代初的论文不同，朱虹1995年发表的“从阶级矛盾到文化冲突——《南方与北方》赏析”一文摆脱了社会历史学单一视角，指出“作为工业题材小说，《南方与北方》是对《玛丽·巴顿》的发展和补充。二者最大的区别在于视角的变化，从阶级角度转为文化角度”。① 朱虹还对《玛丽·巴顿》和《南方与北方》进行了比较，她指出：前者“以工人阶级状况为描写重点”，后者“以企业家厂主为主要描写对象”；前者“主要从阶级矛盾和阶级斗争的观点看问题”，后者“主要采取文化的视角”；前者“主要从道义出发把资本主义制度视为一切经济和社会灾难的根源”，后者“则以历史的眼光把资本主义工业的发展视为时代的进步”；前者“最后诉诸于理想化的和解”，后者“则追求现实的妥协”。② 从此，《玛丽·巴顿》研究转向了文化研究领域，不再将一个文学文本作为社会学文本进行研究，开始探索文学本身，使文学作品绽放出其特有的魅力。

（三）国内盖斯凯尔研究的发展繁荣期（2000年至今）

至21世纪，研究者对于变革时代的人物内心变化的重视超过了对外部环境的考察，盖斯凯尔的社会理论观、矛盾意识、情感结构、性别研究成为研究热点。由表及里，审

---

① 朱虹.从阶级矛盾到文化冲突——《南方与北方》赏析[J].名作欣赏，1995(3):26-30.

② 朱虹.英国小说的黄金时代:1813—1873[M].北京:中国社会科学出版社，1997:175.

视人物内心，逐步观察人物情感变化是新世纪研究的新趋势。

维多利亚时代的英国是一个充满矛盾的世界：经济腾飞与社会纷乱并存，民主意识与阶级矛盾共生，科学发现质疑宗教信仰，女性主义挑战男权社会。这样的文化语境冲击着人们尤其是知识分子的思想观念，使他们感到困惑和迷失，甚至矛盾重重。作为一位对当时社会极其敏感的作家，盖斯凯尔夫人在她的代表作《玛丽·巴顿》中突显了这一语境下的矛盾意识在女性主义与男权社会的夹缝中挣扎的心理：一方面盖斯凯尔夫人同情工人的疾苦，却又处处为资产阶级开脱；她看到了工人阶级与资产阶级无法调和的矛盾，却又幻想这两个阶级能得到和解；她是一个虔诚的基督徒，而作品中却时时表现出对宗教的质疑；她相信女性的生存能力，鼓励女性走向社会，但在写作的潜意识中又处处体现出对女性的蔑视。① 2006 年雷蒙德·威廉斯的情感结构理论被引入盖斯凯尔夫人工业小说研究，盖斯凯尔在不同时期对英国工业革命的不同体验得以总结，“《玛丽·巴顿》更多地体现了工人阶级的情感结构，而《南方与北方》则体现了中产阶级的情感结构”。②

盖斯凯尔夫人研究的另一个热点为性别研究。孙彦召(2009) 以《克兰弗德镇》为例，从女性主义叙事学的角度研究，发现小说中女主人公的独立意识的不断成长，从侧面暗示

---

① 欧阳美和，周香花. 维多利亚文化语境中矛盾意识的突显——评盖斯凯尔夫人的《玛丽·巴顿》[J]. 外国文学研究，2006(2)：87-92.

② 陈娇娥，何畅. 从《玛丽·巴顿》到《南方与北方》——盖斯凯尔夫人工业题材小说中情感结构的比较与分析[J]. 浙江工业大学学报(社会科学版)，2006(1)：59-64.

了作者对维多利亚父权制的颠覆，这种研究方法同时克服了叙事学研究追求形式，忽视政治意义及女性主义批评的政治主观性的缺点。① 李因（2006）从盖斯凯尔夫人小说中两性角色的倒置这一发现分析了她的一种矛盾心理：即揭露传统的两性道德观，又旨在维护当时意识形态的等级与秩序观念。② 罗杰鹦（2007）同样以《克兰福德镇》为文本从其多种叙事手法的角度来解析作者的坚定的女性意识：小镇是女人们的，有她们的精神在，就有永远的克兰福德。③ 周香花从生态女性主义文学批评的视角解读《南方与北方》，通过分析作者对女性与男性、自然文明与工业文明之间二元对立的揭露和对这种二元对立社会模式的解构，将盖斯凯尔夫人的生态主义女性思想总结为男女之间可以平等和谐，自然与工业文明可以有机共存，人类和大自然也可以融为一体。④ 吴庆宏则从女性和慈善来分析盖斯凯尔夫人的作品，指出盖斯凯尔夫人将女性慈善活动视为缓解阶级矛盾的良方和女性走出私人领域进入公共领域的重要途径。⑤

更值得关注的是近些年兴起的叙事学和女性意识相结合的研究方向。东红和魏恩文在各自的文章中创造性地将女性主义和叙事学结合在一起，开创了盖斯凯尔夫人小说研究的新领

---

① 孙彦召.《克兰弗德镇》的女性主义叙事解读[D].河北师范大学，2009.

② 李因.伊丽莎白·盖斯凯尔作品中人物的两性越位的研究[D].东北师范大学，2006.

③ 罗杰鹦.论《克兰福德镇》中的叙述迷宫与女性意识[J].四川外语学院学报，2007(1)：37.

④ 周香花.《南方与北方》：冲突与解构[J].华东交通大学学报，2009(5)：127.

⑤ 吴庆宏.女性与慈善——解析盖斯凯尔工业小说中的人物塑造[J].河北联合大学学报(社会科学版)，2012(5)：205-209.

域。东红的文章“《克兰福德镇》的女性视点”从第一人称女性目击者叙事特点、女性叙事视点中展示的女性特质、叙事中集体及多个女性视点的穿插和女性视点中叙事自我与经验自我的距离变化四个方面来分析了《克兰福德镇》的女性主义叙事结构。① 魏恩文在“试析盖斯凯尔夫人《克兰福德》的叙述声音”中指出该小说的叙事声音具有明显的女性印记，以主要女性叙述者（玛丽）、次要女性叙述者（马蒂小姐、波尔小姐等）和集体女性叙述者（小镇上所有女性）相结合的方法，形成了带有政治意义的女性集体声音。② 个人与集体的双重作用，强化了女性的权威。女性的话语、心理和气质被突显，一系列过去男性作家对女性的描写（多少带有负面的倾向）都被彻底颠覆，对男性的霸权进行了严厉地批判。正是盖斯凯尔的这种女性独立观，将女性的目光扩展到了社会，“把女性纳入了社会的轨道，与现实政治浪潮融合在一起，实现了女性意识的社会化突破”。③ 奥斯汀颠覆了女性智力低下的观念，肯定了女性的智力同男人不相上下，但由于时代的限制仅局限于爱情领域；勃朗特姐妹确立了女性自我意识和独立人格，可是仍困于家庭；盖斯凯尔体现了女性在社会政治领域的能力；艾略特面对女性“男性化”的倾向，开始反思女

---

① 东红.《克兰福德镇》的女性视点[J].广东工业大学学报(社会科学版)，2005(02):87-90.

② 魏恩文. 试析盖斯凯尔夫人《克兰福德镇》的叙述声音 [J]. 黎明职业大学学报，2005 (02): 9-12.

③ 车莉. 19世纪英国女性文学中女性意识的嬗变[J]. 学术交流，2003(5):152-154.

性之所以区别于男性的特质。[1] 盖斯凯尔这至关重要的一步是不可或缺的，女性寻求自身价值和社会价值的实现正是女性精神视阈扩张的成果。

尽管盖斯凯尔夫人作品的性别研究主要集中在女性方面，魏恩文、李增和陈莹则将研究重点放在了盖斯凯尔夫人作品的男性人物上。从 2003 到 2005 年，魏恩文撰写了三篇论文从不同侧面较为系统全面地分析了盖斯凯尔夫人小说中理想绅士特点及促使盖斯凯尔夫人形成这种理想绅士观的因素。他将唯一神教的教义纳入研究范围，提炼出《妻子与女儿》中的吉布森先生一角，以反映盖斯凯尔的男性观。“唯一神教是没有教义的，但强调自由运用理性、宽容，相信人性本善、上帝是慈爱的而不是愤怒的，信仰自由也都是它的标志”。[2] 因此，盖斯凯尔的各部小说中的理想男性主人公都具备了宽容、高尚、理性、热爱科学、有民主倾向等唯一神教派所提倡的道德品格。而吉布森先生正是这样一位不同于维多利亚时期冷峻威严的父亲，他通情达理、体贴、诚实、负责任、谨慎、富有才智、慷慨大方、充满同情心、喜欢新的科学技术。李增和陈莹则以维多利亚绅士观和盖斯凯尔夫人作品中具体的绅士形象为切入点，分析了维多利亚小说中人物的阶级属性和道德观的关系。[3]

在所有国内盖斯凯尔夫人作品性别研究论文中，陈礼珍的

---

① 车莉. 19 世纪英国女性文学中女性意识的嬗变[J]. 学术交流，2003(5)：152-154.

② 魏恩文. 盖斯凯尔夫人小说中的男性与唯一神教精神[J]. 重庆工商大学学报(社会科学版)，2005(3)：132.

③ 李增，陈莹. 维多利亚小说人物的阶级属性与道德观研究——以盖斯凯尔夫人小说中绅士形象为例[J]. 长春工业大学学报(社会科学版)，2009(1)：102.

两篇文章采用了与其他研究者完全不同的性别政治角度。在“《北方与南方》的性别政治逻辑：功能性人物与女性发展空间的生成”一文中，陈礼珍从叙事学角度的功能性人物观出发，分析了盖斯凯尔夫人在《南方与北方》中运用性别置换策略将黑尔先生“女性化”是为了给玛格丽特跨越传统女性的家庭领域，进入男性专属的公共领域创造充分的发展空间。① “社会空间分界的性别政治——《北方与南方》性别力量背后的意识形态陷阱”质疑了批评界对于玛格丽特越界行为的女性性别权利胜利的界定，并将玛格丽特保护约翰的越界行为勇气来源归结于父权制传统中男性对女性的保护与尊重，同时提出玛格丽特拯救约翰事业的行为所显示的并非女性性别的力量，而仅仅是借贷资本的人格化。“玛格丽特对约翰的双重拯救的不同之处在于，使约翰的身体得到拯救的是玛格丽特自持的女性道德优势，使他的事业得到拯救的是资本的权力运转。因此，后者仍然不能在深层次意义上换喻或者象征玛格丽特所代表的中产阶级女性的性别力量。”② 这两篇文章的发表为国内盖斯凯尔夫人研究提供了新的视角与方法。

盖斯凯尔夫人研究的另一个切入点为其创作艺术。吴迪在“静水深流：《克兰福德》的宁静世界”中深入地分析了盖斯凯尔夫人在该小说中营造的宁静氛围，指出“作者在塑造生活节奏缓慢的人物和社区环境的同时，配以迂回平淡的故事情节和松散随意的轶事性结构，潜移默化地解构了一些传统观念的禁

---

① 陈礼珍.《北方和南方》的性别政治逻辑：功能性人物与女性发展空间的生成[J]. 国外文学，2012(3)：129.

② 陈礼珍. 社会空间分界的性别政治——《北方和南方》性别力量背后的意识形态陷阱[J]. 外国文学研究，2011(6)：151.

锢，勾勒出蕴含在平凡生活之中的‘宁静的英雄主义’的鲜活形象”。① 王忠霞和曹瑜在“《南方与北方》的互文性研究”一文中，论证了在主人公性格塑造和情节模式两个方面该小说与奥斯汀小说《傲慢与偏见》之间存在肯定互文性关系，而在男女主人公的爱情和婚姻关系方面这两部小说则存在否定互文性关系；② 这一观点与1939年汪倜然为《女性的禁城》作的序言中对奥斯汀和盖斯凯尔夫人之间创作关系的论断相似，是对汪倜然所持观点的继承和发展。

除了上述几个主要研究方向以外，殷企平分析了《玛丽·巴顿》中玛丽坐火车这一细节的象征意义。在“进步”的车轮碾压过后，劳资双方几乎成为了“两个民族”，这种“劳资矛盾的激化的根本原因是资方在急速敛财时对穷人的冷漠和残酷”。而无辜的杰姆却因为这个锒铛入狱，生命危在旦夕。玛丽为了营救爱人，坐上了火车，火车这个工业革命、工业化和进步的象征却又隐含着对整件事情的嘲讽。殷教授认为盖斯凯尔写作的目的，就是为了表达对政治经济学的质疑，对唯理论思维模式的反驳，通过这样的反驳，“盖斯凯尔夫人解构了古典政治经济学赖以立足的基础”。③ 陈礼珍在2011到2012两年间，还陆续发表了5篇盖斯凯尔夫人研究论文：“《克兰福德》的‘雅致经济’”“建构女性乌托邦的困境：《克兰福德》故事与话语的断裂”“出版形式与讲述模式的错

① 吴迪.静水深流:《克兰福德》的宁静世界[J].求是学刊,2010(4):112-117.

② 王忠霞,曹瑜.《南方与北方》的互文性研究[J].鸡西大学学报,2013,13(03):116-118.

③ 殷企平.在“进步”的车轮之下——重读《玛丽·巴顿》[J].外国文学评论,2005(1):91-99.

位——论盖斯凯尔的《克兰福德》”“视线交织的‘圆形监狱’——《妻子与女儿》的道德驱魔仪式”和“新世纪国外盖斯凯尔研究的流变与发展”。这些文章的发表，不仅扩大了国内盖斯凯尔夫人的研究范围，还向国人介绍了国外盖斯凯尔夫人的最新研究成果，促进了国内盖斯凯尔夫人研究与国际接轨的进程。

（四）国内盖斯凯尔研究的不足与未来

笔者以“盖斯凯尔”为主题词，对中国知网收录且时间在1979年1月1日至2015年12月31日的论文进行检索，搜集到175条相关文献，具体如表1-1。

表1-1　1979年至2015年中国知网中有关“盖斯凯尔”的数据

检索词	期刊	博硕论文	教育期刊	报纸	国际会议	学术辑刊
盖斯凯尔	118	47	7	1	1	1

以上数据表明，1979年至2015年间，国内评论家读者对伊丽莎白·盖斯凯尔的关注度不高。为了进一步了解国内评论家读者对伊丽莎白·盖斯凯尔进行研究的具体方面，笔者继续使用中国知网提供的计量化可视分析功能对有关伊丽莎白·盖斯凯尔的118篇期刊关键词进行词频统计并得到以下词频图（图1-1）。

从关键词分布图表中不难发现：国内对伊丽莎白·盖斯凯尔的研究以其人及其小说《玛丽·巴顿》《南方与北方》和《克兰福德镇》为主，多探讨盖斯凯尔夫人及其作品中的女性主义意识、女权主义特征。国内盖斯凯尔夫人研究在短短四十年内取得了较为丰硕的成果，尤其是对其长篇小说的研究，起

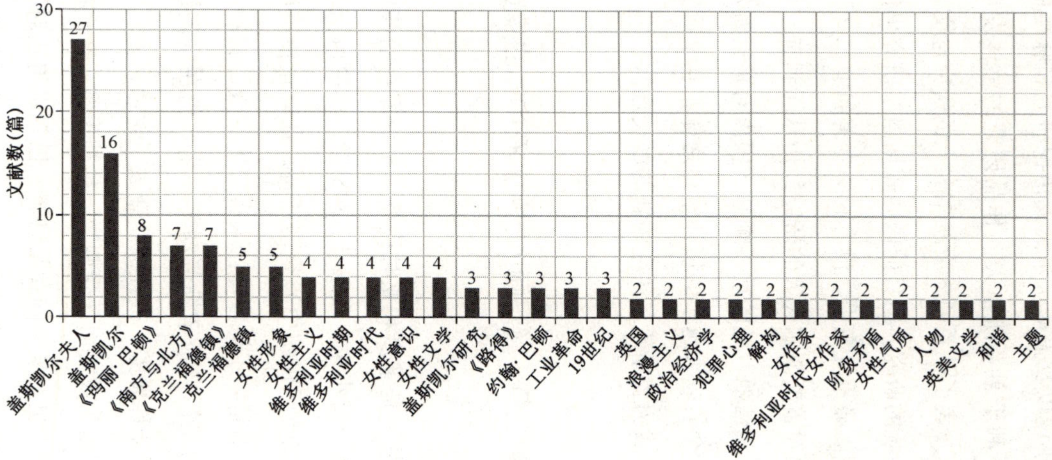

图 1-1　1979 年至 2015 年中国知网“伊丽莎白·盖斯凯尔”相关文献关键词分布图

到了把握盖斯凯尔夫人写作特点、写作主题的历史坐标作用。然而，和国外盖斯凯尔夫人研究相比，对于其《夏洛蒂·勃朗特传》、中短篇小说以及盖斯凯尔夫人传记研究和脉络梳理还非常鲜见，这不利于盖斯凯尔夫人作品研究的整体发展。此外，尽管有学者发表了一系列盖斯凯尔夫人的研究论文，尝试对其进行较为系统的研究，但目前国内盖斯凯尔研究仍停留在论文阶段，主题尚显重复集中，没有相关专著问世。

总之，国内对盖斯凯尔夫人的研究经历从无到有，从单一到多样的过程。相信随着她的重新崛起，国内对盖斯凯尔研究会向纵深发展，会有越来越多的填补空白之作，互文研究和跨学科研究也许将成为盖斯凯尔研究的新的增长点。

第二节　《玛丽·巴顿》在中国的接受

《玛丽·巴顿》是维多利亚时代英国小说家伊丽莎白·盖斯凯尔的第一部长篇小说，发表于 1848 年，小说所描写的故事发生在 19 世纪英国棉纺中心曼彻斯特。那时正值英国经济萧条时期，棉布滞销，工厂停产，大批工人失业。棉纺厂老工人约翰·巴顿为工厂老板辛勤劳动了一生，仍在贫困线上挣扎。儿子因生活条件恶劣，被猩红热夺去了生命；妻子因其妹妹被有钱人诱拐沦为妓女而深受刺激，精神失常，在一次临产时痛苦地离开了人世；唯一的女儿玛丽·巴顿被迫进时装店铺当学徒。约翰·巴顿在生活的打击下，逐步认清了资本家的剥削本质，他积极参加工人的请愿和罢工斗争，成为宪章派工人运动的积极分子，被工人们推选为代表，到伦敦向国会请愿，结果遭到英国议会的否决，请愿失败，约翰落得被解雇的厄运。这时，工人们在工会的领导下举行大罢工。以卡森父子为首的厂主们拒不接受工人的起码要求，最后，约翰满怀仇恨杀死了厂主的儿子哈利·卡森。约翰的女儿玛丽·巴顿美丽聪颖，但幼稚天真，爱慕虚荣。她认为自己长得美丽，幻想着日后做大户人家的阔太太。面对技术熟练的机工杰姆·威尔逊的求婚，她无情地拒绝了，却爱上了资本家的儿子哈利·卡森。当她知道小卡森并不想和她结婚，只图占有她的美色时，她如梦初醒，悔恨不已，最后她爱上了真正把她放在心上的杰姆。因小卡森突然死亡，杰姆被当作情杀的凶手遭到逮捕。玛丽不惧艰险，在审判席上以有力的反证洗刷了杰姆的嫌疑。最后，约翰主动自首，向老板悔罪，老卡森宽恕了约翰。待到夜尽天明，约翰在老卡森怀中去世。杰姆与玛丽结婚，一起前往加拿大追求新的幸福。

英国社会史学家阿萨·勃里格斯曾对维多利亚时代（1837—1901）做了早、中、晚三个时期的划分①，《玛丽·巴顿》的写作出版处于19世纪40年代的萧条时期，历史上被称为“饥饿的四十年代”。正如盖斯凯尔夫人在小说《玛丽·巴顿》的序言中所述：

> 在我居住的城市里，那些每天在熙熙攘攘的街道上擦肩而过的人们的生活中间，该是有着多么深刻动人的传奇材料。我素来对那些焦心积虑的人们，感到一种深厚的同情：他们好像命中注定要一生一世在生活中挣扎，时而就

① 阿萨·勃里格斯.英国社会史[M].北京：中国人民大学出版社，1991：279.

业，时而失业；受尽环境的颠簸，比另外一些人显然经历着更大的痛苦。①

这是作者盖斯凯尔夫人决定创作和发表《玛丽·巴顿》的一份公开声明。作者怀着减轻工人疾苦、缓和劳资矛盾的善良愿望，遵循“忠于事实”的现实主义创作原则写作这部小说，完全有着现实的针对性。1832年的议会改革使资产阶级在议会中建立了公认的、强有力的地位，而资产阶级利用业已取得的权力所采取的一系列政治改革和经济措施，又使英国的资本主义工商业获得了巨大的发展。大机器生产在工业主要部门取得了完全胜利，工业品的输出成倍增长，棉、毛织品更是垄断着世界市场，从殖民地搜刮来的财富源源不断地流入国内。然而在这一切表面繁荣昌盛的背后，却潜伏着深刻的社会危机，其突出的标志就是举世闻名的宪章运动的爆发。尽管宪章运动的三次高潮都因受到政府的残酷镇压和工人阶级本身的不成熟而失败，劳资间的根本矛盾也没有得到妥善解决，尤其是资产阶级对工人的痛痒依然采取一种漠不关心的态度，这就不可避免地会引起劳资矛盾的新的激化。盖斯凯尔夫人作为一个下层牧师的妻子和虔诚的基督教徒，长期生活在当时棉纺织工业和工人运动的中心曼彻斯特——维多利亚时代所有矛盾的焦点。它是一座“令人震惊的城市”，它的经济以令人难以置信的速度飞速发展着，但它又是社会矛盾最尖锐的一座城市，它孕育着贫穷与富有，肮脏与奢华（Gilmour，1986：37）。② 盖斯凯尔

① 盖斯凯尔夫人. 玛丽·巴顿[M]. 荀枚，佘贵棠，译. 上海：上海译文出版社，1978：序言.

② Gilmour，Robin. The Novel in the Victorian Age：A Modern Introduction [M]. London：Edward Arnold，1986：37.

夫人就生活在这样的环境中。作为牧师妻子的她有机会接触普通的产业工人，对于那些焦灼不堪、忧虑重重的人们，感到深切的同情；与当地一般工人经常接触，又经历了宪章运动的几次高潮，了解工人的生活和思想，熟知社会的动荡不安与秩序紊乱。

《玛丽·巴顿》在真实地描写了失业、长期饥寒交迫的生活给工人和他们的妻子儿女带来了疾病和死亡的同时，也表明了阶级对立已经到了一触即发的地步：约翰·巴顿就是这些人中间的代表之一。这位可怜的织工始终想不明白，为什么他的老板们能够从原来的房子一次一次地搬到更好的房子里去居住，最后又总是盖造一所比以前所有的房子都来得华丽的住宅；或者从合伙组织里抽回资金，或者卖出工厂，在乡村中置上一大片庄园。可是做织工的人，眼看着这些资金是他和他的伙伴们挣得来的，自己却要身受减削工时、克扣工资、裁员解雇等遭遇，老是为孩子们的面包在不断挣扎。……但是街上的马车照旧在疾驰来往，音乐会里照旧是拥满了长期订座的阔客，高贵奢侈品的店铺里照旧有着经常的主顾。两方面的对照鲜明有加。为什么单单要他们来承受不景气的打击呢？①

在这座阶级对立十分尖锐的工业城市曼彻斯特，作者从耳闻目睹的事实出发，在小说《玛丽·巴顿》中描写富人的房子越盖越豪华，而穷人约翰·巴顿和他的纺织工人们的生活状况却越来越糟糕，反映了当时工人阶级尽管是社会财富的创造者，却又得为孩子们的面包在不断奋斗挣扎着。约翰·巴顿认

---

① 盖斯凯尔夫人. 玛丽·巴顿[M]. 荀枚，佘贵棠，译. 上海：上海译文出版社，1978：序言.

为他们给老板每上一天工，就给他们“做一天奴隶”，工人们“流了血汗”，老板们却“挣了家业”。老板们和纺织工人就像处于“两个不同的世界”，好比“《圣经》里的财主和乞丐一样”，他们中间有着一条“跨越不过的鸿沟”。①

在19世纪英国文学中，就生动、细致地反映工人阶级的日常生活而言，《玛丽·巴顿》所取得的成就是其他任何作品所无法比拟的。盖斯凯尔夫人也成了最早将工人和资本家之间的阶级斗争作为小说主题的英国作家，她因此而成为英国甚至欧洲文学史上最早反映劳资矛盾的作家。

一、《玛丽·巴顿》研究在中国的兴起（1980—1999）

《玛丽·巴顿》一直被称为“工业革命性小说”，因其以19世纪30年代末40年代初的宪章运动和罢工斗争为背景，真实地反映了工人阶层的生活及当时的社会矛盾，这使得其在19世纪的英国文坛独树一帜，同时也确立了盖斯凯尔夫人在英国文坛上批判现实主义作家的坚实地位。

虽然国内在1955年就有了《玛丽·巴顿》第一个译本，但对小说的研究最早只能追溯到1982年。在中国知网（CNKI）输入“玛丽·巴顿”“盖斯凯尔”，并将搜索时间限定为1980年至1999年进行主题检索，结果发现1999年以前，仅有7篇研究文章。其中20世纪80年代3篇、90年代4篇。虽

① 盖斯凯尔夫人.玛丽·巴顿[M].荀枚，佘贵棠，译.上海：上海译文出版社，1978：序言.

然规模小，成果数量非常有限，却都是观点明确的原创性成果。

1982年，张敏、繁澍发表了国内第一篇关于盖斯凯尔作品的研究论文“试论《玛丽·巴顿》的思想内容——关于盖斯凯尔夫人代表作的评价问题”，拉开了《玛丽·巴顿》研究的序幕。1984年王秋荣和丁子春发表了论文“无产者战斗的画卷——评盖斯凯尔夫人的《玛丽·巴顿》”。前者运用马克思的阶级矛盾和阶级斗争的观点，指出“作品敏感地着眼于成长中的无产阶级，独到地描写了工人们的生活、斗争和思想、感情，尖锐地揭示了大工业发展带来的劳资矛盾的高度激化，直接有力地打破了关于资本主义制度的完善性和永恒性的幻想”。① 后者通过分析盖斯凯尔夫人如何塑造约翰·巴顿和玛丽·巴顿这两个战斗的工人阶级形象，指出“《玛丽·巴顿》既从属于19世纪资产阶级批判现实主义文学的范畴，但又不同于一般的批判现实主义文学，它在某些方面已接近无产阶级文学的高度了。仅就这部小说表现工人题材、展示劳资矛盾的思想深度及其在文学史上的地位而言，也是当时同类小说所不及的”。② 1986年，薛龙宝发表了“评盖斯凯尔夫人的《玛丽·巴顿》”一文，指出“盖斯凯尔夫人对于英国工人阶级的生活和斗争及其阶级仇恨和反抗心理的真实描写，有力地打破了对于资本主义制度永恒性的幻想，暴露了这个制度的矛盾”，同时又指出了小说的局限性，“但是她所提出的解决矛盾的办

① 张敏，繁澍. 试论《玛丽·巴顿》的思想内容——关于盖斯凯尔夫人代表作的评价问题[J]. 文科教学(乌盟师专)，1982(1)：70.

② 王秋荣，丁子春. 无产者战斗的画卷——评盖斯凯尔夫人的《玛丽·巴顿》[J]. 上海师范大学学报(哲学社会科学版)，1984(1)：25-31.

法却是错误的，这特别表现在小说最后约翰与卡森的和解上”。① 三篇文章都从阶级观点出发、从社会历史学的角度进行评论，这是由当时“政治标准第一，文艺标准第二”的社会政治环境所造成的。

20世纪90年代发表的四篇文章，无一是专门研究《玛丽·巴顿》的。胡亦乐曾把小说《玛丽·巴顿》《露丝》和《南方与北方》放在一起进行比较，认为“盖斯凯尔夫人又是一位独立的思想家……向传统观念提出了尖锐的挑战。随着年龄的增长，她对妇女问题所持的观点越来越开明……开始通过作品对诸多女权问题提出质疑”。② 吴祖镏、徐新、程慧静和刘立峰分别发表的三篇论文重点分析盖斯凯尔对于劳资冲突的描写和先进工人阶级形象的塑造。吴祖镏评价道“《玛丽·巴顿》问世后……发挥广泛影响。应该说，这与盖斯凯尔重视以工人问题进行创作，把处在资本主义剥削压迫下的工人群众的思想发展规律作为描写的重点，并且作到基本上符合当时历史的真实是分不开的”。③ 他还从《玛丽·巴顿》的序言和盖斯凯尔夫人创作活动的背景材料两方面入手论证了《南方与北方》是盖斯凯尔夫人早就酝酿于心的《玛丽·巴顿》续篇。“此书再次以曼彻斯特工人问题为题材，重新回到了《玛丽·

---

① 薛龙宝. 评盖斯凯尔夫人的《玛丽·巴顿》[J]. 扬州师院学报(社会科学版)，1986(1)：45.

② 胡亦乐. 试论盖斯凯尔夫人笔下的妇女形象[J]. 山东外语教学，1991(4)：25.

③ 吴祖镏. 关于《南方与北方》的一点看法[J]. 南通师专学报(社科版)，1994(4)：34-36.

巴顿》的社会主题上，实践了她‘重弹旧调’的战斗誓言。”①徐新在“论盖斯凯尔夫人的《克兰福德》”中比较了《玛丽·巴顿》和《克兰福德》的写作动机，“如果说，《玛丽·巴顿》的写作动机在于从正面直接揭露资产阶级的丑恶本质，抒发作者的强烈义愤的话，那么，《克兰福德》的写作动机则在于，在这一系列‘田园诗’般的理想主义的描写上，反衬着资本主义社会都是资产阶级的丑恶……”② 程慧静和刘立峰则论证了大工业在产生大资本家和工厂主阶级的同时也产生了它的孪生兄弟产业工人阶级。产业工人阶级与资产阶级的关系从来都不是融洽的，他们彼此怨恨，表现在经济利益的冲突上。一方认为“我们有气力上一天工，就给他们做一天奴隶；我们流了血汗，他们挣了家业”；而另一方则认为对方想“控制和占有别人的产业”。③

国内这二十年对于《玛丽·巴顿》的研究，主要集中在工人与厂主之间的阶级矛盾的现实主义的写作手法方面，分析书中工人的悲惨生活以及工人和厂主间的矛盾，探索作家社会改良之苦心。《玛丽·巴顿》首开把劳资斗争作为作品题材的先河，栩栩如生地再现了当时的社会生活尤其是工人阶级水深火热的生活，塑造了一批先进工人阶级的形象，此题材具有里程碑意义。纵观欧洲批判现实主义文学的发展过程，真正正面触及劳资矛盾的小说屈指可数。除《玛丽·巴顿》外，就只有狄

---

① 吴祖镏．关于《南方与北方》的一点看法[J]．南通师专学报（社科版），1994(4)：34-36.

② 徐新．论盖斯凯尔夫人的《克兰福德》[J]．南京师大学报（社会科学版），1992(4)：98.

③ 程慧静，刘立峰．盖斯凯尔夫人创作的现实性[J]．南昌教育学院学报，1998(3)：23-26.

更斯于1854年发表的《艰难时世》以及左拉于1885年发表的《萌芽》了。虽然在作品的艺术成就与社会影响上，《玛丽·巴顿》不及后两者，但对后人产生了深远的影响，甚至可以说《玛丽·巴顿》在某种程度上启发了狄更斯创作《艰难时世》。难怪狄更斯在1850年担任《家常话》杂志主笔时给盖斯凯尔夫人的信中写道："在活着的作家中，对我帮助最大的莫过于《玛丽·巴顿》的作者；这本书深深地打动了我的心，给我留下了深刻的印象。"①

二、《玛丽·巴顿》研究在中国的发展（2000年至今）

在中国期刊全文数据库（CNKI），输入关键词"玛丽·巴顿"和"盖斯凯尔夫人"，并将搜索时间设定为"2000年至2017年"进行主题检索，可检索到相关研究论文29篇；与此同时，在万方硕博学位论文数据库中检索到博士论文2篇（"道德困境与个人成长：盖斯凯尔社会小说中女主人公心路历程"［上海外国语大学，甄艳华，2014］；"英国维多利亚时期女性小说文学伦理学批评"［吉林大学，夏文静，2013］），硕士论文20篇，报纸文章1篇。研究成果的数量由兴起阶段的个位数上升到十位数，研究与接受的群体变大，形式逐渐多元。《玛丽·巴顿》在中国的研究进入了发展期。研究成果的质量以及所发表刊物的级别以及从事研究人员的水平达到了一

---

① ［美］安妮特·T. 鲁宾斯坦. 英国文学的伟大传统（下）：从司各特到肖伯纳[M]. 上海：上海译文出版社，1998：107.

个新的高度。

研究成果大多以学术论文、学位论文为主，偶见随笔。研究成果所发表的刊物多为本领域国内知名刊物，具体上可分为三类。一类为外国文学类研究期刊，包括《外国文学评论》《外国文学研究》《国外文学》；一类为综合性刊物，包括《山西财经大学学报》《浙江工业大学学报》《学术交流》等；一类为外语类学报，如《天津外国语大学学报》。共发表南京大学CSSCI核心论文7篇、北京大学中文核心论文9篇。研究者中的代表人物有蜚声中外的学术大家殷企平，有声名鹊起的后起之秀陈礼珍。

读者为什么选择《玛丽·巴顿》？为什么有关《玛丽·巴顿》的研究成果数量倍增？这是由新世纪英语在中国的普及、作品的艺术魅力、中国读者的价值观变迁决定的。新世纪《玛丽·巴顿》的研究呈现多元化态势，归纳起来集中在以下四个方面。

（一）小说中的政治与性别政治研究

陈礼珍挖掘出《玛丽·巴顿》中19世纪英国殖民活动的痕迹，指出“帝国话语在维多利亚时代的文学中也留下了鲜明的印记。即便是以家庭题材小说和描写国内工业和阶级问题著称的伊丽莎白·盖斯凯尔也无可避免地经常涉及帝国话题……《玛丽·巴顿》蕴含了盖斯凯尔对帝国殖民活动的忧思与警醒”。虽然《玛丽·巴顿》中并没有大英帝国殖民事业的正面叙述，但是它却贯穿小说始终。“《玛丽·巴顿》有多处文本细节都和维多利亚时代的帝国叙事话语进行对接，来自东印度的蝎子便是对帝国殖民事业的绝佳隐喻。它警醒维多利亚人需要时刻注意殖民事业潜在的危险，揭示出以强硬政治和军事实力维护的全球殖民秩序外表虽然平静，但可能只是一种错觉。从这种意义上来讲，盖斯凯尔既通过小说虚构话语反映了帝国殖民事业的繁盛，同时又以文学话语的方式参与到维护帝国殖民事业的实践活动之中”。① 另外，她认为盖斯凯尔对小说名称的选择暗含了作家本身的性别政治逻辑。她认为盖斯凯尔小说叙事大多数都是围绕主要人物的性格而展开。“这一点非常鲜明地体现在《北方和南方》的‘前篇’《玛丽·巴顿》之中。盖斯凯尔在书信中用很长的篇幅谈论自己写作的过程和理念，她提及这部小说原本是以玛丽·巴顿的父亲约翰·巴顿为标题的，‘其他人物都是围绕约翰·巴顿这个人物而成型的；他是我的主角，我所有的同情心都给了他一个人……’”。② 鲍丹、李君君认为《玛丽·巴顿》中两种意识形态的斗争是造成小说矛盾的主要冲突点，“盖斯凯尔在批评政治经济学的同时还对马克思主义心怀不满。她认为工人们在学习过那些理论和逻辑后只会加重对现实生活的不幸感，无任何改变”。③ 因此，盖斯凯尔要用人道主义和上帝之爱缓解矛盾、化解冲突，取得劳资间斗争的平衡。在小说结尾，作家让巴顿和卡森握手言和是想向读者表明，阶级仇恨和社会矛盾都可以通过基督式的爱和宽容来化解。殷企平在“在‘进步’的车轮之下——重读《玛

① 陈礼珍.蝎子与鸦片的政治讽喻——《玛丽·巴顿》的殖民与阶级隐喻话语[J].天津外国语学院学报,2015(1):58-62.

② 陈礼珍.《北方和南方》的性别政治逻辑:功能性人物与女性发展空间的生成[J].国外文学,2012(3):133.

③ 鲍丹,李君君.盖斯凯尔作品中的政治和社会批判[J].湖北经济学院学报,2015(2):95.

丽·巴顿》”一文中说到，盖斯凯尔夫人的那句“我不懂政治经济学”的声明与其说是表示谦虚，毋宁说是对当时流行的政治经济学的抗拒。同时，他认为：“《玛丽·巴顿》是一次诊断意义上的成功实践。它诊断出了‘两个民族’的病因，解释了‘供求关系’和‘市场需求’所无法解释的现实。正是在这一意义上，《玛丽·巴顿》胜过了当时的政治经济学。”① 范一亭认为，以盖斯凯尔夫人为代表的维多利亚早中期小说家（尤其女性小说家）大多描述了女性对公共空间的探索，女性在工业城市空间中获得了意想不到的身体解放和政治能动性，于是女性主义的性别意识同空间政治融合在小说之中。玛丽·巴顿“正是利用资本主义工业城市的公共空间来对抗父权，从而在商业、政治和法律的公共空间中部分地创造了属于女性性别的历史”②。在工业城市空间中，玛丽完成了阶级意识的转化，并以无产阶级代言人的身份实现了盖斯凯尔夫人关于无产阶级整体性救赎的政治想象。

（二）矛盾意识与时代语境研究

维多利亚时代的英国是一个充满矛盾的世界：经济腾飞与社会纷乱并存，民主意识与阶级矛盾共生，科学发现质疑宗教信仰，女性主义挑战男权社会。这样的文化语境冲击着人们尤其是知识分子的思想观念，使他们感到困惑和迷失，甚至矛盾

---

① 殷企平. 在“进步”的车轮之下——重读《玛丽·巴顿》[J]. 外国文学评论，2005(1)：92-94.

② 范一亭. 女性主义的空间探索与阶级意识——论《玛丽·巴顿》中盖斯凯尔夫人的政治想象[J]. 国外文学，2015(1)：46.

重重：盖斯凯尔夫人同情工人的疾苦，却又处处为资产阶级开脱；她看到了工人阶级与资产阶级无法调和的矛盾，却又幻想这两个阶级能得到和解；她是一个虔诚的基督徒，而作品中却时时表现出对宗教的质疑；她相信女性的生存能力，鼓励女性走向社会，但在写作的潜意识中又处处体现出对女性的蔑视；约翰·巴顿在走上斗争道路之前是好工人、好邻居、好家长，而一旦转变为工人运动中的积极战士，他的形象在作者笔下被写成是冷酷无情的人。欧阳美和、周香花认为，《玛丽·巴顿》让读者看到以盖斯凯尔夫人为代表的一代知识分子的矛盾与迷茫："作为小资产阶级，维多利亚飞速发展的经济让她自豪，对国家前途充满幻想，但混乱的社会现实和工人悲惨的生存状态使她困惑；维多利亚浓厚的宗教氛围深深熏陶着她，但达尔文等人的科学发现动摇着她的宗教信仰，让她迷失；女性主义冲击着当时根深蒂固的男权观念，使她感到疑虑。"①

（三）情感结构与心理分析

工业革命时期，英国为了完成早期的资本原始积累，在19世纪进行了海外扩张。小说家们喜欢将海外殖民地设计为一条退路，以便主人公在饱受挫折之余，自由出走英伦三岛，继而峰回路转，衣锦还乡。这在《玛丽·巴顿》中有所体现，海外殖民地成为英国本土小说家化解现实冲突的有效手段。《玛丽·巴顿》在结尾为主人公安排了不同的结局：约翰·巴顿因

---

① 欧阳美和，周香花. 维多利亚文化语境中矛盾意识的突显——评盖斯凯尔夫人的《玛丽·巴顿》[J]. 外国文学研究，2006(2)：92.

杀人而在良心上感到极度不安，最终在忏悔中了却余生；卡森后悔不该报复，着手改善阶级关系，达成相互谅解；玛丽·巴顿和爱人一道去加拿大——这片新开发的土地尚未受到工业社会的染指，充满新的希望，将给他们带来新的生活。作者既同情城市贫民的可怜境遇，同时又害怕他们铤而走险、暴力反抗的复杂情感结构是当时英国社会的一种普遍心理状态。

樊黎、吴格非认为，《玛丽·巴顿》可以清晰地论证盖斯凯尔夫人对工业主义的批评，“反映了19世纪中期英国中产阶级一种普遍的情感结构：认识到邪恶，却又害怕介入。同情未能转化为行动，而是退避三舍。一方面，他们因新兴的工业社会剥削残酷、有悖人道，而反感日增，对其强烈批判，并对这个社会制度的邪恶有相当直接的认识；另一方面，他们又恐惧激烈的社会变革会带来巨大的动荡。盖斯凯尔夫人将笔下人物打发出海，是解决现实经验与伦理冲突的简易办法。但这种方法的广泛应用，却反映出英国社会伦理道德基础的动摇”①。不同的阶级有不同的情感结构，《玛丽·巴顿》是从工人阶级的角度反映劳资冲突的，着重描写19世纪初期工人与资本家之间的矛盾和冲突，反映的是曼彻斯特棉纺工人的悲惨生活与思想状况。因此，陈娇娥、何畅认为，“《玛丽·巴顿》更多地表现了工人阶级的情感结构”。② 在当时的英国，工人阶级是被统治阶级——无论是经济政治上，还是文化上。这是一个在生产关系上处于被雇佣的阶级，或者潜在的被雇佣阶级——因

① 樊黎，吴格非.《玛丽·巴顿》中的情感结构[J].文学界，2010(6)：35.

② 陈娇娥，何畅.从《玛丽·巴顿》到《南方与北方》——盖斯凯尔夫人工业题材小说中情感结构的比较与分析[J].浙江工业大学学报(社会科学版)，2006(1)：61.

为自身除了劳动力已经没有任何资本。但他们仍坚持着自己的伦理道德标准，如在小说中当约翰·巴顿在谈及对女儿未来的期望时，他说：

> 我宁可她将来依照《圣经》上的指示，拿自己的汗珠去换面包，哪怕永远吃不到黄油，我也不要她做一个茶来伸手饭来张口的阔太太，白天在商店里打混，晚上在钢琴面前怪叫；等她爬上床去的时候，这一天里除了对她自己，对上帝创造的人类简直一丝一毫没有好处！①

在这里以约翰·巴顿为代表的工人阶层设定了自己的情感结构，他们渴望用劳动来换取生存资料。工人阶级因为没有任何可获得最根本生活必需品的保障，掌握不了、也看不见自己的命运前途，但在他们对未来的憧憬中仍坚持着自己的价值观。

（四）女性主义研究视角

《玛丽·巴顿》是19世纪英国社会的缩影，一直被当作是一本聚焦于阶级冲突的工业时代小说，很多评论家从社会冲突的视角来分析这本小说，却忽略了其中暗藏的性别问题，导致这部小说中的女性角色和女性主义没有得到充分关注。18世纪文化将女性定义为“商品的购买者、消费交易的中介

---

① 盖斯凯尔夫人. 玛丽·巴顿[M]. 荀枚，佘贵棠，译. 上海：上海译文出版社，1978：44.

者”，甚至她们自身也是商品。[①] 到了维多利亚时代，现代意义上的消费主体逐渐与文化和家庭意识形态的浪漫主义传统相互结合，女性已经成为现代资本主义意义上的独立的消费主体，她们所消费的对象不仅包括商品，而且可以在广义上扩大到城市的空间消费。女性由此成为“重新定义了的个体”，内含了经济能动性，而狄更斯、盖斯凯尔的小说代表了“新兴的消费经济影响之下的维多利亚小说作品”。[②] 因此这样的经济基础使得十九世纪的维多利亚女性有可能进入之前毫无可能接触到的、专属男性的市场和商业公共领域，从而走出了昔日女性要么是局限在家庭空间内的主妇，要么是游荡在夜晚街道上的妓女的困境。“小说中玛丽·巴顿不仅消费城市空间和公共空间，更是开始成为工厂主、投资人、慈善家和劳资纠纷的调停人”。[③] 赵蓉认为《玛丽·巴顿》“为读者展现了两种完全不同的行为标准体系，一是工人阶级的行为准则，以关爱和合作为基础；另一个是资产阶级的行为准则，以所有权、支配权和法律为基础。这样的划分和传统的男女两性的角色划分十分相似，不难看出在小说中，工人阶级的父亲在某种程度上遵循的是一种女性的行为标准”。[④]

玛丽母亲的缺失决定了约翰·巴顿兼具母亲角色的双重

---

① Elizabeth Kowaleski-Wallace. Consuming Subjects: Women, Shopping, and Business in the Eighteenth Century [M]. New York: Columbia University Press, 1997:128.

② Gordon Bigelow, Fiction, Famine, and the Rise of Economics in Victorian Britain and Ireland [M]. Cambridge: Cambridge University Press, 2003:74.

③ 范一亭. 女性主义的空间探索与阶级意识——论《玛丽·巴顿》中盖斯凯尔夫人的政治想象[J]. 国外文学，2015(1):46.

④ 赵蓉. 从女性主义角度解读《玛丽·巴顿》[J]. 思想战线，2009(s2):25.

身份：在家里他是一位慈母般的父亲，家庭是他生活的重要组成部分，起着举足轻重的作用。在小说中可以看到，当约翰·巴顿和资本家进行阶级斗争时，总会提到挨饿的孩子们。为了孩子能成活，为生计而奔忙的工人阶级的父亲们在一定程度上遵循了“女性的行为标准”：养育孩子，本着合作的原则和邻居们互帮互助。所以中产阶级认为父亲是决然不同于母亲并有着与生俱来的权利的观念，在工人阶级看来并非事实。玛丽和玛格利特等几位女性走出家门去寻找工作，并以这种方式主动参与社会活动和政治生活中，最终获得了根本的自主地位。工作的力量推动了玛丽的成长，促进了其女性意识的觉醒，使她从一个沉默的客体转变成了说话的主体。

三、国内《玛丽·巴顿》研究的不足和未来

虽然新世纪以后国内评论界对《玛丽·巴顿》的研究呈现多元化态势，但是还存在诸多不足。

笔者以“玛丽·巴顿”为主题词，并将搜索时间限定为1979年1月1日至2017年12月31日，在中国知网进行检索，结果如表1-2所示。

表1-2 1979年至2017年中国知网刊载的有关“玛丽·巴顿”的数据

检索词	期刊	教育期刊	博硕论文	报纸	国际会议
玛丽·巴顿	25	7	18	0	0

表 1-2 数据表明，1979 年至 2017 年间，中国评论家读者在对小说《玛丽 · 巴顿》的研究以期刊论文为主，同时受到有科研潜力的博士生和硕士生的关注。为了进一步了解这一期间中国评论家读者对这部小说的研究热点，笔者运用中国知网提供的计量可视化分析功能分别对与之相关的信息进行了分析，结果如图 1-2 所示。

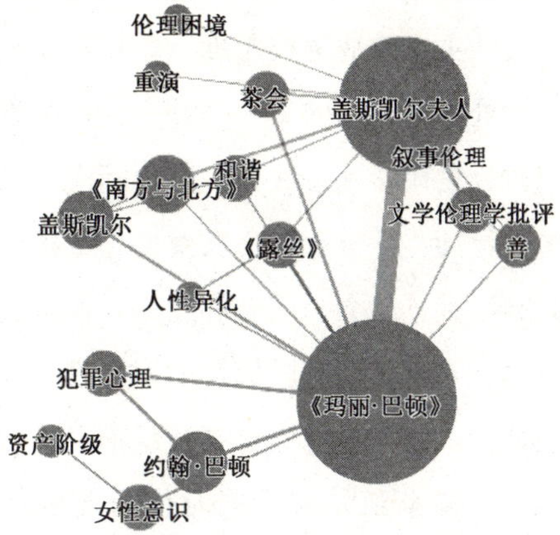

图 1-2　1979 年至 2017 年间中国知网刊载的有关“玛丽 · 巴顿”的关键词共现网络图

由图 1-2 可以直观地看到，1979 年至 2017 年间，《玛丽 · 巴顿》被中国评论家读者关注的焦点大致有四个：①对小说作者的研究；②对重点人物形象约翰 · 巴顿的分析；③对作品中的女性意识的研究；④对小说叙事伦理的研究。但是无论是从数量上还是从内容上来说，国内目前对《玛丽 · 巴顿》的研究都还存在诸多欠缺和有待挖掘的方面。今后从文学伦理批评、政治与文化批评、比较研究、消费文化研究、后殖民理论研究、跨媒体叙事研究等角度出发的研究或许会成为《玛丽 · 巴顿》研究的主要趋势，其研究成果将不断丰富《玛丽 · 巴顿》

广阔的、多重的阐释空间。

第三节　玛丽·巴顿在中国的形象变迁

维多利亚时代是英国发展史上矛盾丛生的“黄金时代”：经济腾飞催生社会纷乱，民主意识激化阶级矛盾，科学发现质疑宗教信仰，女性主义挑战男权制度。但根本上仍是一个以男性为主宰、女性处于第二性的父权制社会，以男性为中心的社会模式通过宗教、法律、社会习俗、道德标准等社会机制束缚着女性的思想和行动。一批现实主义女性作家的创作视野不再局限于狭小的起居室、舞会、茶会和花园，而是扩展至整个社会变革的激流之中，以她们细腻敏锐的女性视角观察着这个纷繁复杂的转型社会，创作思想进行着活跃而又痛苦的求索和矛盾重重的煎熬。与盖斯凯尔夫人同时代的夏洛蒂·勃朗特在《简·爱》《维莱特》中塑造的独立女性形象，是那个时代女权运动的旗帜。然而，夏洛蒂笔下的女性都受过一定教育，她们绝不会将自己混同于社会底层的劳动者，但她们似乎又与中产阶级有一定的距离。她们是劳动的受害者，因为她们是不得已从事这些卑微的劳动来养活自己，虽然她们所从事的劳动对于她们来说也是凸显坚强性格的磨砺石。她们的经历在小说中只是她们自己特殊的人生经历。盖斯凯尔夫人的作品描写了一群逐渐走向社会领域的女性，她在勃朗特姐妹探索的基础上，把女性意识纳入到了社会的轨道，与现实社会紧密联系在一起，实现了女性意识社会化的突破。盖斯凯尔夫人的作品不仅把女性带入了社会，而且还表现了女性在社会政治领域中的能力和素质，这是她对女性参与社会活动能力的充分肯定。

盖斯凯尔作品中的大部分女性都是那些社会底层的劳动妇女。在《玛丽·巴顿》小说的开头，盖斯凯尔夫人用轻松自然的笔调描写了一群工厂女工积极、自信的生活状态。

> 一群喜洋洋、闹嚷嚷的姑娘，年龄都在十二到二十之间，连蹦带跳地走过来。她们大多数是厂里的女工，穿着她们这一类姑娘出门时经常穿的服装，那就是：一条大披肩，在中午或天气好的时候，只当披肩用，到了黄昏，或是逢到天气阴凉，可就变成了一种西班牙女人的头巾，或是一方苏格兰格子呢，罩在头上，两边下垂，有时在下颌边用别针扣住，看来倒也绰约动人。①

这部小说里无论是女主角玛丽·巴顿，还是其他女性人物如玛格丽特、爱丽丝，都是自食其力的女性。她们都没有受过什么教育，只有靠出卖劳动力生活。她们不仅要养活自己，还要承担养活家庭的责任。玛丽在母亲去世后在一家裁缝店当学徒，尽管收入微薄，但在父亲失业以后，成了家里的支柱。玛丽的好友玛格丽特由于眼疾失去了工厂的工作，靠卖唱养活自己和爷爷。爱丽丝靠洗衣为生，将一个领养的孩子抚养成人，她终其一生致力于照顾周围的病弱人群，为他们采药草治病。对于这些女性来说，她们的工作是她们的生存手段，她们也在这些看似卑微的劳动中实现着自己的人生价值。

盖斯凯尔笔下的这些劳动女性在其作品中是一个普遍群体。劳动对这些女性来说不是不幸而是正常的生活状态，是她

---

① 盖斯凯尔夫人. 玛丽·巴顿[M]. 荀枚，佘贵棠，译. 上海：上海译文出版社，1978：3.

们生活中必不可少的一部分。她们是新型工业城市里逐渐形成的新的强大力量。工业革命使工人阶级的队伍不断壮大；也为这个区域的女性提供了谋生的手段，让长期处于压制下的女性们开始重新审视自身价值。① 盖斯凯尔同时代的作家作品中有不少都是关于工业题材的小说，如狄更斯的《艰难时世》、金斯利的《阿尔顿·洛克》（*Alton Locke*）、迪斯雷利的《西比尔》（*Sybil*）等。但是，在这些男性作家的小说里，主人公往往都是男性，而那些女性角色都是被理想化的传统女性形象。她们柔顺无力，或是男性追逐的目标，或是生活的受害者，与盖斯凯尔笔下的独立坚强的女性形象形成了鲜明对比。盖斯凯尔夫人尤为关注的是“女性如何适应这个新的社会结构以及工作在女性生活中的位置”②。在《玛丽·巴顿》中，作者的主要目的是揭示阶级矛盾，客观地再现工人阶级的苦难生活。盖斯凯尔特别关心的是劳动女性，这在维多利亚时期的英国拥有很大的群体，但这个群体却没有完全被社会承认和接纳。Sarah Ellis 在《英格兰的女性》（*The Daughter of England*）里写道：女性最幸福、最有益的影响范围应该是在家庭里。③ 19 世纪理想的女性是所谓的“angels in the house”（家庭天使）。在这个时代里，男性的工作总是受到社会首肯，女性参加到劳动大军中则常被视为社会问题，尤其会被认为是家庭的堕落。但此时的英国资本主义已经逐渐形成，“资本主义的出现需要

① 宁媛媛. 家庭天使的“堕落”——盖斯凯尔夫人小说中 19 世纪女性的生存境遇[J]. 湖南工业大学学报(社会科学版)，2009(1)：62.

② Colby B. Robin. Some Appointed Work To Do：Women and Victorian in the Fiction of Elizabeth Gaskell [M]. London：Greenwood Press，1995：19.

③ 同上：4.

女性也加入到劳动大军中来。工业经济的发展需要从事不同行业的工人以满足日益增长的需要。与此同时，19 世纪的意识形态不允许将女性与职业联系在一起，因而忽视了大量而且是人数不断增加的劳动力中的女性”①。盖斯凯尔夫人不仅观察到工业时代所面临的严重社会危机，与此同时，也体察到社会结构在工业大潮的席卷下正发生巨大变化，逐步将女性从社会传统的桎梏中解脱出来。

《玛丽·巴顿》进入中国六十多年，在中国读者的眼中，女主人公玛丽历经的各种变化与磨难就是她的成长史，其中涵盖了她的梦想与信念，反映了她的心理轨迹，体现了她对生存困境的突破愿望和对自由幸福生活的向往与追求。随着她更深入地走进社会，遂开启了自我认识、自我肯定、自我独立的过程，催生了女性意识的觉醒。

一、两难境地的抉择者

《玛丽·巴顿》中玛丽·巴顿身为约翰·巴顿的女儿，对父亲体贴照顾、关怀备至，尤其在母亲去世后，更是对父亲百依百顺。可是作为小卡森的情人，她又不得不违抗父亲，因为父亲对资产阶级恨之入骨。约翰·巴顿就曾明确表示过希望玛丽·巴顿依靠自己双手养活自己，也不要踏进有钱人家的大门：“我宁可她将来依照《圣经》上的指示，拿自己的汗珠去

① Colby B. Robin. Some Appointed Work To Do: Women and Victorian in the Fiction of Elizabeth Gaskell [M]. London: Greenwood Press, 1995:5.

换面包，哪怕永远吃不到黄油，我也不要她做一个茶来伸手饭来张口的阔太太。"① 可是她自己又受姨母的蛊惑，"认定自己的美貌准会使她成为一个大户人家的太太"，因为小卡森是上流社会的公子，这一切又为她的幻想提供可能。然而她不知道小卡森对她的感情却只是玩弄而已，根本没想过要娶她。一方是自己的父亲，一方是自己的情人；一方是和自己一样为生活挣扎的无产阶级，另一方是与自己对立的资产阶级，玛丽·巴顿陷入困境之中。在这种两难之中，玛丽·巴顿产生了一种奇怪的心理"她父亲最是痛恨那种上流人物，她于是更觉得他们值得涎羡"，"父亲不赞成有钱有势的人，那个影响的力量就变得更大"。② 玛丽不能遵从父亲的教导，在外工作时偷偷和小卡森约会，虽然她明知这种行为会惹自己的父亲生气，可是她依然我行我素，抱着侥幸心理，断定父亲在自己成为有钱人家的太太之后肯定会高兴，其实她是在为自己不切实际的幻想找借口。玛丽也没有和小卡森真正意义上开诚布公地谈论自己的感情，更没有试着去努力解决父亲和情人之间的矛盾。她一直游离在父亲与情人之间，深陷两难之中却没有采取任何努力与措施。然而让人难过的是，像玛丽·巴顿这样的情况在当时是非常普遍的，有钱人家的公子大多玩弄贫苦人家的女子，而下层生活的女子还一心做着富贵梦。

盖斯凯尔夫人通过玛丽·巴顿的两难之境将当时这一社会状况表现出来，表达了作者的无助与痛惜之情。所以作者在小说中一再发出"这些便是她（玛丽·巴顿）的空中楼阁，奢侈

---

① 盖斯凯尔夫人. 玛丽·巴顿[M]. 荀枚，佘贵棠，译. 上海：上海译文出版社，1978：43.

② 同上：44.

的白日梦；它们将来不知道要害她流多少眼泪呢!”[①] 虽然作者看清了当时的状况，可是成千上万的女子和玛丽·巴顿一样看不清现实，在两难之中无法抉择。

二、政治风潮的旁观者

虽然在《玛丽·巴顿》中，工人阶级女性已经走向社会自谋生路，但是，这些女性都缺乏社会责任意识，她们对身边发生的宪章运动毫不关心，没有参与到身边男人们的斗争中，玛丽亦如是。尽管有了自己的工作，但她并不具有相关的社会意识，对身边发生的事情毫不关心，整天陷于一些闲言碎语中。对于工人请愿无动于衷，当父亲谈论请愿一事时，玛丽“像婴儿一样香甜地睡着了”，完全还处于沉默状态。[②] 直至最后，才迫不得已为保护父亲和营救情人行动起来。

面对外面的世界，玛丽显得胆怯和慌张，这也说明广大劳动妇女在其社会角色和社会责任中有一定的局限性。工人阶级都挣扎在死亡线边缘，饥寒交加，劳动妇女的主要任务就是养活自己和家人。因为物质的缺乏迫使她们只能局限于为生计奔波，没有精力和能力参与到社会事务中来。这与《南方与北方》中的玛格丽特有所不同。在《南方与北方》中，盖斯凯尔塑造了一个敢于挑战男权社会的独立自强的女性形象——玛格

---

① 盖斯凯尔夫人. 玛丽·巴顿[M]. 荀枚，佘贵棠，译. 上海：上海译文出版社，1978：44.

② 杜娟，杜艳春. 盖斯凯尔夫人笔下的女性形象解析[J]. 吉林师范大学学报（人文社会科学版），2013(4)：58.

丽特。玛格丽特在工人罢工中为桑顿挺身而出的一幕被认为是“维多利亚文学中最激动人心的时刻之一”。[1] 工人在桑顿厂外发起暴动，玛格丽特“像个男子汉”那样勇敢地挡在了桑顿前面，直接参加到社会危机中，进入了公共视线。玛格丽特以自己的能力稳固地站在了男权世界里，为自己赢得了地位和财富。与《南方与北方》中作者为玛格丽特创造了走向政治舞台的机会不同，玛丽·巴顿是这场政治风潮的旁观者。

三、图圄男性的拯救者

玛丽姿色出众，聪颖俊俏，个性倔强；但天真幼稚，涉世不深，耽于幻想，对父辈们从事的斗争缺乏兴趣，整天沉湎于自己编结的爱情梦幻之中。她认定自己有美貌，日后必能成为一个大户人家的阔太太。资本家的儿子小卡森疯狂地追逐她，更增添了这个天真少女的浪漫心理。不久，工人之子杰姆·威尔逊闯进了她的爱情生活，激起了她思绪上的层层浪涛。杰姆是个忠实肯干、技术娴熟的工人，但当杰姆正式向她求婚时，她却无情地拒绝了。这是阅世欠深的少女爱慕虚荣的反映。可是当玛丽知道小卡森并不真想和她结婚，只图占有她的美色，满足一时的私欲以后，她才如梦初醒，悔恨不已；感到唯有一往情深地爱着她的杰姆，才是自己真正的情侣。历经激烈的思想斗争之后，她省悟到先前的那种梦想，是自己从虚荣心里吹

---

① Harman Leah Barbara. The Feminine Political Novel in Victorian England [M]. Virginia: University Press of Virginia, 1982:99.

出来的泡影，于是断然挣脱了资本家纨绔子弟的纠缠，彻底抛开了做太太的幻想，接受了杰姆的爱情。

> ……她不得不承认她对杰姆的爱情超过了一切人和一切东西。……她想到小卡森总是拿些小零小碎的东西来引诱她，她简直觉得他有些可恨了。她看到各种的奢侈排场，一切赏心乐事都是那样空虚、无聊，除非她能和杰姆一同来享受……①

最足以证明玛丽思想和性格的，是小卡森被暗杀之后玛丽所采取的种种行动。因小卡森突然死亡，杰姆被当作情杀的凶手遭到逮捕。这使玛丽痛心疾首，几乎陷入疯狂的境地。在亲友们的热情支持和帮助下，玛丽历尽艰难险阻，赶在开庭审判之前到达目的地。玛丽·巴顿出于生命深处的本能反应以及对杰姆爱的觉醒，在审判杰姆的法庭上上演了一幕"美女救英雄"的大戏。当律师询问她在小卡森和杰姆中她喜欢哪一个时，她不顾少女的羞惭，对法官直言："……我爱杰姆，就是现在受审的那个人，无论什么言语也形容不出我对他的爱，世界上一切的东西放在一起也抵不上我对他的爱；……我就知道我怎样爱他——爱得超过了我自己的生命。"②

在审判席上，玛丽以令人难以置信的反证，洗刷了杰姆的嫌疑，解救了绞刑架下的爱人。玛丽所表现出来的智慧、勇气和不畏强暴，纵使单枪匹马，也敢于大胆向资产阶级法制斗争的精神，集中地反映了受压迫的工人女儿的优秀品质，充分体现了女性的

---

① 盖斯凯尔夫人. 玛丽·巴顿[M]. 荀枚，佘贵棠，译. 上海：上海译文出版社，1978：170.

② 同上：438.

勇气与自我意识。玛丽·巴顿十三岁丧母，母亲在她成长过程中的缺席一方面使她失去了心灵依赖，另一方面也使她在一个缺乏约束的环境长大，这使得她的独立个性得到了充分的发展。文本中的叙事声音颠覆了男性拯救女性的神话表述，玛丽·巴顿的声音突破了既有的社会秩序，强化了女性的独立力量，颠覆和解构了传统的爱情模式中“王子拯救落难公主”的刻板情节，创设出女性主体的自我拯救的智力与勇气。玛丽·巴顿安慰威尔逊太太说：“啊，威尔逊太太，不要这样伤心！我们一定会替他脱罪，你看着吧。不要着急，他们没办法证明他有罪！”①

这里女性成了男性的拯救者，虽然在文本中，姨母爱丝忒始终认定杰姆是玛丽·巴顿的拯救者，认为他能够阻止她的失足与堕落。但实际上玛丽·巴顿是自己的拯救者，她听从了自己内心的声音，主动放弃了与小卡森的周旋，一心渴望着杰姆的爱。同时，她又怀着必须拯救杰姆的信念，在法庭上面对众人，陈述自己对杰姆的爱情。此时，既定的男性规则与常规碎裂，被拯救者玛丽·巴顿转换成拯救自己爱人的“女英雄”。

四、女性意识的觉醒者

玛丽·巴顿母亲早逝，她自幼生活在缺衣少食的困苦生活里，却表现出对自我命运的掌控力。小说一开始，玛丽十三岁

---

① 盖斯凯尔夫人.玛丽·巴顿[M].荀枚，佘贵棠，译.上海：上海译文出版社，1978：335-336.

的形象鲜明生动："玛丽像野兔子一样的跑掉了。一个十三岁的女孩子，什么事都想自己做主"；"玛丽却在打鸡蛋，翻火腿，对自己的烹饪手段觉得很有把握"；"她比一般与她同龄的女孩显得任性"。[①] 小说开头对玛丽的描写并不算多，但从中我们可以看出她与众多孩子一样，活泼而且聪明，迫切地渴望成长以便对自己的行为负责，并能掌控身边的一些事务，但玛丽的这种愿望要比一般孩子更迫切。

再来看看母亲去世几年后玛丽的生活状况："所以一方面玛丽由着自己的性子干下去，一天比一天变得更锋芒"[②]，"三年以来自由惯了，她不再愿去受那种种的拘束：时间要有规定；来往的人要有限制；穿什么衣服也要由女主人做主；还得放弃女性们特别宝贵的权利，从此不能愉快地和邻居谈天说地，或是为遭到不幸的人日夜帮忙。况且那个神秘地失踪了的姨母爱丝忒所讲的话也在她身上不知不觉的发生着一种影响。她知道自己长得很美；工人们拥挤着从厂里走出来，碰到随便什么人，总是指着她评头品足，玛丽自己早就明白了，他们的话尽管听的人不在意，可是自有那些出生和她不同的青年男子，在街上遇见了这位职工的漂亮女儿，乐意和她招呼。一个十六岁的姑娘，相貌不出众也许自己不觉得，要是生得漂亮，她自己却不会不知道。因此她早就认定了她的美貌会使她成为一个大户人家的太太"。[③] 玛丽·巴顿性格中渴望自主的意愿

① 盖斯凯尔夫人. 玛丽·巴顿[M]. 荀枚，佘贵棠，译. 上海：上海译文出版社，1978：20.

② 同上：31.

③ 同上：32.

逐渐滋长起来，由儿童时期对具体事务的掌控欲望发展到对自我命运的把握上。

因宪章运动爆发而引起的社会风暴使玛丽·巴顿无比向往贵族小姐那种舒适、安逸、体面的生活，于是她无情地拒绝了技工杰姆·威尔逊的求婚，深深地陷入对富有英俊的工厂主儿子亨利·卡森的迷恋崇拜中无法自拔。幸运的是，玛丽·巴顿最终从这个梦中清醒过来，认识到其他任何东西都无法与真挚的爱情相提并论，最终接受了杰姆·威尔逊的追求，相伴到加拿大开始了自己幸福的家庭生活。可以说，玛丽的成长始终与困惑相随：对富有追求者财富的渴望与对贫穷求婚者真爱的不舍，与富家公子私密调情的兴奋和与青梅竹马的恋人相处的忧伤，获悉父亲有罪的惊恐与知晓恋人无辜的焦灼。在情感与道德的冲突中，女主人公摆脱困境，走向成熟。她不仅弃绝了幻想和虚荣，正视了情感和内心，还变得更加理智和坚韧。①

个人永远是社会的一部分，玛丽·巴顿成长在一个无比复杂的社会环境中，主要依靠她自身的力量成长和觉醒。玛丽有着成熟的思想，是传统社会观念向新的价值观念体系转变的体现。她的寻爱之旅在当时不可避免地卷入工人阶级与资本家日趋紧张的冲突之中，但是她依然坚定地找到了自己理想的婚姻和生活。玛丽从幼稚走向成熟，她把自己的爱恋者放在社会政治生活中予以考察，这种爱情本身带有更多的理性思考和对社

---

① 刘媛岑. 从心理变化层面解读《玛丽·巴顿》[J]. 文学教育，2013(8)：8.

会现象的权衡，这是妇女参与社会思考的开始。① 玛丽·巴顿的人物塑造，打破了男子优越论神话，把备受冷落与歧视的女性置于社会的中心，展示出女性的机智、勇气和性格魅力。

盖斯凯尔夫人通过小说传达出这样一种思想：女性在婚姻之外还应该拥有其他积极生活方式的权利。② 在这种思想下，盖斯凯尔夫人提倡女性走出家庭实现就业，让女性成为社会工作的一分子，从而歌颂她们可贵的自食其力的劳动品质。这种把女主人公直接设置在社会政治活动之中的文学安排是空前的，盖斯凯尔夫人作品中女性意识不再局限于个人的情感生活，而是扩大到广阔的社会生活。进入社会的新女性们摆脱了传统的父权压制，开始独立自主地审视自身应有价值，这是女性意识觉醒并向前发展过程中的一次巨大飞跃，是女性的思维方式、生存本相、情感特征、生命感受和审美情趣萌芽并发挥影响力的一场实力表演。

19 世纪女作家们以自身的经历和体验为基础，在各自的作品中，掀起了女性觉醒意识的层层波澜，预演了 20 世纪女性主义批判的模式。国内学者关于《玛丽·巴顿》女性形象的研究数量虽然非常有限，但在构建文学史大厦，阐发对女性文本隐喻与象征理解上的共性与亲密关系方面无不显示着女性主义批评的学术创新活力。

---

① 车莉. 19 世纪英国女性文学中女性意识的嬗变[J]. 学术交流，2003(5)：153.

② 龚北芳. 论 19 世纪英国文学中的女性形象[J]. 大庆师范学院学报，2014(7)：59.

第二章　夏洛蒂·勃朗特在中国的接受

夏洛蒂·勃朗特（Charlotte Brontë，1816—1855），英国小说家，生于英国北部约克郡豪渥斯一个贫苦的乡村牧师家庭。父亲是当地圣公会的一个穷牧师，母亲是家庭主妇。夏洛蒂·勃朗特排行第三，她有两个姐姐、两个妹妹和一个弟弟。两个妹妹，即艾米莉·勃朗特和安妮·勃朗特，也是著名作家，因而在英国文学史上常有“勃朗特三姐妹”之称。

夏洛蒂·勃朗特的童年生活很不幸。1821年，即在她五岁时，母亲便患癌症去世。父亲收入很少，全家生活既艰苦又凄凉。豪渥斯是一个穷乡僻壤的山区，年幼的夏洛蒂和弟妹们只能在沼泽地里游玩。好在父亲是剑桥圣约翰学院的毕业生，学识渊博，他常常教子女读书，指导他们看书报杂志，还给他们讲故事。这是自母亲去世后孩子们所能得到的唯一乐趣，同时也给夏洛蒂以及两个妹妹带来最初的影响，使她们从小就对文学产生了浓厚的兴趣。

在豪渥斯这个孤寂的村落里，她们所能找到的唯一慰藉，就是面对荒野任凭想象力驰骋，编写离奇动人的故事。当时夏洛蒂十四岁，已写了许多小说、诗歌和剧本，据她自己开列的书单，她共写了十一卷之多，每卷六十到一百页。这些习作尽管还很幼稚，但已表现出相当厚实的文学素养和丰富的想象力。这样的习作，可以说为她日后在文坛上一举成名作了充分准备。1836 年，在她 20 岁时，她怀着惴惴不安的心情，把自己认为最好的几首诗，寄给当时大名鼎鼎的桂冠诗人罗伯特·骚塞，希望能得到她所崇敬的文学前辈的指点、提携。然而，得到的却是这位大诗人的一顿训斥。骚塞在回信中毫不客气地对她说："在大自然里，小草和大树都是上帝的安排。放弃你可贵徒劳的追求吧——文学不是妇女的事业，也不应该是妇女的事业。"[①] 这一盆冷水使夏洛蒂很伤心，但她并没有因此而丧失信心，仍然默默地坚持写作。

1845 年，夏洛蒂和两个妹妹商量每人拿出一些诗，合在一起，用当时已去世的姨妈留下的一些钱自费出版了一本诗集。她们没有署真名，而是分别用了三个假名：柯勒·贝尔、埃利斯·贝尔和阿克顿·贝尔。尽管她们的诗写得很美，却没有人注意，出版后只卖掉了两本。不管怎样，诗集的出版对她们来说是一件大事，她们的创作热情受到了激励。1846 年，夏洛蒂已 30 岁。她花了将近一年时间，写成一部长篇小说《教师》；妹妹艾米莉和安妮则分别写了长篇小说《呼啸山庄》和《艾格尼斯·格雷》。她们把三部小说一起寄给出版商。不久，出版商回复她们说，《呼啸山庄》和《艾格尼斯·格雷》已被接受，但夏洛蒂的《教师》被退回。夏洛蒂没有退缩，憋着一股气儿又开始写另一部长篇小说，这就是《简·爱》（1847），轰动文坛。

勃朗特三姐妹在文学创作上的成功，给勃朗特一家带来了极大的欢乐。但是不久，家里就发生了一连串儿不幸事件。1848 年秋到 1849 年，她的弟弟和两个妹妹相继患病去世。夏

① 杨静远，编. 勃朗特姐妹研究[M]. 北京：中国社会科学出版社，1983：40.

洛蒂深受打击，她只有全身心投入写作，才能暂时遗忘内心的悲痛。在死亡的阴影和困惑下，她坚持《谢利》一书的创作，于1849年8月完成，10月出版。《谢利》使她再一次获得巨大成功。

这之后，夏洛蒂便去了伦敦。在伦敦的几年里，她结识了不少作家，其中最有名的是萨克雷（Thackeray）和盖斯凯尔夫人。萨克雷对她的作品评价很高，而她则把《简·爱》第二版题献给萨克雷，以表示对这位著名作家的敬意。盖斯凯尔夫人成了她的挚友，两人过往甚密。夏洛蒂于1853年完成并出版了长篇小说《维莱特》（*Villette*）。1854年6月29日，38岁的夏洛蒂与阿贝尼科尔斯牧师结了婚。迟来的爱情给她带来了慰藉和欢乐，但婚后的幸福竟是那么短暂。1855年3月31日，39岁的夏洛蒂不幸因病去世。

夏洛蒂·勃朗特一生写了四部小说，《简·爱》（1847）、《谢利》（1849）、《维莱特》（1853）和《教师》（1857），其中《教师》在她去世后才出版，但真正确立她在文学史上重要地位的小说只有《简·爱》一部。在夏洛蒂·勃朗特的小说中，最突出的主题就是女性要求独立自主的强烈愿望。夏洛蒂·勃朗特将女性的呼声作为小说主题，这在她之前的英国文学史上是不曾有过的——她是表现这一主题的第一人。这一主题在她所有的小说中都顽强地表现出来，尤其在代表作和成名作《简·爱》当中，女主人公简·爱那追求女性独立和要求个人尊严的形象打动了一代又一代世界各地的读者和评论家，因此在世界文坛上一直被公认为西方女性主义作品鼻祖，也逐渐确立了夏洛蒂·勃朗特在世界文学史上的经典作家地位。

夏洛蒂写作的宗旨不是为艺术而艺术，不为自娱或取悦于少数有闲者。她坚持作家的社会职责，坚持文学的社会功能。作为社会的主体，女性不是消极地适应环境和社会，不是无原则地妥协和牺牲。要勇于维护自己的尊严和权利，女性要学会依靠自己，独立面对人生和社会的各种挑战。在情感、心理、精神上告别软弱、依赖和无助，清除各种遏制人成长的羁绊。无论是夏洛蒂·勃朗特本人还是她所创作的简·爱都体现了这种性别意识中的人格决定倾向。《简·爱》最初的出版商史密斯先生不遗余力地称赞这部小说是他出版过的最伟大的作品，而伟大的无产阶级革命导师卡尔·马克思也十分赞赏夏洛蒂对英国社会的深刻揭露，并把她与狄更斯、萨克雷和盖斯凯尔夫人并列为"现代英国的一批杰出的小说家"。① 一般而言，国内外学界对夏洛蒂·勃朗特小说的研究主要只聚焦于对《简·爱》的研究，并且对《简·爱》的研究也最能体现出作者夏洛蒂·勃朗特的创作特点。作为夏洛蒂·勃朗特的成名作和代表作，《简·爱》在中国的接受状况也最能反映夏洛蒂·勃朗特在中国的接受和研究状况。

第一节　夏洛蒂·勃朗特小说在中国的译介与研究

作为英国文学史上乃至世界文学史上的一名大家，夏洛蒂·勃朗特的作品受到世界范围内众多读者的喜爱与关注，在中国亦是如此。中国读者和翻译界对夏洛蒂的作品经历了 20

---

① 杨静远，编. 勃朗特姐妹研究[M]. 北京：中国社会科学出版社，1983：176.

世纪二三十年代的初次译介高潮，到五六十年代的停滞不前，再到八十年代以后的翻译出版热潮这样两头重视、中间空缺的三个阶段。与之相对应，中国文学评论界对夏洛蒂的研究与评价也经历了三个阶段，各个阶段的侧重点有所不同。

一、1949 年之前夏洛蒂作品在中国的译介与研究

20 世纪初期，中国饱受列强欺凌，在被迫开放的环境中不断进行着政治、经济和思想文化的变革，此时的意识形态是多元化的，如自由主义、三民主义、无政府主义以及社会主义等等，意识形态的多元化使得许多代表西方先进的资产阶级文化的文学家、思想家以及他们的文学作品、思想学说在这一时期得以大量进入中国，受到中国读者和译者的欢迎，中国社会文化也因此发生了巨大的变化。尤其是五四运动以后，随着许多文学团体和文艺期刊的出现，文学翻译也开始走向正轨，同时也被诸多编者和译者当作一种工具来引进外国文学，以便达到对抗甚至击溃中国腐朽的封建文化从而建设中国新文学的目的。[①] 这时期我国对外国小说的翻译形成了一个高潮，而夏洛蒂的作品就是在此种环境下进入我国翻译界的视野的。

1925 年，上海大东书局首次出版了周瘦鹃的《简·爱》译本。此后上海商务印书馆于 1932 年和 1935 年分别出版了伍光建的《维莱特》和《简·爱》译本。此外，上海生活书店于

---

① 吴国清. 从“改写”理论看夏洛蒂作品在中国的译介与研究[J]. 海外英语，2012(5)：213-214.

1936年出版了李霁野的译作《简·爱自传》（后改为《简·爱》），此译本后经多次再版，这说明这部小说在当时是很受欢迎的。

1949年以前，我国学者的外国文学研究主要限于翻译、介绍与鉴赏，凡涉讨论多简短，对夏洛蒂的研究也不例外，还仅仅停留在初识夏洛蒂的阶段，尚未上升到学术层面。茅盾先生曾对诸多《简·爱》译本做过评论，认为“李霁野的译本较完整，虽然《简·爱》并非了不起的杰作，但是它的译本却是不差的”。[①] 他的观点在一定程度上代表了当时中国学术界对夏洛蒂小说的认知，可见当时我国文学评论界并没有赋予她很高的文学地位。这与当时的国情有关，在当时的中国，受欢迎和推崇的只有那些关注民族命运、社会问题、阶级冲突问题的作品。而夏洛蒂的作品与中国的国家危亡、民族命运联系甚微，因此不可能有什么高的文学地位。

二、1949—1979年夏洛蒂作品在中国的译介与研究

自1949年新中国成立后，社会主义政治意识形态占据了文化多元系统的主导地位，作为多元系统的一部分，翻译文学也受到政治意识形态的极大制约。符合社会主义政治意识形态发展的先进的经典外国文学作品颇受译者的青睐。

夏洛蒂的作品因其在某种程度上揭露了资本主义制度的黑暗，是符合20世纪50年代的文学观念的。按照当时的说法，她的作品《简·爱》和《谢利》较多地反映了下层劳动人民生

① 茅盾. 真亚耳(Jane Eyre)的两个译本[J]. 译文，1937(5)：1073.

活的场景，这与当时中国批判资本主义剥削劳动人民的本质是不谋而合的，从而在意识形态上保证了其作品译介的可行性。从新中国成立到“文化大革命”结束的70年代末，文学翻译工作几乎处于停滞状态，《简·爱》并没有出现新的译本，国内主要是在翻印李霁野的译本，也没有其他三部小说译本的问世。

从新中国成立到改革开放起步这三十年间，国内对外国文学的批评和介绍的文章主要刊登于综合性文学期刊、报纸的文艺版面，探讨对象大多是苏俄及东欧作家与作品，讨论英国文学的文章数量鲜少，并且缺乏有深度的分析，而专门批评勃朗特姐妹的文字更几乎为空白。①

难得的是，1958年人民文学出版社出版了张学信等著的《论夏绿蒂·勃朗特的〈简·爱〉》，书中强调思想内容方面的阶级冲突和政治意义，即作品的战斗性，而忽略了其作品本身的艺术成就。对于我国学者而言，文学作品中最为重要的问题并非爱情，而是人物的阶级地位与状况，爱恨情仇被视为阶级斗争的表现形式。该书认为，虽然《简·爱》在揭露贵族腐朽生活和反映妇女地位方面具有进步性，但未能提出推翻资本主义制度，甚至还令简·爱夫妇在婚后以食利为生，成为剥削阶级的成员，因此局限明显。该书还认为罗切斯特是个虚伪、道德败坏、喜新厌旧的人物，并称他对简·爱求婚并非出于爱情，而全因其阶级地位低下而可能更为忠诚。② 这一观点在我

① 苏耕欣. 新中国六十年勃朗特姐妹小说研究之考察与分析[J]. 浙江大学学报(人文社会科学版)，2013(2)：120.

② 张学信，等著. 论夏绿蒂·勃朗特的《简·爱》[M]. 北京：人民文学出版社，1958.

国外国文学研究界颇有市场，即对待一切外国文学作品都不可避免地加入了或多或少的政治观念，从而忽视了对作品本身艺术成就的研究。

三、1980 年以来夏洛蒂作品在中国的译介与研究

自 1980 年以来，改革开放政策的实行使得中国的经济进一步发展，中国人的思想进一步解放，对于外国文化、思想以及文学的兴趣日益浓厚，并且对于外国文学作品的欣赏也由关注作品中的阶级斗争与分析转向关注作品中的人文主义、美学以及心理学等方面的内容。在此种环境下，大量的外国文学作品被译介到中国来就成为一种必然，夏洛蒂作品的翻译出版也进入了繁荣时期。

在这期间，国内有关《简·爱》的各种全新译本层出不穷，包括全译本、编译本等已达一百多种。1979 年版《简·爱》电影译制片在国内的上映引起了轰动，电影中罗切斯特和简·爱的精彩爱情对白以其震撼心灵的力量打动了全国观众，一度成为人们对那个年代的集体回忆。在那个年代，对于普通民众而言，电影媒体本身的魅力就已经巨大无比，再加上《简·爱》中的精彩对白和出神入化的配音，使广大观众为之倾倒。由邱岳峰配音的罗切斯特，声音中适时地表现出饱含愤怒、柔情、倦怠、狂躁等各种情感，精彩之极，而由李梓配音的简·爱在坚定的声音里表现出各种细腻的情感变化，完美地表达了女主人公的思想主张。译制片《简·爱》中那段精彩的爱情宣言一度成为人们耳熟能详的经典桥段，

被无数人模仿和背诵，女主人公的爱情观、价值观和人生观对当时的青年人群也产生过巨大的影响。影片公映后，仅1979年，由该影片所引发的评论文章就有六篇，刊登在《光明日报》等重要报刊上，足见其影响巨大和受欢迎程度之高。

后来，我国又相继引进和翻译了1996年版、2011年版和2006年版等不同版本的《简·爱》电影。《维莱特》在此期间有三个译本：1987年出版的谢素台译本（湖南文艺出版社），1994年出版的吴钧陶、西海合译本（上海译文出版社）以及同年自信的译本（北岳文艺出版社）。《谢利》则有上海译文出版社1981年和2000年分别出版的曹庸译本。而《教师》这部作品则是有上海译文出版社1990年出版的刘云波译本。进入21世纪后，夏洛蒂的作品也相继有新的译本问世，为研究夏洛蒂及其作品提供了更多的素材。

夏洛蒂作品能够在短短八十年的时间里实现从无译本到有译本、从译本单一到译本丰富，并以多版本和多媒介的形式在中国得以流传，足见文学经典的魅力。对于夏洛蒂作品的研究，由于此阶段的主流意识形态是丰富人们的精神生活，培养人们的文学品味，国内学界也不再像以往那样强调其作品中的阶级冲突和政治意义，而是运用国内外诸多理论来探讨夏洛蒂的文学地位、人物形象以及艺术技巧等方面的内容，因而呈现出一个新的局面，出现了许多质量较高的研究成果。三十余年的研究情况表明，我国研究者着重将精力放在《简·爱》这部夏洛蒂的代表作上，对她的其他三部作品评论甚少，究其原因还是与作品的文学地位和美学价值有关，人们只有存在现实需求和审美期待时才会去关注评价一部作品，不会一味为了研究而去研究。同时，夏洛蒂作品不同汉译本的特点和人们对不同电影版本《简·爱》的不同评价也反映出中国在《简·爱》接受的不同时期内的时代特点和语境特征以及读者和观众的不同期待视野。

第二节　《简·爱》在中国的接受

《简·爱》(1847) 描述了一位父母双亡、寄人篱下的英国女子在各种磨难中不断追求自由与尊严，坚持自我，最终获得幸福的故事。简·爱从小就承受着与同龄人不一样的待遇：舅妈的嫌弃、表妹的蔑视、表哥的侮辱和毒打。但她并没有绝望，她并没有自我摧毁，并没有在侮辱中沉沦。这些不幸带给简·爱的却是无限的信心和坚强不屈的精神，以及一种不可战胜的内在人格力量。简·爱通过个人努力，终于赢得了属于自己的经济独立以及建立在人格平等基础上的爱情。《简·爱》的故事情节在很大程度上是夏洛蒂·勃朗特个人一生经历的反映，是她一生中很多故事片段的巧妙重组，体现了作者对人生的认识和诉求，属于一部半自传体小说。简·爱的坚强朴实、刚柔并济、独立自主、积极进取以及对自己的命运、价值、地位的思考和努力把握，对自己思想和人格的理性认识，对自己幸福和情感的执着追求，无不映射着当今新女性的形象：自尊、自重、自立、自强，对于自己的人格、情感、生活、判断以及选择具有坚定的理想。

一、《简·爱》在中国的译介

《简·爱》作为一部19世纪的英国文学作品，能够跨越时代、语言和文化的界限，来到中国这个东方异域语境中，不断地产生影响和被人接受，翻译起到了非常重要的媒介作用。

（一）新中国成立到20世纪70年代末阶级语境下《简·爱》的译介

1927年，伍光建节译了《简·爱》并命名为《孤女飘零记》。1935年，李霁野的《简·爱自传》问世，这是《简·爱》在中国的第一个全译本。一部文学作品的产生和译介的流行都离不开特定的时代语境。简·爱这一追求平等、自由、独立和自尊的人物形象恰恰迎合了追求民主和个性解放的“五四”新文化运动。从此，《简·爱》这部对中国文学将产生重大影响的西方经典作品首次正式走向国内大众读者。

1949年新中国成立，掀开了中国历史上新的一页，无产阶级和广大劳动人民当家做了主人。这是一个伟大的时刻和历史起点。毛泽东指出：“劳动妇女的解放，与整个阶级胜利是分不开的。只有阶级的胜利，妇女才能解放。”①

也就是说，妇女解放运动属于制度的革命，而不是单纯的性别革命，无产阶级政权和社会主义制度的建立就从政治上、

---

① 中华全国妇女联合会．毛泽东周恩来刘少奇朱德论妇女解放［M］．北京：人民出版社，1988：30．

经济上和制度上确保了女性和男性一样得到彻底的解放。在这样的社会语境下，《简·爱》契合了新中国读者的阅读期待视野和对新生活的期待视野，受到青年读者特别是女性读者的热烈欢迎。主人公简·爱那追求人格的独立、平等和尊严的爱情观和人生观一度成为新中国青年纷纷效仿的对象。

尽管《简·爱》在新中国成立后受到广大青年读者的欢迎，但是在《简·爱》的译介方面，从新中国成立到1970年代末期一直没有新的《简·爱》中译本问世，国内一直流传的是李霁野译本。这种特殊文学现象可以用以色列著名学者埃文-佐哈的多元系统理论来解释。该理论的核心内容是“把各种社会符号现象（如语言、文学、政治、经济、意识形态等）视为由不同成分组成的开放的多元系统，这些系统各有不同行为，又互相依存，作为一个有组织的整体而运作。任何一个多元系统都是一个更大的多元系统，即整体文化的一部分，因此，它必然与整体文化以及整体内的其他多元系统互相联系”①。埃文-佐哈认为，文学多元系统是由各文学元素组成，翻译文学作为其中的一个子系统，与其他系统互相影响，并且也最为活跃。翻译文学在一个国家的文学多元系统中并非永远处于边缘位置，而是在特殊情形下可以占据中心位置。翻译文学在一个国家的文学系统中占中心位置的情况有三种：第一，该国文学多元系统尚未形成；第二，还处在“幼嫩”阶段，一种文学“弱小”或“边缘”；第三，当文学“多元系统出现转折点、危机或真空”的时候。② 由于中华人民共和国刚建立不

---

① 伊塔马·埃文-佐哈尔.多元系统论[J].张南峰，译.中国翻译，2002(4):19.

② 廖七一.多元系统[J].外国文学，2004(1):48-52.

久，百废待兴，翻译事业暂时让步于社会主义制度的确立和巩固以及社会主义经济建设道路的摸索；文化大革命也严重阻滞了国内各项事业的正常发展。

另外，这与《简·爱》文本的特殊性和当时国内特殊的政治语境也关系很大。虽然简·爱追求尊严和独立的人物形象打动了新中国的许多青年读者，但是真正使得《简·爱》这部西方文学作品在新中国得以传播的是《简·爱》的部分情节描写。众所周知，新中国成立之初，整个世界形势处于以苏联为首的社会主义阵营和以美帝为首的资本主义阵营对立当中，我国在政治意识形态上自然是采取了向社会主义阵营靠拢的“一边倒”政策。在对待外国文学作品的态度上，完全取决于一部文学作品是来自哪个国家，也就是说，国内主要提倡接受和翻译苏联和东欧社会主义国家的作品，而来自英美等资本主义国家的文学作品很少有人翻译，甚至是采取排斥的态度。

幸运的是，《简·爱》小说的前半部分关于年幼的简·爱在舅妈家和寄宿学校悲惨生活的描写揭露了资本主义社会中人情的冷漠和虚伪，甚至还得到了马克思如下的高度评价：“（《简·爱》）向世界揭露了比所有政治家、政论家和道德家所揭露的总和还要多的社会真理。”① 所以，尽管《简·爱》是一部来自资本主义国家的文学作品，没有成为国内翻译界的重点翻译对象，但是它对资本主义的揭露使得它有幸与革命文学作品一样在当时的国内得以传播和流行。李霁野的译本自然成了《简·爱》在国内得以推广传播的主要译介。该译本从新中

---

① 杨静远，编. 勃朗特姐妹研究[M]. 北京：中国社会科学出版社，1983：176.

国成立到文化大革命开始的一段时期内不断得到重印。据不完全统计，新的纸型重印的《简·爱》（李霁野版）截至1954年4月，共印五次，累计印数达八千册。后来，还被公私合营兼并后成立的“新文艺出版社”在1956年4月至1958年1月期间印刷三次，共计一万六千册，“新文艺出版社”更名为“上海文艺出版社”后又在1962年8月一次加印三千册。①

（二）改革开放初期（1980年代）语境下《简·爱》的国内译介

1978年“关于真理标准问题”的大讨论拉开了新时期思想解放运动的序幕。在这次思想解放运动中，人文主义思潮开始浮现，并且在与阶级论话语的激烈争锋中逐渐获得优势，成为1980年代中国的重要话语之一。党的十一届三中全会召开后，春回大地，改革开放逐渐迈开了步伐，中国社会处于一个全新的重要历史转型期，“人性回归”的社会语境正在形成和发生。人们迫切需要恢复人的尊严，提高人的价值。当时的人们渴望通过大量阅读各种各样的中外优秀文学作品来慢慢恢复和滋润扭曲的人性、恢复尊严，回归到正常的精神生活当中。这也是改革开放初期的人们对阅读的期待视野。曾经非常流行的革命书籍受到冷落，时代的文学创作思路出现了向人文关怀方向的重大转折。

一方面，文学界出现了以“知青”为题材的包括伤痕文学、知青文学、反思文学等多种文学作品，如梁晓声的《雪城》、古华的《芙蓉镇》等都是表现对人性解放和人文主义的

---

① 龚明德.李霁野译《简·爱》的民国版[J].四川文学，1998(11)：71.

呼唤。另一方面，翻译文学也及时填补了这一时期的国内文学真空。这再一次证明了埃文-佐哈尔的多元系统理论：翻译文学在译入语文学多元系统里面可能占据中心位置的情形之一是该国文学正处在“历史转折关头，出现危机或文学真空”①。《简·爱》就是在这样的社会主流语境中又回到了人们的视野当中，并立刻掀起一股强烈的《简·爱》热。女主人公简·爱这段著名的爱情宣言深深打动了当时人们的心灵：“你以为，因为我穷，低微，不美，矮小，我就没有灵魂没有心吗？你想错了！——我的灵魂跟你一样，我的心也跟你完全一样！要是上帝赐予我一点美和一点财富，我就要让你感到难以离开我，就像现在我难以离开你一样。我现在跟你说话，并不是通过习俗，惯例，甚至不是通过凡人的肉体——而是我的精神在同你的精神说话；就像两个人都经过了坟墓，我们站在上帝脚跟前，是平等的——因为我们是平等的！”②

《简·爱》的经典主题是追求精神自由、人格尊严和独立平等，改革开放初期的20世纪80年代的时代语境是人性和尊严的恢复，因此，《简·爱》恰恰符合了这个时代语境，也满足了人们对生活和对阅读的期待视野。80年代是中国改革开放的起步阶段，人民群众的文化水平普遍不高，此时的文学研究和翻译研究主要是局限于少部分“文化大革命”前就已经是专家学者的高级知识分子人群当中。因此，在整个80年代，国内的《简·爱》全译本只有两个：一个是1980年版的祝庆英的《简·爱》译本，由上海译文出版社出版；另一个是李霁野

① 谢天振. 译介学导论[M]. 北京：北京大学出版社，2007：211.

② 夏洛蒂·勃朗特. 简·爱[M]. 祝庆英，译. 上海：上海译文出版社，1995：330.

的1982年版的《简·爱》（修订本），由陕西人民出版社出版。另外，1981年由陈小眉译的《简·爱》简写本由北京外语教学与研究出版社出版，周微林译的《简·爱》缩写本由湖南人民出版社出版；石岩山译的《简·爱》改写本1982年由上海译文出版社于出版；怡英译的《简·爱》改编本于1988年由上海译文出版社出版。由此可见，随着中华大地思想解放的深入，以《简·爱》为代表的西方经典文学作品正在越来越多地被译介给国内读者，翻译文学一度起到了满足国内读者的阅读渴望和填补国内文学真空的重要作用。

从印数和销量上看，祝庆英的《简·爱》全译本是80年代最为流行、影响最大的版本。初印就达27万册，后来多次重印，到90年代后期竟高达300万册。1982年，陕西人民出版社印发了李霁野的《简·爱》修订本。80年代的两个《简·爱》全译本相比，祝庆英的全译本比李霁野的全译本拥有更多的读者，则另有原因。首先，从语言上来看，李霁野的《简·爱》全译本（1982年修订本）的原始译本写于1935年，小说的语言已经明显不适合80年代读者的口味，故慢慢被读者冷落。另外，从文化的角度来看，祝庆英与李霁野两个译者对原著的跨文化重构不同，导致两个译本所构建的人物形象不同，进而两个译本满足80年代读者期待视野的程度不同。李霁野和祝庆英（1930—1997）生活的年代不同，两位翻译家所处的时代语境不同。李霁野（1904—1997）是伴随着“五四”新文化运动中成长起来的中国老一代译者，是一位左翼革命青年，他是鲁迅的学生和战友，他的思想受鲁迅先生影响很大。李霁野先生激进的革命思想自然也就体现到了他对《简·爱》的翻译中。例如：

原文：

Wholly untaught，with faculties quite torpid，they seemed to me hopelessly dull；and at first sight，all dull alike：... I found some of these heavy-looking，gaping rustics wake up into sharp-witted girls enough.（chapter 32）

李霁野译文：

全没有受过教育，天灵十分麻木不仁，在我看来，是笨得没有希望了；而且上来一看，全是同样笨；……我发觉这些笨样的，张着嘴的乡下人中，有几个倒觉悟过来，成为十分伶俐的人。

这一段文字是描述简·爱离开罗切斯特后到乡村小学教书的片段，简·爱描绘眼前的一群孩子的话语被李霁野翻译成了“她们……天灵十分麻木不仁……笨得没有希望了；……我发现……有几个倒觉悟过来了……”。简·爱在这段话中的口吻俨然就是个拯救农村愚昧民众的革命者了，这跟鲁迅小说中革命者常用的口吻十分类似。简·爱幼年一直在寄宿学校生活和学习，这是简·爱第一次见到农村小学里孩子们的状况，孩子们和自己想象的不一致，感到奇怪是自然的。简·爱因为发现罗切斯特是个有妇之夫后毅然出走，饱受感情打击，流浪期间甚至险些饿死，幸亏被人搭救，简·爱不想总是依赖救命者生活，便来到这所乡村小学教书。实际上，简·爱教书为了独立谋生，不再依赖别人，这很符合简·爱的性格。此时的简·爱怎么会萌生拯救别人的想法呢？李霁野译文中这种革命者形象的简·爱很难被80年代读者接受和理解，李霁野的《简·爱》

译本自然在1980年代越来越不受读者欢迎。

相比之下，祝庆英的《简·爱》译本则尽可能保留了原作的外文句型，在意义上尽量做到忠实于原文，属于典型的“异化”翻译策略，符合了改革开放初期的时代精神以及读者对外文作品的期待视野。并且，译本中所展示的人物形象和价值观念也与20世纪80年代追求人性解放的时代思潮一致。因此，祝庆英的《简·爱》译本在改革开放初期对《简·爱》在国内的传播起了十分重要的作用。

《简·爱》原著只有一个英文版本，原著的生命力和影响力与译著的生命力和影响力既有联系，也有很大区别。评判一部译著的好坏，标准就是看它在多大程度上适应了时代需求和满足了读者的阅读期待视野。翻译一部外国文学作品其实是进行“一种跨文化重构”，而不是两种语言在语法层面上的对等那么简单。“原作中所创设的文学语境必须在新的文化土壤中加以重新建构”。① 只有这样，译著才能最大程度上释放出原作的魅力，对原作在新的国家和新的时代的流行传播起到最有效的译介作用。译者在这一跨文化的文本意义重构过程当中，“添加了什么，遗漏了什么，对词语的选择和他/她是如何处置这些词语的等，他/她的每一次选择都是一种自觉的行为，这些自觉的行为揭示了以这个人的历史和他周围的社会—政治语境”。② 翻译家韦努蒂的关于译者的隐身理论认为，“翻译中的每一步骤都是由目标语中流通的不同的文化价值造成的，而且

① 徐菊.经典的嬗变——《简·爱》在中国的接受史研究[M].上海:上海文艺出版社,2010:255.

② 同上.

总是处于阶级的秩序之中”。① 也就是说，译者翻译什么、怎么翻译、为何翻译和为谁翻译等都离不开读者大众的期待视野和一定的社会语境。

《简·爱》在改革开放初期能有如此好的接受状况也可以从接受美学的角度得到解释。接受美学认为，人们总是带着某种期待视野来接受和理解一个作品，期待视野有“一个相对确定的界限区域，此界限区域圈定了理解之可能的限度”②。读者根据自己的生活经历和社会语境，形成一个属于自己的期待视野，这个期待视野是读者理解文学作品的基础，接受美学把作品的理解过程看作是读者的期待视野被满足的过程和对象化的过程。当时人们真心渴望得到作为普通人的尊严和个性独立，说心里所想，做心中所欲，堂堂正正做人，自由自在生活。女主人公简·爱追求个人尊严和个性独立的人生主张恰似一股清泉，浇灌了人们的心田，满足了当时人们对生活的期待视野。另外，由于文化大革命期间的文化禁欲，人们仿佛生活在精神荒漠里，平时所能读到的和看到的全都是“高大全”式的英雄人物，艺术形式僵化刻板，满足不了广大人民群众的审美需求。《简·爱》那一波三折、情景交融的西方爱情故事也极大满足了人们在经历“文革”后对尊严和独立的渴望，契合了人们的审美需求、情感需求以及对生活的期待视野，影响了一代人的世界观和人生观。

---

① Lawrence Venuti. Translator's Invisibility: A History of Translation [M]. London & New York: Routledge, 1995: 1.

② 朱立元. 当代西方文艺理论[M]. 上海: 华东师范大学出版社, 1997: 289.

（三）全球化语境下《简·爱》的译介

20 世纪 90 年代以来，世界各国步入信息时代，全球化也加快了前进步伐。随着社会主义市场经济体制的逐步确立，中国全方位改革开放向纵深发展，迎接互联网和全球化浪潮的挑战。在此时期，《简·爱》译本出现了大众化和多元化倾向，纸质化和网络化并存，《简·爱》在中国的传播和接受也正在经历着与以往都迥然不同的过程。

在市场经济浪潮和消费主义思潮的影响下，1980 年代读者们的理想主义渐渐退潮，阅读文学作品不再被视为一种高雅的活动，文学作品的教化功能逐渐退去，文学因此也慢慢失去了往昔的崇高地位，而是慢慢变成了人们消费和娱乐的对象。这个时期最为知名和流行的当属吴钧燮的译本、黄源深的译本和宋兆霖的译本，这些版本都属于这个时期比较权威的《简·爱》全译本，它们各具特点，分别拥有各自的庞大读者群体。同时，为了满足市场经济条件下各种不同读者群体的需求，各种编译本、改译本和缩译本的《简·爱》更是层出不穷，不胜枚举。许多出版社在计划推出不同版本的外国文学名著经典系列时，往往都会把《简·爱》考虑在内，足见《简·爱》的经典地位和巨大的读者市场。从现代阐释学和接受美学的角度来看，这些众多汉语版本的《简·爱》满足着当今不同读者的阅读需求和阅读视野，甚至是心理需求，主人公简·爱和罗切斯特的爱情故事已经在这些译介的帮助下深入人心，激起了不同的反响。

在翻译方法上，20 世纪 90 年代以来出现的众多《简·爱》

中译本往往采用归化的翻译方法，这是因为中国社会的语境与改革开放初期有所不同。经过二十多年的改革开放，中国的综合国力和国际地位比 1980 年代有很大提高，中国在经济、科技、军事等方面的实力也大为增强，中国人民的凝聚力和民族自豪感不断增长。1980 年代普遍流行的“崇洋媚外”的社会思维逐渐被当代人们“去其糟粕，洋为中用”的爱国思维取代，“中国梦”的概念正在被越来越多的中国人所理解和接受，“中国制造”慢慢成了国人引以为豪的词汇。这种民族自信心体现在外国文学作品翻译的层面上就是“归化”翻译策略的越来越多应用。译者在翻译外国文学作品时，往往更多地会考虑到国内读者的阅读口味，对原文的语言、文化进行增减合并，最大程度上用国内读者所熟悉的语言和词汇表达出来，以适应中国读者的阅读视野和审美要求。例如，《简·爱》小说开篇第一句“There was no possibility of taking a walk that day”，李霁野用“异化”的方法译为“那一天是没有散步的可能了”，吴钧燮则译为“那天没法出去散步了”。

对于现代读者，特别是 80 后以来的青年读者来说，李霁野的译文读起来十分生硬，他几乎是按照英语的词句顺序逐字翻译的。李霁野生活在“五四”新文化运动时期，当时的中国社会语境是学习西方先进的科技和文化，即我们所熟悉的“学夷之长”，所以，李霁野翻译《简·爱》采用了严格的“异化”策略，尽量采用西方的思维方式和语言句式。吴钧燮的《简·爱》译本是 1990 年出版的，属于改革开放后期民族自豪感时代话语的产物。又如“Gathering my faculties，I looked about me. Rain，wind and darkness filled the air. (Chapter 5)”，1980 年代的祝庆英译文是“等恢复正常后，我向四周看了看，空中充满风、雨和黑暗”，90 年代的宋兆霖译文是“等恢复正常后，我朝四周打量了一下，但见周围漆黑一片”。和宋兆霖的译文相比，祝庆英的译文也是显得过于欧化，措辞上基本保留了英语的语法顺序，足见祝庆英《简·爱》中译本的“异化”策略。祝庆英的“异化”策略与 1980 年代中国刚刚对外开放的时代语境相符合，体现了向西方学习的时代特征。

其实，无论是 20 世纪 30 年代和 1980 年代的“异化”翻译方法，还是 90 年代以后的“归化”翻译方法，都是译者对原文本进行“重写”的体现。翻译理论家安德烈·勒弗维尔的文化操控理论是这样解释翻译中的“重写”现象的：“重写”就是权力话语的操纵。这主要取决于两个因素，一是译者的意识形态，这种意识形态有时是译者自己认同的，有时却是赞助人强加于他的。原语语言带来的种种难题，译者也会依据自己的意识形态寻找解决办法。① 不同时期的《简·爱》译本的特点，特别是语言特点和人物形象重构特点，与译者当时的社会文化语境相关，并受译者本人的翻译动机，当时读者的阅读期待视野等因素影响。

互联网历经了半个多世纪的发展，走入国内普通民众的生活，彻底改变了人类的生活方式和思维方式。同时，中国国内在政治和经济方面发生着翻天覆地的变化。1992 年，邓小平“南巡讲话”，同年 10 月，中国共产党第十四次全国代表大会明确提出要建立社会主义市场经济体制。1993 年 3 月 29 日，第八届全国人民代表大会通过的《中华人民共和国宪法修正

---

① Lefevere, A.. Translation, Rewriting and the Manipulation of Literary Fame [M]. Shanghai: Shanghai Foreign Language Education Press, 2004:15.

案》，将国家实行社会主义市场经济正式写入宪法。2001 年 12 月 11 日，中国正式成为世贸组织成员。这一切都发生在 20 世纪 90 年代中后期和 21 世纪初的世纪之交，促使着中国在各个方面发生着与以往都不同的深刻变化，进入了一个全新的发展时代：以政治为保障，以经济为主导，以科技为先行，以人文和生态为导向，教育、科学、文化、医疗等全面推进。《简·爱》这部西方文学经典作品在中国的接受也必然卷入这个发展和变革的洪流当中，表现出鲜明的时代特征，也同时折射出时代语境的方方面面。

互联网在国内的发展和普及改变了国人传统的阅读方式。互联网集文字处理、图像和声音数据的同步传输于一体，以图像化和电子化的形式改变了传统的文学文本存在形式和读者接收文学的方式，迎合了后现代社会人们的生活特征和心理期待。

国内众多的新闻媒体也开始关注并介入网络。许多新闻媒体开始发展自己的网络版或电子版。1995 年 1 月 12 日，《神州学人》杂志开中国出版刊物上网之先河。网络对人们的影响不仅体现在传播媒介的多元化，而且已经渗透到了人们的生活当中，影响着人们的思维和生活方式。同时，在后工业社会，人们的生活节奏加快，生活和工作的压力无处不在，人们倾向于消遣娱乐式的浅层次阅读和通俗易懂的快餐式阅读。因此，《简·爱》的接受也慢慢出现了网络化、图像化、电子化趋势。这极大地扩展了《简·爱》的受众，使其经典地位得以保持和延续。据笔者对笔者所在学校外语学院 2015 届学生的问卷调查统计，183 个学生中，只有 21 人在毕业之前曾经阅读过《简·爱》的中译本，其余了解《简·爱》情节的同学全都是通过电影或网络介绍初次接触这部小说的。这说明，在后现代社会中，一方面，信息量的激增使得人们在选择文学欣赏方式时倾向于效率高和省时间的方式；另一方面，追求娱乐和快感的后现代生活方式也使得人们疏远了传统的书籍阅读方式。

《简·爱》在中国的传播过程中，电影一直起了重要的作用。前文已经说过，1979版的电影《简·爱》经过邱岳峰和李梓的绝妙配音后，成了“文化大革命”后人们痴迷的对象，甚至形成了人们对一个时代的回忆。20世纪90年代以后，随着外语学习的重要性与日激增，国内开始流行原版外文影片。除了1979年的配音版以外，《简·爱》相继有以下电影版本传到中国：1944年版（好莱坞版）、1983年的BBC版本（四集电视剧）、1996年版（经典版）、2006年版以及2011年版（偶像版）。不同版本的《简·爱》具有不同导演、演员和侧重点，人们对它们的评价因人而异，各不相同。

除了不同电影版的《简·爱》在中国热播外，《简·爱》在国内的传播媒介甚至还包括话剧版和舞台剧版等。2009年，在中国国家大剧院，导演王晓鹰，主演袁泉、王洛勇重新演绎了这一西方近现代经典爱情故事，并引起轰动。2009年，《简·爱》被改编成越歌剧，在杭州剧院上演，可以说是国内戏剧界对话剧进行中西合璧的一种尝试。电影、话剧等图像化的传播媒介对于普及《简·爱》在中国的传播固然起到了不可否认的作用，但是凡事皆有两面。电影和话剧的缺点是过于浓缩和删减，也过于依赖演员的演技和导演的指导水平、思路，所以电影版本的《简·爱》向观众传达的感受可能与原版小说有或多或少的差异。

因此，《简·爱》在中国的传播必定离不开书籍版本。实际上，从20世纪90年代到现在为止，《简·爱》的译本在出版种类和印刷数量上都很惊人，这足以说明，大部分人还是认识到了书籍版的作品对于欣赏原作的神韵的重要性。

在市场经济条件下，人们对文学作品的欣赏很大程度上成了一种消费行为，日益走向商业化、市场化。出版部门越来越以市场为中心，敏锐地关注读者的爱好兴趣、阅读目的和年龄组别等，及时出版适合读者需求的作品。《简·爱》在社会上出现了诸如英文原版、全译本、英汉对照本、精装本、平装本、通俗本、简易本、少儿本等等，以适应消费主义语境中不同读者的消费差异和阅读差异。据不完全统计，从2000年到2015年期间，《简·爱》全译本大约有71个版本，其中影响力最大的主要有黄源深译本、宋兆霖译本、吴均燮译本和祝庆英译本等。这些译本都多次被多家出版社出版和重印，可见《简·爱》的经典地位之重要。除了全译本以外，《简·爱》的插图译本等各种其他译本也多达近百种，其中，仅2008年一年就有十五种不同译本问世。文学的消费机制决定了文学的生产机制，出版商以读者的需求口味为中心，这就是后现代语境中的文学现象。《简·爱》被改写和缩写成各种版本，既是时代的需求，也体现出了时代特征。

除了经济原因以外，《简·爱》的各种译本大量出现的深层次原因还是作品本身所具有的经典魅力。《简·爱》的爱情故事能够给予不同年代的不同读者以不同的思考和想象的空间，也就是说，《简·爱》艺术内涵极其深刻和丰富。从接受美学的观点来看，《简·爱》具有魔力般的“召唤解构”，使得读者从多个角度和侧面来理解和领会作品成为可能。不同读者从同一本《简·爱》中解读到了不同的意义。

二、国内《简·爱》研究

（一）改革开放之前国内《简·爱》研究

在新中国成立后的一段历史时期里，《简·爱》在国内的传播处于一种既受广大青年读者欢迎又时而被新中国文化管理部门遏制的复杂境遇，这与共和国这段时期特殊的社会语境密切相关。

一方面，中华人民共和国各项事业处于百废待兴的状态，急需大力发展包括文化事业在内的各项社会主义事业。另一方面，由于当时特殊的政治环境，在对待外国文学作品的接受问题上，政府大力提倡苏联、东欧等社会主义国家的作品。西方资本主义国家的作品往往要被拒之门外，只有那些揭露资本主义社会黑暗现实的优秀经典作品才有机会得以在当时的国内传播。

新中国成立后，《简·爱》能够的中国国内社会得以传播，就因为它属于这些幸运的古典西方作品之一。马克思曾经高度评价夏洛蒂·勃朗特的创作，并将她与狄更斯、萨克雷以及盖斯凯尔夫人并列为“现代英国杰出的小说家”，认为他们“在真实而动人的描写中，向世人揭露了比所有政治家、政论家和道德家所揭露的总和还要多的社会真理”①。马克思的这一评

① 弗里德里希·恩格斯，卡尔·马克思. 马克思恩格斯论艺术[M]. 曹葆华，译. 北京：中国社会科学出版社，1982：402.

价使得《简·爱》被当时中国国内的主流意识形态所默许，得以在中国继续传播。在当时这种特殊的国内政治语境下，文学为政治服务是毫无疑问的，衡量文学作品的首要标准便是政治上要通过。《简·爱》对英国社会的种种不公平和黑暗的揭露和抨击应该说是符合当时中国政治语境的。顺利通过政治标准审查只是文学作品得以传播的第一步，读者的需求和喜欢才是其展示生命力和文学魅力的关键。《简·爱》同时也很幸运地受到解放初期的广大读者，尤其是很多青年女性读者的欢迎。王充闾回忆说："《简·爱》这部作品在50年代，对于我们青年，特别是女青年，起到了振聋发聩的震动作用。"①

《简·爱》如此受国内读者欢迎，首先应归功于其特殊的文学魅力。夏洛蒂·勃朗特的《简·爱》在语言形式上采用自传体，更能贴近读者的心灵，再加上夏洛蒂·勃朗特善于以抒情的笔法描写自然景物，使作品具有浓厚的感情色彩，让读者能够感同身受地体会主人公的喜怒哀乐和悲欢离合。其次，《简·爱》的小说情节内容很大程度上与作者夏洛蒂·勃朗特的个人生活经历息息相关，真实动人，读不出夸张和虚幻的元素，很容易引起当时青年读者，特别是女性读者的强烈共鸣。另外，《简·爱》的故事情节跌宕起伏，曲折动人，女主人公简·爱先后经历了孤苦的童年、艰难求学的少年时代、离奇的爱情经历、逃婚以及回归真心爱人等几个阶段。每个阶段的故事都毫不重复，各具特色魅力。读者的情感始终随着主人公的命运而时起时落。因此，作品的可读性和吸引力绝非一般地

---

① 徐菊.经典的嬗变——《简·爱》在中国的接受史研究[M].上海：上海文艺出版社，2010：4.

强。女主人公简·爱那身处逆境而不屈不挠、不懈努力终获幸福和成功的女性形象极大地吸引了追求男女平等的青年男女读者。一方面，简·爱外表形象的普通令人觉得亲切而真实；另一方面，简·爱追求人格独立和精神平等的人生主张对于新中国的青年人群，特别是女青年，具有独特的精神启迪和魅力吸引。

《简·爱》受国内读者欢迎的另外一个重要原因在于当时盛行的革命书籍缺乏对普遍人性的关怀以及艺术性的相对欠缺。新中国成立后，我党大力倡导青年人阅读革命书籍，特别是那些反映社会主义现实主义的现代文学作品，其中既包括国内革命作家的作品，也包括译自社会主义阵营国家的优秀革命作品。这些革命作品中，我们比较熟悉的有《青春之歌》《红岩》《林海雪原》《太阳照在桑干河上》《钢铁是怎样炼成的》《卓雅与舒拉的故事》等等。这些革命文学作品的确对新中国的青年一代起到了很大的激励和教育引导作用，保证了青年人又红又专地成长，增强了人们对中国共产党和中华人民共和国的热爱之情。但是，这些革命书籍中的人物往往非坏即好、非黑即白，主人公往往是“高大全”式的人物，往往公式化和概念化，缺乏持久的艺术感染力。《简·爱》恰恰弥补了革命书籍的不足，受到当时国内青年读者的关注。

1956 年，毛泽东在中共中央政治局扩大会议上，正式提出在科学文化工作中，实行“百花齐放，百家争鸣”的方针。这在一定程度缓解了政治标准对文艺工作的束缚，促进了文艺界的思想解放。这种相对宽松的国内政治环境下，当时的国内青年读者一度掀起了对《简·爱》的狂热。虽然《简·爱》因为含有描写资本主义社会黑暗的情节而在这段特殊时期里有幸得到国内文艺部门的默许，甚至在广大青年人群当中广泛传播，然而在那个“以阶级斗争为纲”的年代里，《简·爱》等一些西方文学作品的过度流行也引起了相关部门的警觉和重视。朱光潜认为：“《简·爱》归根到底是19世纪资产阶级文学作品，在思想上有一定的局限性。”① 当时的政府文艺主管部门担心：《简·爱》虽然有助于我们认识当时资本主义社会的黑暗，但它对新中国青年读者的危害也绝对不容忽视。首先，它会减弱革命书籍的正面影响。“青年学生必然会减少阅读反映社会主义革命和建设的作品的时间”②，甚至有些读者会通过对比，认为革命文学作品公式化和乏味无趣。其次，文艺部门认为，《简·爱》会在思想方面腐蚀国内的青年读者。自古以来，中国传统文化中就有强调“和谐”和“团结”的精神元素，青年人追求的个性解放往往会被标上“个人主义”的标签。1942年，毛泽东在延安文艺座谈会上提出了“有出息的文学家艺术家，必须到群众中去，全心全意地到工农兵群众中去，知识分子必须接受劳动群众改造”的方针。③ 小说中的女主人公简·爱那种追求个性独立、个性解放的主张与当时国内反对个人主义、培养集体主义的主张相冲突，青年学生很容易滋生个人奋斗、张扬个性和机缘巧合等小资产阶级的思想。

因此，新中国成立后，国内文化主管部门针对青年人群之中兴起的《简·爱》热潮进行了一定程度的遏制和引导，这被看作是当时国内反对青年读者中的资产阶级个人主义的举措。《文艺报》在1957年和1958年分别举办了“感谢苏联文学对

---

① 朱光潜. 为什么要放？怎样放？[J]. 中国青年，1957(13)：17.

② 同上.

③ 毛泽东. 在延安文艺座谈会上的讲话[N]. 解放日报，1943-10-19.

我的帮助”征文活动以及“为革命而读书”的“鲁迅奖章读书活动”，从而引导和培养青年人阅读革命书籍的兴趣。自此，《简·爱》在青年读者当中经历了一段流行之后，慢慢地受到了国内文化主管部门的遏制。

从新中国成立到改革开放开始这段时期中，《简·爱》经历了从被主管部门默许、到被青年人喜欢、再到被主管部门遏制的复杂变化，这种变化可以从《简·爱》的部分章节被作为教材的处理方式上可见一斑。“Jane Eyre at Lowood”是《简·爱》的第二个章节，描写的是简·爱在罗沃德寄宿学校的苦难生活，是“多年来被采用的课文”。① 但是，1962 年，在当时国内最权威的英语教材许国璋《英语》第二册里，将《简·爱》的节选段落换成了“Life at Gateshead Hall”，而且在课文后加了注释：“《简·爱》……，写幼年部分比较成功，后半部分，简·爱逐渐放弃了对封建歧视的反抗，最后依附于大地主罗切斯特，甘做他的妻子。”② 这段注释表明了作者的政治立场，也反映了“以阶级斗争为纲”的政治语境对《简·爱》的遏制态度。

此时期国内文化部门对《简·爱》既默许又遏制的态度还体现在当时张学信等著的《论夏绿蒂·勃朗特的〈简·爱〉》上。鉴于当时一些外国经典文学作品在青年读者当中越来越受欢迎，影响力逐渐扩大的现象，加上在新中国成立后的反右斗争中，有些右派分子引用某些外国文学作品中的只言片语，宣

① 白自然. 谈谈“简·爱在罗沃德”这篇课文[J]. 外语教学与研究，1965(3)：44.

② 转引自：徐菊. 经典的嬗变——《简·爱》在中国的接受史研究[M]. 上海：上海文艺出版社，2010：44.

扬资产阶级思想，向社会主义进攻，这就使得“如何分析、研究批判外国古典文学遗产”成为当时的“一大政治任务”。[①]《论夏绿蒂·勃朗特的〈简·爱〉》认为，虽然在一定程度上《简·爱》反映了劳动人民的苦难以及资本主义社会的黑暗，也提出了男女平等的思想，但是，作者的小资产阶级的局限性使得她对资本主义社会抱有幻想，未能够让主人公投身于人民群众的斗争洪流，从而未能找到妇女解放的道路。关于女主人公简·爱的形象，该书认为，简·爱可取的地方是她要求在经济上和精神上的男女平等，并努力实现梦想。但简·爱的不足在于，她只是个人奋斗，没有走进人民群众当中，她也不想推翻资本主义制度。最后，简·爱还是和那个黑暗的社会妥协了，以“一笔遗产，一个安静的家庭生活为人生最大满足”[②]。因此，她远“不是一个革命者，而是一个为个人目的而孤军奋斗的软弱的个人主义者”[③]。

纵观1949年新中国成立到1978年改革开放开始的几十年中《简·爱》在中国的接受情况，可以看出，《简·爱》自身的作品魅力使其在青年读者当中很有影响力；然而，当时特殊的社会政治大环境又使得这部西方文学经典作品经历了从被遏制到被批判的命运。

---

① 张学信，等著. 论夏绿蒂·勃朗特的《简·爱》[M]. 北京：人民文学出版社，1958：出版说明.

② 转引自：徐菊. 经典的嬗变——《简·爱》在中国的接受史研究[M]. 上海：上海文艺出版社，2010：29.

③ 同上：31.

（二）改革开放初期国内《简·爱》研究

改革开放初期，在国内对《简·爱》轰轰烈烈传播洪流当中，学术界的研究起到了开路先锋的作用。20世纪80年代中期之前，国内对《简·爱》的研究仍然采用了传统的社会历史批评的方法。20世纪80年代中后期，随着改革开放的深入以及人们的思想不断解放，学术自由度不断增大，西方各种文学批评理论相继传入中国。《简·爱》在国内的研究批评从单一的社会历史视角走向多元化研究视角，读者群体也不断扩大。

从1978年到20世纪80年代中期，中国学术界对《简·爱》的研究大致分为两类，其中，大部分学者还是延续了传统的社会历史批评方法，从文艺反映论出发，探讨作品与社会的联系，阐述作品的意义，对作品的价值取向做出判断。例如，一些评论者认为，《简·爱》反映了资本主义社会的黑暗现实，小说的局限性在于宣扬了简·爱的小资产阶级的个人奋斗，小说只有前半部分关于资本主义慈善机构的虚伪和资产阶级家庭冷漠的章节才有价值。这些评论者并未完全摆脱长期以来“左”的思想禁锢，仍用旧的僵化的思维方式看问题，不敢打破思想上的“禁区”，继续从政治角度来图解文艺作品，因而对《简·爱》的批评研究难以取得突破进展。这些评论者仍以作品“反映了……”和“揭露了……的本质”作为批评套路，在一定程度上仍然带着阶级论的有色眼镜来看待作品，实质上还属于阶级分析方法。

当然，也有一些学者走得比较靠前，敏锐地感受到并抓住了新时期的时代脉搏——“思想解放”和“人性回归”，忠于自己的内心感受，从小说结构、人物形象、创作价值及作品的文学性等方面对《简·爱》进行了比较客观的评论。其中，最权威和影响最大的是勃朗特研究专家杨静远。她在20世纪80年代前期写了《一百多年来的勃朗特姐妹研究》和《勃朗特姐妹家乡访问记》等介绍性文章，编选并主持翻译了《勃朗特姐妹研究》《夏洛蒂·勃朗特书信》等书。《夏洛蒂·勃朗特书信》收录了《简·爱》的作者勃朗特与朋友的书信往来，从中可以看出勃朗特的创作背景和创作意图等；《勃朗特姐妹研究》一书收集了从勃朗特三姐妹的小说出版到20世纪60—70年代期间，国外学者对三姐妹的重要评论，内容丰富，观点中肯，成为中国国内研究勃朗特姐妹和《简·爱》的重要资料。

在对《简·爱》的主题和价值研究方面，杨静远认为，《简·爱》小说的爱情故事和社会揭露是互相联系的，小说通过爱情主题来反映当时社会，展现作者“在爱情婚姻问题上反对贵族资产阶级的门第、财产观念，倡导男女平等、妇女独立自主、自我解放的民主主义思想”。作品的艺术价值在于，“打破了写爱情题材的因袭写法，把爱情内容由男女互慕美色提升到心灵契合的更高境界”，“是两个叛逆灵魂的互相吸引”。① 即《简·爱》的爱情主题和社会意义互为体现。杨静远的这一结论是对新中国成立后文学评论方面阶级论话语的突破，大胆表现了20世纪80年代的人性论话语：在新中国成立后一直到1978年的几十年里，《简·爱》就是因为表达了“资产阶级的爱情观”而受到文艺部门遏制乃至禁止的。朱虹的看法同样超前。朱虹认为，《简·爱》小说的真正意义是“通过一个妇女的命运对当时的英国社会发出了小资产阶级的最强音”，《简·

① 杨静远.夏洛蒂·勃朗特小说中的爱情主题[J].文学评论，1980(5)：112.

爱》的真正价值是“一部小资产阶级知识妇女的奋斗史”。同时，朱虹也挖掘出了《简·爱》故事中的人道主义内涵，作者“通过简·爱这样渺小的人物写出人的价值、人的精神世界的丰富、人的感情和尊严的不可辱不可犯，从而有力地控诉了践踏人的价值、浪费人的生命的资本主义制度”。①

对于女主人公简·爱形象的研究方面，在改革开放初期的1980年代，人们渐渐打破了僵化的阶级论调，对简·爱形象的看法变得更加人性化和客观化。例如，杨静远认为，在19世纪中期的英国资本主义社会，在市侩和宗教的氛围笼罩下，简·爱的反抗诚然高于小资产阶级知识分子的个人奋斗和个性解放，那种挑战精神具有相当的革命意义。② 朱虹认为，简·爱在那个“妇女没有政治、经济和社会地位的年代，……妇女地位和处境的不合理，……对社会秩序进行猛烈抨击。……我们把简·爱的精神概括为推崇人格、鄙视和反抗一切仗势欺人、道德伪善、趋炎附势、妄自尊大等任何阶级社会都会产生的卑劣心理，那么这种精神在今天也还是有意义的”。③《简·爱》译本的翻译者祝庆英也认为，“如果说简·爱完全是一个只顾自己的个人主义者，也是不公平的”。④

对于简·爱最后获得意外的海外遗产并回到罗切斯特身边的结局，此时期的不同评论者观点各有不同。杨静远认为，简·爱在罗切斯特身体残疾和破产的情况下，仍毅然回到他的

---

① 朱虹.《简·爱》小资产阶级抗议的最强音[J]. 读书,1979(5):38-39.

② 杨静远. 夏洛蒂·勃朗特小说中的爱情主题[J]. 文学评论,1980(5):111.

③ 朱虹.《简·爱》小资产阶级抗议的最强音[J]. 读书,1979(5):39.

④ 夏洛蒂·勃朗特. 简·爱[M]. 祝庆英,译. 上海:上海译文出版社,1980:序言.

身边，并与之相伴一生，“使简·爱的性格发展臻于完善，使爱情摆脱庸俗，上升到浪漫主义诗意的高峰”。① 还有的学者认为，简·爱在得知大地主罗切斯特已有妻子时愤然离去，在罗切斯特家破妻亡而自己腰缠万贯时又回到了他的身边，充分说明简·爱追求的是人格上的平等和尊严，把简·爱的爱情提升到了富贵不能淫、贫贱不能移的高度。张唯认为，这是“一个贫穷的女教师获得经济领域和爱情领域的彻底胜利”的优秀作品。② 朱虹认为，《简·爱》的结局落入了皆大欢喜的“大团圆”俗套，从而在一定程度上削弱了简·爱的精神价值。③ 祝庆英认为，简·爱获取意外横财，使她“加入了她本来仇视的剥削统治阶级”行列，削弱了小说的现实主义力量。④

总之，从 1978 年十一届三中全会到 1980 年代中期这段时间，在从全国到地方深入进行思想大解放的历史潮流中，在强调“人的解放”和“人性回归”的主流社会语境和学术语境下，人们通过《简·爱》释放了自己被压抑已久的情绪和内心感受，抒发着自己对生活和人生的看法。

（三）激进女权主义视域下的《简·爱》批评多元发展（1985—1995）

西方第一次女权主义运动发生于 19 世纪中后期，也就是

---

① 夏洛蒂·勃朗特. 简·爱[M]. 祝庆英，译. 上海：上海译文出版社，1980：113.

② 张唯. 夏洛蒂·勃朗特“女性解放”主题探析[J]. 华中师范大学研究生学报，1984(1)：86-87.

③ 朱虹.《简·爱》小资产阶级抗议的最强音[J]. 读书，1979(5)：39.

④ 夏洛蒂·勃朗特. 简·爱[M]. 祝庆英，译. 上海：上海译文出版社，1980：序言.

《简·爱》这部作品诞生的时代，其宗旨是要求妇女应当在教育、就业和政治方面享有与男子同等的待遇。《简·爱》就是这次女权主义运动对女性主义文学产生影响的结果，作者夏洛蒂·勃朗特的创作目的就是要为女性争取和男性平等的社会地位和权利。自1980年代中后期到1990年代早期，随着中国对外开放和思想解放运动的深化，中国国内的学术自由度也相应不断扩展，文学批评越来越脱离政治意识形态的束缚。西方一大批现代哲学思潮、文化思潮、文艺思潮等新鲜事物随着电视、报纸、书籍刊物和人员流动等媒介不断涌入中国，人们的视野更加开阔，对中国的传统思想带来了强烈的冲击和震撼。

西方第二次女权主义运动发生在20世纪60年代。当时的女权主义者发现，尽管女性在政治、经济等领域争取平等的努力取得了明显的成果，但妇女在社会生活中的不平等地位却没有得到根本性的改善。例如，得到选举权的妇女群体在政治上依然处于从属地位，得到工作机会的妇女却在岗位上依旧不平等。因此，这次女权主义运动的激进人士开始表达自己的愤怒和新的诉求，不仅仅要争取妇女在某一方面的权利和平等，更是要从整体上解构男女不平等的社会观念和社会体制。受此次女权运动的影响，一些西方文学评论家开始对女性经典作品和女性形象进行重新解读。

第二次女权主义运动高潮对西方女性主义文学批评的影响在1980年代中后期传到了中国，并在中国学术界萌芽和成长。《简·爱》作为一部经典的西方女性主义著作，开始得到中国学者们在各个新角度的批评，其中以女性主义视角最为突出。此时期，一本与《简·爱》直接相关的西方女权主义文学批评书籍应运而生：由美国女学者桑德拉·吉尔伯特（Sandra M. Gilbert）和苏珊·古芭（Susan Kamholtz Gubar）在1979年合著的《阁楼上的疯女人：女作家和19世纪文学想象力》（*The Madwoman in the Attic*：*The Woman Writer and the Nineteenth-Century Literary Imagination*），被誉为20世纪女性主义文学批评的《圣经》。《阁楼上的疯女人》一书独辟视角，研究了西方19世纪男性文学中两种不真实的女性形象——“天使”和“恶魔”，揭露了这两种形象背后隐藏的父权制社会对女性的歪曲和压制；同时，该书又分析了19世纪女性作家的创作，发现了她们表面上按照父权制的标准进行写作，创作出社会可以接受的人物形象（天使），而用反面的人物形象（恶魔）来表现自己真实的秘密欲望。在《阁楼上的疯女人》一书中，作者认为，男主人公罗切斯特是权力的中心，他为了金钱和欲望娶了伯莎为妻。在发现她的家族疯病后，便将她关进阁楼里。而这个疯女人代表着女主人公简·爱的另一面。伯莎最后将罗切斯特的庄园烧毁，这是简·爱反抗罗切斯特男权中心地位的潜在欲望，是被压抑的女性创造力的象征，也是叛逆的女作家夏洛蒂·勃朗特本身的欲望体现。西方女权主义批评的任务就是发现一个真正的女人，一个隐藏在父权制文本表象背后的真正女人，能够在显性的父权制文本下面，发现隐性的文本的真相。

《阁楼上的疯女人》一书的女性主义观点令人耳目一新，为《简·爱》的文学批评打开了一扇大门。1985年，杨静远在“勃朗特家乡访问记”一文中就对《阁楼上的疯女人》中的女性主义观点有所介绍，这是比较有权威的第一次向国内引进西方女权主义观点。1987年，韩敏中在“女权主义批评：《疯女人》与《简·爱》”中全面介绍了《阁楼上的疯女人》中对于《简·爱》的女性主义批评。朱虹更是直接继承了西方女性主义批评的精神，在1987年和1988年分别发表了“《简·爱》与妇女意识”和“禁闭在‘角色’里的‘疯女人’”，有力地拓展了《简·爱》在中国的批评空间。

在“禁闭在‘角色’里的‘疯女人’”中，朱虹认为，罗切斯特将伯莎叫作“一个恶魔般的疯女人”，这不是事实的真相。实际上，伯莎是一个“为三万英镑而被出卖的少女”，“和简·爱同是受苦受难的姐妹”。① 方平在“为什么顶楼上藏着一个疯女人？——谈《简·爱》的女性意识”中认为，“疯女人可以说是夏洛蒂·勃朗特的女性意识的聚焦点。纵火的疯女人把简·爱从桑菲尔德庄园的废墟焦土上高高地托举起来，使这个恋爱中的平民妇女所涌起的女性的自豪感，是当时英国妇女文学中最受宠爱的女主人公也难以和她相比。她已不用担心会成为一个让人羡慕或者让人妒忌的灰姑娘了”。②

1980年代后期到1990年代初期，各种类似的批评范式层出不穷，国内《简·爱》批评出现了“百花齐放、百家争鸣”的局面。批评家们从心理学方面、文化方面、社会学方面、原型批评方面、叙事学方面甚至经济学方面等纷纷尝试对《简·爱》进行多角度挖掘和审视，呈现多元化势态。笔者统计了中国知网上从1985年到1995年间关于《简·爱》的研究主题（图2-1）。从中可以看出，随着人们思想的解放和舆论环境的逐步宽松，学者们开始尝试着对《简·爱》从各种角度展开

---

① 朱虹.禁闭在“角色”里的“疯女人”[J].外国文学评论，1988(1)：95.

② 方平.为什么顶楼上藏着一个疯女人？——谈《简·爱》的女性意识[J].读书，1989(9)：47.

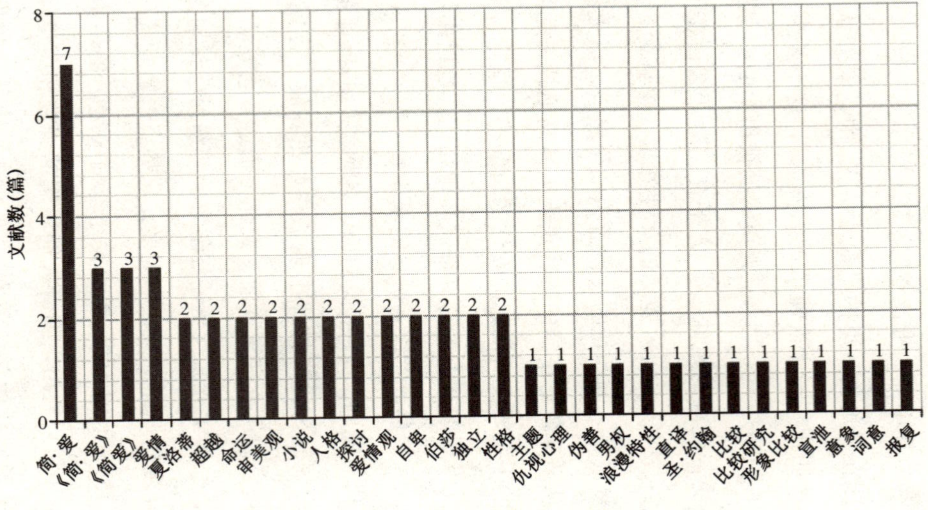

图 2-1　1985 年到 1995 年间《简·爱》的研究主题统计

研究。

其中，在心理学批评方面，范文彬借助于西方心理分析理论，深入挖掘了作品人物的心理内涵。他在“对《简·爱》中的罗切斯特形象的再审视”中认为，“就外部形象而言，罗切斯特代表着困兽的呼唤和情欲的化身，就深层心理而言，该形象体现了情与欲的分离之苦”。[①] 范文彬又在“也谈《简·爱》中疯女人的艺术形象”中分析了疯女人背后所隐含的作家的创作心态。他认为，疯女人的原型是勃朗特在比利时学习期间所暗恋的法语老师的妻子——埃热夫人，作者故意塑造一个令人讨厌的、恶有恶报的疯女人角色，用来弥补自己在生活中没能和老师结婚的遗憾。[②] 张蓉燕的“儒学——中国接受《简·爱》的伦理学思想基础”根据接受美学理论分析了中国读者接受《简·爱》的伦理基础。她认为，夏洛蒂·勃朗特所坚持的清教伦理观与以“仁、义、礼、智”四德为核心的中国儒教伦理学相契合，从而导致中国读者在最佳的美学距离，能充分欣赏和领悟《简·爱》的价值和意义。[③] 在原型批评方面，方平的“希腊神话和《简·爱》的解读”认为，简·爱与罗切斯特的爱情故事就是一个“现代神话故事”：罗切斯特就是一个“被牢牢绑在岩石上，向海怪献祭的安德洛美达”，简·爱就是他的“拯救者”。故事要向读者展示的是19世纪西方妇女开始

---

① 范文彬. 对《简·爱》中的罗切斯特形象的再审视[J]. 外国文学研究，1985(2):77-83.

② 范文彬. 也谈《简·爱》中疯女人的艺术形象[J]. 外国文学评论，1990(4):95-101.

③ 张蓉燕. 儒学——中国接受《简·爱》的伦理学思想基础[J]. 求是学刊，1992(3):85-87.

觉醒的强烈女性意识。千百年来寻求男性保护的女性“在女作家所建构的那一神话世界里，挺立了起来，她获得了一股雄伟刚强的力量，显示出男性般的征服者的英雄姿态”。① 易晓明在“一种特殊的心态的构成——论夏洛蒂·勃朗特的自叙体小说”中认为，《简·爱》以“主人公的心态为主体，形成了一条情绪线”，“开拓了一个新的表现领域（内心世界）”。② 梁艳华的“论简·爱的经久性魅力及其对当代女性的启示”从经济独立的角度认为，“社会上，当代女性应当具有独立的个性。要凭借自己的辛勤劳动，自己的双手去创造自己的幸福。首先经济上独立了，然后才会有人格的独立和完整，才能得到别人的尊重”。③

总而言之，从1985年杨静远把《阁楼上的疯女人》对《简·爱》的解读介绍到中国开始，以女性主义批评为核心的《简·爱》多元化批评浪潮此起彼伏，此消彼长，把中国学术界对《简·爱》的传统一元批评范式抛在身后，开启了国内《简·爱》研究的新时代。

（四）后现代语境下国内《简·爱》接受的新倾向：大众化与多元化

新世纪到来前后，中国读者处在时代的大变革中，互联网、全球化、市场经济、以人为本、和谐发展、生态文明等时

① 方平. 希腊神话和《简·爱》的解读[J]. 外国文学评论，1992(1)：46-52.

② 易晓明. 一种特殊的心态的构成——论夏洛蒂·勃朗特的自叙体小说[J]. 外国文学评论，1989(3)：40-41.

③ 梁艳华. 论简·爱的经久性魅力及其对当代女性的启示[J]. 电影文学，2009(5)：104.

代元素把现代读者拉进了后现代的思维和生活方式中。各种大众文化和非主流文化通过以网络为核心的媒体方式迅速传播，各种思想和思潮互相碰撞，离婚率逐年上升，人们对婚外恋和出轨现象见怪不怪，司空见惯了各种奇葩的人和事。1980年代的理想主义褪色，经典的权威地位面临挑战。网络时代的人们似乎被置身于网络汪洋中的众多孤岛上，风俗习惯迥异，却又有着共同的祖先。

这些后现代社会的人们从自身的立场出发，仁者见仁，智者见智，积极地参与到了对《简·爱》经典文本的开放性解读和再创作中来。众所周知，我国重新恢复高考制度以来，努力读书、跳龙门、上大学、吃铁饭碗等一直是几乎所有中国人的努力方向和人生规划。那个时候，从事文学创作和批评是高层次文化人的事情。所以，那时的人们对《简·爱》的各种文学批评，无论有多么不同，都还是“局限在知识精英内部的多元声音”。[①] 随着以网络为核心技术的媒体发展，使得处于后现代社会的人们随时随地可以通过互联网来表达自己的观点看法；只要不是过于反动，无论人们的看法多么非主流、多么不道德、多么个人化，都可以在网上以论坛、贴吧及小视频的形式发表。“社会文化总体多元化和读者个体审美趣味多元化，使得《简·爱》在新时期的接受呈现鲜明的多元化特征”[②]，1980年代传统的权威评论不能“一言雄霸天下”和唯我独尊了。

后现代社会的特征之一便是，权威受到质疑和解构。1980

---

① 徐菊.经典的嬗变——《简·爱》在中国的接受史研究[M].上海：上海文艺出版社，2010：86.

② 同上.

年代的人们对简·爱毅然离开罗切斯特的行为表示赞美，认为她是为了维护婚姻爱情的纯粹和人格的独立，是值得赞赏的；但是，在新时期里，有的读者或观众却表示不赞同。一部分人认为，简·爱太过于理想化了，在资本主义唯利是图的年代能找到富有的真爱就不容易了，不能过于执拗；也有人认为简·爱的做法是正确的，她宁肯失去爱情，也不做“第三者”。持前一种观点的人应该属于享乐型的年轻人，比如“90后”一代，持后一种观点的人应该属于现代社会里比较传统的人，比如70年代以前出生的人。

笔者在中国知网的搜索栏内输入“简·爱”二字作为关键词，发现1995年到2000年间关于《简·爱》的学术论文有116篇，平均每年有大约19.3篇。从2001年到2005年间，共有282篇关于《简·爱》的学术论文，平均每年有大约56.4篇。从2006年至2010年共有781篇关于《简·爱》的学术论文，平均每年156.2篇，从2011年到2015年共有798篇关于《简·爱》的学术论文，平均每年有159.6篇（图2-2）。单从数量上就可以看出，国内对《简·爱》的研究数量在以全球化和网络化为特征的后现代社会里与日俱增。而且，对《简·爱》的批评出现总体上的两极化：传统学院式批评和普通大众化批评，以及在每一极内部中都更加多元化。

尽管从1978年的改革开放伊始到1995年网络时代来临之前这段“传统精英文学批评的黄金时期”已经结束，随着信息时代的知识快速传播和后现代社会中各种文化思潮的风起云涌，中国国内依旧有一批学者在孜孜不倦地学习世界上最新的文学批评理论，并把它们应用到对《简·爱》的研究上，对

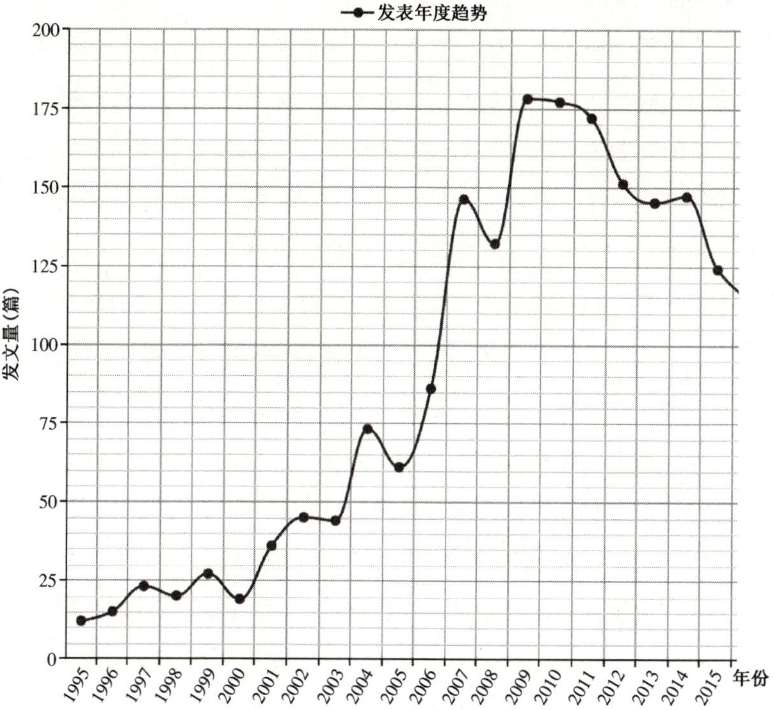

图 2-2　近年来对《简·爱》研究的数量变化图

1995 年之前的《简·爱》研究进行延伸和拓展。① 此阶段的《简·爱》批评视角大致有女性主义、后殖民主义、精神分析法、马克思主义等西方热门的批评理论。而女性主义批评视角已经成为人们对《简·爱》进行研究的首选，约占此时期所有《简·爱》文学批评的一半以上。并且，女性主义思潮不断发展，日益与其他批评理论或其他学科相结合，形成了不同流派的女性主义批评方法，比较引人注目的有后殖民女性主义和生

① 徐菊. 经典的嬗变——《简·爱》在中国的接受史研究[M]. 上海：上海文艺出版社，2010：96.

态女性主义等。

关于《简·爱》的生态女性主义批评是一个比较时尚和新颖的方向，其宗旨就是要在《简·爱》文本中挖掘出人物和大自然的相关之处。生态女性主义是女性主义和生态学结合的产物。生态女性主义认为，宇宙是一个有机整体，各部分相互联系和作用。在生态女性主义的视野内，自然和女性的结合点在于以男权为中心的价值二元论是自然和女性遭受压迫的观念基础，它确立了人与自然、男性与女性的对立关系；统治逻辑是自然和女性受压迫的思想根源。父权制文化认为，人类优于自然界，男人优于女人，因此，人类对自然界的征服和男性对女性的统治都是天经地义的。自然和女性被驱逐到“边缘”甚至“他者”的地位，都是被压迫对象。生态危机和性别压迫是人类社会危机的根源。通过质疑和解构二元论的统治逻辑，批判人类中心主义和父权制中心文化，生态女性主义旨在唤醒人们的生态一体意识和男女平等意识，建立一个男女平等和谐、人与自然和谐的生机勃勃的社会。国内对《简·爱》进行生态女性主义批评中比较有权威的论文是王文惠的“从生态女权主义视角对《简·爱》的重新解读”。论文指出《简·爱》“揭示了19世纪维多利亚时代女性和自然资源遭受男性压迫和掠夺的悲剧，探索了自然和女性的联系，……小说拒绝男性至上的二元对立思维模式对女性和自然的统治和忽视，表达了作者解放女性和自然，发展女性自我意识，构建一个两性完全平等，和谐生存的和乐世界的理想”。①

---

① 王文惠.从生态女性主义视角对《简·爱》的重新解读[J].外国文学研究,2008(01):119.

后殖民主义视域下的《简·爱》解读更是体现了后现代社会里经典文学文本的活力和深刻的艺术内涵。后殖民主义是20世纪70年代兴起于西方学术界的一种具有强烈的政治性和文化批判色彩的学术思潮，它主要是一种着眼于宗主国和前殖民地之间关系的话语。相对于西方帝国主义以往对第三世界国家的经济和政治的直接侵略和控制而言，“后殖民主义”是指欧美资本主义国家在“二战”之后的冷战和后冷战时期对“落后”民族和国家进行的文化围剿和文化渗透的一种侵略政策，在理论上常常表现为一种文化殖民主义、文化霸权主义和文化帝国主义。依照后殖民主义的观点，只有西方先进国家和民族的文化才是世界文化的中心和楷模，而非西方的“落后”民族的文化则常被贬称为边缘文化、愚昧文化。对于《简·爱》的后殖民主义批评，在中国最受关注的是斯皮瓦克（Spivak）的《三个女性主义文本和一种帝国主义的批判》（*Three Women's Texts and a Critique of Imperailism*），该书指出，在对《简·爱》中的疯女人伯莎·梅森进行人物分析时，必须考虑19世纪的大英帝国对西印度群岛的殖民行为。伯莎·梅森在嫁给罗切斯特之前来自西印度群岛，夏洛蒂将她描绘为一个疯女人，除了兽类般的嚎叫，不给她以表达观点的任何机会，这实际上是将殖民地人民丑化和边缘化。夏洛蒂·勃朗特把伯莎·梅森置于沉默的主体、丧失话语权的他者的位置，这是帝国主义意识形态充当帝国主义殖民扩张的话语先导。她所建构的殖民主义的故事是一个相互的过程，其中，欧洲力量在巩固帝国主义的至高无上的自我的同时，引诱殖民地人们与其同谋以构成被殖民者自身作为他者和无声音的或从属的主体。伯莎·梅森的作为自我的主体立场在文本中被帝国主义话语彻底涂抹了，这种霸权话语被殖民者保护主义叙述化。[①] 在斯皮瓦克的后殖民主义视角中，《简·爱》研究专家徐菊认为“《简·爱》这个广为阅读的女性成长小说，事实上是使读者知晓帝国主义暴力的寓言故事”。[②] 不仅《简·爱》中对伯莎·梅森令人恐惧的女性形象和悲惨的命运安排上体现了后殖民主义的分析元素，小说中还有多次提到宗主国和殖民地的关系的地方。例如，简·爱在故事结尾时意外得到了叔叔曾在海外殖民地创业、并且给自己留下了一笔丰厚的遗产的好消息。作者这样安排情节，原本是希望女主人公简·爱能够实现经济独立，真正与罗切斯特在身份上平等，但这又无意中暴露了她的帝国主义意识：简·爱的独立是建立在英国对殖民地人民的剥削上的。另外，传教士圣·约翰到印度的传教雄心被夏洛蒂描写为神圣和光辉，这实际上也是在为大英帝国的海外扩张进行美化。

随着比较文学在中国的兴起，关于《简·爱》的比较文学研究接连不断。比较文学兴起于19世纪末和20世纪初，它研究两种或两种以上民族文学之间相互作用的过程，以及文学与其他艺术门类和其他意识形态的相互关系的比较研究的文艺学分支。它包括影响研究、平行研究和跨学科研究。我国正式的比较文学论文出现于20世纪30年代初期，范存忠、陈受颐等人开始研究中国古典文学对西欧的影响。20世纪70年代以来，比较文学在中国取得了前所未有的新发展。1979年我国接连出

① [美]斯皮瓦克. 三个女性主义文本和一种帝国主义的批判[A]. //巴特·穆尔-吉尔伯特. 后殖民批评[C]. 杨乃乔，等译. 北京：北京大学出版社，2001：222-228，2012(4)：90.

② 徐菊. 经典的嬗变——《简·爱》在中国的接受史研究[M]. 上海：上海文艺出版社，2010：100.

版了一些比较文学内容最集中的文集，尤其是钱钟书先生《管锥编》的问世，被海内外学者认为是中西比较文学史上的大事。随着互联网时代的到来和中国全面对外开放的深入进行，人们的研究思路更加多维，学术视野更加开阔，能够更加方便地获得各种文化和文学资料，比较文学的黄金时代正在到来。近年来，人们对《简·爱》的比较研究方向主要有人物形象研究、作品的比较研究和作者的比较研究等等，其中以简·爱和其他小说主人公之间的人物形象研究最为普遍。例如，简·爱和苔丝的命运对比研究，简·爱与娜拉的出走异同研究，简·爱与嘉莉妹妹的奋斗形象研究，简·爱与林黛玉的跨文化研究等。

吴懿纯、黄丹玫在“平等·自由·财产——试比较娜拉的出走和简·爱的回归”一文中认为，娜拉和简·爱两位女性形象有很多共同点，在思想上有相似的追求，在生活上有出走的经历，但二者的命运结果却大不相同。大部分读者认为，出走后的娜拉要么饿死街头，要么堕落风尘，或者是与现实妥协，重新回到那个玩偶之家；但是，简·爱的结局却是固定的，一笔遗产最终促成了简的回归。虽然简·爱和娜拉都十分忠贞于爱情，但吴懿纯、黄丹玫一针见血地指出二者命运不同的原因，即财产对于自由的重要性。吴懿纯、黄丹玫认为，“自由与财产在资本主义世界是密不可分的，这不仅仅是由于资本主义社会的特点决定的，还是由‘外在自由’的性质决定的”。①外在的自由才是真正的自由，娜拉的结局之所以不被人看好，

① 吴懿纯，黄丹玫. 平等·自由·财产——试比较娜拉的出走和简·爱的回归[J]. 青年文学家，2009(6)：42.

就是因为她在社会上缺乏独立生存的能力，是一个没有财产的可怜女人。高鲜花在“缀网劳蛛的悲剧宿命——解析娜拉与简·爱”一文中则持截然不同的观点，虽然表面上“她们最终的人生走向呈相反的趋势：娜拉离家出走，简·爱回家结婚。不论何种走向，在社会还没进步到两性和谐共融的阶段，在男性仍居社会主导地位的情况下，她们做出的任何抗争都不会冲决男权之网，这是男权社会中女性的悲剧宿命”。[①] 姜莉霞在“简·爱与苔丝的性格及命运对比分析”一文中认为，简·爱和苔丝都是社会女性弱势群体中的一员，“她们都具有一定程度的反抗意识，不断思考和求证自己的命运与生活，同时，努力追求幸福，探索自己人生的新出路”。但是，对于二者截然不同的命运结局，姜莉霞认为其根本原因是由两个人性格的差异造成的：苔丝的反抗不彻底，“苔丝的性格藏着落后保守的观念，对于传统道德的束缚，她无法摆脱，甘愿妥协。……在男权社会里面，苔丝没有简·爱那种独立的意识和思想，而是始终把自己作为男人的依附体，忘记了自己的独立性”。[②] 总之，关于《简·爱》的比较研究既开阔了读者的思路，又为《简·爱》文本添加了当代魅力。

关于《简·爱》的翻译研究也是20世纪90年代中后期以来的一个热点。一方面，《简·爱》在中国的流行时断时续，起伏不定，因此，中国的多个历史年代都留下了《简·爱》不同的译本，给人们提供了丰富的《简·爱》的翻译研究素材。

---

① 高鲜花.缀网劳蛛的悲剧宿命——解析娜拉与简·爱[J].常州工学院(社科版),2008(4):54.

② 姜莉霞.简·爱与苔丝的性格及命运对比分析[J].镇江高专学报,2013(4):26.

另一方面，90年代中后期以来，随着网络传播的愈加便捷和中国对外学术交流的频繁，西方各种主流翻译理论大量涌入，为人们从多角度研究《简·爱》提供了更多可能。林桂红认为《简·爱》众多译本中体现出了功能翻译理论。所谓功能翻译理论就是“把翻译作为文化转换的一种，将它和交际互动联系起来”。在该理论下，译者要对自己的翻译目的有所了解，综合考查各方面的影响，包括受众的要求等等，最后确定选择恰当的翻译方式，以便达到在特定文化语境下能够进行较好交流的目的。《简·爱》的众多中译本“对于《简·爱》小说的整体翻译而言，很多章节都有翻译功能理论的体现”；例如，“《简·爱》第一章译文一系列心理和景物描写是非常成功的，读者从中很容易看出女主人公所处的困境”。另外，“功能翻译理论也体现在《简·爱》众多译本的语言结构上”，很多译者在翻译《简·爱》时都充分考虑到了东方文化的特点，在表达上比较符合汉语读者的习惯，即我们常说的“归化翻译”方法。同时，《简·爱》小说语言的美感在翻译时也最大程度得以保留，使读者保持一种阅读的愉悦。①

近年来，人们越来越关注到“《简·爱》文本中丰富的自然意象、童话构架、《圣经》和其他文学作品中的借喻、地点和地貌特征等文学因素的象征和暗示意义”。② 例如，针对作品中反复出现的火、月亮等自然意象，朗芳在“《简·爱》的主题意象：月亮与火”中认为，“一方面，它是情欲之火、毁

---

① 林桂红.基于功能翻译理论下的《简·爱》翻译[J].语文建设，2016(2)：97.

② 徐菊.经典的嬗变——《简·爱》在中国的接受史研究[M].上海：上海文艺出版社，2010：104.

灭之火。意味着灵与肉、情与欲的疯狂狡诈。另一方面，它又是涅槃之火、再生之火，欲火燃烧意味的是生命超越与复活，它更多地饱含着现实与理想，地狱与天堂的希冀与升华”。①这种对《简·爱》的艺术内涵研究是基于文本细读而又高于故事欣赏的研究，是比较抽象和困难的研究，反映了人们回归审美的阅读倾向。

随着1995年中国百姓被允许开通互联网服务的那一刻起，社会的发展方式、人们的生活方式和思维方式都开始了翻天覆地的变化。网络改变了人们传统的阅读方式，也给文学传播和文学评论带来了无限可能的空间。在网络语境下，大众话语与学术话语同时存在、互相渗透，并且在一定范围内大众话语有超越学术话语之势。笔者在“360搜索”里输入“《简·爱》”作为关键词，发现682 000个结果，这意味着有关《简·爱》的网页有682 000个。人们可以在网络上查到《简·爱》的不同小说文本和译本、关于《简·爱》的各版本电影、关于《简·爱》的各种微博评论、论坛点评、学术论文、作者介绍等等各种丰富资源。网络赋予了《简·爱》新的传播生命力；同时，人们不再被动地接受关于《简·爱》的相关资料，而是能够以互动的方式参与《简·爱》的接受和传播。比如，人们可以在网上发表对《简·爱》译本或小说人物的各种看法，并和别的网络读者即时交流。

笔者在这里列举几个网上关于《简·爱》的大众评论。

《简·爱》讲述了一个名叫简·爱的女孩的故事，她没有爹也没有娘，过着贫苦的生活。可她坚信：虽然我不

① 朗芳.《简·爱》的主题意象：月亮与火[J].名作欣赏，1997(6)：38.

可以选择财富，但我可以选择人生！她努力地学习工作，努力地生活，最终拥有独立的财产和心爱的人。一幕幕的情节都催人泪下，使人更加坚强。我开始懂得了人生的真谛。我试着勇敢坚强地生活，尽管很辛苦很忙碌，也有时很拼命，却充实美好。简·爱的朋友海伦因传染病而将要死去，简·爱毫不畏惧地陪她度过了人生最后的一个晚上，她们率真的话语，生离死别的友谊深深地打动了我。是啊，简·爱从小被寄养在狠心的里德夫人家，里德夫人由于嫉妒便虐待她，周围的人也欺负她，她只有海伦，她们一起走过了风风雨雨，在共同的志趣下生活，可上天却又那么残忍地夺走了海伦……久经磨难的简·爱最终回到了罗切斯特先生身边，可他却又瞎又截肢。简·爱用她会说话的眼睛默默地看着罗切斯特。也就在那一刻，罗切斯特感到了简·爱——他的小仙女回来了，他们紧握着手讲着身边发生的事情，发誓永远不分离，我被深深地感动着，我明白了越是困难就越让真心喜欢的人刻骨铭心！两年前，生活无情地选择了我。我不能上大学了，而对着残忍的现实，我让步了。爸妈没能力支付我那昂贵的学费，我只能注定被选择。最后，我选择了师范，在这里我度过了自己最孤独最难忘的一段日子，《简·爱》弥补了我空虚无味的生活，我觉得我已拥有了简·爱，拥有了她。虽然我不可以选择财富，但我可以选择乐观的生活态度。我试着振作起来，试着勇敢努力地生活。在学习上，我尽自己最大的努力去学好，也积极地参加学校的其他活动，这一路上，有鲜花有掌声也有泪水，我的学习很快赶上来了，在学校的征文大赛、冬季越野赛、运动会中我都多次获奖。我重新找回了自己。原来，每个人都是在夹缝中求生存，在逆境中求发展的。人生需要挫折的挑战，那才是完美亮丽的人生！人生是多变的，也许它犹如瞬间吹过的风，却给了人们从未有过的爽快。也许它如挂在天空的彩虹，却创造了世界上最美的奇迹！怀抱《简·爱》，它给我的不只是这些。我深深地明白：我应该坚强地活着，努力地活着。虽然天空没有我的足迹，但是我飞过！虽然我不可以选择财富，但我可以选择人生！①

从上述文字可以看出，这不是运用某种文学批评理论对《简·爱》进行理性的分析，而是一种个体化的心灵感悟。该文作者在《简·爱》文本中找到了和女主人公产生共鸣的生命体验，因而有感而发。这种联系自我生活的感悟式评论典型地体现了网络文学的特点：我的地盘我做主。评论者与小说文本共鸣的过程也是评论者自身进行自我构建和自我反省的过程。这种对经典文学作品的网络化评论在后现代语境下具有无限的生命活力，同时也赋予古典文学作品以新的生命力。

总之，从 1990 年代中后期以来，随着互联网的发展、全球化的浪潮以及中国以经济建设为中心的全面开放的深入进行，国内对《简·爱》的批评研究出现了学术化倾向与大众草根倾向共存的状况。其中，学术化倾向的《简·爱》批评相较于之前的研究而言，在理论和观点方面又有所突破和深入，在视角和维度方面更加多元，以至于表面上看起来似乎已经穷尽了《简·爱》的研究批评。但是，随着时代的发展，必将会有更多读者和学者立足于他们生活的年代，积极挖掘，赋予

① http://wenda.so.com/q/1363920229061338.

《简·爱》这部内涵丰富的经典文学作品以更多的新意。

第三节 简·爱在中国的形象变迁

一、建国初期青年心中的“独立女性”（1949—1978）

随着1949年中华人民共和国的成立，轰轰烈烈的社会主义改造在中华大地随之展开，社会主义制度逐步建立下来。在社会主义制度下，消灭了阶级和剥削，“人人平等”写进了新中国第一部宪法，其中也包括“男女平等”。社会主义社会美好的生活图景使全国人民尤其是青年人对未来充满希望。《简·爱》那追求独立、平等和尊严的小说主题以及男女主人公终成眷属的美好结局恰好契合了当时的青年人群对未来生活的期待视野。因此，《简·爱》从新中国成立到1978年之间这段共和国特殊历史时期里备受年轻读者的欢迎，女主人公简·爱也自然成了那个年代年轻人心中的青春偶像。

建国初期，在社会主义文艺为社会主义政治服务的方针指导下，政府提倡青年人多阅读革命题材的书籍，文艺部门也对革命书籍中的英雄人物大加宣传。当时的革命书籍要么是国内的革命作家的作品，要么是以苏联为主的社会主义国家的译著，其中有很多优秀的作品，如国内的革命书籍有丁玲的《太阳照在桑干河上》，袁静、孔厥合著的《新儿女英雄传》等，国外的革命书籍有高尔基的《童年》《在人间》《我的大学》

《海燕》、保尔·柯察金的《钢铁是怎样炼成的》等等。但是，这些革命书籍“过于注重政治语境而造成人性话语的缺失，所塑造出的‘高大全’式的英雄形象固然让人崇敬，却属于只有神性而缺乏人性的扁平人物”。[①] 对这些英雄人物的光辉形象，读者往往只能在心里崇敬，却很难在生活中效仿，读者很少能够做到和这些英雄形象进行情感相通。

与这些革命英雄人物相比，简·爱的行为和思想就要生活化得多，因而也更加具有人性特征。相貌普通的简·爱从小失去父母，寄宿在舅舅家里，饱受虐待，后又被送进孤儿院。这自然而然引起读者的怜悯和同情。简·爱在寄宿学校里努力学习，梦想着通过学会一技之长来改变命运，这一点也与建国初期的青年人的想法相似；试想一下，百废待兴的中国急需一大批各行各业的建设人才，这时的青年人自然是摩拳擦掌，奋发图强，努力通过学习来改变自身命运和建设国家。简·爱在当家庭教师期间与雇主罗切斯特相爱了，青年读者们也会暗自替简·爱高兴，毕竟这个苦命的孩子的生活有了盼头。在婚礼上，有人揭发新郎罗切斯特是个有妇之夫，故事瞬间来了个三百六十度大转弯，简·爱和青年读者们都好似当头一棒，这事儿搁谁都受不了，此处更能体现出《简·爱》情节的生活化和人性化特点。是留下来充当情妇？还是为了尊严而毅然离开？怎么办？痛苦之后的简·爱选择了离开，这个情节设计特别符合常人的思维方式：毕竟爱了那么长时间，投入了那么多感情，怎么能舍得呢？经过一夜的痛苦思考，简·爱第二天一大早才毅

---

① 徐菊.经典的嬗变——《简·爱》在中国的接受史研究[M].上海：上海文艺出版社，2010：128.

然而然地离去。此时的青年读者的心情怎样呢？也许他们跟简·爱一样地痛苦。出走后的简·爱一路流浪，没有目标，几乎饿死在荒野。流浪的情节设计扣人心弦，却又那么自然和顺理成章，读者们为简·爱捏着一把汗。简·爱被一个路过的青年牧师收留，这虽然是作者故意设计的情节巧合，却让读者们长出一口气，满怀期盼地读下去。这个青年牧师十分关心简·爱，在简·爱康复之后，他请求简·爱嫁给自己，并陪他到印度传教。其实，简·爱心里很清楚，自己和这个牧师之间没有感情，她只是被当作牧师传教的助手而已。读者们很容易替简·爱担心，“你怎么这么命苦啊!”。夏洛蒂的这个情节设计也点中了很多普通人的一个软肋：答应请求会违背自己的真实内心，不答应请求会觉得欠对方人情。所以，这里再一次体现了简·爱命运的人性化发展和生活化特征。冥冥当中，简·爱似乎听到了爱人罗切斯特的呼唤，于是，简·爱又一次毅然听从了自己的内心，离开这个牧师，回到罗切斯特身边。读到这里，读者又有了新的担忧：简·爱难道想通了要做个情妇不成？凡是初读《简·爱》的所有读者都会这么问一下。简·爱回到了罗切斯特身边，发现他原来的妻子在大火中烧死了，他的所有财产也在大火中丧失殆尽。高尚的简·爱毅然决定留下来，嫁给罗切斯特，照顾他一生。读到故事结尾，读者的心情在经历了过山车似的起伏之后，终于放松了下来。到这个时候，简·爱那崇尚自由、平等和独立的高尚人格和感情胜过金钱的价值取向已经不知不觉印到了读者的脑子当中，久久不能抹去。

可以看出，《简·爱》与建国初期的革命书籍的最大不同就是：《简·爱》的情节生活化，情节发展人性化，故事主题高尚却不遥远抽象，容易与读者情感相融，让读者感到真实亲切，而革命书籍的说教特征明显，政治性强，主题过于高尚而缺乏人性关怀，往往需要人们做出自我牺牲来成就集体的光荣。因此，在建国初期那种政治语境浓厚的年代里，《简·爱》一度成为当时的年轻人最为热衷的一部文学作品，而简·爱那丰满的人物形象也走进了广大青年读者的内心。

其实，在《简·爱》之前，中国国内已经有了一位比简·爱更受欢迎的国外独立女性的形象，她就是《玩偶之家》中的娜拉。《玩偶之家》是19世纪挪威伟大的戏剧家亨利克·易卜生的著名作品，创作于1879年。主要写主人公娜拉从爱护和信赖丈夫到与丈夫决裂，最后离家出走，摆脱玩偶地位的自我觉醒过程。娜拉的独立女性形象是随着五四时期的新文化运动传到中国的，在20世纪二三十年代的中国曾经一度引起轰动。那么为什么新中国成立后，娜拉光辉的独立女性形象不再流行，反倒是一直以来默默无闻的简·爱取而代之，突然成了新中国青年心中的光辉形象呢?

众所周知，“五四”新文化运动最初是由中国一批男性知识分子精英发起的，他们高举反封建的旗帜，鲜明地倡导男女平等和女性解放，娜拉的离家出走式的反抗被视为是对父权制传统观念的最有力的回击，因此，娜拉的形象极大地满足了新文化运动时期人们的期待视野。随着新中国的建立，男女平等被写进了新中国宪法，女性获得了法律意义上彻底的解放，和男性在政治、经济、教育等领域享有平等的地位和机会。两性和谐相处，共同参与生产劳动和社会建设成为美丽和谐的图景。在这样的社会语境下，过分强调女性反抗，甚至把出走作为有力的法宝，已经显得不合时宜。简·爱有勇气打破家庭门第差异，并且不以自身贫寒丑陋而自卑，也不嫌罗切斯特的年龄和外表，做到了和罗切斯特在心灵上的息息相通；同时，又在和罗切斯特的交往中坚定地维护着女性的自尊和平等，这一切优秀品质都深深地吸引着新中国的人们，尤其是青年男女。也就是说，简·爱的形象更符合新中国成立后人们的期待视野和审美情趣。另外，与《娜拉》的男性作者不同，《简·爱》的作者是一位具有女性主义意识的女性作家，其创作视角是一种女性内省式视角，描写的是女性独特的心理和经验，因此，非常受作为新中国"半边天"的广大女性读者的青睐。

当时的文化主管部门把青年读者们对简·爱形象的痴迷放到了政治语境下进行考量。《简·爱》因揭露了资本主义社会黑暗的一面而受到了马克思的高度评价，"真实而动人的描写中，向世界揭露了比所有政治家、政论家和道德家所揭露的总和还要多的社会真理"。① 但是，由于她的"小资产阶级的局限性"，简·爱的反抗"并不彻底"，只是"以获取爱情为目的"，最后，"还是和那个黑暗的社会妥协""以一笔遗产，一个安静的家庭生活为人生最大满足"，她"脱离人民群众""远不是一个革命者，而是一个为个人目的孤军奋战的软弱的个人主义者"。② 所以，在简·爱的形象魅力超过了革命英雄以后，文化主管部门眼中的简·爱形象却渺小了许多：简·爱身上体现的人性化特征和高尚人格被政治话语逐步消解。当时，中华人民共和国刚成立不久，人们头脑中的资本主义意识和封建意识还比较浓厚，急需社会主义的主流意识形态对人们进行教化，社会主义制度才能深入人心。并且，当时的国内阶级斗争

---

① 杨静远，编. 勃朗特姐妹研究[M]. 北京：中国社会科学出版社，1983：176.

② 张学信，等著. 论夏绿蒂·勃朗特的《简·爱》[M]. 北京：人民文学出版社，1958：31.

形势比较严峻，需要人们提高警惕，保卫来之不易的新政权。

总之，建国初期青年读者心中曾经丰满的简·爱人物形象在被文化管理部门贴上了小资产阶级的个人主义的标签之后，变得黯然失色了不少，这种形象变化恰恰反映了那个年代的时代特征。文化大革命开始后，《简·爱》等大批外国名著被列为“封、资、修”之列而被禁止阅读。取而代之的是阿庆嫂和红色娘子军等革命偶像人物，她们成了这一时期文艺宣传的重点。

二、改革开放初期的青春偶像（1979—1985）

文化大革命结束以后，人们强烈呼唤人性的回归和个人尊严的恢复。简·爱那视人格尊严和平等高于一切的高大形象再一次回到了人们的记忆当中，极大地迎合了当时人们普遍的生活期待视野。同时，1979年版《简·爱》译制片的全国公映更是及时触动了全国观众的内心。从此，全国人民心中那渴望人性回归的集体无意识被激发，简·爱成了改革开放初期那代人心中的经典偶像。

在改革开放初期这段拨乱反正、百废待兴的时期，以“人性回归”为主题的人性话语语境成了当时的时代语境。文革期间人们那被压抑和扭曲的人性需要得到充分的滋养和释放。《简·爱》小说和电影的流行给人们提供了释放途径，并且把此时国内的“人性回归”话题以要求“男女平等”的女性话语形式表达了出来。众所周知，新中国成立后，“男女平等”被写进了新中国第一部宪法。但是，这种男女平等是忽略了男女性别差异的平等，“妇女半边天”“男女都一样”这些政治口号实际上遮蔽了女性特殊的自然本性，是一种被曲解了的两性平等，更是女性意识的丧失。文化大革命结束以后，“人们对压抑人性的阶级话语已经厌恶，继续从性别差异的角度来阐述人性的丰富，急需女性的独特经验和文化表达，而《简·爱》恰恰满足了人们”，特别是女性，“这方面的情感需求”。① 在小说中简·爱和罗切斯特在花园中相遇时，简·爱发表的那段著名的爱情宣言充分表明了简·爱的精神实质：精神上的平等、心灵上的相通、人格上的独立和尊严上的彼此尊重。

下面就是简·爱最为出名的那段关于女性独立和男女平等的爱情宣言：

> 你以为，因为我穷，低微，不美，矮小，我就没有灵魂没有心吗？你想错了！——我的灵魂跟你一样，我的心也跟你完全一样！要是上帝赐予我一点美和一点财富，我就要让你感到难以离开我，就像现在我难以离开你一样。我现在跟你说话，并不是通过习俗，惯例，甚至不是通过凡人的肉体——而是我的精神在同你的精神说话；就像两个人都经过了坟墓，我们站在上帝脚跟前，是平等的——因为我们是平等的！②

可以看出，在简·爱的意识当中，“平等”二字重有千斤。她喊出了一个贫穷的家庭女教师要求做一个与雇主平等的人的心声，也同时喊出了改革开放初期人们的心声。简·爱虽然没有美丽的

---

① 徐菊.经典的嬗变——《简·爱》在中国的接受史研究[M].上海：上海文艺出版社，2010：185.

② 夏洛蒂·勃朗特.简·爱[M].祝庆英，译.上海：上海译文出版社，1995：330.

外表，却有一颗坚强的心，她不畏权贵，不屈从于金钱和地位，更不会羡慕那些为了地位而丧失女性尊严的人。不管是从人性解放的角度，还是从女性解放的角度来看，简·爱都是她所生活的那个时代以及当代中国的女性范本。在改革开放初期，简·爱的高大形象对当时女性青年读者的爱情观、人生观和世界观影响极大。很多女青年把简·爱对爱情的主张投射到自己的人生当中，把她当作自己人生道路上效仿的榜样。可以说，简·爱几乎成了那个年代青年人，尤其是女青年的青春偶像。

从文化大革命结束到20世纪80年代前期的学术界对简·爱的形象研究大体上仍然没有突破传统的社会历史范畴，但也渐渐出现了不同的声音，展现了评论者个人的审美倾向和个人的期待视野。例如，学者朱虹从人性论的角度出发，认为简·爱是一个勇于追求个人感情幸福和精神尊严的女性人物。杨静远认为，简·爱在爱情方面追求的是恋人之间的心灵契合。也有很多学者从中国传统的民族习惯出发，认为简·爱不羡慕金钱和地位，在和雇主罗切斯特交往过程中做到了“贫贱不能移，威武不能屈，富贵不能淫”。但也有人仍旧依照新中国成立后到文革期间的阶级语境下的思维模式，认为简·爱的反抗和奋斗始终采取的是个人单枪匹马的形式，她只考虑个人如何在社会上得到一个更好的地位，并没有考虑整个妇女的解放事业，属于小资产阶级的个人英雄主义。祝庆英为简·爱打抱不平：“如果说简·爱完全是一个只顾自己的个人主义者，也是不公正的。”① 对于简·爱最后欣然接受一大笔遗产，祝庆英

---

① 夏洛蒂·勃朗特. 简·爱[M]. 祝庆英，译. 上海：上海译文出版社，1980：序第1页.

又认为，简·爱“加入了她原本敌视的贵族资产阶级行列，和压迫她的社会秩序做了妥协”，这在一定程度上削弱了简·爱精神的价值。① 总之，在国内学术界，伴随着拨乱反正的春风和改革开放的步伐加快，人性化话语和思维方式逐渐占据优势地位，而阶级论话语和一元的思维模式逐渐丧失了主导地位。

在解放思想和人性回归语境下的改革开放初期，简·爱在青年人心中一度成为效仿的偶像，在国内学术界，简·爱的形象开始经历以从追求精神独立的人性论话语到褒贬兼有的多元化转变。简·爱形象的变迁反映了时代的变化和进步。

三、女权主义视域下的巾帼英雄（1986—2015）

女权主义思潮产生于欧洲并在近代伴随着中国的五四运动传入中国。女权主义文学批评则是在中国改革开放开始后的1980年代中后期传入中国，并逐步应用于对简·爱人物形象的分析。《简·爱》作品的诞生和文学批评离不开西方女权主义思潮和女权主义文学批评，所以，在深入研究简·爱在中国的形象接受时有必要回顾一下西方的女权主义思潮和《简·爱》的联系。

（一）《简·爱》与西方女权主义运动和女权主义文学批评

西方女性主义文学批评与西方妇女解放运动的兴起和发展

---

① 夏洛蒂·勃朗特. 简·爱[M]. 祝庆英，译. 上海：上海译文出版社，1980：序第3页.

密不可分。西方第一次女权主义运动的浪潮发生在19世纪中后期。《简·爱》的问世就是第一次女权主义运动对女性主义文学产生影响的结果。运动主张妇女应当在教育、就业和政治方面与男子享有同等的待遇。夏洛蒂·勃朗特创作《简·爱》的目的就是要为女性争取和男性平等的社会地位和权利。

西方第二次女权主义运动兴起于20世纪六七十年代，又称为现代女权主义运动。经历了两次世界大战和殖民制度瓦解，各种矛盾重新排队，女权主义在这个大动荡的时期也各树大旗，分化成为“激进女权主义”“马克思女权主义”和“自由主义女权主义”等。激进女权主义斗士凯特·米利特在《性政治》（1970）一书中最早提出了父权制这一概念。她认为，长久以来，人类社会是一个以男权意识为中心的社会意识形态，人们在这种意识形态中形成的概念使得他们从男权的角度来认识这个世界，并且把这种认识视为真理。激进女权主义者认为，在所有的经济制度下，女性地位都是低下的，只有消灭父权制才能达到女权运动的目标。法国著名存在主义作家、女权运动的创始人之一西蒙·德·波伏娃的《第二性》被称为“激进女权运动”的《圣经》之一。《第二性》纵述了妇女的地位和权利从原始社会到现代社会的历史演变中的实际情况。波伏娃认为男女差异是父权制的文化偏见所造成，也就是说，女人之所以是女人，与其说是天生的，不如说是后天形成的。

女性主义文学批评在第二次女性解放运动的影响下也蓬勃发展，出现了不同的流派。1979年美国女学者桑德拉·吉尔伯特和苏珊·古芭在1979年合著的《阁楼上的疯女人：女作家和19世纪文学想象力》，被誉为20世纪女性主义文学批评的

《圣经》。在《简·爱》文本中有这么一个惊悚的场景：当简·爱和罗切斯特跨越身份地位的差异，准备宣誓结婚时，有人向牧师突然揭发说罗切斯特是个有妇之夫，他的妻子此刻就被藏在庄园的阁楼里。无奈之下，罗切斯特领着众人来到阁楼，只见一个疯女人张牙舞爪，咆哮不止。疯女人的出现粉碎了简·爱的一切梦想。一怒之下，简·爱毅然离开了罗切斯特。后来，这个疯女人烧毁了庄园，弄瞎了罗切斯特，自己也葬身火海，但也因此成全了简·爱与罗切斯特。这个看似只为增加情节张力的故事安排其实另有玄机。基于《简·爱》中关于疯女人的描写，《阁楼上的疯女人》一书独辟视角，研究了西方19世纪男性文学中两种不真实的女性形象——“天使”和“恶魔”，揭露了这两种形象背后隐藏的父权制社会对女性的歪曲和压制。“‘天使’形象体现了女性在父权制社会谋求合法生存的策略，‘恶魔’形象代表了女性内心深处因受到父权制传统文化压抑而产生的愤怒情绪，两者实质上是同一女性分裂人格的不同侧面”。① 疯女人是隐匿在小说中的一个密码，她的存在和行动具有深刻的象征意义。简·爱的生活中始终贯穿着反叛监禁、努力逃脱的主线。故事开头，简·爱被舅妈关在红屋子里挨罚，隐喻了主人公被囚禁的命运，简·爱有双重人格意识，疯女人是简·爱内心的潜意识，代表了孤女简·爱内心愤怒的一面，是“简·爱一直试图压抑的狂暴而秘密的自我”，

① 徐菊.经典的嬗变——《简·爱》在中国的接受史研究[M].上海：上海文艺出版社，2010：189.

泄露了她自从踏进舅妈家起，就一直在竭力抑制的反叛秘密。① 后来，简·爱在给罗切斯特的孩子做家庭教师期间爱上了他，罗切斯特虽是个资产阶级地主，但他身上的人文主义气质吸引了简·爱，同时，简·爱那不惧权贵、独立自尊的人格也吸引着罗切斯特慢慢爱上了她。在互相表白爱意之后的交往过程当中，简·爱一直隐隐约约地感到一种莫名的不安，其实，那是简·爱面对罗切斯特偶尔表现出来的男权主义作风的内心真实感受。离婚礼越近，简·爱心中这种不安越强烈。在此期间，简·爱经常在夜间听到城堡里有女人尖叫，阴森可怕，似乎一场灾难就要来临。终于，一天夜里，简·爱朦朦胧胧感觉到有个女人的影子来到床前，放了把火，点燃了简·爱的婚纱。疯女人终于露头了，尽管是在简·爱的睡梦中。按照《阁楼上的疯女人》一书的解读，疯女人就是简·爱内心深处真实自我的写照，即将进入婚姻牢笼的简·爱一直在潜意识里竭力反抗和逃离罗切斯特的男权控制。

（二）女权主义视域下国内读者眼中的巾帼英雄

1980年代中后期开始，随着国内思想解放运动的深化和学术自由度的不断增加，国内的学术研究越来越摆脱文革时期阶级话语的束缚和影响而走向独立。同时，随着对外开放的深度和广度不断增加，国内外的学术交流更加频繁，许多现代西方的哲学思潮和文化思潮大量涌入中国，不断冲击着中国的传统

---

① ［美］吉尔伯特，古芭，著. 阁楼上的疯女人——女作家与19世纪文学想象力［M］. 杨莉馨，译. 上海：上海人民出版社，2014：460.

思想意识和文化氛围。表现在文学批评方面，1980 年代中后期开始，大量的西方现代文论被译介到中国，使得国内学术界的批评思路更加开阔，国内学者们相继开始尝试着借用西方各种文学批评范式来重新解读一些经典文学作品。西方女性主义批评思潮的传入给国内学术界对《简·爱》的批评开启了一扇新的大门，简·爱慢慢变成了国人眼中的巾帼英雄和女权斗士形象。

1985 年国内学者杨静远在“勃朗特家乡访记”中介绍了《阁楼上的疯女人》一书对《简·爱》的女性主义解读。1986 年《第二性》的中译本问世，标志着西方激进女性主义思潮传入中国。1987 年韩敏中在“女权主义批评：《疯女人》与《简·爱》”中全面介绍了《阁楼上的疯女人》中关于《简·爱》的女权主义批评。1987 年，朱虹的“《简·爱》与妇女意识”指出，与“家中天使”模式针锋相对，《简·爱》塑造了一个作为强者的女性形象，控诉了男权对女性的压迫企图，真实描绘了妇女的天然情感。① 自此开始，国内学术界在西方女权主义特别是西方激进女权主义关于《简·爱》的批评冲击下，逐渐展开了声势浩大的女权主义视域下的简·爱英雄形象研究。

陈梅在“女性意识的觉醒与反抗——《傲慢与偏见》与《简·爱》的女性意识”一文中指出，夏洛蒂·勃朗特让简·爱身上有了一种“要求与男人平等，挣脱男权社会桎梏的强烈的女性意识”；另外，在对待爱情的态度上，与《傲慢与偏见》中的“通过等待实现自身诉求”的伊丽莎白相比，简·爱能够“发挥自身的能动性去主动追求”；在对待世俗礼教的态度上，

① 朱虹.《简·爱》与妇女意识[J].河南大学学报，1987(5)：23.

简·爱也表现了其冲破世俗礼教的努力。简·爱敢于无视门第差异，对罗切斯特产生了爱慕之情并大胆吐露心声，这足以证明简·爱对世俗礼教的蔑视；简·爱拒绝了救命恩人圣·约翰的求婚，因为二人并无爱情可言，这意味着简·爱不会为了结婚而结婚，“拒绝这种非公平的爱情”，表现出了简·爱“对世俗礼教的反抗，特别是对这种男女双方严重不平等的婚姻的反抗”。①

刘静文在“透过《简·爱》看女性意识的觉醒”中指出了简·爱精神的三个核心点：反抗意识、平等意识和独立意识。简·爱的一生“是充满抗争的一生”，简·爱从小就寄人篱下，“遭受了同龄人难以忍受的屈辱和痛苦”，在孤儿院里受到的“精神上的虐待和肉体上的折磨”使她的反抗意识更加强烈；在对待爱情和婚姻上，简·爱更是表现出了不屈不挠的抗争精神。简·爱的平等意识贯穿了她抗争的一生。最能体现她平等意识的是她关于两性平等的那段著名爱情宣言：“你以为我穷、瘦小，就没有灵魂、没有心了吗……我的心和你一样，我的灵魂也和你一样……我现在跟你说话，并不是通过习俗、惯例，甚至不是通过凡人的肉体——而是我的精神在同你的精神说话；……我们站在上帝跟前，是平等的——因为我们是平等的！”刘静文认为，简·爱的一生也是“追求独立的一生”，简·爱不仅追求经济独立，更注重追求人格和尊严的独立。简·爱“追求经济独立，但她不贪财，不恋财，不把金钱和财富作为自己的终极奋斗目标”。当她因获赠叔叔的遗产而一夜

① 陈梅. 女性意识的觉醒与反抗——《傲慢与偏见》与《简·爱》的女性意识[J]. 作家，2012(7)：65-66.

之间由穷人变为富人的时候，她并没有据为己有，而是把遗产的大部分转赠给了别人。①

从1980年代中后期开始，国内学术界除了受西方女权主义思潮影响而展开对《简·爱》的女权主义视角的批评外，还有很多学者积极学习和吸收西方其他一些批评方法，例如文化批评、心理学批评、原型批评、审美批评等，开始尝试从文化学、心理学、社会学等方面对《简·爱》展开了多角度的审视和批评尝试。因此，简·爱在不同的国内学者眼中开始呈现出不同的人物形象。

方平在“希腊神话和《简·爱》的解读”一文中指出了简·爱的另外一个形象：罗切斯特“拯救者”。方平认为，简·爱和罗切斯特的爱情故事体现了“珀尔休斯解救安德洛美达”这一希腊神话中的故事原型，只不过男女主人公的位置互换了一下。解救安德洛美达的故事类似于中国传统的英雄救美情节，具体情节如下：珀尔休斯遇到一个被绑在海边岩石上的美女，便过来看一个究竟。原来，埃塞俄比亚国王为平息海怪的肆虐不得不把女儿作为祭品献到海边，被绑到石头上的公主被飞过海边的英雄珀尔休斯发现，于是，珀尔休斯杀死海怪，救出公主并娶其为妻。方平认为，罗切斯特就是一个“被牢牢绑缚在岩石上，向海怪献祭的安德洛美达”：罗切斯特的疯妻子被隐藏在阁楼里的秘密被发现后，简·爱在痛苦之后依然决定离开这个有妇之夫，罗切斯特对简·爱苦苦相劝。在向简·爱讲述自己的不幸婚姻时，他把自己描述为“跟恶劣的野兽般

---

① 刘静文.透过《简·爱》看女性意识的觉醒[J].作家，2014(12)：103-110.

的疯子结合的受骗的不幸者”，在他“痛苦、狂乱、绝望”的眼里，简·爱如同“神话中从天而降的珀尔休斯”，就是他的“拯救者”。①

当然，并非所有学者都赞同简·爱的女英雄形象，或者说他们也看到了简·爱女英雄形象的另一面。方位津以接受美学为基础，在“光环下的阴影——简·爱叛逆性格质疑”一文中指出，简·爱在“传统的叛逆和抗争女性这一光辉形象”背后隐藏着“几处阴影”：简·爱虽然口头上和行为上表现得勇敢坚强，却在内心深处“被自卑死死缠住”；出走后的简·爱明明知道罗切斯特已有妻子，但还是禁不住内心诱惑，主动回去找罗切斯特，“就范于一纸婚书”。简·爱最后嫁给了罗切斯特，照顾他一生一世，这本来无可厚非，因为此时罗切斯特的妻子已死。但是，简·爱在故事最后意外得到了一笔海外遗产，她和罗切斯特的幸福余生还是不免让人觉得她是“凭财产获得的幸福”；简·爱在几次遇到危机的时候，都会想到上帝的形象并从中得到心理力量，因此，“靠上帝证实自我”有损于简·爱“女权主义英雄”的形象。② 毕竟，人无完人，瑕不掩瑜，简·爱在一些人的眼中尽管具有一定的缺点，但这并不能影响她在众多女性主义者眼中的英雄形象，反而更加表明了一个真实的简·爱形象。

从1980年代中后期开始，随着西方女权主义文学批评思潮传入中国，国内对简·爱的形象研究逐渐从单一的追求独立的青春偶像演变为以女权主义为切入点的女英雄形象。

---

① 方平.希腊神话和《简·爱》的解读[J].外国文学评论,1992(1):46-52.

② 方位津.光环下的阴影——简·爱叛逆性格质疑[J].国外文学,1993(1):46-50.

（三）后现代语境下的褒与贬（1995—2015）

1995 年 5 月 17 日“世界电信日”时，中国向公众开放了上网业务，1995 年微软公司的 Windows 95 操作系统问世。因此，1995 年对国内民众是个意义重大的一年。网络就像个强劲的引擎把中国彻底引领进了一个全新的历史发展轨道上来，自此，网络化和全球化的浪潮在中华大地席卷开来。一方面，中国此时已经初步实现了文化大革命后的思想解放进程，初步探索出了新时期社会主义建设的基本路子，确立了社会主义市场经济的基本路线，全方位的改革开放拉起了序幕；另一方面，以互联网发展为核心的信息化时代的到来彻底改变了人们传统的生活、工作甚至思维方式，中外交流更加频繁、便捷和迅速，其中就包括中外学术界的交流。

在这种后现代的新形势下，国内学者们对《简·爱》和简·爱形象的研究阐述日益与西方学术前沿同步，从而导致简·爱在国人眼中的传统形象不断被涌入中国的各种西方后现代主义思潮颠覆和解构。同时，西方女权主义思潮在后现代语境的影响下也在不断发展，开始关注不同种族和不同阶层的女性差异，并且日益与其他批评理论或其他学科相结合，形成了全新的不同流派的女性主义批评方法，如后殖民女性主义、生态女性主义、黑人女性主义等。

首先，国内学界对简·爱的女权主义批评成为主流和常态，并且视角较以往更为多样化，其中后殖民女性主义视角下的简·爱形象最为引人注目。西方后殖民女权主义理论的主要代表人物是印度的斯皮瓦克（C. Spivak，1942—）。斯皮瓦克是一位具有强烈女性主体意识的学者，她将自己的批评视角转向了20世纪90年代的全球化、后殖民和跨文化研究，对传统的西方女性主义提出质疑，这主要表现在她对克里斯蒂娃(Julia Kristeva)的《关于中国妇女》(*About Chinese Women*)的批判。克里斯蒂娃通过对中国陕西户县妇女的描绘，称赞中国古代文化的理想性。斯皮瓦克指出："克里斯蒂娃对中国妇女生活状况的描述中，我们只看到了作为观察者的西方女权主义者的一面之词，却听不到作为被观察者的中国妇女的声音"，这是一种西方女权主义者的话语霸权。[①] 中国妇女成了被剥夺话语权的认识对象。斯皮瓦克以独特的视角剖析了克里斯蒂娃的著作中流露出的殖民主义倾向，认为这是站在优等民族居高临下的视角俯视底层和边缘群体的产物，体现出浓厚的白人中心主义。斯皮瓦克发现，传统的西方女性主义存在着自身的盲点与误区，它忽视了第三世界、边缘地区女性所面临的种族、阶级压迫等现实问题和历史问题。另外，斯皮瓦克在"三个女性主义文本和一种帝国主义的批判"一文中，通过对《简·爱》的后殖民主义式的解读拓展了简·爱形象的研究空间。

虽然一直以来，在国内外研究者眼中，简·爱都被视为一个女性主义个人奋斗的经典女性形象，简·爱追求的经济独立、人格尊严、男女平等的人生信条都是广大女性学习的榜样。但是，在后殖民女性主义视角下，简·爱那高大的形象第一次得到有力的颠覆。关于这方面的论述文章，国内学者较多的是对斯皮瓦克在"三个女性主义文本和一种帝国主义的批判"中的观点进行推广性和介绍性的解读。例如，王勇在"后

---

① 斯皮瓦克.在另一个世界:文化政治学论文集(In the Other World: Essays in Cultural Politics)[C]. New York:Methuen, 1987:137.

殖民女性主义视野下的简·爱形象”中认为，“简·爱的成功，其实是建立在对来自西印度群岛殖民地的女性伯莎·梅森的压抑基础上的。……西方女性主义带有浓厚的文化偏见，西方人道主义推崇人的尊严，鼓吹人的价值，这里所说的人只指西方人，西方女性主义者所说的女性，实质上也仅仅是指西方的女性”。① 简·爱的成功是以罗切斯特原配妻子伯莎·梅森的毁灭而得到的，伯莎·梅森是西印度群岛殖民地牙买加的克利奥人，其家族患有精神病史，她与罗切斯特的结合完全是因为物质利益（娶了伯莎·梅森，罗切斯特就能得到她丰厚的嫁妆以便发展自己的事业）。伯莎·梅森一出场就以动物式的爬行、蓬头垢面给读者留下了肮脏和丑陋的印象，而作者对她的家庭历史却只字不提，更没有给她自我辩解的机会，却始终把聚光灯投向简·爱。面对这两个外表形象迥然不同的人物，读者会毫不犹豫地把同情并祝福给到简·爱。在故事结尾，伯莎·梅森疯病发作，放火烧毁罗切斯特的城堡并葬身火海，简·爱却主动提出要照顾罗切斯特一辈子，成功地实现了自己道德上的完善和形象上的完美。

在生态女性主义者眼中，“女性身体成为自然土地的意象，自然也被赋予女性的特质”，都是男性“播种”的被动接受者，因为“西方文化中在贬低自然和贬低女人之间存在着某种历史性的、象征性的和政治的关系”。② 痛感于现今的生态危机和女性的边缘化，生态女权主义者力图颠覆男权中心主义，并提

---

① 王勇. 后殖民女性主义视野下的简·爱形象[J]. 黑龙江社会科学，2011(04)：100-102.

② 转引自：C. 斯普瑞特奈克. 生态女权主义建设性的重大贡献[J]. 秦喜清，译. 国外社会科学，1997(06)：62.

出了一系列革命性理念。她们反对“自我”与“他者”的对立，大力宣扬两者之间的相互依存关系，这是生态女权主义理论的核心所在。关于生态女性主义视角下的简·爱形象研究，王文惠的“从生态女权主义视角对《简·爱》的重新读解”认为，“大自然作为展现小简·爱心理潜意识活动的平台揭示了她内心深处对男性权威压迫的不满和无奈”，“简·爱热爱大自然，将自己的思想融入其中，并从中吸取力量”。从桑菲尔德庄园出走后的简·爱“身无分文，走投无路，大自然敞开怀抱将她抚慰，完成了她生命的蜕变”。在大自然怀抱中，简·爱的灵魂可以自由地呼吸，并从中获得力量。小说结尾，简·爱“获得了平等的经济地位后，回到罗切斯特身边，与罗切斯特建立了一种平等、互爱的两性关系”，两性间的对话、互补和理解取代了矛盾、对抗和冲突，充分体现了作者追求解放女性与自然，发展女性自我意识，构建一个两性平等、和谐共存的和谐世界的理想。① 简·爱在生态女性主义的关照下就像一株带刺的玫瑰，内心深处的女性意识时刻让简·爱处于戒备状态，不会被轻易采摘。例如，简·爱的独立人格和平等意识吸引着罗切斯特放下雇主的架子爱上了她，但是，众所周知，罗切斯特是结过婚的，此刻，他的妻子正被关闭在阁楼一个小屋里；罗切斯特在花园中向简·爱求婚一旦成功，便“意味着简·爱从此将会渐渐失去自我，被罗切斯特的珠宝项链所束缚成他的附庸”。所以，那棵“见证了罗切斯特求婚的七叶树被雷击劈去一半”，简·爱也似乎领会到了大自然对自己的告诫，

---

① 王文惠. 从生态女权主义视角对《简·爱》的重新解读[J]. 外国文学研究，2008(01)：122.

在接下来的一段日子里心神不宁，老是觉得有什么灾难要发生似的。①

同时，一切“向钱看”的消费主义思潮、无孔不入的市场经济、不断加剧的社会竞争、不断分化的社会阶层等等因素正在潜移默化地改变着人们的三观（世界观、人生观和价值观），传统的伦理道德观念不断解体崩溃。国内读者眼中简·爱的形象也慢慢经历着嬗变，比以往更加不同和多元。例如，在凤凰卫视著名栏目“锵锵三人行”里面，嘉宾徐坤也认为，用现代眼光看简·爱的话，她就是个“小三”作品。②

从凤凰卫视节目嘉宾的评论可以看出，后现代社会中，国人对传统文学人物形象的看法正在被颠覆瓦解，部分大众读者眼中的简·爱不再是青年励志的形象，而是一个不折不扣的“小三”挤走原配夫人的负面形象。为什么一部分人对简·爱形象会产生这种颠覆性的理解呢？因为在现实生活中不断发生着许多与简·爱类似的故事，这也反映了中国社会在近年来的转型期发生的复杂变化：在物质至上的消费语境下，一些先富起来的有钱阶层和一些希望不劳而获的年轻人出现了道德滑坡、价值观扭曲甚至人伦丧失的思想倾向，他/她们把金钱或美貌当作混世的资源，把追求享乐当成人生目标，不择手段，恣意挥霍和享受。

当然，大多数普通大众读者还是对简·爱形象持有很好的正面看法。这部分人群大都属于传统的思维模式，既没有受到

---

① 张文杰.现代阐释学视域下维多利亚小说中的女性形象研究[J].科教文汇(下),2015(03):149-150.

② http://v.ifeng.com/news/opinion/201301/7835b47e-438b-4d8c-98bb-7482d224fa05.shtml.

过多西方流传进来的关于简·爱的偏激思潮的影响，又没有受到当代网络语境下各种非主流的负面思潮的影响，而是一直恪守中国传统的观念思维。在这些人心目当中，简·爱展现的是自尊自强、努力学习、自立谋生的正面形象，同时，简·爱那主张两性人格独立、互相尊重、心灵相通的爱情观很值得现代年轻人学习。当简·爱得知未婚夫罗切斯特是个有妇之夫的时候，简·爱毅然选择了离开，坚决不做情妇和“小三”，这在当今社会也是值得弘扬和提倡的。

还有一些读者认为，当今的女性不能再以简·爱这样理性的女子为榜样和偶像，因为简·爱过于理智和坚强，甚至是执拗。像简·爱这种女强人风格的女性形象在当今社会仍然不被看好，因为中国古代的封建思想意识中的“男尊女卑”和大男子主义等男权心理仍有残余，会使男人觉得不好驾驭。

综上，新中国建国之后，女主人公简·爱在国人眼中的形象随着时代和国内语境的变迁而经历了一系列的嬗变。在新中国成立之初的阶级语境下，简·爱的形象处于一种矛盾之中：青年读者心中的独立女性形象和文化管理部门眼中的小资产阶级形象；文化大革命期间简·爱则变成了被封杀的对象；1978年以后的改革开放初期，在思想解放和人性回归的语境下，简·爱那追求个人尊严和人格独立的形象起到了对全国人民进行心理疗伤的作用；20世纪80年代中期以后，受以女权主义为主的西方文论的影响，简·爱成了国民心中的女权主义斗士和巾帼英雄；1995年以后，随着网络时代的到来，国内对简·爱形象的研究从学术界精英阶层扩大到全民的大众化参与，简·爱在国人心中的形象更是呈现出纷繁复杂的多元化趋势。

第三章　艾米莉·勃朗特在中国的接受

在英国文学史上，勃朗特三姐妹可谓是一个奇迹。她们的生命像划过深邃夜空的流星，短暂而辉煌。历经一百多年时间的考验，《简·爱》和《呼啸山庄》在世界文学宝库中的地位已经不可动摇，而作为“勃朗特峭壁”（the Brontë cliffs）①有机体的一员，安妮也被带进了不朽者的行列。三姐妹的代表作品仅有七部小说、一本诗集，虽称不上卷帙浩繁，但她们对英国文坛乃至世界文坛的影响却是广泛和深远的。七部小说中，夏洛蒂占四部：《简·爱》《维莱特》《谢利》和《教师》；安妮有两部：《怀尔德菲尔府的房客》和《艾格尼斯·格雷》；艾米莉只有一部：《呼啸山庄》。虽然数量不多，但是这些作品却以独特的艺术魅力和深刻的思想内容，吸引了世世代代的文学爱好者。她们同时代很多显赫而多产的作家早已湮没无闻，而她们却迄今传诵不衰。自三姐妹署名“柯勒·贝尔、埃利斯·贝尔和阿克顿·贝尔”的三部小说于 1847 年秋冬出版以来，直到今天，评论和研究她们作品的文章和书籍数以千计。三姐妹的寥寥数部作品成为宏大的“勃朗特学”文库不断扩大的无尽源头；她们短暂而神秘的悲剧式身世，她们辉煌的文学独创成果以及她们那具有独特魅力的个性思想成为延续百年至

① Elaine Showalter. A Literature of their Own: British Women Novelists from Brontë to Lessing [M]. 北京：外语教学与研究出版社，2004.

今仍然具有强大吸引力的文学、人学乃至社会学、政治学的研究课题。

首先引发我国读书界重视的是创作最丰盛的夏洛蒂·勃朗特。早在一百七十年前，李霁野先生就将其代表作《简·爱》（另译《孤女飘零记》）（1847）译介给中国读者。1924年周骏章先生等合译了威尔伯·L·克罗斯编著的《英国小说发展史》（*The Development of the English Novel*）一书，此书专章介绍了夏洛蒂的作品，将她的作品视为英国小说史上“写实主义的复兴”。此书使得中国读者对夏洛蒂有了概观认识。《简·爱》的第二种译本由祝庆英翻译，1980年由上海译文出版社出版。早期国内夏洛蒂研究的重点是简·爱这个人物形象、小说的结局和简·爱获得遗产的问题。近几年来国内对夏洛蒂的研究，一方面是运用新的方法，从新的角度更加深入地研究《简·爱》,揭示出其思想内容、审美价值及其在文学史上的地位；另一方面，也开始探讨她的其他三部小说，或者对单部作品作较深入的探索，或者把四部小说作为一个系统以求达到宏观的把握。

三姐妹当中，留下作品最少的就是艾米莉，只有唯一的一部小说《呼啸山庄》和一些诗作。因此，关于艾米莉的研究时常带有探秘色彩，20世纪之后越来越多的研究者关注艾米莉。

《呼啸山庄》被认为是英国文学史上最奇特的一本书。所谓奇者：一是文学史上少见，二是作品表现的内容和艺术形式极为独特。确实如此，《呼啸山庄》具有超常的特点，它体现了一种凄厉、恐怖、残酷、神秘的不寻常的美学风格，这种美学风格，首先表现在艾米莉对题材的处理和对主人公希斯克利夫形象的塑造上。作品所描写的复仇故事，这种题材，在欧洲文学史上并不稀奇，著名的《哈姆雷特》便是典型的一例。但希斯克利夫复仇的方式及其残酷性却是独一无二的。他实行的不是一般复仇意义上对仇人肉体上的毁灭，而是从精神上毫不怜悯的折磨和摧残。① 作者使这一魔鬼般的人物超越了伦理道德的范畴而进入表达激情和意志的生命悲剧的审美领域。艾米莉是一个无视现实潮流，无视读者审美情趣而彻底表达自我的独具个性的作家。因此，她笔下那些趋于极端的、桀骜不驯的、冷酷无情的人物，那种暴烈、顽强、神秘的激情，便为时人所难容。“英国北部的山野荒地”和呼啸山庄粗犷峥嵘的自然力，对惯于欣赏柔风细雨的自然与都市的风情和景致的读者来说，如同艾米莉的人物和情感一样，也让他们感到陌生、可怕，超出了他们的审美视野。但就是这样一部小说，随着时间的推移，被认为是在维多利亚时代小说中“唯一的一部没有被时间的尘土遮没了光辉”的作品。艾米莉这部唯一的小说所获得的详尽解释，比夏洛蒂所有的小说加在一起所获得的还要多。《呼啸山庄》被看成是一部真正天才的、耐人寻味的、有着经久艺术魅力的作品。它以伟大独特的风格赢得了读者，读这部作品时，心灵里会激荡着急流奔腾、雷声轰鸣的巨响，还有荒原上的呼呼北风；眼前会呈现粗野、狂暴、凶猛、神秘的希斯克利夫和生硬、任性、倔强、疯狂的凯瑟琳。读此作品时会感到它有一种强烈的、不可阻挡的精神。②

---

① 王吉梅.来自荒原的风——谈《呼啸山庄》的审美特点及读者的接受过程[J].1995(4):37.

② 王琼.《呼啸山庄》的艺术魅力——粗犷美[J].昭通师范高等专科学校学报,2000(1):10.

自1847年小说问世以来，《呼啸山庄》在国外评论界经历了一个由冷到热、从不接受到给予高度评价的过程。出版后，《呼啸山庄》遭到的是普遍的冷淡，甚至是某些评论的严厉贬抑。小说中异乎寻常的爱恨情仇、强烈的复仇意识、桀骜不驯的人物性格，为时人所难容，被指摘为阴森可怖、病态心理、粗野和不道德，受到激烈攻击。生性内向的艾米莉·勃朗特陷入更深的沉默中，后感染肺病，拒绝治疗，于1848年12月19日离开人世。[①] 就在艾米莉·勃朗特死后两年，才出现了第一篇高度赞扬《呼啸山庄》的文章：锡德尼·多贝尔的"柯勒·贝尔"。该文被夏洛蒂·勃朗特称为"迟来的公正"——是第一篇识别《呼啸山庄》的创作才华的评论，尽管锡德尼还误把《呼啸山庄》看作是《简·爱》的作者夏洛蒂的早期作品。1857年，盖斯凯尔夫人出版的《夏洛蒂·勃朗特传》，揭示了勃朗特三姐妹的凄凉身世和卓越才华，掀起了对勃朗特姐妹评论和研究的高潮，并使之带上了作家研究中罕见的个人悼念的感情色彩。评论者们已经不限于就书论书，而是结合三位作家的生平和背景进行全面的考察。1883年，玛丽·罗宾森出版《艾米莉·勃朗特传》，此为艾米莉的第一部传记，作者以敏锐的触觉意识到艾米莉创作的独特个性，评论客观，又具有某种前瞻性。同年，英国著名诗人、评论家史文朋（Algernon Charles Swinburne）写了著名的文章"艾米莉·勃朗特"，他比较了夏洛蒂和艾米莉的艺术，说姐姐所有的作品都富有诗意，而妹妹的作品"在本

---

① 王晓真.《呼啸山庄》与英国女性哥特小说研究[D].河南大学，2010.

质上断然就是一首诗，最充分最肯定的意义下的诗”。① 史文朋揭示出了艾米莉创作的美学价值和文学意义，影响了此后的英国评论界，他的评论获得了艾米莉批评史上的经典地位。19世纪与20世纪之交，著名的比利时剧作家莫里斯·梅特林克在其文学评论集中写有几节关于艾米莉的评论，指出《呼啸山庄》是“表现艾米莉感情、愿望、创造、思索和理想的一幅图画”。②

20世纪，国外《呼啸山庄》研究进入丰富多彩的多元化时期，英国评论界充分肯定艾米莉的艺术天赋。批评家戴维·塞西尔（David Cecil）在他的《早期维多利亚小说家》（*Early Victorian Novelists*，1934）中指出，艾米莉的天分高于夏洛蒂，艾米莉的想象是英国小说中“最不平凡的一种”。③ 作家毛姆（W. Somerset Maugham）指出艾米莉具有强烈的浪漫主义情绪，“她自己就是西斯克利夫”④，来满足自己在现实中不能实现的感情和欲望。英国著名的女作家弗吉尼亚·伍尔夫（Virginia Woolf）认为艾米莉是一位比夏洛蒂更伟大的诗人，她还把《简·爱》与《呼啸山庄》做了对比，认为后者想要说的不仅仅是前者所表达的“我爱，我恨，我痛苦”，而是“我们，全人类”和“你们，永恒的力量”。⑤《不列颠百科全书》也充分肯定了艾米莉的艺术才能，认为“艾米莉也许是勃朗特

---

① 杨静远，编. 勃朗特姐妹研究[M]. 北京：中国社会科学出版社，1983：208.

② 同上：214.

③ 同上：355.

④ 毛姆. 巨匠与杰作[M]. 孔海立，等译. 上海：华东师范大学出版社，1987：118.

⑤ 弗吉尼亚·伍尔夫. 论小说与小说家[M]. 瞿世镜，译. 上海：上海译文出版社，2000：34.

三姐妹中最伟大的一位”。①

在国外，艾米莉研究已经成为一门显学。20世纪文学批评流派众多，各家各派纷纷对《呼啸山庄》进行研究，希望能够破译这一19世纪文学作品的谜底，于是形成了阐释《呼啸山庄》的热潮，当代文学批评的各种声音都能得到回应：神话原型、新批评、结构主义、女权主义、解构主义、后殖民主义、新历史主义等等。《呼啸山庄》成为世界性文学批评课题“勃朗特文学”中最受各国学者关注的作品之一。

在国内，艾米莉同样引起了学界广泛的关注。“自从1917年《妇女杂志》上‘泰西女小说家论略’一文首次把勃朗特姐妹介绍给中国读者至今，《呼啸山庄》一直受到各个年代中国读者的普遍欢迎和学者的盛情评论，逐渐成为中国西方文学批评中的一个热点”。② 国内对艾米莉·勃朗特的系统研究始于20世纪80年代，成果可以说已经颇为丰富。研究者多采用社会学、解构主义、结构主义、神话原型批评、女权主义、后殖民主义等批评理论，从作品、作家及读者的角度出发，提出了诸多有价值的、新颖的见解。

第一节　艾米莉·勃朗特在中国的译介与研究

二十世纪初，外国文学作品开始通过翻译被源源不断地介绍到中国。《呼啸山庄》正是在这一文化潮流中走进了当时中

---

① 不列颠百科全书·第3卷[M].北京：中国大百科全书出版社，1999：170-171.

② 杨静远.勃朗特姐妹的生平及其创作[J].名作欣赏，1986(03)：87-90.

国读者的视野。1917年林德育所写的“泰西女小说家论略”一文当属有关《呼啸山庄》最早的翻译介绍性文章。自20世纪30年代《呼啸山庄》被翻译成中文以来，这部艾米莉·勃朗特唯一的一部小说一直深受人们的喜爱，并引起众多专家学者的探讨。《呼啸山庄》的译者、著名翻译家方平被艾米莉小说的冲击力量深深震撼，声称《呼啸山庄》是他自己“最喜爱的杰作，却从没有读过第二遍——不敢去惊动保存在心坎里的最初的印象”。[①] 在方平先生的心目中，《呼啸山庄》是一部天才之作，足以和莎士比亚的伟大剧作相提并论。为此，本节将从译介角度回顾、梳理和讨论《呼啸山庄》在中国的译介概况，力图说明它何以被中国译者青睐有加。

一、艾米莉小说在国内的译介

与《简·爱》一样，《呼啸山庄》通过译介被译成几十种文字，流传到了世界各地，深受亿万读者的喜爱。尽管中西方文化有巨大的差异，但对人性和爱的探索是相通的，因此《呼啸山庄》同样得到了中国读者的认可。几十年来，出现了数十种版本以及各种改写本，而且印量极大，足见其受欢迎的程度。《呼啸山庄》在中国的评介和出版情况分三个时期。

---

① 爱米莉·勃朗特. 呼啸山庄[M]. 方平，译. 上海：上海译文出版社，1987：43.

（一）1979 年以前国内《呼啸山庄》的译介

20 世纪前半期，《呼啸山庄》在中国有三个译本。1930 年，上海的华通书局出版了伍光建先生翻译的《呼啸山庄》最早中译本，当时伍先生将书名译为《狭路冤家》，所以，伍先生应是最早把这部小说译介到国内的翻译家。1942 年上海商务印书馆出版了著名作家梁实秋先生的译本《咆哮山庄》，这个译本在 1945 年再版。虽然后来被通译为《呼啸山庄》，但在港台地区，梁先生的这一书名至今仍在沿用，并且梁先生还是中国第一位真正将此书完全译出的翻译家。1945 年，罗塞的版本《魂归离恨天》由上海正风书局出版发行，1949 年该译本再版。这三种译本的三位译者分别给这部书起了三个不同的书名，除梁译版的书名一定程度上意译了原书名外，伍译本和罗译本的书名都是译者根据自身对小说内容的理解而命名的。

杨苡女士的译本于 1955 年由平明出版社（上海）出版并且书名第一次被译作了《呼啸山庄》。杨先生把小说题名翻译为《呼啸山庄》，强调了山庄本身的自然地理环境和人物生存环境，同时又与作品的情节、人物情绪相吻合。① 虽然日后又有几十种译本问世，但杨先生的译本流传最广，始终占据着主导地位。译名被后来几乎所有的译者沿用，因为这一译名无论是从发音上还是意义上都更接近原书名，深得读者之心。杨女士的中译本已被勃朗特家族博物馆所藏，这是被该博物馆收藏

---

① 冯茜. 英国的石楠花在中国——勃朗特姐妹作品在中国的流布及影响[M]. 北京：中国社会科学出版社，2008：48.

的唯一中译本版本，可谓是中国翻译界译介艾米莉小说历程中的里程碑，杨苡先生也是当之无愧的里程碑式的翻译家。

由于政治原因，20世纪六七十年代，没有别的译本再出现。在这种情况下，杨先生的译本就更加弥足珍贵了。当然，这也归结于这一时期的特殊情况。新中国成立之初，中国译界比较看重苏联等社会主义国家的文学，所以对其多有译介；而对于欧美国家的文学作品则是持反对、排斥的态度。《呼啸山庄》也同样受到冷落。这段时期，在外国文学的取舍上政治意识形态几乎起了决定性作用。方长安在“论外国文学译介在十七年语境中的嬗变”中指出：“17年（新中国成立至‘文革’开始）外国文学译介，由于主要取决于政治意识形态与民族国家话语，以至于认同、择取外国文学，变成了一种有计划的政治行为，文学话语被遮蔽，外国文学译介偏离了文学自身的轨道……17年外国文学译介从一开始便是排拒西方资本主义文学”。① 而“文革”十年，给中国译介对外国文学制造了更大的障碍，从而造成这十年中的译介状况几乎是一片空白。

（二）1980—1999年国内《呼啸山庄》的译介

随着中国步入改革开放，《呼啸山庄》译介又繁荣起来。其中各种改编本、全译本、英汉对照本和简写本甚至适合少年儿童阅读的各种插图本大量涌出，令人目不暇接。《呼啸山庄》在我国出版了五十个版次之多。其中全译本近三十个版次，缩

① 方长安.论外国文学译介在十七年语境中的嬗变[J].文学评论，2002(6):83.

写本、英汉对照本等近二十个版次。在《呼啸山庄》的中译本中，以方平和杨苡的译本再版次数最多。在《呼啸山庄》的缩写本中，阿特伍德的缩写本翻译出版最多。1980年，江苏人民出版社（南京）出版了杨苡的《呼啸山庄》，这是目前已知的继1955年杨译本首次出版后的第二次出版，且一出就是三十五万册。1990年译林出版社出版了杨译本的又一版本。这一版本出版之后好评如潮，一版再版，到2001年6月就达到了第十五次印刷。除杨苡修订和再版的版本之外，从1982年开始，连续三年分别由邵漱芬、杨苡和朱元芷将阿特伍德简写的《呼啸山庄》译介到了国内，还有田心译本（简写本）在1986年由上海译文出版社出版。对于该书简写本的译介可以说是译介《呼啸山庄》的全新尝试。这次尝试很大程度上对于扩大读者面起了很大的作用。那些工作繁忙无暇阅读全译本，以及文化层次不高的读者通过简写本也可领略小说的迷人风韵。各种版本的出现也从侧面反映了中国对该小说的接受情况："中国的翻译工作者尽力用各种形式展现这部名作的魅力，力求能够将其介绍给各个文化层次和年龄层面的读者。"① 不过从1980年代至今，杨译本在该小说的各种译本中仍然独占鳌头并深深吸引着读者们。这一成就要归因于译者个人高超的翻译水准、宽松的学术氛围和文化出版业的发达。不过，更能反映出该小说在中国读者中得到了广泛地认同和接受。

1990年到1999年之间，出现了数十种《呼啸山庄》的译本。1993年，方平译本由上海译文出版社出版；孙致礼译本在

① 张宇波，吴格非. 艾米莉·勃朗特作品在中国的译介和研究[J]. 河北理工大学学报(社会科学版)，2005(4)：182.

1996、1998 年分别由北岳文艺出版社和花城出版社出版；漓江出版社出版的徐小雯译本 1998 年第二次印刷时达到了一万两千册；宋兆霖译本在 1999 年由北京燕山出版社出版。相比而言，方先生对于该著作的理解体悟颇深，译本文笔熟练优美，是诸多译本中的佳译，堪与杨苡先生的译本媲美。曾经有研究者还以杨苡先生和方平先生的译本为例对译者主体性在文学作品中的发挥进行研究。研究者认为“翻译对两种语言背后文化的传递、交流发展起了至关重要的作用。20 世纪 70 年代，译入语文化研究的文化学派翻译理论形成，译者的文化身份得到了认可，可有目的‘改写’‘操纵’原文，在译文中突显其主体地位”。① 研究者将译者的成长环境、教育背景、时代社会背景等其他外在因素和作品所呈现的社会、历史、文化等客观因素看成是译者主体性的外在构建，即外因。而这些外因对译作风格和效果都会产生显著影响。鉴于杨苡和方平的成长环境、教育背景和翻译作品的社会历史背景不同，所以译者主体性的发挥及其对翻译风格和效果的影响也不尽相同。杨苡生于一个封建家庭，家境富裕，从小就深受文学熏陶，她首先是个翻译家，但在诗歌、散文、随笔方面也非常突出。除了《呼啸山庄》，杨苡也翻译了艾米莉的许多诗歌，由于译者对其诗歌创作风格非常熟悉，所以她可以准确地再现小说的诗化意境、语言、修辞等。方平则是一名译者兼学者，多年致力于翻译与莎士比亚的诗歌戏剧研究，所以他主要关注原作的整体结构、叙述手法等宏观艺术形式，把小说看成是一个复杂的叙述系

① 张亚婷. 论译者主体性在文学作品中的发挥——以《呼啸山庄》之杨苡与方平的译本为例[J]. 文化学刊，2016(4)：81.

统，较少关注语言层面的翻译。至于社会历史背景，艾米莉·勃朗特生活的三十年间，资本主义社会暴露了非常严重的内在缺陷。杨苡认为艾米莉虽然不懂政治却十分关心政治，对希思克力夫也是充满了同情。方平在翻译《呼啸山庄》时，处于文化大革命时期，而他又因为某些原因受到当局的迫害，所以对人性善与恶看得尤为清楚。他认为人性才是艾米莉这部作品的主题思想，而他对主题的理解又反映在了他对一些情感词语的选择上。如“撒娇”“调皮捣蛋”“任性”，被用来描述凯瑟琳调皮捣蛋的行为，而“咆哮”“蛮横”“咬牙切齿”则用来描述希思克力夫人性的扭曲。另外杨苡和方平在翻译过程中对词语和语气的选择也不尽相同。例如：

Damnable witch! Dare you pretend to rouse his against me? Off with her! Do you hear? Fling her into the kitchen! I'll kill her, Ellen Dean, if you let her come into my sight again!①

杨译文：

“该死的妖精！你竟找借口挑动他来反对我？让她滚！你听见了吗？把她扔到厨房里去！丁艾伦，要是你让我看见她，我就要杀死她！”②

方译文：

“他妈的，你这妖精！你竟敢妄想挑拨他来反抗

① [英]艾米莉·勃朗特.呼啸山庄[M].天津：天津科技翻译出版公司，2003：128

② 爱米莉·勃朗特.呼啸山庄[M].杨苡，译.南京：江苏人民出版社，1980：118

我？——跟她一刀两断！你听到了吗？把她扔到厨房去！——我要宰了她，爱伦·丁恩，要是你让她再出现在我的眼前！"①

虽然方平和杨苡几乎是出生在同一个时代，但由于生活背景和遭遇差异很大，因此二位译者对原作主题的理解完全不同，二者对希思克力夫这一角色的情感则很大程度地表现在语言的刻画及对其词语的选择上。在翻译的过程中，相对于方平翻译的"他妈的，你这妖精""反抗""宰了她"以及全名"爱伦·丁恩"，杨苡翻译的"该死的妖精""反对""杀死她"以及"丁艾伦"则显得语气温和，也更礼貌，接近于书面表达；而更强调作品艺术性、文学性的方平则保留了原作口语化的特点，将希思克力夫完完全全刻画成了一个人性扭曲、没有修养的形象。

（三）新世纪国内《呼啸山庄》的译介

2000年以后，《呼啸山庄》的翻译更是风生水起，令人眼花缭乱。除了全译本之外，更有一些插图本和改编本投青少年之所好，受到追捧（表3-1）。

表3-1　新世纪《呼啸山庄》中文译本

年份	译者	出版社
2000年	石　良	朝花少年儿童出版社
2000年	陆　杨	长江文艺出版社
2001年	李学斌	少年儿童出版社

① 爱米莉·勃朗特. 呼啸山庄[M]. 方平，译. 上海：上海译文出版社，1994：178.

（续表）

年份	译者	出版社
2001 年	宋兆霖	浙江文艺出版社
2002 年	孔向东	文化艺术出版社
2002 年	曹礼享	新疆青少年出版社
2003 年	林秀琴	海峡文艺出版社
2003 年	管家琪	北京出版社
2003 年	左　鹏	安徽人民出版社
2004 年	夏习英	天津古籍出版社
2004 年	杨善录、王　莉、俞莲年	安徽文艺出版社
2005 年	刘榜离	北京十月文艺出版社
2007 年	肖　遥	河南文艺出版社
2007 年	杨贵梅	广州出版社
2007 年	成维安	哈尔滨出版社
2008 年	王　方	农村读物出版社
2009 年	俞思哲	华艺出版社
2009 年	辛　慧	万卷出版社
2010 年	曹　剑	安徽教育出版社
2010 年	沈东子	中央编译出版社
2010 年	侯皓元	陕西人民出版社
2010 年	曹　博	哈尔滨出版社
2010 年	李　洪	作家出版社
2011 年	刘　颖	接力出版社
2016 年	宋兆霖	北京联合出版公司

曹礼享编的世界经典文学名著述读系列的《呼啸山庄》在2002 年由新疆青少年出版社出版；林秀琴编的世界百部文学名

著速读系列的《呼啸山庄》在2003年由海峡文艺出版社出版；同年，管家琪改写的属于世界少年文学精选系列的《呼啸山庄》由北京出版社出版。改编本更多地考虑到了中国读者的接受层面，一般来说不同的改编本针对不同的读者群，同时也体现了改编者对于名著不尽相同的接受和理解。这些版本的出现也是《呼啸山庄》的译介走向多元化的表现。

二、艾米莉小说在国内的研究

英国19世纪女作家艾米莉·勃朗特以其独具魅力的唯一一部小说《呼啸山庄》颠覆了传统的小说模式，以其狂暴的情感和哥特式的神秘情节打动着世界各国的读者。虽然该作品经历了自问世后长达半个世纪的冷遇和沉寂，但随着西方先进思潮的崛起，该小说被重新发掘。19世纪70年代以后，艾米莉创作的现代性和永恒意义得到了评论界的充分肯定，艾米莉的声誉在英国甚至有渐渐高过夏洛蒂的趋势。前文提到首次将勃朗特三姐妹介绍给中国读者的是1917年我国《妇女杂志》上的一篇“泰西女小说家略论”。自那时起，《呼啸山庄》才开始逐渐被国人所了解，很多国内学者或评论家对其进行了多维度的探讨。笔者在中国期刊全文数据库以“呼啸山庄”为关键词检索，检索结果中关于《呼啸山庄》的期刊论文663条，其中博士论文0条、硕士论文41条、国内会议2条、国际会议1条、学术期刊611条、教育期刊8条，如表3-2所示。

表 3-2　1949—2015 年间国内“呼啸山庄”研究数据

文献	学术期刊	博硕论文		教育期刊	国际会议	国内会议
		博士论文	硕士论文			
数量	611	0	41	8	1	2

以上数据表明，《呼啸山庄》国内评论家读者群体庞大，对艾米莉·勃朗特的关注度很高。对以上这些文献进行梳理后，笔者将它们按内容分为以下几类：文本阐释及叙事艺术研究、主题及人物剖析、比较研究、勃朗特与《呼啸山庄》关系研究、翻译研究。

（一）文本阐释及叙事艺术研究

为了进一步了解国内评论家读者对《呼啸山庄》进行研究的具体方面，笔者使用中国知网提供的计量化可视分析功能对有关《呼啸山庄》的 611 篇期刊关键词进行词频统计并得到以下词频图（图 3-1）。

图 3-1 清晰描述了国内评论家们从不同角度对《呼啸山庄》进行阐释的现状，即国内对《呼啸山庄》的主题阐释有生态批评、精神分析、原型理论，叙事艺术等，而叙事艺术通常分为两大类：时间叙事与空间叙事。

从生态批评角度来解读《呼啸山庄》的期刊论文记录有 16 条。在“回归自然返璞归真——《呼啸山庄》的生态批评”中，陈茂林认为“自然与人的喜怒哀乐息息相通，也是有生命的独立主体。《呼啸山庄》中大量的自然场景描写表达了艾米莉·勃朗特保持童心、回归自然的思想，以及对自然与文明关

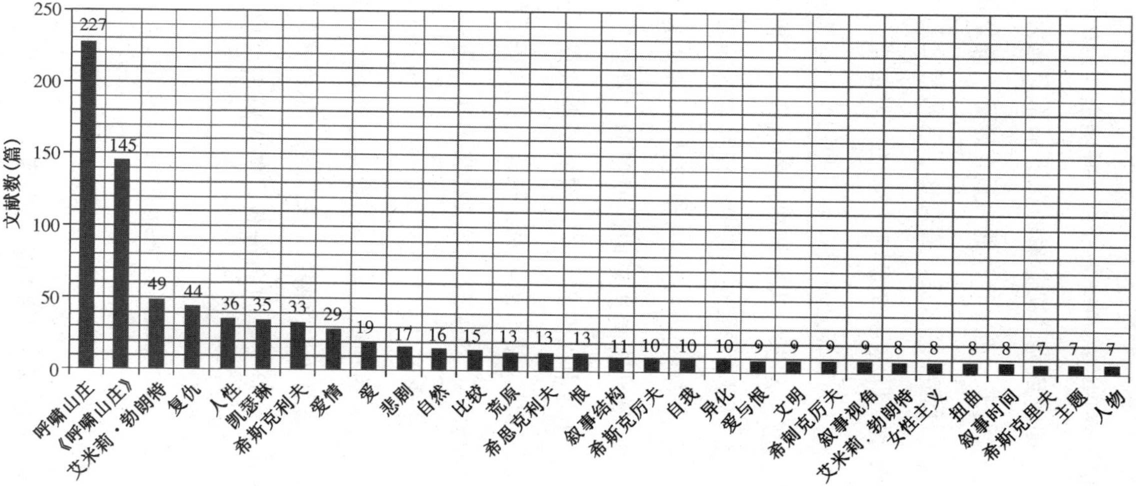

图 3-1　1949 年至 2015 年中国知网“呼啸山庄”相关文献关键词分布图

系的探讨和思考”。① 还有一些学者用生态女性主义来解读该作品，但他们的观点都是表达人类与自然的密切关系。

从精神分析批评理论的角度来分析《呼啸山庄》的期刊论文记录约10条。胡鸿认为“凯瑟琳的悲剧来源于她为了超我而背叛自我的盲目追求，由于本我的力量在她身上的体现是异常的强大，远远超过超我的力量，使得处于这两者之间的自我无法协调两者关系，最终导致悲剧”。② 还有学者将凯瑟琳、希思克力夫和林顿分别看作是自我，本我和超我，以此来分析《呼啸山庄》中的悲剧起源。从原型理论的角度来解析《呼啸山庄》的期刊论文记录有26条。其中比较有影响的有朱晓映的“爱恨情仇：对《呼啸山庄》的原型解读”，她认为“希思克力夫这个人物形象是对美狄亚神话原型的‘置换’或‘移用’，展现了畸形社会中人性的变异，激活了埋藏在人类心灵深处的‘集体无意识’，使得读者对希思克力夫暴虐无情的报复予以认可和同情”。③ 刘永杰则对《呼啸山庄》进行了《圣经》原型的剖析，他认为“该小说无论从人物、场景还是情节都与《圣经》有极大的相似之处”。④ 除此之外，还有学者对该小说的复仇主题进行了原型解读。更有学者从语言学的角度以及翻译学的角度来对文本进行分析。如朱虹的“山庄、田

---

① 陈茂林. 回归自然返璞归真——《呼啸山庄》的生态批评[J]. 外语教学，2007,28(1):69-73.

② 胡鸿. 本我·自我·超我——《呼啸山庄》中凯瑟琳悲剧命运的解析[J]. 安徽文学(下半月). 2006(09):40-41.

③ 朱晓映. 爱恨情仇:对《呼啸山庄》的原型解读[J]. 学术交流. 2007(12):178-181.

④ 刘永杰.《呼啸山庄》的《圣经》解构[J]. 天津外国语学院学报. 2003,10(6):66-70.

庄、复仇和书的角色——重读《呼啸山庄》”，赵利的“社会语言学视角下的话轮转换——以《呼啸山庄》为例”，权宇的“从认知语言学角度探析《呼啸山庄》的语言特色”，周领顺、杨晓星的“杨苡《呼啸山庄》译本的译者行为批评分析”等文章。

从叙事艺术角度来解读《呼啸山庄》的相关期刊论文记录有28条之多，主要从叙事时间、叙事视角和叙事结构方面来解读。有研究者认为作者对省略和停顿、倒叙和预叙、单一和重复等叙事时间手法的巧妙运用增添了该小说的艺术魅力，而刘进则运用热奈特的叙述层次说对《呼啸山庄》的叙述层次进行了分析，指出“该小说中的双重叙事者和多个叙述层次很好地体现了理性与感性的对立和制衡”。① 苏玉霞则从空间叙事出发，“分析了《呼啸山庄》叙事的自然空间和社会空间等”。②

其中关于叙事与主题的关系，河南大学高继海教授分析得清晰透彻，令人耳目一新。他在“《呼啸山庄》的主题与叙事”中指出“小说一外一内、一男一女的叙事方法非常有利于表现小说的主题，而且这种特异叙事方式也对表现主题起到了特殊作用”。他认为小说的开头有三个目的：“首先，这样开头呈现一个‘陌生化’的视觉效果，引人入胜，直接映入眼帘的是一幅十分奇怪的场面，令人印象深刻。其次，洛克伍德在画眉山庄经历与他在呼啸山庄看到的景象形成鲜明的对照，这种反差更加激发读者的好奇心，想知道冷漠和仇恨因何而生，又如何

---

① 刘进.“观望者”的故事——《呼啸山庄》叙述层次研究[J]. 四川师范大学学报(社会科学版)，2006，33(3)：100-103.

② 苏玉霞. 从空间叙事解读《呼啸山庄》凯瑟琳之悲剧[J]. 文学与艺术. 2013(11)：99.

结束。第三，这样开头为之后一系列荒唐、怪诞的事件做了铺垫，使读者对后来发生的事情有心理准备。”另外他认为：“《呼啸山庄》的叙述方式也独具匠心，小说采用了嵌套式结构，而这种结构是由若干叙述层面构成的。在最外层，是洛克伍德的叙述。他是叙述者又是小说中的人物。他租住在希思克力夫的画眉山庄，讲述他之后到呼啸山庄所见所闻。他造访呼啸山庄之后病倒了，他的一系列经历和强烈的好奇心引发了耐莉·丁恩的叙述。耐莉的叙述构成了叙事的第二层，也是小说的主层次。同时，在耐莉的叙述中还穿插着凯瑟琳、希思克力夫、伊莎贝拉和女仆齐拉等人的叙述。他们的叙述构成了小说的第三层次叙事。由此可见，《呼啸山庄》的叙事从外到内包含了三个层次关系：洛克伍德的叙述→耐莉的叙述→其他人物的叙述。这样的叙事方式一方面造成悬念，激发读者的阅读兴趣，另一方面使故事在现在与过去之间来回摆动、一张一弛，给小说一种动态美的效果。”①

在艺术表现手法上，袁海旺的解读是比较全面和中肯的。他认为《呼啸山庄》有以下几个突出的特点：“第一，主观色彩鲜明。作者时而沉迷在恐怖、神秘、令人害怕狂暴的行为中，时而纵情于肆意驰骋的想象中。第二，洋溢着诗的激情。《呼啸山庄》一方面充满着强烈的浪漫主义色彩，有着英国外省偏僻角落里某些浓郁的哥特式氛围，给人以神秘恐怖的感觉；但另一方面它又是现实主义的，艾米莉对畸形的社会制度的深刻揭露，对于生活的悲剧性的理解，以及对被糟蹋的人们

---

① 高继海.《呼啸山庄》的主题与叙事[J]. 外国文学研究. 2008(3)：111-113.

的心理悲剧描写都极为成功。第三，艺术结构独特。故事叙事者洛克伍德和耐莉其实也是举足轻重的人物。他们不仅使故事接近现实，更具说服力，又从常识的角度对故事加以评判，进而揭示这种常识不完全能够了解书中所言。由洛克伍德首先来讲故事，再由耐莉把故事展开，艾米莉自己隐藏在后面，这仿佛成了双重面目。”①

综观百年间中国《呼啸山庄》批评史，关于《呼啸山庄》批评思潮风起云涌，女性主义、马克思主义以及基督教文化研究、叙事学等文艺批评理论和人物、意象、地名寓意研究都从各自的理论视角分别对《呼啸山庄》进行了较为广泛的深度探索，也取得了许多有益的研究成果。然而，这些研究大多单向地锁定文本中那些各种理论指向和需求的“趣味”元素，将文本割裂得支离破碎，故此诸多论断偶尔也不免有断章取义之嫌。

（二）主题及人物剖析

学者们挖掘了《呼啸山庄》中的多种主题，包括了悲剧主题、人性回归主题、自我认同、哥特式主题以及复仇主题。同时他们也对小说中人物的性格进行了剖析。《呼啸山庄》的悲剧主题涵盖了凯瑟琳的悲剧、希思克力夫的悲剧以及他们之间的爱情悲剧。其中具有代表性的是：张薇在“《呼啸山庄》主人公性格解读”中提到“凯瑟琳的悲剧来源于她的永不知足，

① 袁海旺.艾米莉·勃朗特及其《呼啸山庄》[J].重庆大学学报(社会科学版),2005,11(1):78-80.

对财富与地位的追求，对爱情的渴望，最终面临两难的境地而迷失了自我”。① 关于自我认同及回归的主题，马坤在“自我的认同与回归——再读《呼啸山庄》”中从自我认同的角度对男主人公弃儿身份的改变、男女主人公之间的分离以及作者本人的“自我”认同观进行了分析，认为“人被认同，即被社会化与符号化，是人不可抗拒的命运”。② 陈一萍在“希斯克利夫是浪漫主义的英雄还是恶魔——论希斯克利夫的复仇”中指出“希斯克利夫只是一个普通人，他只是因为受到了外界的影响才会有那样的复仇举动，他的复仇只是他追求爱情、寻求公正和平等的一种不恰当的方式”。③

蒋永国在从“《呼啸山庄》看艾米莉·勃朗特的哥特情结”一文中以《呼啸山庄》哥特式创作倾向为切入点，旨在揭示艾米莉·勃朗特这一创作倾向与在作品中表现出的浪漫诗情以及神秘性与现实性完美融合的主要思想特征的内在联系。此外，蒋永国还从三方面解释了为什么《呼啸山庄》与哥特式风格联系起来：首先，从文学运动发展史来看，早期哥特式小说起源于18世纪后半叶，而《呼啸山庄》整个故事的发生、演变和结局明确地圈定于1771年至1802年间，当时英国哥特小说已如火如荼。随着恐怖小说的发展壮大，人们渐渐淡忘了早期的哥特小说。不过在勃朗特姐妹的《简·爱》及《呼啸山庄》中，我们仍然寻到哥特模式的明显痕迹。

---

① 张薇.《呼啸山庄》主人公性格解读[J].甘肃广播电视大学学报，2012，22(4):22-23.

② 马坤.自我的认同与回归——再读《呼啸山庄》[J].外国文学研究，2003(3):33-37.

③ 陈一萍.希斯克利夫是浪漫主义英雄还是恶魔——论希斯克利夫的复仇[J].中山大学学报，2001，21(2):134-137.

其次，从社会发展角度来看，18世纪英国爆发的工业革命给人们的工作和生活方式带来了巨大变化，人们对旧的生活模式厌倦了，期盼一种新奇东西出现，这种渴望构成了哥特小说产生的社会基础。最后，《呼啸山庄》与艾米莉·勃朗特的个人生活经历有着千丝万缕的联系。勃朗特一家生活在人烟稀少的约克郡荒原上，正如萨克雷描述的那样："那是个诗人的家庭，在阴郁的北方荒原上度过孤单寂寥的岁月。"① 这一特殊环境在《呼啸山庄》中留下了深深的烙印，成为《呼啸山庄》与哥特式风格相联系的不可或缺的原因之一。② 缪春旗在"《呼啸山庄》的人性复归主题"中指出"通过'爱情与复仇''生与死''毁灭与重建'表现了处于自我冲突中的人的内心。他们灵魂的悲剧也正是因为男、女主人公丧失了自我造成的，这也促使他们踏上了一条人性复归的历程"。③ 除了以上的主题研究之外，还有关于女性意识、童真、夫权社会、善恶、爱恨冲突、赎罪、阶级斗争、性别种族等的主题研究，在此笔者不再一一赘述。

唐晓莉在"《呼啸山庄》研究综述"里指出该小说在艺术上的巨大成就在于塑造出了有血有肉的个性化的人物形象。④ 其中大部分的论文是探讨希思克力夫形象，涉及他的双重人

---

① 转引自：杨静远，编. 勃朗特姐妹研究[M]. 北京：中国社会科学出版社，1983：619.

② 蒋永国. 从《呼啸山庄》看艾米莉·勃朗特的哥特情结[J]. 西安外国语学院学报，2000(4)：59-60.

③ 缪春旗.《呼啸山庄》的人性复归主题[J]. 盐城师范学院学报(人文社会科学版)，2000(3)：50.

④ 唐晓莉.《呼啸山庄》研究综述[J]. 廊坊师范学院学报(社会科学版)，2008，24(06)：35-37.

格、复杂人性、性格演变以及悲剧实质等等，研究者进行人物分析的角度和方法也是多样化的。这些论文分别从人物的形象、性格、身世、思想和命运结局等诸方面进行了探讨，梳理论述的脉络，采撷论争的成果，尽现艺术的光彩。比如，孙莉娜的“《呼啸山庄》希克历形象再议”的结论是：“希克厉从一个具有诸多人性美的少年，到遭受伤害后扭曲了人性变成疯狂的复仇者，又到人性复归的过程，其性格的演变，表明了19世纪英国社会等级观念与偏见对人性的伤害。同时，表明人有保持人性尊严的可贵之处。”付强、盛丽文在论文“希斯克利夫的人性分析——读艾米莉·勃朗特的《呼啸山庄》”中写道：“在艾米莉·勃朗特创造的小天地里，人和人之间的关系比当时现实生活中的人和人之间的关系单纯得多；那丰富、复杂的人性也仿佛被浓缩了，只剩下两个极端，不是强烈的恨，就是猛烈的爱。正因为如此，男主人公的个性也由于社会而体现出两个极端。”① 针对希思克力夫复仇的分析曾是20世纪90年代的研究热点，但有研究者在这方面还是有新的探索，如汪岚是以系统论的方法为指导，较为详尽地分析了希思克力夫的复杂人性。在对凯瑟琳形象的分析中，胡鸿的“本我·自我·超我——《呼啸山庄》中凯瑟琳悲剧命运的解析”从弗洛伊德精神分析学的角度解析凯瑟琳悲剧命运的原因。② 希思克力夫和凯瑟琳是小说中两个生死相依的人物形象，因此，不少研究者把他们放在一起共同分析。孙冬梅认为：“希刺克利夫和凯瑟

---

① 孙莉娜.《呼啸山庄》希克厉形象再议[J].边疆经济与文化，2004(12)：43.

② 胡鸿.本我·自我·超我——《呼啸山庄》中凯瑟琳悲剧命运的解析[J].安徽文学(下半月)，2006(09)：40-41.

琳的悲剧命运是由他们的自私性格导致的，同时这种自私性也招致小说中其他人物的悲剧。”① 蒙柱环在其“《呼啸山庄》希思克厉夫和凯瑟琳的自私性”一文指出：“自私的人性是艾米莉描述人物和展示所有事件的隐形框架。《呼啸山庄》因描写希思克厉夫与凯瑟琳两人的惊天动地而又奇异怪诞的爱情而让读者感动至深，它又因描写希思克厉夫令人不可思议的报复而遭到许多评论家的非议，同时它是以男女主人公希思克厉夫和凯瑟琳内心深处的自私性为基础而得以构筑的一系列情节。”②

希思克力夫与凯瑟琳自幼相爱，他们之间的爱情是一种原始状态的心灵上的契合。但是画眉山庄英俊潇洒、温文尔雅的主人还是吸引了她，最终凯瑟琳却未能超越世俗，她选择林顿做丈夫，为的是许多庸俗的现实目的：“他将来会有许多钱，我会成为这儿一带最尊贵的女人，嫁给这样一个丈夫，我会感到得意的。”③ 她其实是想同时占有两个人，既需要希思克力夫安慰她的灵魂，又渴望埃德加的富裕生活，又既向往无拘无束的荒野生活，又摆脱不掉物质世界的诱惑，这充分显示了凯瑟琳势利、自私的一面。在《呼啸山庄》中正是由于男女主人公各自的自私性格，才导致他们各自的命运悲剧，同时也造成了他人的悲剧。

河南大学张晓焕则对《呼啸山庄》男女主人公双重性格进行了解读。他认为“《呼啸山庄》的女主人公凯瑟琳某种程度

---

① 孙冬梅. 试析《呼啸山庄》中希刺克利夫和凯瑟琳的自私性[J]. 河南师范大学学报，2002(6)：32.

② 蒙柱环.《呼啸山庄》希思克厉夫和凯瑟琳的自私性[J]. 贵州工业大学学报(社会科学版)，2008(4)：101.

③ 爱米莉·勃朗特. 呼啸山庄[M]. 方平，译. 上海：上海译文出版社，1987：156.

上不符合维多利亚时期传统意义上的美人标准。尽管她拥有苗条、美丽的外表，但是她叛逆、脾气暴躁、任性而且随心所欲的个性与维多利亚时期的传统美人标准不太符合”。① 凯瑟琳在孩提时代已经是野性十足了，她倔强大胆，充满叛逆精神。她喜欢玩鞭子，喜欢在荒原上自由地嬉戏。当辛德利让凯瑟琳读《圣经》时，她将圣书踩在脚下、扔进狗窝。但凯瑟琳也并非完全意义上的反面角色，她也有其进步的一面，那就是她把男人和女人置于相同的位置，而不愿听命于男人。小说的另一个主人公希思克力夫同样具有双重性格：其性格如小说开头所描写的荒野之树，它虽扭曲变态的，却是自然生成、不加修饰。希思克力夫的双重个性可以说都是环境造成的，他就如同那株荒野之树，倔强地抗拒着狂风暴雨的袭击。希思克力夫这个名字是由“长满蔷草的荒原”和“陡崖”组成的，由此可以看出，作者在塑造这一人物角色的时候，是糅合了很多自己的个人性色彩于其中的。文章最终得出结论：“正是男女主人公独具魅力的双重性格特征反映了维多利亚时期英国的社会现实——资产阶级人类的不平等，也由此导致了人性的扭曲。”②

（三）比较研究

近几年文学研究的一个基本趋势就是运用比较的方法来研究文学。这种方法被运用到艾米莉和《呼啸山庄》的研究中来。评论家们将《呼啸山庄》与国内外众多名著进行了比较研

①② 张晓焕.《呼啸山庄》男女主人公双重个性解读[J].语文建设，2014(7)：56-57.

究，如《金锁记》《红字》《家》《德伯家的苔丝》《基督山伯爵》《简·爱》等，涵盖了主题、宗教信仰、情感、人物性格特点以及叙事风格等方面的比较。其中《简·爱》常被用来进行比较研究，与之相关的期刊论文达三十多篇，夏洛蒂和艾米莉姊妹分别创作的《简·爱》和《呼啸山庄》历经一百多年的历史考验，已在世界文学宝库中占据了不可动摇的地位，是英国文学史上两座不朽的丰碑，荣耀和声誉永远环绕她们的坟茔。类似的文学熏陶，相近的生活背景，决定了两姐妹的文学创作有很强的可比性。

在众多将艾米莉与夏洛蒂进行比较的论文中，周琳玉首先从后殖民主义的视角，分析了《简·爱》与《呼啸山庄》在身份认同方面和他者的隐喻特点，进而认为两部小说对他者角色——伯莎·梅森和希思克力夫的不同处理使得《呼啸山庄》较之于《简·爱》更具颠覆性。① 之后，将艾米莉与其他西方作家对比研究的论文显著增多。徐国琴、韩清华的两篇论文分别论述了艾米莉与劳伦斯在运用象征、爱情主题、社会批判上的相同与差异。②③ 另外，还有将《呼啸山庄》与霍桑的《红字》在主题、象征手法和主人公形象的运用等方面进行比较研究的论文；一些研究者还将凯瑟琳与哈代笔下苔丝等著名女主人公形象以及她们的共同悲剧进行比较。在与中国作品的比较

---

① 周琳玉.一样的隐喻，不同的他者——《简·爱》与《呼啸山庄》的后殖民主义视角比较[J].佛山科学技术学院学报，2006(4)：28-31.

② 徐国琴.劳伦斯与艾米丽·勃朗特作品中的独白与象征对比[J].上饶师范学院学报，2005(2)：78.

③ 韩清华.混浊世界的清醒者，爱情真谛的探索者——劳伦斯与艾米莉社会批判主题、爱情主题对比[J].上饶师范学院学报，2004(4)：67.

中，一些研究者已经不满足于简单的文本比较，他们有意识地把这种比较上升到理论的层面，探寻东西方文学与文化传统的不同以及审美特点的差异。在仍然是研究热点的《呼啸山庄》与《原野》的比较中，黄爱华、陈漪指出曹禺的剧作《原野》和《呼啸山庄》虽然不存在影响关系，但在“复仇母题”、“原野意象”及“情爱模式”等方面有着惊人的相似之处，两部作品对人性的审美把握达到了相当的深度，其主题、背景的普遍性具有超越时空的特点。① 巴金的《家》与《呼啸山庄》的比较论文也是研究者关注的焦点，王玲的“《家》与《呼啸山庄》中主仆恋之比较”认为导致他们爱情悲剧的直接原因是阶级差别，由于中国与西方社会现实内容的不同，这两段爱情悲剧的根源也存在差异。② 此外较有影响的还有王桢的“英国女性文学的两座丰碑——〈简·爱〉与〈呼啸山庄〉比较研究之一”和王喆的“现实沃土之沉思　爱情王国之绝唱——《呼啸山庄》与《简·爱》对比研究”。王桢认为勃朗特姐妹二人都在英国女性文学史上占据着相当重要的地位。相比较而言，《简·爱》在彰显女性主体意识的同时，又在一定程度上流露出受到男权话语操控的痕迹；而《呼啸山庄》则在想象的荒原上颠覆了男权社会的一切秩序。③ 王喆则从共性与差异两方面对两部作品进行了比较研究，认为这两部作品在爱情主题、反叛精神、哥特风格以及象征手法上非常相似，而在宗教观、爱

---

① 黄爱华，陈漪. 复仇·情爱·原野——《原野》与《呼啸山庄》比较阅读[J]. 中国文学研究，2005(1)：97-103.

② 王玲.《家》与《呼啸山庄》中主仆恋之比较[J]. 江西社会科学，2007(12)：70-72.

③ 王桢. 英国女性文学的两座丰碑——《简·爱》与《呼啸山庄》比较研究之一[J]. 贵州大学学报(社会科学版)，2005(4)：116-120.

情观以及蕴含的主题上却差异较大。①

（四）文本与作者的关系研究

《呼啸山庄》问世以后，关于作品创作源泉的探讨以及作家与作品关系的研究就未有停歇。有的研究者立足作者思想生活现状及当时英国社会，也有从艾米莉的性格和经历分析人物的塑造以及小说的内容，寻找二者之间的共同点；还有从艾米莉的身世、处地环境、父母、宗教文化和人文环境等方面来分析其性格形成的原因，并阐述其文学创作的成功与其独特个性和坎坷的生活的密切关系；更有从人物塑造、主题开掘、文本风格这三个方面分析作者的个性特征对《呼啸山庄》的影响。有一些研究者以作品为出发点，反观艾米莉的性格特质和审美特点。比较有新意的是董春萍依据弗洛伊德精神分析理论中有关自恋的观点，发现艾米莉·勃朗特具有一定的自恋倾向与其在孩童时期经历的心理创伤息息相关。有的评论家们在探讨作者与文本的关系，认为作家自身的所见所闻所感与其创作是密不可分的。也有学者从艾米莉的个人经历来透视《呼啸山庄》的主题及其蕴涵。比如，邵旭东于1996年在《外国文学研究》上发表了一篇文章“何以写出《呼啸山庄》？——也谈艾米丽·勃朗特创作源泉问题”②，文章开头提到在艾米莉死后夏洛蒂为新版《呼啸山庄》所作的前言（1850）早已披露过艾米

---

① 王喆. 现实沃土之沉思　爱情王国之绝唱——《呼啸山庄》与《简·爱》对比研究[J]. 长春工业大学学报(社会科学版)，2011(1)：122-125.

② 邵旭东. 何以写出《呼啸山庄》？——也谈艾米丽·勃朗特创作源泉问题[J]. 外国文学研究，1996(04)：11-15.

莉的生活经历、独具的才华和个性特点。其中特别提到艾米莉对豪渥斯附近所有人的家族历史了如指掌。由于批评界较少用家族的观点看待《呼啸山庄》，夏洛蒂提供的信息便被忽略了。夏洛蒂·勃朗特在她的前言中是这样说的：“虽然艾米莉很少与村人交往，但她对他们了如指掌，深知他们的生活方式、家族历史及言谈举止；她可以饶有兴趣地认真倾听，待她自己谈论起他们，则是细细数来、形象生动、不厌其详、一丝不差。”① 研究艾米莉生平资料，可以看出，作家对当地居民家族历史的了解就如同她对大漠荒原自然精神的感受。约克郡山区的古老乡情和荒凉景色如阳光空气般充满艾米莉的创作生活。所以邵旭东认为“考察艾米丽创作的家族源泉，如同从文学修养角度和诗歌创作分析作家作品一样是非常富有启发性的。为了更好地理解《呼啸山庄》的主题及其作为家族小说的意义，我们必须充分认识《呼啸山庄》的家族建构”。② 文本与作者关系研究中，比较有代表性的是王国庆在《外国文学研究》上发表的文章“从艾米莉的传记看《呼啸山庄》”。文章对《呼啸山庄》的地点和场景，《呼啸山庄》的情节以及小说的主要人物性格进行了研究。③ 通过揭示作者的生平和创作之间的关系，探索作者创作的意图，以期更好地理解、评论这部旷世奇才的怪书。

几乎所有的研究者对艾米莉都是一片赞誉之声，但是有的

---

① 夏洛蒂·勃朗特所撰“艾利斯·贝尔与艾克顿·贝尔的生平”和“新版《呼啸山庄》编者前言”，载于兰登书屋1943年纽约版《呼啸山庄》。

② 邵旭东. 何以写出《呼啸山庄》？——也谈艾米丽·勃朗特创作源泉问题[J]. 外国文学研究，1996(04)：11-15.

③ 王国庆. 从艾米莉的传记看《呼啸山庄》[J]. 外国文学研究，1988(1)：16-21.

研究者却提出了异议。陈维平指出："真实的人性在艾米莉作品中常被遮蔽，因此在不同程度上变得晦暗不明，集中表现在哈里顿和希思克力夫这两个形象的塑造上。"① 除此之外，也有学者认为艾米莉所刻画的人物、描写的场景揭示了其内心对人际关系及人与自然关系的态度。高永红认为艾米莉在《呼啸山庄》中所创造出的众多丰富而深刻的意象，如呼啸山庄、迷失的孩子、画眉山庄、暴风雨、窗户等，深刻地揭示了人性的本质与冲突，表达出了她对于渴望与人类悲痛的主题的思考。② 丰富而深邃的意象意蕴使小说充满着野性而感人肺腑的美，极大地增添了小说的艺术感染力，使《呼啸山庄》在世界文坛闪烁着恒久的艺术魅力。

（五）翻译研究

除了对文本本身的解读之外，也有学者对《呼啸山庄》的中文译本做了研究，包括多个中译本版本的比较、中英版本的对比研究、中英版本中颜色词的翻译等。这就需要加强在对比基础上的翻译批评，发现重译中存在的问题，提高翻译的质量；更为重要的是，译本对比分析也为翻译理论研究提供了一个全新的视角，有助于进一步认识理论探讨中的一些争论的焦点。范祥涛在《从呼啸山庄的六种译本透视翻译研究和重译中的一些问题》中对《呼啸山庄》的六种中译本做了梳理，提出

① 陈维平. 艾米莉·勃朗特的困惑与成就[J]. 江苏教育学院学报，2002(6)：78.

② 高永红. 艾米莉·勃朗特小说中的意象意蕴[J]. 世界文学评论，2008(2)：52-55.

了关于翻译的原则、策略、风格等方面的问题。通过实例比较，指出：有的重译是译者以严谨的态度和独立的精神在全身心投入的辛勤劳动之后得来的果实；有的较高程度地参考了原译，且有明显的理解和表达方面的不足；有的则在任何意义上不能称之为翻译。文章还强调，重译是必要的。因为原著的复杂性、译者个体受到的主客观因素的限制、语言文化随时代而发生的演变、读者阅读期待和阅读习惯的变化等都决定需要重译。但是，重译又有条件：超越原译，至少是有意识地去力求超越，也就是要通过细致的比较分析研究，发现原译中的理解偏差和表达失当并加以修改，甚至整体神韵和表达语气更贴近原著。① 对《呼啸山庄》几种不同译本的比较分析不仅集中地反映了外国文学名著在翻译中存在的问题，还为翻译研究中长期争执不下的理论和实践问题的探讨提供了一个极好的参照。

比较有新意的研究是陈建生、王占连从女性主义翻译理论视角对《呼啸山庄》的四个中文译本进行了研究。女性主义翻译理论是 20 世纪 80 年代女权主义运动与翻译研究相结合的产物。本研究采用的框架是女性主义翻译理论，采用的分析方法是语料库的定量与定性相结合，对《呼啸山庄》的四个中文译本中的文本正式性、男女译者、对粗俗语的不同使用特点做了对比分析。研究表明："女性译者的文本比男性译者的文本更加正式；男性译者的翻译更加简单直接，女性译者通过加入女性化的语言则比较委婉；男性译者粗俗语的种类较多，尤其是和女性相关的粗俗语。由此可见，在女性主义翻译理论的影响

---

① 范祥涛. 从《呼啸山庄》的六种译本透视翻译研究和重译中的一些问题[J]. 山东师大外国语学院学报，2001(01)：74-78.

下女性译者的译本形成了自己独有的特点。”①

最近关于《呼啸山庄》的翻译研究比较有影响力的是彭石玉和张清清 2016 年在《外国语文研究》上发表的一篇文章“从图里翻译规范看《呼啸山庄》两个汉译本的特色”。② 文章以吉恩·图里的翻译规范理论为基础，以（《呼啸山庄》）不同时期的两个有影响力的译本（杨苡译本和孙致礼译本）为素材，比较两译本在三个规范指导下各自的特点并找到译本差异及其产生的原因。通过分析，两个译者都遵循了各自所处时代的翻译规范理论，翻译规范理论客观地解释了不同时期的译者在特定历史背景下的翻译活动。文章具体、全面探讨了翻译规范对译文的影响与译者决策，并指出吉恩·图里的翻译规范理论对于评判译文的好坏提供了全新的动态标准，不同时期的译者在遵循所处时代的翻译规范的前提下，必然会产生不同特点的译本。

三、艾米莉诗作在国内的译介与研究

艾米莉诗歌的艺术成就能够和其小说相媲美。但因其小说的光芒太过耀眼，明显使其诗歌长期置于鲜有问津的境地。实际上，艾米莉的写作从诗歌创作开始，使她叱咤文坛的《呼啸山庄》孕育于其早期诗作。1844 年 2 月，她把自己的诗歌誊写

---

① 陈建生，王占连.《呼啸山庄》四个中文译本的研究——基于女性主义翻译理论视角[J].辽宁工程技术大学学报，2016(2)：119.

② 彭石玉，张清清.从图里翻译规范看《呼啸山庄》两个汉译本的特色[J].外国语文研究，2016，2(03)：87-95.

成两册：《贡达尔诗歌》（*The Gondal Manuscript*）和《艾米莉·勃朗特诗歌》（*The EJB Manuscript*）。《贡达尔诗歌》讲述了北太平洋一个虚构岛国的传奇故事，其中人物众多，情节曲折离奇；《艾米莉·勃朗特诗歌》中没有具体人物、情节、故事，直接书写了诗人身处那个时代的压抑、绝望与抗争，充分体现了19世纪上半叶英国社会一位女诗人的精神生存状态，故称此类诗歌为其“自我诗歌”。玛丽·维西克（Mary Visick）说过，《呼啸山庄》的写作源头“可以确切地在贡达尔诗歌中找到……艾米莉在这里完成了《呼啸山庄》的‘创世纪’”，贡达尔诗歌是“《呼啸山庄》浓墨重彩的伏笔”。① 贡达尔诗歌和《呼啸山庄》都是写爱情与复仇的故事。虽然诗歌中的主要人物是太平洋岛屿上的女王，而小说主人公则是约克郡荒野上的凯瑟琳与希思克力夫，但却描写了同样的激情。诗集中，也有一个弃儿，外貌黝黑，性情野蛮，热烈地爱上了一个社会地位比他高的女子——这恰是小说中希思克力夫与凯瑟琳的关系。1850年，夏洛蒂·勃朗特在《呼啸山庄》和《艾格尼斯·格雷》再版之时，在其《埃利斯·贝尔与阿克顿·贝尔生平记略》（*Biographical Notice of Ellis and Acton Bell*, 1850）中表达了她对妹妹艾米莉的诗歌的评价：

1845年秋的一天，我偶然看到一本诗歌手稿，是妹妹艾米莉的笔迹。当然，我不感到意外，因为我知道她素有诗才而且也在写诗。浏览一遍后，我不仅震惊，更深信这些诗作绝不是普通的情感宣泄，也不像一般的闺阁诗，它

① M. Visick. The Genesis of Wuthering Heights [M]. HongKong: Hong Kong University Press, 1965:10-32.

们凝练、简洁、刚劲、真挚。在我耳中，这些诗还有一种奇特的音韵之美——狂放、忧郁、振奋人心。①

国外最新的艾米莉诗集是由德里克·罗博（Derek Roper）和爱德华·齐特汉姆（Edward Chitham）合编的《艾米莉·勃朗特诗集》（*The Poems of Emily Brontë*），1995年由牛津大学出版社出版，涵盖了全部艾米莉现存诗歌，共201首。1996年以前，艾米莉的诗歌只有零星十几首被译介到了国内。《呼啸山庄》的译者杨苡先生翻译了不少艾米莉的诗歌，如《我独自坐着》《夜晚在我周围暗下来》等；飞白翻译了《希望》《歌》等，格调与《呼啸山庄》中的基调十分相似，艾米莉的杰出的天赋溢于字里行间，诗歌充满了对生命的拷问、对自由的追求和对爱情的向往。

1996年，河北教育出版社（石家庄）出版的《勃朗特两姐妹全集》（全十卷，宋兆霖主编），第8卷是艾米莉与夏洛蒂的诗歌专章，即刘新民翻译的《艾米莉与夏洛蒂诗歌全编》；2005年中国作家出版社出版了覃志峰主编的《艾米莉·简·勃朗特诗歌全集》，这是目前已知的勃朗特姐妹诗歌在国内译介的最全辑录。

在中国知网全文数据库（CNKI）输入主题词“艾米莉·勃朗特”和“诗歌”，可以检索到期刊论文24篇。其中20世纪80年代1篇、90年代1篇。进入21世纪，其诗歌逐渐受到国内学者青睐，共发表研究论文22篇。

1983年屈儆聆发表在《河南师大学报（社会科学版）》的

---

① C. W. Hatfield. The Complete Poems of Emily Jane Bronte [M]. New York:Columbia University Press, 1941:2.

"艾米莉·勃朗特和她的诗歌"一文拉开了艾米莉·勃朗特诗歌研究的序幕，首次对艾米莉的诗歌作了概观介绍，并注意到它和小说创作的关系。①

1990年至1999年也仅有一篇相关论文：谷红丽的"孤独才女傲视诗魂——勃朗特与狄更生诗歌比较研究"，它从生活方式、自然诗、爱情诗、宗教诗和死亡诗及创作风格等方面研究了艾米莉·勃朗特和艾米莉·狄更生诗歌方面的异同。文章认为，决定作品特定的思想内容的各种因素——个人的和社会的，也一定会影响到作品的艺术形式。艾米莉·勃朗特与艾米莉·狄更生在生活方式及性格特征等方面的相似之处，形成了她们的诗歌相似的独特风格。作为女诗人，她们的诗作并非像常人所想象的那样都是"杨柳岸晓风残月"般充满着女人气的婉约和柔弱。相反，读她们的诗，你要么能感觉到一种震撼人心的"大江东去"的魄力，要么能感觉到一种"小桥流水人家"般的雅致。然而，无论是滔滔江水般的粗犷或是旧泊溪水般的细腻，你都能感觉到一种韧性，一种对世界、对人生的深入而又独特的思考和认识，你都能感觉到一种不同凡响的奇异诗风。②

新世纪艾米莉·勃朗特诗歌研究主要集中于诗歌主题、创作风格、意象研究、女性主义生态批评、叙事艺术等几个方面。虽然学者们所分析的诗歌总是局限于几首，但已显示出明显的研究独创性。

① 屈儆聆.艾米莉·勃朗特和她的诗歌[J].河南师大学报(社会科学版)，1983(02):103-108.

② 谷红丽.孤独才女傲视诗魂——勃朗特与狄更生诗歌比较研究[J].海南师院学报，1998(2):78.

（一）主题研究

荒原、爱情、自由、死亡，艾米莉诗歌的主题丰富多彩。2008年皮爱红、杨灿的“霍沃斯荒原上歌唱的精灵——艾米莉·勃朗特诗歌主题分析”指出，艾米莉的许多诗歌都带有强烈的自传色彩。无论是以荒原、爱情或者是死亡抑或是以别的事物为主题写作的诗歌，“都是她心灵发展的记录，都是她心灵最高境界的自然沟通与融汇”。① 通过对艾米莉诗歌中这些主题的挖掘，充分论证了艾米莉的创作思想和天才的想象力。2011 年刘富丽的“内在性超越：艾米莉·勃朗特早期诗歌解读”指出，作为游离于时代文学主流的玄思型诗人，艾米莉诗意地再现童年记忆，表现情感、意志、宗教信仰和人生理念等。② 于内在的意识世界而非外在的物质世界探寻真实，并通过心象的滤透，诗性地阐释了一个思想杂陈的内在世界。李晓乒的文章具体评述了艾米莉诗歌中充满激情地对自然、人生等问题进行了丰富而深刻思考的代表诗篇，并从宗教对艾米莉的影响论述了艾米莉诗歌中灵对肉的超越。这篇论文无疑是深沉的，而非浮于表面的诗歌主题研究。③

---

① 皮爱红，杨灿. 霍沃斯荒原上歌唱的精灵——艾米莉·勃朗特诗歌主题分析[J]. 中南林业科技大学学报(社会科学版)，2008(4)：115.

② 刘富丽. 内在性超越：艾米莉·勃朗特早期诗歌解读[J]. 外国文学研究，2011，33(01)：95-102.

③ 李晓乒. 国内艾米莉·勃朗特诗歌研究综述[J]. 文教资料，2014(21)：25-26.

（二）创作风格研究

创作风格方面，贺夏蓉、潘利锋的“论艾米莉·勃朗特诗歌中对比手法的运用”及刘洪宇、吴蒙的“浅谈艾米莉·勃朗特诗歌创作的几个特点”都指出艾米莉的诗歌使用了大量对比手法，从而构成了强大的艺术张力，形成了一种独特的艺术美。贺夏蓉、潘利锋的文章就是从她在绘画艺术上所受的熏陶分析和展现这种艺术美，从而有助于读者更好地欣赏她诗歌创作中的审美取向。文章指出艾米莉诗歌中的对比主要有利用明暗进行对比；利用色彩进行对比；利用虚实关系进行对比三种。① 刘洪宇、吴蒙的文章例证了诗人的诗歌中的明显对比：《忆》（*Remembrance*）中寒冬对阳春，希望对绝望，海岸对山冈，欢乐对哀痛，剧痛对狂喜，充实对空虚等；《歌》（*Song*）中山谷对荒野，天上野鸟对地上野鹿，荣誉之风对死之国土，泪泉枯干对夏泉丁冬等；《夜晚在我周围暗下来》（*The Night is Darkening round Me*）中夜晚对狂风，头上乌云密布对下面汪洋奔流等等都使得作品效果更加明显，诗如戏，戏如诗。② 对比研究、借彼显此、互比互衬，从对比所呈现的差别中，达到集中、简洁、曲折变化的表现，通过这种手法更鲜明地强调作者想要表达的主旨，给读者以深刻的视觉感受。这

① 贺夏蓉，潘利锋. 论艾米莉·勃朗特诗歌中对比手法的运用[J]. 湖南科技学院学报，2007(6)：32.

② 刘洪宇，吴蒙. 浅谈艾米莉·勃朗特诗歌创作的几个特点[J]. 徐州工程学院学报，2006(11)：75.

两篇文章一扫前人论述的瓶颈，具有一定的独创性。

（三）生态女性主义意识研究

2000年，鲁枢元把生态女性主义文学批评引进中国，评论家们开始透过生态女性主义理论和实践的棱镜来阅读文学文本，使文学文本中那些以前被忽视的要素凸现甚或更为显眼。付玉群的“与自然共舞，吟唱‘自我’与‘他者’——论生态女性主义视阈下的艾米莉·勃朗特自我诗歌”认为，艾米莉·勃朗特自我诗歌通过对其自身精神生存状态的描述，刻画了父权制社会受压抑的女性形象，描述了工业革命进程对大自然的破坏，并赋予大自然人性和主体性，并置同处于他者地位的自然与女性，揭示二者的天然联系，指出二者结盟获得自我身份、自由与和谐的出路。领先其时代，艾米莉·勃朗特的自我诗歌充分体现了女性与自然的伦理关系，具有明显的生态女性主义意识。① 该文章为艾米莉诗歌研究提供一种新的视角。这也是近年来，国内对艾米莉·勃朗特诗歌研究的突破。

（四）叙事艺术研究

艾米丽的诗歌情感真挚，浅显易懂，却抒发了她对人生的思索和对生活的感悟，狂放中不失细腻，忧郁中不失精致。汪

---

① 付玉群.与自然共舞，吟唱“自我”与“他者”——论生态女性主义视阈下的艾米莉·勃朗特自我诗歌[J].名作欣赏，2012(3)：99.

琼的“论艾米莉·勃朗特诗歌的叙事艺术”一文通过探寻艾米莉·勃朗特诗歌的多重复合式的叙事视角、淡雅细致的叙事方法观察其高水准的叙事手法和叙事模式，独特的叙事人称和叙事视角，探讨了艾米莉·勃朗特诗歌叙事下展现出的其诗歌题材的丰富性、诗艺的独到之处。文章指出艾米莉的诗歌创作艺术不仅领先同时代的诗人，充满现代主义的突破传统，具有世界意义，还超越时空，与后现代主义有着惊人的相似。① 陈碧园、贺夏蓉的“孤帆远景——论艾米莉·勃朗特诗歌的绘画艺术”一文从绘画艺术的角度分析了艾米莉的诗歌风格受其绘画风格的借鉴和影响，通过虚实对比的构图艺术、速写式的线条艺术和色彩的冷暖对比艺术三方面分析其诗歌风格中独具一格的艺术粗犷美。② 读艾米莉的诗，读者收获一种震撼的视觉感受。这两篇文章向读者展示了艾米莉诗歌主题表现的不同层次和深度，有助于读者在更广阔的视阈下欣赏艾米莉诗作别具一格的意境。

（五）意象研究

艾米莉的诗歌所开拓的意象天地是非常广阔的。意象是诗歌的灵魂，天地万物、四季变换都是艾米莉诗歌意象系统中的重要组成元素。贺夏蓉的“浅谈艾米莉·勃朗特诗歌中的奇幻意象”（2007）从诗歌意象的角度出发分析她诗歌中以荒原、

---

① 汪琼. 论艾米莉·勃朗特诗歌的叙事艺术[J]. 湖南科技学院学报，2017(4)：39-47.

② 陈碧园，贺夏蓉. 孤帆远景——论艾米莉·勃朗特诗歌的绘画艺术[J]. 湘潭师范学院学报(社会科学版)，2009(4)：208-210.

石楠、明月、愁、死亡等为形式所表现出的奇幻意象，指出这种意象的形成与诗人所处的环境、成长经历和自身性格有着密切的内在联系。① 潘利锋、陈碧园的“艾米莉·勃朗特诗歌意象片论”（2009）对勃朗特诗歌意象系统中的时空意象、富于艺术张力的两极对立意象和风暴意象与音乐意象的分析，为阐释其意象所建构的立体结构，解读这位天才女诗人提供了一个全新的视角。② 艾米莉的诗歌意象饱含着诗人对物象的理解、情感以及审美情志。它既是非理性的，又是理性的，是充满了情感和富于个性的。其诗歌意象在其写于1838年11月11日的《狂风在外面喧嚣》(*Loud without the Wind was Roaring*)一诗中有较为集中的呈现：

……

啊，请从高地和峡谷里，
唤我去山间小溪徘徊！
第一场雪后山溪涨满，
岩石覆盖了冰，一片灰白，
石楠丛生的地方水色暗淡，
蕨叶上不再有太阳的光彩。
高山上没有黄星星草，
风铃草也早已枯萎衰亡，
在苔藓铺底的泉水周遭，

① 贺夏蓉.浅谈艾米莉·勃朗特诗歌中的奇幻意象[J].科教文汇(中旬刊),2007(03):163-164.

② 潘利锋,陈碧园.艾米莉·勃朗特诗歌意象片论[J].外国语文,2009,25(03):18-21.

在那冬天的山坡上——
比风中起伏的麦田秀丽。
呈现一片纯绿，鲜红，金黄，
是那北风掠过的山坡地。
和那幽谷，我漫游过的地方。①
……

《狂风在外面喧嚣》是诗人创作的第九十一首诗歌，诗人成功地运用了颜色词——金黄、银白、蔚蓝、鲜红，描摹出生动的原野丛林或天空的意象。那里有涨满的山溪、灰白的岩石、苔藓铺底的泉水、秀丽的麦田，还有那荒凉的原野上微风不经意地抖落几茎草叶上的露珠。艾米莉用她精细的笔触向读者展示了一个极富艺术色彩的意象世界。这些意象是她情感符号最直接的知觉，因而我们也能清晰地体会到这些鲜明的意象是在诗人的内心深处千转百回、反复提炼了的情感意象。

另外，在《艾米莉·勃朗特诗歌全编》译序中，刘新民指出艾米莉诗歌除了浪漫主义所特有的崇尚自然、追求自由和个性解放的特点，还体现了诗人两极对立的意象体系、情境统一的象征结构、神秘奇异的内心体验、严谨克制的写作态度。② 涉及艾米莉诗歌专门研究著作的只有 2010 年高万隆等著的《艾米莉·勃朗特研究》。在这部有关艾米莉的国内研究专著中，作者对艾米莉诗歌的创作历程、出版与校对整理

① 艾米莉·勃朗特，著. 宋兆霖，主编. 艾米莉·勃朗特诗歌全编. //勃朗特两姐妹全集·第 8 卷[M]. 刘新民，译. 石家庄：河北教育出版社，1996：141.

② 同上：1-15.

的波折、贡达尔史诗的人物系表、"诗体文化"等方面做了细致的总结。在书中,高万隆等依据诗人"是我非我"的创作心理、变化的多重视角、诗人与"诗中人"脱离的多声部和声、精炼简洁的诗言意蕴把艾米莉的诗歌归并在现代派的创作行列之中。①②

综合上述研究成果及趋势可以看出,国内学者们对艾米莉·勃朗特的研究可谓纷繁复杂、流派众多,大致可以分为五大类:文本阐释及叙事艺术研究、主题及人物剖析、比较研究、作者与《呼啸山庄》关系研究、翻译研究。就阐释角度及叙事艺术而言,大多数学者从精神分析、原型理论、生态批评、叙事人称、叙事时间以及叙事策略等角度来剖析文本,挖掘其内涵。而关于主题与人物剖析,学者们则发现了悲剧主题、人性回归主题、自我认同、哥特主题、复仇主题以及女性意识、童真、夫权社会、赎罪、善恶、爱恨冲突、阶级斗争的主题,同时也对凯瑟琳、希思克力夫、耐莉等人物性格特点进行了细致的分析。此外,还有学者将《呼啸山庄》与中外多部名著进行了多维度的比较,包括主题、宗教信仰、情感、悲剧性及叙事风格等方面的比较。与此同时,学者们还发现艾米莉的思想观念及人生经历与《呼啸山庄》的主题、场景刻画及人物具有密不可分的关系。还有学者对《呼啸山庄》的中译本进行了比较研究,也对其中英版本进行了对比研究。

① 高万隆,等.艾米莉·勃朗特研究[M].北京:中国社会科学出版社,2010.

② 李晓兵.国内艾米莉·勃朗特诗歌研究综述[J].文教资料,2014(21):25.

虽然国内关于艾米莉·勃朗特的研究成果汗牛充栋，我们在艾米莉研究上取得了骄人的成绩，但是我们应该看到的是，在艾米莉研究中还存在着较为明显的不足，主要体现在六个方面：一是研究大多集中在《呼啸山庄》主题、叙事艺术及人物上，对文本的透视也大多运用常见的几种批评方法。从研究原理来说，此类研究以各自的理论为依据，在文本中纵向寻找“趣味”元素，故而其研究自然容易是从外面对文本做一些肤浅的阐释；二是单一层面，单一视角，破坏了文本内在系统，研究也只是断章取义，局部孤立的研究也就成了研究常态；三是跨学科视角很少，将《呼啸山庄》置于文化场域或是用文化批评的视角来分析的研究更是少之又少；四是我国的艾米莉研究存在研究重心失衡，艾米莉诗歌的研究数量偏少，成为艾米莉研究中的薄弱环节；五是以中国学者审视艾米莉的本土视角匮乏，研究成果的独立性和创新性欠佳；六是近年编译出版及引进的力度不大，不能为研究者提供更丰富的材料和更广阔的视角。

根据国内目前艾米莉·勃朗特的研究现状，笔者尝试指出艾米莉·勃朗特的后续研究发展趋势：一是运用跨学科理论、现代批判理论进行研究；二是增加国外艾米莉·勃朗特研究论文与专著译介的数量；三是开阔中国学者艾米莉研究的学术视野及提升中国学者艾米莉研究的本土意识。如此，中国评论家读者能够进一步挖掘《呼啸山庄》及艾米莉诗歌巨大的文本内涵张力，进一步挖掘出艾米莉作品新的有益于人类文明发展和人类生存智慧的思想，丰富人类文化，促进人类命运共同体构建。

第二节　《呼啸山庄》在中国的接受研究

艾米莉·勃朗特是勃朗特“三姐妹中最伟大的天才”。这位天才型的女作家在其短暂的一生中创作了唯一一部小说——《呼啸山庄》(*Wuthering Heights*)和二百零一首诗歌，然而，正是这部小说成就了其作者在英国文学史乃至世界文学史上的不朽地位。曾有评论者认为：“《呼啸山庄》是唯一一部没有(即使是部分地)被时间的尘土遮没了光辉的小说。”① 艾米莉·勃朗特在我国的译介与研究始于20世纪初。在过去一百年的学术研究史中，学界对艾米莉诗歌的研究比较少见，而研究基本上集中于《呼啸山庄》。图3-2直观清晰地展示了其小说和诗歌的研究情况。

《呼啸山庄》历经百余年而不衰，个中原因是纷繁复杂的，其中特别重要的一点是这部小说包含了人类永恒的话题：爱与恨。因为接受一方的社会大环境、个人立场观点、文学氛围和审美素养具有差异性和复杂性，所以文学作品在传播过程中，越是经典的，就越是容易引起众说纷纭。从图3-2可以看出国内研究者对艾米莉·勃朗特的研究主要集中在其小说《呼啸山庄》，关于该小说的研究有几百条之多，而关于其诗歌的研究只有16条，所以本节主要梳理一下处于不同时期的文化语境中，《呼啸山庄》在中国呈现出的不同接受情况。

① David Cecil. Early Victorian Novelists: Essays in Revaluation [M]. London: Constable, 1934: 328.

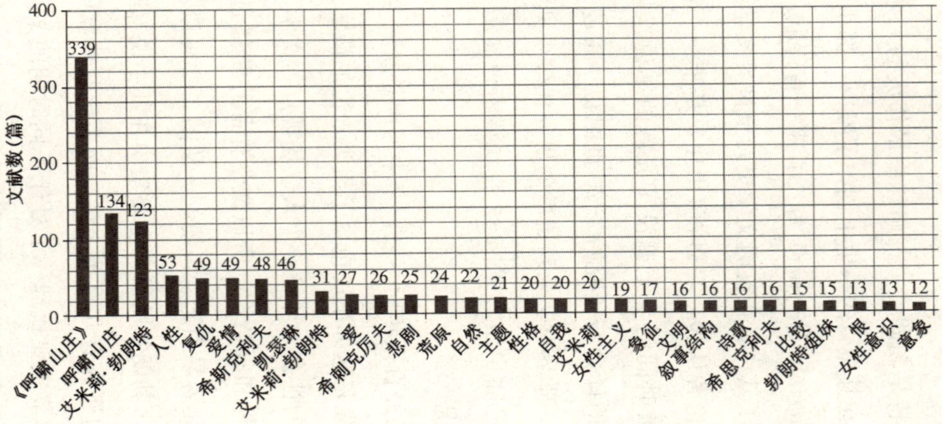

图 3-2　1949 年至 2015 年中国知网"艾米莉·勃朗特"研究主题分布图

一、文化语境和《呼啸山庄》的译介

文化语境指某一言语社团的历史背景、政治环境、社会制度、价值取向、经济状况、文化传统、思想观念、道德伦理、风俗民情、生活习惯、宗教信仰、思维方式和社会心理等。任何翻译活动都是在一定的文化语境里进行的，都受其影响和制约。就翻译文本而言，势必会受到译语文化语境的影响。任何翻译都有其功利性和目的性，都是为特定时代，特定的政治、道德、文化和思想等服务。① 清末民初，我国处在一个内忧外患、社会矛盾重重、动荡不安的时代。一拨仁人志士出于对民族存亡、国家前途的忧虑，渴望通过西洋文学翻译和西学，吸收国外先进文化和思想，改良政治与社会，挽救危亡民族，实现强国之梦。② 以梁启超为代表的资产阶级维新派大力倡导译介外国有用之书，“能运他国文明新思想，移植于本国，以造福于其同胞”。③ 到了 20 世纪 20—30 年代翻译活动又肩负起打破旧社会制度和封建束缚，引进国外新观念、新道德，建立一个全新社会的革命任务。许多大家如鲁迅、郭沫若、李霁野等都纷纷从事翻译和创作，唤起民众的民主自由意识，投入到革命斗争中去。当时无论是翻译文本的选择还是国内文学的选

---

① 许钧. 论翻译之选择[J]. 外国语，2002(1)：63.

② 郭延礼. 中国近代翻译文学概论[M]. 武汉：湖北教育出版社，1998：227.

③ 程翔章. 中国近代翻译文学的兴盛及其原因[J]. 外国文学研究，1998(4)：96.

材，都是为这一政治目的服务。《呼啸山庄》就是在这种特定时期的文化语境中，第一次被译介到中国。

《呼啸山庄》在中国的译介最早追溯到1930年。这一年，上海华通书局出版了伍光建的版本《狭路冤家》。1942年，上海商务印书馆出版了梁实秋译本《咆哮山庄》。上海正风书局于1949年发行了罗塞的版本《魂归离恨天》。杨苡的版本《呼啸山庄》于1955年由上海平明出版社出版。① 其中杨苡的版本深受读者喜爱，《呼啸山庄》的译名在大陆一直沿用至今，近六十年来曾在多家出版社多次再版，发行量极大。江苏人民出版社第一次发行量就达三十五万册，译林出版社再版了十五次。② 60年代到改革开放之前，由于政治原因，外国文学在中国的译介主要是苏联等社会主义国家的，欧美国家的文学作品受到排挤。《呼啸山庄》也不例外，在这段时间里没有别的版本出现。改革开放后，《呼啸山庄》的译介又繁荣起来，其中有全译本、简写本、改编本、英汉对照本、插图本、各级读本等，可谓不计其数。除杨苡修订和再版的译本以外，还有田心（简写本，上海译文出版社，1986）、宋兆霖（北京燕山出版社，1999）等五十多个译本。众多的版本满足不同文化层次人士的需要，极大地促进了《呼啸山庄》在中国的传播。

另外，由《呼啸山庄》改编的电影更是得到人们的追捧。1939年美国联美公司把它（又译《咆哮山庄》）改编成电影。影片随后就成为20世纪银幕上伟大的经典作品，并获得第12届奥斯卡最佳摄影（黑白片）奖。这部电影在解放前曾在我国

① 杨静远.勃朗特姐妹的生平及其创作[J].名作欣赏，1986(03):89.

② 张宇波，吴格非.艾米莉·勃朗特作品在中国的译介和研究[J].河北理工大学学报(社会科学版)，2005(4):181.

上映，片名为《情之所衷》或《魂归离恨天》。抗战时期，剧作家赵清阁曾把它改编成话剧《此恨绵绵》，在上海公演。继第一次被拍成电影之后，《呼啸山庄》还多次被重拍。如1953年由路易斯·布努艾尔（Luis Bunuel）导演的西班牙语版《呼啸山庄》，1970年罗伯特·菲亚斯特（Robert Fiast）导演的英国版本，彼特·科斯敏斯奇（Peter Cosminsky）导演的1992年版本，大卫·斯金纳（David Skinner）导演的1998年版本，此外还有日本版本、意大利版本。名著该不该改编为影视，有两种不同意见。一种意见认为，名著不宜改编为影视，少年人以为看了电影就等于读了原著，这样会冲击和取消原著阅读；另一种意见认为，用适当的影视配合名著阅读和教学，是绝对必要的、有益的，因为这样可以补充文学阅读所得不到的视觉印象。无论如何，影视确实可以起到推动读书，宣传推广原著的作用。1979年《简·爱》影片在我国放映之后，激发了广大读者对此书的兴趣，促进了评介研究工作。仅1979年一年，各地报刊的有关文章报道就有二十篇以上。

二、新文化运动和传统文化嬗变中的《呼啸山庄》

20世纪初，中国掀起一场反对封建旧文化的新文化运动。新文化运动是一次启蒙运动和思想解放，其科学理念和民主思想深入人心，影响广泛而深远，一直延续到40年代，极大地冲击了封建的社会制度、传统礼教、伦理道德，广泛地传播了西方民主自由精神，使人们思想得到空前解放，人们的价值观念、思维方式、生活方式、伦理道德和行为准则都发生了一系列的嬗变。

《呼啸山庄》包含的反封建专制、追求爱情、崇尚自由的元素，契合当时中国的社会生活，中国人自然会认同和接受。中国封建婚恋制度两千多年来一直束缚人们对自由恋爱和婚姻的追求，不知有多少人深受其害，过着“嫁鸡随鸡，嫁狗随狗”、没有爱情的生活。平等自由、打破封建束缚和个性解放的思想在新文化运动中已深入人心，尤其受到青年人的热捧，从而催生许多青年男女走出封建家庭，大胆追求自己的理想和幸福。《呼啸山庄》中的凯瑟琳与希思克力夫、小凯瑟琳与哈里顿等敢于勇敢追求婚恋自由，打破门第观念，恰好为这一时期中国人所认同，同时他们爱情的悲欢离合也深得国人的同情。另外，小说反映的社会畸形、父权主义、人性扭曲、包办婚姻、金钱地位、“三从四德”、唯利是图的现象，这正是中国人在过去漫长的封建历史中所经历的，他们深受其害，为此更加渴望打破旧社会伦理纲常，摆脱封建专制，恢复平等自由和向往人性，对刚从封建社会脱胎出来的新社会充满希望。就此而言，《呼啸山庄》在中国民众中具有一定的心理认同基础。

教化作用是《呼啸山庄》译介到中国的另一个重要原因。19 世纪末 20 世纪初是中国思想文化大变革和社会动荡的时代。甲午战争失败、洋务运动失败、百日维新失败、八国联军入侵、《辛丑条约》签订等事件惊醒了国人，一批开明人士总结失败教训，以“开民智、新民德、鼓民力”为己任，寻求救国途径，发起思想启蒙运动，抨击中国封建制度和传统儒教，传播资产阶级先进思想。[①] 康有为、梁启超、谭嗣同等创办报

① 张炯. 中华文学发展史(近世史)[M]. 武汉：长江文艺出版社，2003：77.

刊，宣传改良和变法思想，提倡新学，译介外国小说，提倡用小说来“使民开化”。胡适、陈独秀、鲁迅、钱玄同、李大钊等一些受过西方教育的人发起了一场思想文化革新、文学革命运动，为马克思主义在中国的传播和五四爱国运动的爆发奠定了思想基础。五四运动继承文学界革命传统，高举新文化运动旗帜，提倡新文学，反对旧文学，鼓励从外国文学中吸取有益文化知识。①《呼啸山庄》在这种文化语境中被译介到中国来，可以说带有其教化意义和社会功利。如伍光建在《孤女飘零记》(1935) 译序中写道：“此作独出心裁，不依傍前人，描写女子性情，尤为深透，非男著作家所可及……此书描写女子爱情之时，言其富贵不能淫，贫贱不能移，威武不能屈气概，为女子独立最高人格。”② 译者对女性的非凡天才、追求个性解放和爱情自由的精神的赞颂顺应了当时提倡女性主义和妇女解放的潮流。

三、建国初期政治语境下的《呼啸山庄》

20 世纪 50—70 年代是《呼啸山庄》在中国接受史上的最低点。国家由于受到“一边倒”政治的影响，实行计划体制，社会、经济、政治、文化等都以计划为运行机制。外国文学翻译都是由出版社按计划进行，英美等资本主义国家文学大多受到排斥，主要出版的是俄国文学和苏联文学。这一时期，除了

---

① 王建开. 五四以来我国英美文学作品译介史 1919—1949[M]. 上海：上海外语教育出版社，2003：63.

② 伍光健. 孤女飘零记[M]. 北京：商务印书社，1935：序第 5 页.

1955 年杨苡的译本以外，《呼啸山庄》的译介几近绝迹，即使是有关勃朗特姐妹的文章也少有出现。随着反右运动的开展，中国政治日渐“左”倾，对资本主义进行批判，对社会主义大加赞美，对资产阶级进行贬损，对无产阶级大力赞扬，成了当时的社会意识形态，文学批评成了阶级斗争工具。1958 年 12 月，人民文学出版社出版的《论夏绿蒂·勃朗特的〈简·爱〉》和《论艾米莉·勃朗特的〈呼啸山庄〉》两本小册子，对作品、作者、主要人物的爱情至上和个人主义进行了分析和批判。这一时期中国人对《呼啸山庄》的接受心理是矛盾的。一方面，认同人物的爱情追求和思想解放，以及揭露资本主义社会的弊端；另一方面，受左倾思想的影响，认为它是个人主义的代表，是资本主义的产物，宣扬资产阶级思想，担心青少年读者受其不良影响。尽管如此，勃朗特姐妹及其作品一直深受中国读者群的喜爱。在夏洛蒂逝世一百周年（1955 年）的时候，《译文》杂志 1955 年 3 月号发表了一篇纪念文章，指出勃朗特姐妹也许是无意中成了千百万受压迫的不幸人们的代表，今天她们仍然受到无数男女的尊重和热爱。

1958 年人民文学出版社出版了两本关于勃朗特姐妹的著作，一本是张学信的《论夏绿蒂·勃朗特的〈简·爱〉》，一本是陈焜的《论艾米莉·勃朗特的〈呼啸山庄〉》，这两本著作主要是为“批判”用，其主要特点是用阶级分析的方法对小说进行解读，成为取其精华、去其糟粕的典型。《论夏绿蒂·勃朗特的〈简·爱〉》开篇就提到“二十多年来，它一直在我国拥有较多的读者，并且对读者产生较大的影响”。① 该书

① 张学信，等著. 论夏绿蒂·勃朗特的《简·爱》[M]. 北京：人民文学出版社，1958：1.

还认为："虽然《简·爱》在反映妇女地位和揭露贵族腐朽生活方面具有进步性，但没有提到推翻资本主义制度，因此带有明显的局限性。罗彻斯特是个虚伪、喜新厌旧、道德败坏的人物，并称他对简·爱的求婚并非出于爱情，而全因其阶级地位低下而可能更为忠诚。"① 西方有一种观点与此恰好相反，如英国批评家伊格尔顿认为"是不名一文的简·爱在引诱大地主罗切斯特上钩"。②《论艾米莉·勃朗特的〈呼啸山庄〉》主要从阶级斗争意识形态出发批评与分析作家及作品，带有深刻的时代烙印，爱恨情仇仅被视为阶级斗争的表现形式。陈焜首先肯定了《呼啸山庄》所描写的阶级冲突，认为"这种猛烈的风暴是全书的背景基调，它的全部分量标志着这场社会冲突的残酷程度"③，认为《呼啸山庄》的主要矛盾是以艾德加·林顿和辛德莱·恩萧为代表的封建官吏和地主及其资产阶级价值同以凯瑟琳·恩萧和希思克力夫为代表的被压迫者之间的斗争。对于希思克力夫后来的报复行为，该书认为"其复仇属个人主义性质，这是被压迫者向压迫者的蜕变；而凯瑟琳·恩萧同样经历了由资产阶级价值的反抗者到认同者的变化过程，因此是个软弱、自私的人"。④ 该书从政治斗争视角出发批评艾米莉·勃朗特局限于爱情，视野过于狭窄，无法将斗争进一步展开；而对作品的艺术造诣和文学

① 张学信，等著. 论夏绿蒂·勃朗特的《简·爱》[M]. 北京：人民文学出版社，1958：68

② T. Eagleton. Myths of Power: a Marxist Study of the Brontes [M]. Palgrave Macmillan: Hampshire, 2005: 15-19.

③ 陈焜. 论艾米莉·勃朗特的《呼啸山庄》[M]. 北京：人民文学出版社，1958：1.

④ 同上：45-60.

价值几乎没有涉及。

四、新时期多元文化交汇下的《呼啸山庄》

国外各种文化随着中国改革开放的进行如潮水般纷纷涌入，国内各种文化也得以不断传播和挖掘。各种不同社会文化、经济文化、政治文化、道德文化、生活文化在此碰撞、融合、交汇，形成人们不同的审美观和价值观。在这种情况下，《呼啸山庄》再次进入广大中国读者的视野中，各种文字版本相继出现，电影版本也有近二十种，从而促成了人们多重的理解和多角度的探知。

1978年以后，艾米莉·勃朗特的长篇小说《呼啸山庄》仍然是我国学者研究的重点。这一阶段的研究呈现多样化趋势，结论也各不相同，而上一个时期过度关注的是阶级复仇。中国学者大多从以下几个角度分析此作：性别研究、社会历史研究、原型研究、比较研究和叙事研究等。一些文章颇有见地，但也有为数不少的论文仅简单地复述小说的情节或赞叹其“艺术魅力”，学术价值有限。我国外文界对《呼啸山庄》的性别研究兴味索然，这与《简·爱》的情形差异较大。

刘春慧的论文是少数的例外之一。刘春慧指出：“这部小说是对传统的父权意识和两性原则的颠覆，作者试图建构一种理想、新型的两性关系，这与西方学者观点类似——英美有一派观点即认为，表面上《呼啸山庄》讲述希思克力夫的复仇，实际上在展示凯瑟琳·恩萧如何反抗维多利亚社会对妇女的种种限制与不公。”① “换个角度来看，希思克力夫是凯瑟琳·恩萧的某种想象，表达她对社会压抑的报复和反抗。”② 相较之下，我国学者比较青睐于从社会历史角度分析小说，只是此类论文多涉及社会批评，角度略显单一。有学者称，“小说反映19世纪前期资本主义发展造成的社会变动、农村凋敝，揭示庄园主的精神腐朽，因而堪称现实主义杰作”③；有学者补充道，“希思克力夫这一形象表达作者的愤慨、理想和同情，而充斥书中畸形、变态的人际关系全由畸形而扭曲的资本主义社会造成”④。两位学者均言之成理。值得注意的是，小说所述事件固然与英国社会的大背景有关，但希思克力夫的扭曲与病态也并不完全是由资本主义造成的，而与社会地位和种族因素关系密切。对于《呼啸山庄》的阶级分析，我国学者似乎深受学者伊格尔顿的影响。伊格尔顿认为“希思克力夫经历的变化代表英国社会的阶级变化，他的两处财产显示资本家阶级的财产交易优于传统自耕农经济”。⑤ 另有学者认为“主人公希思克力夫是个异化之人，并以书中的扭曲与病态认定小说具有现代派文学特征”。⑥ 西方学术界对这一人物同样众说纷纭，并无定

---

① 刘春慧. 颠覆与重构——论《呼啸山庄》的性别意识[J]. 学术交流，2009(2)：172-174.

② P. Spacks. “Critical Extracts.” in H. Bloom(ed.)，Heathcliff. New York：Chelsea House，1993：36-38.

③ 王国明，王蓬.《呼啸山庄》二题[J]. 郑州大学学报(哲学社会科学版)，2000(2)：87-90.

④ 代新黎. 试论《呼啸山庄》所表现的人性与人际关系[J]. 学术交流，2008(6)：159-161.

⑤ T. Eagleton. Myths of Power：a Marxist Study of the Brontes[M]. Palgrave Macmillan：Hampshire，2005：114.

⑥ 张同乐，毕铭.《呼啸山庄》——一部具有现代主义意味的小说[J]. 外国文学研究，1999(1)：66-69.

论，但这也正是小说的魅力所在。维多利亚著名的小说批评家西塞尔（Cissell）认为，不同于其他维多利亚小说家，艾米莉·勃朗特乃一神秘主义者，其小说非关善恶，而属异同。①对于小说中的形而上学以及作者的精神世界因素，我国批评界尚未予以足够关注。

针对《呼啸山庄》的原型批评也异常热门，这点与《简·爱》的情形一样，其主要原因恐怕是"原型"为批评者提供了一个现成的分析框架，因而免去了苦寻批评切入点之劳。与西方学术界的路子相仿，众多学者从神话、圣经等角度解读小说的情节走向及人物关系。比如，有学者认为"埃米莉·勃朗特模仿了弥尔顿笔下有关'堕落'的神话结构，其中多个女性形象简直是'堕落版本的复现'"②；有学者从圣经的"原型场景、原型叙述、原型人物和情节模式等方面对小说进行解析评述，证明圣经对其影响之深远"③。西方对这些观点已经非常了解。有西方学者发现，在用圣经原型解读小说的过程中，小说中何为地狱何为天堂并非一目了然，古芭与吉尔伯特的观点是，"希思克力夫的到来使呼啸山庄变成乐园"④。我国外文界

---

① D. Cicel. Emily Bronte and Wuthering Heights in T. Winnifrith (ed.), Critical Essays on Emily Bronte [M]. London: Prentice Hall International, 1997: 144-150.

② 杨莉馨.一部"天堂"与"地狱"之书——再论《呼啸山庄》的主题[J].南京师大学报(社会科学版)，2008(2)：143-147.

③ 刘永杰.《呼啸山庄》的《圣经》解构[J].天津外国语学院学报，2003，10(6)：66-70.

④ S. Gilbert & S. Gubar. The Madwoman in the Attic: The Woman Writer and the Nineteenth Century Literary Imagination [M]. New Haven: Yale University Press, 2000: 87.

对此所进行的原型批评有一个共同特点，即目的只为证明作品中存在某种原型，至于此种作者采用此类原型的目的或原型在作品中起何种作用，大多未做进一步探讨。朱晓映的论文是少数未入窠臼的例外之一。朱晓映认为："通过对美狄亚神话原型'置换'或'移用'，埃米莉·勃朗特塑造出希思克力夫这一形象，以此唤起读者的'集体无意识'与'种族记忆'，展现畸形社会中人性的变异，从而获取读者对希思克力夫的同情。"① 与不少原型批评文章一样，这一解读方法需要说服读者，我们能否仅凭两者唯一的共同点复仇而视前者为《呼啸山庄》的原型？更具体地说，美狄亚神话对英国文化的影响是否足以构成其所谓"集体无意识"？

《呼啸山庄》研究的另一视角是叙事研究，因为这部小说的叙事方式非常独特。除去一些赞美其艺术技巧或简要介绍该书叙事特色的文章外，几篇论文是比较有特色的，有的认为勃朗特的"内故事叙述层"不只是引出管家耐莉叙述的"元故事"，还引出洛克伍德作为一个"经验主体"在呼啸山庄的故事，而洛克伍德逃避个人情感的冲动和所谓的理性也与"元故事"中激越的情感冲突平衡了②；有的认为洛克伍德的介入使耐莉的可信度更强了，尽管耐莉极少说谎，她貌似天真的追问和选择性的沉默比谎言更有效③。西方有学者

① 朱晓映.爱恨情仇:对《呼啸山庄》的原型解读[J].学术交流.2007(12):178-181.

② 刘进."观望者"的故事——《呼啸山庄》叙述层次研究[J].四川师范大学学报(社会科学版),2006,33(3):100-103.

③ 范岭梅.纳莉的谎言[J].北方论丛,2004(1):40-42.

观点与此相反，其实耐莉对小说中的人与事明显理解得不太准确，但读者反倒便于根据她所提供的信息获得更为真实的认识。① 有西方学者进一步指出，作为叙述者，洛克伍德与耐莉均是不可靠的，他们叙述的事情带有强烈的个人色彩，而这一特征却可以提醒读者认识小说总体的高度主观性。② 金琼的论文“绝对是空中的永恒沉思——《呼啸山庄》的叙述技巧和结构意识”将小说主题思想与叙事特征结合起来研究，认为一方面小说的叙事结构不但可以使读者关注作家对维多利亚时代传统观念的超越意识和反叛意识，同时也可以透露出作家对中产阶级价值观念的维护意识。③《呼啸山庄》一个重要的浪漫主义特征——政治两重性在金琼这篇论文中显露无疑。在艾米莉·勃朗特研究中，专门讨论或运用理论的著述比较少。韩敏中是其中之一。1992 年在其发表的论文中介绍与梳理了西方的解构主义和结构主义理论在此书评论中的应用。④ 在国内，运用当代批评理论解读此书者不多，偶有尝试者往往运用单一理论、针对单一问题。如拉康的心理分析理论被用来研究人物的身份认同⑤，心理分析方法被

---

① J. Mathison. Nelly Dean and the Power of Wuthering Heights, Nineteenth Century Fiction [J]. 1956, 11(2): 102-129.

② R. Polhemus. Passionate Calling: Wuthering Heights, in H. Bloom (ed.), Heathcliff [M]. New York: Chelsea House, 1993: 163-189.

③ 金琼. 绝对是空中的永恒沉思——《呼啸山庄》的叙述技巧和结构意识[J]. 外国文学研究, 1993(2): 38-43.

④ 韩敏中. 无穷无尽的符号游戏——20 世纪的《呼啸山庄》阐释[J]. 外国文学评论, 1992(1): 53-61.

⑤ 张静波. 论《呼啸山庄》中童年和纯真主题[J]. 名作欣赏, 2007(18): 106-109.

用来讨论小说中镜像化的人性符号①，两者都有可取之处。其实中国批评界在理论运用方面并不落后于西方，而西方涉及此书或其他文学作品的相关批评著述一般会涉及多种理论，并且理论运用本身也与作品分析紧密结合，这就是差距产生的主要原因。

中西比较和西西比较是两类关于艾米莉·勃朗特的比较研究，以下几篇论文是较具有代表性的。黄曼青与易春华以《呼啸山庄》和《红字》两部小说中的景物象征意义来进行比较②；以情感为切入点，陆小宁与刘志对《呼啸山庄》和《金锁记》进行平行研究，试图“寻找沟通人类情感世界之桥梁”③。刘文通过比较《呼啸山庄》与丁玲的《莎菲女士的日记》，发现当女主人公试图遵守传统社会行为规范时，她们都选择抛弃女性自我，处在自我崩溃的边缘；而当其违反传统伦理规范时，又陷入病态。④ 至于原因及这种相似有何意义，作者并未深究。与关于夏洛蒂的比较研究一样，这些论文只局限于具体的所比之物，犹如画龙缺少点睛。比较性研究的重要价值之一在于比较分析作品时发现对比之外的因素，如为何两部作品会存在某种相似性的文化、政治或其他因素。

---

① 李胜清.希思克厉夫:镜像化的人性符号[J].文艺争鸣,2007(1):156-159.

② 黄曼青,易春华.《呼啸山庄》与《红字》景物象征之比较[J].社会科学家,2005(4):198-204.

③ 陆小宁,刘志.《呼啸山庄》与《金锁记》情感世界之比较[J].外国文学研究,2000(1):59-64.

④ 刘文.病·思想·社会:《莎菲女士的日记》与《呼啸山庄》的比较研究[J].学术论坛,2006(2):155-160.

近几年来我国对艾米莉的研究存在一个明显的趋势：越来越多的研究者把兴趣集中在《呼啸山庄》。研究的重点也从刚开始的分析男女主人公的爱情悲剧，希思克力夫复仇的社会阶级内容等转到探索这部作品新颖独特的艺术技巧、复杂庞大的艺术结构及其丰富深广的思想内涵。作为20世纪批评界的一部宠书，六七十年代前对《呼啸山庄》的阐释批评一般都倾向于用某一种观念、方法把作品说成一个统一整体，无视或力图抹平作品中的“断裂”、“杂乱”；而70年代以来的批评家则正视甚至赞美作品中无法简约的复杂性和多义性。正如方平先生在译本序中所说：“读《呼啸山庄》好像啃一个硬果，要先砸开它表层的硬壳，才能尝到里面甘美的果肉；这表层的硬壳，便是其艺术结构。”① 近几年来我国的一些研究者走进这令人眼花缭乱的迷宫，进而挖掘其思想内涵，揭示其高度的美学价值。在安排这部小说的结构时，艾米莉别出心裁，一是选用倒叙法，这在当时还是一种创新；二是精心选择了讲故事人。旁观者洛克伍德是最先出现的说故事人，而耐莉是主要说故事人，其知道全部内情并多少参与了情节发展，使故事的全过程更加完备。方平先生的分析与此相近，他把艾米莉的“说故事人”表述成“双重的、三重的、多层次的叙述法”。但方平对其“倒叙法”持不同的观点。他认为艾米莉放弃了从头说起的传统叙事手法不是一般的倒叙，而是“别出心裁地采用了‘戏剧性’结构，这在当时十分罕见”。“戏剧性结构”就是“故事的叙述从中间开始”。戏剧开

① 方平，著. 呼啸山庄·译本序. //呼啸山庄[M]. 爱米莉·勃朗特. 方平，译. 上海：上海译文出版社，2006：8.

场后，一方面要走向故事的终点，“向未来推进”；另一方面又要解释开场时的悬念，向过去回溯；因此“戏剧情节是向两个方向进行的顺叙和倒叙”①。《呼啸山庄》的时间跨度是三十一年（1771—1802），而叙述的起点是 1801 年，正是这种戏剧性结构。这部作品虽然描写了人性经历了“被折裂”“被扭曲”“被毁灭”，但女作家想要表达的思想是内心深处对美好人生的信念和渴望。方平先生基于对作品主题的这种认识又提出了一个新的大胆的看法：“这部小说的主人公应该是那个不起眼的哈里顿而非大家所认为的希克厉。这部作品描写的主要是人性的堕落，是恨；但女作家其实要表现的是人性的不可摧毁，是爱；不可否认的是希克厉在作品中给人印象最强烈，但哈里顿才是真正体现作品主题的——他虽然经历过人性的堕落，变得极其粗鲁、无知、傲慢，但是最终爱使他的人性复归。他的人性堕落的深度恰好反衬出人性不可毁灭的强度。”② 此观点一出，在研究者中立即引起了激烈的争论，许多人对此持不同意见。对作品主人公不同见解甚至涉及到对于作家思想以及整部作品的主题的评价，我们有理由相信：这方面的研究在不久的将来将会有新的突破。

1990—2017 年，各类学术刊物上关于《呼啸山庄》的有关论文多达五百多篇。就其小说文本内容而言，有的探讨内涵意蕴和主题旨意；有的剖析人物性格，不再局限于凯瑟琳和希思克力夫，一些小人物也有所涉及；有的探讨艺术手法和叙述结

---

① 转引自：陶勇，沈建青. 勃朗特姐妹研究的新发展[J]. 外国文学研究，1998(9)：124-126.

② 方平. 谁是《呼啸山庄》的主人公——呼啸山庄的结构研究[J]. 外国文学研究，1988(4)：79-84.

构；有的探究人物爱恨情仇的真谛和缘由。有的探讨人物的女性主义精神、作品的社会意义和人性的异化；就作者主体范畴而言，有的对艾米莉性格、生活经历及生活环境进行研究，有的对其创作动机及成功经验进行探究，有的对其文学创作的影响进行探寻，还有的人借用精神分析、新历史主义、女性主义等批评理论，从不同角度对其进行阐释和研究，试图解开这部令人费解的奇特的作品中诸如人性扭曲、痴迷情爱、叛逆个性的种种谜团。总而言之，20 世纪 90 年代至今，《呼啸山庄》的理解和接受呈现多元化走势。

被誉为英国文学史上的“斯芬克斯”之谜的《呼啸山庄》无论在艺术上还是思想上都散发着迷人的独特魅力；而艾米莉·勃朗特的诗歌诗韵自然明快，诗风雄劲粗犷。自 20 世纪引入我国以来，研究者对其小说和诗作的研究经历了从译介到批评的演变过程。不同时期不同文化语境下《呼啸山庄》在中国呈现出不同的接受状况。民国时期，由于表现出反封建专制、追求爱情、崇尚自由和教化功能的特质而为国人所认同和接受；解放后到文革期间，由于表现出来某些与当时左倾政治、“一边倒”思想和文革理念相悖的资产阶级因素而受到批判和排斥；改革开放后，随着人们观念的改变和多元文化的交汇，艾米莉·勃朗特的小说及诗歌以其特有的异域文化的情调再次受到国人的青睐，并在接受和理解方面呈现多元化趋势。从论文的数量上看，无论是在艺术形式特点还是创作思想内容的研究方面都有较大程度的增长。从研究方法上看，随着研究视野的进一步拓宽，当代西方文学的批评理论与方法被越来越多地运用，如弗洛伊德精神分析学说、存在主义、热奈特的叙事学理论、神话原型批评、女性主义、结构主义、马克思主义、生态批评理论等，多层面、多视角地对艾米莉的创作进行了富有成效的阐释与解读，给《呼啸山庄》增添了新的注释，赋予了新的灵魂。

第三节　凯瑟琳·恩萧在中国的形象变迁

在中国知网以“凯瑟琳”“形象分析”为关键词检索，检索结果中的期刊论文仅有四十篇，主要集中在2000—2016年。通过对这些文章进行梳理，发现如果对凯瑟琳形象纯粹按照类别或时间进行分类不太符合实际，因为对凯瑟琳形象的分析相互交错、错综复杂。结合类别和时间对凯瑟琳在中国的形象变迁进行总结，大致可以分为以下几类：紧扣文本分析凯瑟琳形象的复杂性、多变性；立足文本或者文本与弗洛伊德精神分析学相结合来解读凯瑟琳的悲剧宿命；立足文本结合女性主义理论来解读凯瑟琳的女性主义形象。

一、复杂、多变的凯瑟琳——来自外星的女孩儿

《呼啸山庄》中女主人公凯瑟琳是一个性格上难以捉摸的复杂人物，“宛如来自其他星球”。[①] 凯瑟琳不仅与希思克力夫这一复仇的灵魂紧密相连，而且还是全书的关键所在，她身上散发出来的光芒甚至超过了希思克力夫。因此21世纪初一些

① 陈瑛，熊欣.《呼啸山庄》凯瑟琳人物形象分析[J]. 文学教育，2008(3)：101.

研究者开始关注凯瑟琳形象的多变性和复杂性，其中最具有代表性的是陈瑛和熊欣，他们针对凯瑟琳的形象专门写了“《呼啸山庄》凯瑟琳人物形象分析”一文。两位作者对凯瑟琳形象的复杂性、多变性及其原因的描述是比较系统和全面的。文章从两个大方面来描述凯瑟琳形象的复杂性和多变性：一是原始天性中的凯瑟琳；二是现代物质世界中的凯瑟琳。而每一个大方面作者又分别从三个小方面进行论证。比如第一个大方面，文章从以下三个小方面进行论证：其一，天真无邪、单纯善良，不管凯瑟琳的性格多难以捉摸，有多复杂，她性格中最原始、最本真的一面还是单纯善良；其二，激情十足、自由奔放，“激情”和“自由”是凯瑟琳身上最大的闪亮点，身为一个封建庄园的小姐，凯瑟琳却拒绝像上流社会的淑女们一样生活，把宗教礼仪抛在一边；其三，桀骜不驯、倔强叛逆，凯瑟琳第一次侧面登场发生在她发现入住画眉山庄的房客洛克伍德在翻阅她的旧书，“我可不吃这一套，哗啦一把拎起那部破书（指经书）的封皮，就扔进狗窝里，一边还诅咒说我讨厌圣经”。① 第二个大方面，文章也从以下三个小方面进行论证：其一，对社会地位、对名利的追求，生理及安全需要对庄园小姐凯瑟琳来说早已得到满足，她希望获得一定的名誉，得到社会和他人的高度评价；其二，精神世界的孤独、空虚，童年时期的凯瑟琳不太讨人喜欢，脾气暴躁，反抗叛逆，辛德利与她之间有距离，老恩萧对她失去了耐性，约瑟夫称她为魔鬼，耐莉受不了她的盛气凌人；其三，变态的心理及行为，凯瑟琳的变态是一步步形成的，是从她人格的分裂开始的，最后，在她

① 爱米莉·勃朗特．呼啸山庄［M］．杨苡，译．南京：江苏人民出版社，1980：82．

死亡之前，她的迷乱、发狂到了最高潮。接下来文章又从内部原因和外部原因两个方面分析了凯瑟琳复杂多变性格形成的原因。① 从自身看，凯瑟琳的性格是其精神变态的主要来源。当精神受到困扰时，她会强烈折磨自己的灵魂和身体。她性格强盛，生性傲慢，要求别人一定要听从她的意见，她与耐莉的冲突正是由于凯瑟琳的性格造成的。出于好强与强烈的虚荣心，她想要赢得所有人的羡慕，于是，凯瑟琳嫁给了一名一流的绅士，享有很高的地位。但事实上，她的婚姻选择是对人性的背叛，她一生中致命的错误，也是她变态形成的主因。在外部原因中，社会和人的因素对她影响最大。凯瑟琳生活的社会是一个世俗等级观念横行的社会，在这样的社会里，金钱至上，身份第一。接触到外界社会后，上流社会光彩绚丽的生活激发了她强烈的名利欲和虚荣心，在“文明社会”的诱惑下她毫无抵抗力。有两个人对她的影响最大：第一个是希思克力夫，另外一个是她的丈夫——埃德加·林顿。在文章的最后，陈瑛、熊欣二人提出了一个非常现实的问题：当女子面对金钱与爱情时应该如何选择才能获得自己的幸福呢？凯瑟琳选择了金钱，却并没有走向幸福的殿堂。假如凯瑟琳选择了爱情，与希思克力夫一起去流浪，就能保证他们一定会幸福吗？这篇文章之所以有代表性，不仅因为其系统全面地分析了凯瑟琳复杂多变的形象，而且又能够结合现实提出问题，引人深思，具有非常重要的现实意义。另外两篇具有代表性的描写凯瑟琳复杂多变形象的文章分别是陈明霞的“从文学空间的角度试析《呼啸山庄》

---

① 陈瑛，熊欣.《呼啸山庄》凯瑟琳人物形象分析[J]. 文学教育，2008(3)：102-103.

中凯瑟琳的个性”① 和党红的“《呼啸山庄》中凯瑟琳的形象解读”②。前者通过描写主人公的生存空间——自然空间、社会空间和心理空间来烘托女主人公复杂多变的形象、刻画主人公的性格，乍一看很有新意，细读之后发现还是从原始天性和现代物质世界两方面来阐述的；后者更是直接借鉴了陈瑛、熊欣的文章，也从原始天性中的凯瑟琳和现代物质世界中的凯瑟琳两个方面来分析描述凯瑟琳复杂多变的形象。因此，可以说陈明霞和党红的文章都是在陈瑛、熊欣文章的基础上进行了再加工再创造。这就是为什么说陈、熊二人的文章更具说服力和代表性的原因。

二、癫狂、分裂的凯瑟琳——走向悲剧宿命的女孩儿

随着弗洛伊德理论的引入和流行，研究者普遍采用弗洛伊德的精神分析学为支撑，结合文本来解读凯瑟琳的悲剧形象。比较有代表性的有胡鸿的“本我・自我・超我——《呼啸山庄》中凯瑟琳悲剧命运的解析”、李敏的“论人性的扭曲——《呼啸山庄》主要人物性格分析”、吴靖青的“分裂与置换——析《呼啸山庄》中的凯瑟琳・恩萧”。这三篇具有代表性的文章都基于文本从弗洛伊德精神分析学的角度对凯瑟琳的悲剧形象进行解读。弗洛伊德精神分析学认为：“人类精神活动有三

① 陈明霞. 从文学空间的角度试析《呼啸山庄》中凯瑟琳的个性[J]. 芜湖职业技术学院学报，2009，11(01)：41-44.

② 党红.《呼啸山庄》中凯瑟琳的形象解读[J]. 芒种，2013(21)：101-102.

个不同的组成部分，即本我、自我和超我。在这三个部分中，本我体现的是人的各种本能的冲动和欲望，这是一种原始的、天生的非理性的结构；超我体现的是对本能欲望实行制约的种种因素，譬如禁忌、理性、社会的伦理道德标准和规范、宗教戒律等；而自我则是两者的中间地带，是一个意识系统；在这三部分中，本我最重要。”① 胡鸿认为“希思克力夫与凯瑟琳本是一体的，最真实的凯瑟琳其实不是她本人而是希思克力夫，凯瑟琳爱希思克力夫实际上就是爱自己。林顿拥有着社会所能给予她的一切财富、地位，而这一切正是希思克力夫所缺乏的。林顿代表着凯瑟琳性格中受社会道德观念影响的超我。事实上，凯瑟琳一直努力地在本我和超我之间寻找平衡点，自我在凯瑟琳身上也确实发挥过作用。她为追求超我而对本我的背叛是造成她悲剧命运的真正原因。由于本我的力量在她身上的体现过于强大，大大超过超我的力量，使得自我的力量无法协调二者使之处于平衡状态，最终导致了凯瑟琳的毁灭”。② 李敏的论点与胡鸿的类似，她认为“‘本我’就是凯瑟琳自己，‘自我’就是希思克力夫，因为他表现出了凯瑟琳原始的野性。‘超我’就是林顿。因此可以说凯瑟琳在希思克力夫和林顿之间的选择就是她在‘自我’和‘超我’之间的选择”。③ 而正是这种选择一直折磨着凯瑟琳，并导致她人格分裂走向死亡。

---

① 弗洛伊德. 精神分析引论[M]. 高觉敷，译. 上海：上海译文出版社，1984：334-336.

② 胡鸿. 本我·自我·超我——《呼啸山庄》中凯瑟琳悲剧命运的解析[J]. 安徽文学. 2006(9)：40-41.

③ 李敏. 论人性的扭曲——《呼啸山庄》主要人物性格分析[J]. 焦作师范高等专科学校学报，2006(3)：77.

吴靖青的文章是在前两篇文章的基础上进行了再创造，作者认为“弗洛伊德的精神分析学不足以充分解读凯瑟琳的悲剧形象，他又加入了后现代精神分析理论中的‘分裂’、‘置换’这两个概念来分析凯瑟琳内心深处既追求现实爱情又追求理想化爱情的‘兼得’心理是造成其悲剧的主要原因。‘理想’与‘现实’这两股力量在她身上相互对抗，势均力敌，最后将她的精神撕裂，置换”。[①]“用心理学的话来说，就是一个具有较弱潜能的意念必须从最初具有较强潜能的意念那里，慢慢汲取能量，而到某一强度才能脱颖而出，浮现到意识界来”。[②]通过数量置换，即分裂，凯瑟琳将对希思克力夫的爱分为两部分，一部分赋予希思克力夫，另一部分赋予埃德加。她企图让希思克力夫和埃德加两人成为朋友，使这两种爱在她心中并列存在，即便在某个时刻，某种爱所占的比例更多一些，都不存在一种是实质、另一种是表象的情况。不过，由于在实际生活中希思克力夫与埃德加谁也不接受这种并列原则，两人或“显性”或“隐性”地均对凯瑟琳造成强大的心理压力。于是，凯瑟琳的烦恼与恐惧与日俱增。正如弗洛伊德早在 1910 年所说：“神经症事实上具有生物功能，它们是一种保护性措施，有其社会理由……”[③]而凯瑟琳的具有保护机能的癫狂仍然无法消除这种恐惧和痛苦，她最终只有靠死亡来解决她自身的精神困扰。

---

① 吴靖青. 分裂与置换——析《呼啸山庄》中的凯瑟琳·恩萧[J]. 湖北民族学院学报，2008(5)：65.

② [英]诺曼·N·霍兰德. 后现代精神分析[M]. 潘国庆，译. 上海：上海文艺出版社，1995：165.

③ [英]诺曼·N·霍兰德. 后现代精神分析[M]. 潘国庆，译. 上海：上海文艺出版社，1995：99.

另外还有一些研究者纯粹以文本为基础来研究凯瑟琳的悲剧形象。比较具有代表性的有陈了的“论《呼啸山庄》凯瑟琳的悲剧选择”。文章主要从三个方面来对凯瑟琳的悲剧进行分析：首先谈到“夜闯画眉田庄”这一情节，进而讨论凯瑟琳最初的感情变化轨迹；然后针对她在理想爱情和现实爱情之间的选择，分析其如何走向爱情悲剧的不归路；最后探讨凯瑟琳在不归路上激情回归的实质性。陈了认为“凯瑟琳悲剧的真正开始就是始于‘夜闯画眉田庄’，林顿代表着物质的、文明的一面，而希思克力夫则是凯瑟琳自身的一种实质的、自然的精神折射。凯瑟琳最理想的选择是希望将他们二者结合起来，从逻辑上来说这有其合理的一面；但林顿和希思克力夫各自代表的文明世界与自然爱情二者是绝不相容的，这就好比水与火的关系。而凯瑟琳却对此采取无视的态度，试图完全占有二者，这时某种荒谬性就在现实中产生了。当她发现与林顿结婚的前提是要与希思克力夫分手时，这一巨大的反差便将她推上了一条永远没有希望的悲剧之路”。① 笔者认为费玉双的“解析《呼啸山庄》中女主人公凯瑟琳悲剧人生四部曲”在分析凯瑟琳悲剧形象方面是比较深入透彻的，因为文章不但从凯瑟琳人生四个阶段和灵魂迷失痛苦的心路历程来阐释女主角的悲剧形象，而且还给当代的女性如何选择婚姻给出建议。费玉双认为，“童年阶段的凯瑟琳是处于压抑之中的，在‘教师’一文中，夏洛蒂·勃朗特曾提出过这样的问题‘什么是女性?’随后她自己无奈地定义为‘无能为力的’(powerless)。她感叹通过获取一定的社会地位，男人可以摒弃身上的柔弱气质，而女人则

① 陈了.论《呼啸山庄》凯瑟琳的悲剧选择[J].咸宁学院学报，2007(4)：78-80.

陷入了双重羁绊。她们自身的女性气息和无助是无法消除的。女人的潜质要想得以实现，只能在婚姻的框架中，在这种无条件的服从和依赖的状态中得以实现。这在当时的社会里是一条通用法则，尤其在一个男人可以主宰整个家庭命运，家庭条件比较优越的情况下。小说中，凯瑟琳就是生活在这样的家庭和社会框架下，所以在她的童年时代，她的热情和自我意识是受到压抑的"①，这也是她悲剧开始的预兆。凯瑟琳的青年阶段是她的自我否定阶段，在林顿和希思克力夫之间的爱情选择就是她的女性的自我否定和自我需要之间的选择。她内心很清楚，她和林顿如同水与火，永远不会相容。她喜欢和自然为伴，讨厌天堂，然而最后她还是倒向了林顿的怀抱，抛弃了希思克力夫和自己的天性，因为林顿可以给她带来丰富的物质享受。我们看到，她的这一选择其实否定了自己的内心需要。任何选择都是要付出代价的，这一选择进一步把她推上了自我毁灭的道路。最后一个阶段是她的觉醒和毁灭阶段，也称为成年阶段。"……当种种情况引起双方都感到一方的利益并不是另一方思想里主要考虑的内容时，这种幸福就结束了"②。这是对她的婚姻的最好写照。她在婚后不久开始逐渐意识到，林顿的爱只能使她窒息，物质的富足并不能填补她情感上的空虚。她的内心非常渴望爱和理解，她的觉醒之时就是她的悲剧达到高潮之日，因为这时已是物是人非，那个曾经充满柔情、刚强的希思克力夫已经一去不复返了，取而代之的是报复心日益严重、

① 费玉双.解析《呼啸山庄》中女主人公凯瑟琳悲剧人生四部曲[J].辽宁行政学院学报，2008(12)：89-90.

② 艾米莉·勃朗特.呼啸山庄[M].王惠君，王惠玲，译.伊犁：伊犁人民出版社，2001：118.

人格高度扭曲的暴君形象。受挫的自尊心和爱情使他在折磨所有人的过程中得到快感。想在希思克力夫身上找回自我的希望破灭了，于是凯瑟琳心中唯一的对生活的信念也就彻底消失了。希思克力夫的回归导致了凯瑟琳的不归，使她过早地走上了精神崩溃和通向死亡的道路。李灏认为“《呼啸山庄》中许多情节事实表明：凯瑟琳原本的精神世界是单纯的，与其生活的自然环境相互交融，非常和谐，与周围人的关系，是相对独立的存在。她所处的现实环境在希思克力夫出现之后发生了改变，打破了她相对完整独立的精神世界。嫁给埃德加·林顿（以下简称埃德加），表面上是婚姻的结合，实质上是精神世界的孤独。三年后和希思克力夫的再度重聚，两个相对独立的生命个体试图融合为一，但已有外在和内在的壁垒，只有在绝望中任由生命之火熄灭，寄托于来世灵魂的结合”。① 换句话说，给凯瑟琳原本单纯的世界带来了复杂的困惑，造成她必须面对但无法解决的诸多矛盾，使她无法按照自己的期望实现理想的目标，都是因为凯瑟琳生活在与现实相疏离的自我世界里。从本质上看，她没有真正的知己，她是孤独的，悲剧是不可避免的。

三、人格独立、双性同体的凯瑟琳——一个女性主义者

2007 年以后，尤其是 2010 年之后关于凯瑟琳形象的研究已经逐渐从悲观性和复杂多变性向女性主义转变。朱虹是最早将

① 李灏.解析《呼啸山庄》中的凯瑟琳·恩萧悲剧分析[J].殷都学刊，2011(3)：84-88.

女性主义文学批评介绍到中国的人。1981年发表的《美国女作家作品选》中，她从女性主义的视角介绍了美国带有女性主义色彩的“妇女文学”。女性主义理论经过几十年的发展，在中国逐渐成熟并受到很多研究者的青睐。非常具有代表性的是立足文本结合女性主义理论来解读凯瑟琳的女性主义形象。笔者在中国知网以“凯瑟琳形象分析”为关键词检索，检索结果中关于“凯瑟琳形象分析”的期刊论文仅有四十篇，其中近二十篇就是从女性主义视角来解读凯瑟琳形象的。刘长是最早站在女性主义的立场来解读凯瑟琳形象的学者，虽然文中没有提到女性主义理论，但是在描述女主人公时从字里行间透露出来的信息与女性主义理论完全符合，所以可以说刘长是研究凯瑟琳女性主义形象的先驱。1996年之后的从女性主义理论视角来分析凯瑟琳形象的研究者都直接或间接借鉴了刘长的文章。刘长文章的开头就提到“维多利亚时代的英国是真正在文学作品中拉开了妇女解放的序幕，一个个与‘家庭天使’们格格不入的新的女性形象，她们性格独立，为争取个性解放开始出现在当时杰出的女作家们的作品中。艾米莉·勃朗特笔下的凯瑟琳·恩萧就是其中引人注目的一位”①。之后作者紧扣作品，从女主人公的恋爱过程和成长历程中描述她的新女性形象。比如她从小就难以驯服，性格倔强。她无视权威，还不到六岁就已经能骑上马厩里任何一匹马，敢说敢做，敢爱敢恨，全然不顾自己在当时作为一个女孩的地位和身份。她敢于把《圣经》撕破并扔进狗窝，敢于怒斥百般欺凌希思克力夫的哥哥，敢于在众目

---

① 刘长.凯瑟琳:桀骜不驯的荒原之女[J].惠州大学学报,1996(1):61-65.

睽睽之下冲破阶级的束缚，把爱献给一个既没有财产也没有地位的弃儿希思克力夫，敢于抛掉大家闺秀的矜持去拥抱一个脏兮兮的下等人。在维多利亚时代，金钱至上，讲究门第、贞女式的小姐太太们大行其道，凯瑟琳这一举动无疑是进步的，是非常难能可贵的，她的行为本身就是对金钱买卖婚姻、对“家庭天使”等传统观念的大胆否定与嘲弄。王轶美在“从《呼啸山庄》看女性的自我追求”一文中首次明确引用女性主义理论来分析凯瑟琳的女性主义形象。文章通过对小说中两代女主人公凯瑟琳和小凯蒂在爱情婚姻道路上的挫折经历的透视，命运沉浮，展现了艾米莉对女性在爱情婚姻问题上的独特见解，探讨了作家艾米莉的女性自我意识：个性自由、人格独立、男女平等是女性得到真正爱情和美满婚姻的关键所在，也是在爱情婚姻问题上女性进行不屈不挠的自我追求的最终目标，而文中的凯瑟琳就是作者艾米莉的化身。① 王轶美的文章正式拉开了利用女性主义理论来分析凯瑟琳的女性主义形象的序幕。郝瑞娟、王敏琴在“双性同体的失而复得——《呼啸山庄》中凯瑟琳形象新析”一文中运用双性同体和拉康的后精神分析理论重新解读凯瑟琳的女性主义形象，从中我们会看到她对自由幸福的执著追求和对父权社会的强烈反抗。②“双性同体”（androgyny）是女性主义批评或女权中的一个重要概念，最早是由英国早期女权主义作家弗吉尼亚·沃尔夫提出来的。她借“双性同体”在《一间自己的屋子》中探讨了创作问题。她认为“在

① 王轶美.从《呼啸山庄》看女性的自我追求[J].哈尔滨学院学报，2003(3)：97-102.

② 郝瑞娟，王敏琴.双性同体的失而复得——《呼啸山庄》中凯瑟琳形象新析[J].商丘师范学院学报，2007(4)：43-45.

我们之中每个人都有两个力量支配一切，一个男性的力量，一个女性的力量。……最正常，最适意的境况就是在这两种力量一起和谐地生活、精诚合作的时候”。[①] 作者认为双性同体这一概念在凯瑟琳童年时代的性格中淋漓尽致地体现出来。一方面，她具有极富同情心、温顺又极易动感情等这些明显的女性特征；另一方面，她又具有勇敢坚强、积极主动并且极想占上风等这些显著的男子汉气概。但是在与林顿结婚后，整个家庭便开始根据父权标准把她变成一个温文尔雅的淑女，凯瑟琳的男性性格特征逐渐丧失，这必将导致她双性同体的特征在其婚姻生活中逐渐消失。而结婚后唯唯诺诺、讨好丈夫的生活时间一长，凯瑟琳觉得这样的生活就是一个牢狱，于是她想重新做回原来的自己，重新达到集男性气质和女性气质于一身的双性同体的理想境界。但是在父权社会里，经济上不独立的女性是根本没有出路的，她的唯一出路就是以死亡来对抗父权社会。与此研究相类似的研究还有张永怀的“‘双性共体’的新女性——《呼啸山庄》凯瑟琳·恩萧新解”，文章认为她是一个“双性共体”的女性，对消除男权制社会的性别二元对立论有重要的作用。这一形象透漏出西方男权制对女性的改造，对女权主义者为追求独立自主、两性平等的生活而不懈奋斗的激励。这个观点几乎与郝瑞娟、王敏琴的观点如出一辙，就连最后结尾所引用的美国著名的女权主义者吉尔伯特等人的观点，“在很多的经典作品中，女人总是被简化为两种极端类型的形

① 弗吉尼亚·沃尔夫. 一间自己的屋子[M]. 王还，译. 上海：三联书店，1989：120.

象，不是‘顶楼上的疯女人’，就是‘家中的天使’”[①] 和最后得出的结论“深入分析凯瑟琳‘双性共体’的形象，必将不断地激励代代女性起来反抗男权社会对女性的歧视和压迫，并去主动寻求一种男权社会下的自由、平等和独立的生活”[②] 都非常相似。

近十年对凯瑟琳和简·爱女性主义形象的研究多以女性主义理论为支撑，通过对比分析《呼啸山庄》与《简·爱》两部作品中的女主角，解读女性在社会中对自由、权力、地位的迫切渴望。比较有代表性的是朱郑毓的“简·爱和凯瑟琳：两姐妹作家笔下的两姐妹形象”[③]，李嫦英、边玉柱的“《呼啸山庄》与《简·爱》女主人公的性格特点之比较”[④] 和田甜的“《呼啸山庄》与《简·爱》中女性意识的比较解读”[⑤]。这三篇文章虽然侧重点略有不同，结构也有差异，但是在塑造凯瑟琳的女性主义形象方面还是比较相似的。在父权制度建立以后，这个世界就开始被男性主宰，而女性就变成了男性的附属品，不管是在西方还是东方，都一直在延续着男尊女卑的思想。在社会的进步与发展之下，女性思想的觉醒，女权运动的出现和对女性权利的抗争是历史发展的必然进程。三位作者通

① Blessler, Charles E.. Literary Criticism: An Introduction to Theory and Practice [M]. UpperSaddle River: Prentice Hal Inc., 1999:129.

② 张永怀.“双性共体”的新女性——《呼啸山庄》凯瑟琳·恩萧新解[J].中华女子学院学报，2010(3):43-45.

③ 朱郑毓.简·爱和凯瑟琳:两姐妹作家笔下的两姐妹形象[J].文教资料，2012(33):113-117.

④ 李嫦英，边玉柱.《呼啸山庄》与《简·爱》女主人公的性格特点之比较[J].作家，2009(7):42-43.

⑤ 田甜.《呼啸山庄》与《简·爱》中女性意识的比较解读[J].长春理工大学学报(社会科学版)，2014(5):130-131.

过对比分析简·爱和凯瑟琳对男权主义的抗争、追求建立在爱情基础上平等的婚姻和反叛的平衡三个方面，塑造出两个追求自主、不甘屈服于世俗压力的女性形象。这样的女性思想观念在男权社会中绝对是对男权主义的重大冲击，因为这样的女性形象是女性意识的早期体现，把女性意识的觉醒、抗争展现得深入人心；《呼啸山庄》《简·爱》都以女主人公追求自我为主线，勇敢挑战父权制度，实现了女性意识的独立自主。

自 20 世纪 80 年代以来，国内关于艾米莉·勃朗特的成果已经颇为丰富。研究者多采用社会学、解构主义、结构主义、神话原型批评、女权主义、后殖民主义等批评理论，从作家、作品及读者的角度出发，提出了诸多有价值的、新颖的见解，但是对男女主人公的形象研究却是寥寥无几，这方面的研究在进入 21 世纪之后才受到研究者们的关注。其中大部分的论文是探讨希思克力夫形象，从 2000 年开始凯瑟琳形象研究才逐渐成为研究者们的焦点。纵观新世纪中国学者对凯瑟琳形象的研究过程，总的来看，凯瑟琳形象的研究呈现较为繁荣复杂的局面。从论文的数量上看，无论是在创作思想内容还是艺术形式特点的研究方面都有较大程度的增长；从研究方法上看，随着研究视野的进一步拓宽，凯瑟琳形象研究从原来的紧扣文本发展到后来更多的文本与当代西方文学批评理论与方法相结合，弗洛伊德精神分析学说、女性主义等理论的运用促进了国内研究者多视角、多层面地对女主人公的形象进行了富有成效的解读与阐释。同时也期待我国研究者在研究方法和理论上有进一步的创新与发现。

第四章　安妮·勃朗特在中国的接受

安妮·勃朗特（Anne Brontë，1820—1849），是19世纪英国小说家、诗人，勃朗特三姊妹之一。1847年，安妮的第一部带有自传色彩的长篇小说《艾格尼斯·格雷》[①]（*Agnes Grey*，1847）和艾米莉的《呼啸山庄》（*Wuthering Heights*，1847）同时出版，然而这部自传小说却很快被其姐姐夏洛蒂·勃朗特的自传体小说《简·爱》（*Jane Eyre*，1847）抢了风头。与夏洛蒂·勃朗特的小说《简·爱》受到英国评论家们的高度赞扬不同，艾米莉·勃朗特的《呼啸山庄》则被指责为阴森可怕、不道德的异教作品，安妮·勃朗特的《艾格尼斯·格雷》只受到一般性的礼貌评价，其中也包括指责其过分夸张的声音。1848年，安妮·勃朗特出版了《怀尔德菲尔府的房客》（*The Tenant of Wildfell Hall*）（又译《女房客》或《怀尔德菲尔山庄的房客》），这部小说虽使她置身于来自社会各界的误解和苛责之中，却比较畅销。安妮曾说过："本书获得的成功，超过了我的意料。"[②] 因为小说中描写的酗酒与放荡的情节为维多利亚时代的道德规范所不容。《旁观者》杂志（1848）发表的"评《怀尔德菲尔府的房客》"一文认为，该小说"有气势，有

---

① 本章中 Agnes Grey 的译名统一为《艾格尼斯·格雷》，但引文中出现的作品名保留原作者使用的译名。

② 杨静远，编. 勃朗特姐妹研究[M]. 北京：中国社会科学出版社，1983：9.

效果”，但“作者似乎对粗野的——不说兽性的——东西抱着病态的爱好，主题……由于有粗野的、生理的或放荡的素质，而变得更不可喜或更令人厌恶”。[①] 在《怀尔德菲尔府的房客》再版之际，“文雅的安妮”（the gentle Anne）[②] 为自己的著作辩护道：

> “我写这本书的目的，并不只是为了逗乐读者，也不是要满足我自己的爱好，更不是为了要取悦出版界和公众；我希望说实话，因为事实的真相总是能向能够接受的人们传达它本身在道德方面的教训的……正如小说《艾格尼斯·格雷》中被指责为过分夸张的部分恰恰就是我用心临摹生活，力避言过其实的那些部分，同样，……在本书中……我坚决认为最好要按他们的真实面貌，而不是按他们希望让读者看到的面貌加以描述。”[③]

也因此，在西方评论界，安妮·勃朗特成了比两位姐姐更真实的现实主义小说家，一个善于描写道德说教的散文家。19世纪末，西方评论界关于艾米莉·勃朗特的恶评之风终于停息，并迎来了“艾米莉·勃朗特研究热潮”；但是，安妮·勃朗特的魅力依然未被发现，而她的《艾格尼斯·格雷》和《怀尔德菲尔府的房客》的价值也处于未被发掘的状态。

进入20世纪以后，有关勃朗特姐妹传记作品一直源源不断

---

① 杨静远，编. 勃朗特姐妹研究[M]. 北京：中国社会科学出版社，1983：130.

② Guy Schofield. The Gentle Anne[J]. Brontë Society Transaction, 1971(1)：1.

③ 安妮·勃朗特. 怀尔德菲尔府的房客[M]. 莲可，西海，译. 上海：上海译文出版社，2013：再版序第1-2页.

地在西方文学界出版，但是有关安妮的单行本传记直到 1959 年才出现。英国当代传记作家、勃朗特学专家温妮弗莱德·盖林（Winifred Gërin）在其著作《安妮·勃朗特》（*Anne Brontë*，1959）中评价道：

> 一个作家所写的两本书之不同，也只能到这种地步；但毫无问题的是，它们出自同一个人笔下，两个故事都渗透着绝不妥协的诚实。①

评论界也开始重新思考对安妮及其作品的评价。《简明剑桥英国文学史》（1987）认为安妮一直被笼罩在两个姐姐的光环之下，得不到应有的评价。

> 安妮的才能没有得到应有的评价，因为她没有两位姐姐那样情绪热烈；但是《阿格尼丝·格雷》是一个动人的故事，《怀尔德菲尔府的房客》明显地说明她的天才未能充分发挥出来，同时显示出她的观察力是敏锐的。②

这些都说明英国评论界开始意识到安妮的作品有其独到的文学价值，但安妮在三姐妹中的"配角"地位也在一次次的引介中被确立。

在中国，最早进入读者视域的勃朗特姐妹当夏洛蒂莫属，1924 年《英国小说发展史》一书中设专章介绍了夏洛蒂·勃朗特的作品，从而促进了中国读者对她的作品《简·爱》的关注和认识；这一时期的文学史著作"在介绍夏洛蒂和艾米莉的时

---

① Winifred Gërin. Anne Brontë[M]. London: Thomas Nelson and Sons LTD., 1959:232.

② 乔治·桑普森. 简明剑桥英国文学史[M]. 刘玉麟，译. 上海：上海外语教育出版社，1987：231.

候”虽然会“顺带介绍一下安妮”，却“都是一些印象式的介绍”。① 1979 年，电影版《简・爱》在国内的热映，激起了中国普通读者大众阅读小说《简・爱》的热潮和中国评论家读者评论《简・爱》的热潮；与此同时，作为夏洛蒂的妹妹进入中国读者视域的艾米莉・勃朗特以及她的成名作《呼啸山庄》，也在中国评论界成为文学评论焦点；可惜的是，夏洛蒂的另一个妹妹安妮・勃朗特则几乎被中国读者忽略了。将时间限定在 1980 至 1989 年，以“勃朗特”为主题检索词在中国知网上可以检索到与勃朗特姐妹相关的文献 71 条，其中并没有专门介绍安妮・勃朗特的文章。1983 年李小江在《河南师大学报（社会科学版）》上发表“勃朗特姊妹的创作背景”一文，该文仅两处提到了安妮・勃朗特。其一是在勃朗特姐妹生平年代及作品创作时间图表中，提到了安妮・勃朗特和她的两部小说，译名“昂格尼丝・格雷”和“野丘山庄的住户”；② 其二是在家庭背景介绍部分，提到“温和，柔顺的小妹妹安”③ 因肺结核去世的时间。同年，杨静远在《读书》杂志上发表“一百多年来的勃朗特姐妹研究”一文，称“安妮作为三星有机体的一员，也被带进了不朽者的行列”；④ 并提到了安妮・勃朗特的两部小说，译名“艾格妮斯・格雷”和“怀尔德菲尔府的房客”。

1986 年，杨静远先后在《名作欣赏》杂志发表了“勃朗特姐妹的生平与创作”上、下两篇文章，分别就“勃朗特姐妹创

① 冯茜. 英国的石楠花在中国——勃朗特姐妹作品在中国的流布及影响[M]. 北京：中国社会科学出版社，2008：5.

② 李小江. 勃朗特姊妹的创作背景[J]. 河南师大学报(社会科学版)，1983(2)：111.

③ 同上：114.

④ 杨静远. 一百多年来的勃朗特姐妹研究[J]. 读书，1983(6)：76.

作的时代社会背景”“文学环境”“勃朗特姐妹的生活和创作”“文学史上的勃朗特姐妹”“普通读者心目中的勃朗特姐妹”以及“勃朗特姐妹在中国”六个部分进行了详细的论证。文中提到安妮·勃朗特的“第二部小说《怀尔德菲尔府的房客》”，并认为该小说是“看到哥哥酗酒放荡造成的危害”而“写来劝诫世人”的作品，而安妮在现实生活中钟情的对象“魏特曼副牧师”则是《艾格妮斯·格雷》中让女主人公朝思暮想的原型。① 然而，“国内评论界对安妮·勃朗特的文学成就和地位评价不高，认为她逊色于两个姐姐，如王佐良认为小妹安妮不是特别出色；梁实秋也认为安妮是三姊妹中最弱的一个”；虽然“侯维瑞、李维屏认为安妮既是对两个姐姐有趣的补充，同时又独具自己的特色”，但是并没有改变安妮·勃朗特被中国评论家读者忽视的现状。②

1987 年 11 月，中国社会科学院外国文学研究所等四家单位在上海联合召开了首届勃朗特姐妹作品讨论会，主要就夏洛蒂·勃朗特的《简·爱》和艾米莉·勃朗特的《呼啸山庄》以及夏洛蒂的《教师》《谢利》《维莱特》、艾米莉的诗歌创作和关于三姐妹的传记作品进行了热烈的讨论；会上并没有提及安妮·勃朗特及其小说。而大会的影响力，则直接导致了安妮·勃朗特在外国文学史和文学批评中的淡出；直到 2011 年，中国学者李维屏在其《英国女性小说史》中才列专章对安妮·勃朗特及其作品进行介绍。长期以来，安妮·勃朗特作为勃朗特姐妹中的小妹妹存在于各种评论介绍之中，她的成名作《艾格

---

① 杨静远.勃朗特姐妹的生平与创作[J].名作欣赏，1986(2)：94-95.

② 冯茜.英国的石楠花在中国——勃朗特姐妹作品在中国的流布及影响[M].北京：中国社会科学出版社，2008：5.

尼斯·格雷》通常也是以“勃朗特姐妹合集”的形式呈现在中国读者大众的视野之中。该作品的单行本译本1991年由上海译文出版社出版；随后，她的《怀尔德菲尔府的房客》也在1992年被译介到中国。

可以说，虽然安妮·勃朗特小说中译本的序言和后记给予她的作品以中肯的评价，并对小说体现的“女性解放主题给予了充分的认可和评价”①，但是无论是《艾格尼斯·格雷》还是《怀尔德菲尔府的房客》都没有得到中国读者大众的青睐。本章将就1990年以后，安妮·勃朗特的长篇小说及其女主人公形象在中国的译介与研究进行讨论，以期加深中国读者对安妮及其小说作品的认识，挖掘其长篇小说的超时代价值。

第一节　安妮·勃朗特小说在中国的译介与研究

一、勃朗特小妹妹及其自传体小说

从家庭出身来说，安妮·勃朗特是勃朗特家族最小的孩子，也因此常常被冠以“勃朗特小妹妹”的称号。虽然她的小说《艾格尼斯·格雷》的创作和出版与艾米莉的《呼啸山庄》同步，比姐姐夏洛蒂的《简·爱》要早，但在《简·爱》广受好评之时，评论家冷嘲热讽的开始对《呼啸山庄》中“邪恶、残忍和恐怖”的仇恨与复仇进行了“锣鼓喧天”的批判，而只

① 冯茜.英国的石楠花在中国——勃朗特姐妹作品在中国的流布及影响[M].北京：中国社会科学出版社，2008：5.

有个别评论家肯定了安妮的小说，仅称它“是一个值得一读的故事”。大多数的评论家在关注安妮的《艾格尼斯·格雷》时，却总是不忘去寻找“它和《简·爱》相比都有哪些地方不尽如人意”。[①] 1857年，盖斯凯尔夫人出版了《夏洛蒂·勃朗特传》，在这部作品中安妮被描述为“一个虔信宗教”“又没有多少主见的柔弱的小东西”；1883年，“标志着勃朗特评论的新阶段”的《艾米莉·勃朗特》出版，作者玛丽·罗宾森对艾米莉的兴趣一举将未受重视、枉受非议的艾米莉的声誉提升到与夏洛蒂齐名。19世纪末，英国著名诗人史文朋赞誉夏洛蒂为“天才”作家、艾米莉为“悲剧天才”；姐姐们巨大的成功阴影，让安妮始终处于“配角”地位，无法摆脱“勃朗特小妹妹”的称呼。而在国内，“勃朗特小妹妹”的这一称号也成了安妮·勃朗特最早进入中国读者视野的契机。1983年杨静远的《勃朗特姐妹研究》和1985年王国庆的《英国文坛勃朗特三姐妹》的出版，不仅大力赞扬了夏洛蒂和艾米莉及其小说，也使得安妮·勃朗特的名字开始进入中国读者的视域。随着夏洛蒂和艾米莉及其小说《简·爱》和《呼啸山庄》在国内文学地位的确立，“安妮作为三星有机体的一员，也被带进了不朽者的行列”[②]；安妮的小说《艾格尼斯·格雷》和《怀尔德菲尔府的房客》也开始受到中国译者的关注，但安妮的小说在中国的接受却远不如两个姐姐的。

1991年裘因翻译了安妮·勃朗特的第一部小说，译名《艾

---

① 安杰利娜·格里奥，撰写. 任亚凌，译.《阿格尼丝·格雷》英文版导读. //阿格尼丝·格雷[M]. 安妮·勃朗特，著. 薛鸿时，译. 重庆：重庆出版社，2008：5.

② 杨静远. 一百多年来的勃朗特姐妹研究[J]. 读书，1983(6)：76.

格妮丝·格雷》，由上海译文出版社出版，该作品分别在2000年、2013年得以再版。在该译本的译后序中安妮被描述为“身体孱弱，性格敏感而内向”，“为了给家庭减轻负担”，宁可委曲求全长期担任家庭教师的勃朗特小妹妹，一个“有才华的作家”。《艾格妮丝·格雷》则被定位为倾注了安妮对生活无限憧憬的自传体小说，不仅反映了“19世纪上半叶一名家庭女教师的个人遭遇”，“揭露了当时英国社会中的贵族和资产阶级性格的愚昧、冷酷、自私、虚伪等特点”，也赞美了像艾格妮丝·格雷和韦斯顿一样“精神上占有优势”、“拥有着人间的美好感情，享受着自然界美好事物”的普通人所具有的道德修养和爱。①同年，裘因在《外国文学研究》上发表文章“论安妮·勃朗特的创作”一文。该论文不仅肯定了安妮·勃朗特的“英国现实主义作品”的创作特点，肯定了小说在“描写妇女在生活、婚姻、求职等多方面的酸甜苦辣”方面的价值，还将《艾格妮丝·格雷》定义为“揭露当时英国上层社会的阶级偏见、追名逐利、道德沦丧、丑陋恶习等多种弊端，同时歌颂了人们真善美的感情”的“带有自传色彩的社会伦理小说”。② 裘因在译者序言中不仅对安妮·勃朗特小说的创作动机、人物形象的分类做了详细的阐述，还着重分析了安妮小说中体现的三种类型的婚姻观。可以说，裘因对小说及其女主角艾格妮丝·格雷的评价一直是引领后期研究的主旋律。裘因关于小说中爱情主题的阐释在2000年周庆贺发表的“沉重的飞翔——对《艾格妮丝·格雷》的不同阐释及其他”中得到了进一步发掘；2012年叩梦

① 裘因，著.《艾格妮丝·格雷》译后记.//艾格妮丝·格雷[M].安妮·勃朗特，著.裘因，译.上海：上海译文出版社，2000：162-163.

② 裘因.论安妮·勃朗特的创作[J].外国文学研究，1991(3)：14-15.

丽发表在《传奇·传记文学选刊（理论研究）》的文章“浅议安妮·勃朗特的婚姻观”对裘因关于婚姻观的阐释做了进一步探索；非常遗憾的是，裘因在20世纪90年代提出的安妮小说中有关“社会底层妇女”形象的论述却始终无人承继。

1993年，由薛鸿时翻译、译林出版社出版的《阿格尼丝·格雷》再度将安妮·勃朗特的自传体小说推向了中国读者大众，该作品分别在1994年、1995年、1998年、2008年得以四次再版多次印刷，流传甚广。在译者序中，安妮的“勃朗特小妹妹”身份再度被强化，而她的自传体小说《阿格尼丝·格雷》也被升级为“一部很有深度的优秀的现实主义小说”，“完全按照生活的原貌再现生活，没有过分的夸张，绝不把生活浪漫化或情节化”；与此同时，小说的女主人公阿格尼丝·格雷则被描述为“一位知识女性”，她的“独立和自尊”、“博爱和宽容”得到了高度的赞扬。①

那么，为什么这部体现了一名普通女教师真实、感人的生活经历的小说能够在20世纪90年代成为普通读者大众的选择，却没有在20世纪90年代引起中国评论家读者的评论热潮呢？

首先，从故事内容来说，小说虽然如实地反映了一个家庭教师的生活和工作，以及一群精神匮乏的贵族和资产阶级的愚昧、冷酷、自私和虚伪的生活；但是，对于中国读者来说，小说所描述的社会环境和人物关系都是中国读者所无法想象和描绘的世界。

小说的女主人公艾格尼斯·格雷是一个受人宠爱的娇弱少

① 薛鸿时，著.《阿格尼丝·格雷》中译本再版前言.//阿格尼丝·格雷[M].安妮·勃朗特，著.薛鸿时，译.上海：译林出版社，1995.

女，为了解决窘迫的家庭经济问题主动外出担任家庭女教师。她遇到的绅士们表面上很有风度、谈吐优雅，实际上精神匮乏，以讽刺侮辱他人为乐；女主人并不关心孩子想什么，只是一味骄纵；孩子完全被惯坏，不知道尊重别人，整天打闹或虐待动物。而作为家庭教师的艾格尼斯·格雷在这样的家庭中的地位仅相当于仆人，因此她很难让孩子学到她所拥有的品质。

显然，无论是从教师的身份来说，还是从家长和孩子对教师的态度来说，这些都不符合中国传统中“尊师重道”的习惯。而艾格尼斯·格雷以其极大的自制力控制着自己的情绪，坚持以善良影响孩子，教导孩子善待动物，抵抗来自父亲和叔叔的坏影响，并赢得了学生的尊重和友谊，这些情节设计也不符合中国读者长期以来形成的“文以载道”的阅读和欣赏习惯。

虽然，该作品很好地反映了19世纪英国的社会现实，并让艾格尼斯·格雷和她的学生成为了朋友，并和同样善良的牧师韦斯顿结了婚；但是小说却因为缺少夏洛蒂笔下的浪漫主义情节和艾米莉笔下的神秘主义情节而无法成为打动中国普通读者、中国评论家读者的作品。

其次，从小说主题和情节设计来说，小说所阐释的基督教情怀是中国读者所不熟悉的内容，而情节设计又因过于简单而无法满足中国读者的期待。

1975年，特里·伊格尔顿（Terry Eagleton）在他发表的“权利的神话：对勃朗特姐妹的马克思主义研究”中曾经批评“安妮作品过于简单”。虽然伊丽莎白·贝莉（Elizabeth Bailey）1994年撰文反驳说“《阿格尼丝·格雷》不仅仅是一部简单的道德故事”；但是，1983年斯科特（Scot）撰写的“安妮·勃朗特：全新文学评论”中将安妮·勃朗特定义为接近“基督徒作家”的独立的奇特的作家，这一称谓更多地得到了传播和接受。[①]《阿格尼丝·格雷》的宗教主题和小说中长篇布道式写作，也就成了阻碍其在中国得到长远发展的重要原因，安妮·勃朗特就真的像是“出现在陌生地方的陌生人”而被排除在中国读者所熟悉的社会环境和集体审美无意识之外了。

安妮·勃朗特平铺直叙的描写方式既无法满足中国读者大众期待圆满和浪漫的期待心理，也无法满足他们猎奇的心理期许。相反，夏洛蒂·勃朗特在《简·爱》中所融入的“浪漫的幻想”、所设计的“能够使读者心旌摇曳的悬念和情节”，[②] 无时无刻不在吸引读者的兴趣和目光。

其三，从小说人物形象塑造来说，小说所阐释的拥有基督教的“博爱”和“宽容”情怀的主人公艾格尼斯·格雷，也是中国读者所不熟悉的女性形象。

相对于简·爱，同样身为女主角的艾格尼斯，像一个配角一样，不仅相貌一般，生活中更是没有变幻莫测的意外和浪漫故事发生。简·爱虽长相一般，却在不断地挑战生活，创造了传奇式的人生。虽然艾格尼斯·格雷最终得以与她所爱慕的牧师在一起，但却没有简·爱灰姑娘式一波三折的经历。“这个‘新受害者’所经历的那些无情的‘折磨’和‘磨难’”就显得“黯然失色”了。[③] 而中国读者所熟悉或喜闻乐见的正是像简·爱一样的女主人公，“孤苦伶仃、无财无貌”，却“依靠自

① 张静波. 女性主义视角下的宗教人格与创作——勃朗特姐妹研究[M]. 桂林：广西师范大学出版社，2015：79.

② 冯茜. 英国的石楠花在中国——勃朗特姐妹作品在中国的流布及影响[M]. 北京：中国社会科学出版社，2008：115.

③ 安杰利娜·格里奥，撰写. 任亚凌，译.《阿格尼丝·格雷》英文版导读. //阿格尼丝·格雷[M]. 安妮·勃朗特，著. 薛鸿时，译. 重庆：重庆出版社，2008：5.

己的艰苦奋斗”，最终克服“贫穷、苦难、习俗、荣辱、金钱等阻碍，追求到自己心目中的幸福生活”，获得人生的圆满结局。①

另外，小说中艾格尼斯·格雷所倾慕的牧师——韦斯顿，虽然是一个长相英俊、为人厚道又充满爱心的正面人物，但是他平平无奇的表现，也是无法与《简·爱》中的罗切斯特或是《呼啸山庄》中的希思克力夫相比的。安妮·勃朗特用批判的笔触所描绘的英国上流社会的人物如罗萨利、阿什比、托马斯以及她用同情的笔墨所描绘的劳动大众如农民马克·伍德、寡妇南希·布朗等人物，也都无法像《简·爱》中的疯子伊莎贝拉一样逗引中国读者的关注。因此，可以说，这个以“救赎”为主题的小说中的人物形象设置远远无法满足中国读者对小说人物的审美期待。

其四，从小说叙述手法来说，《艾格尼斯·格雷》的写作是书信体格式，尽管小说采用了第一人称叙述的方式，由于中国读者不习惯阅读书信体写作方式的小说，这就增加了中国读者阅读该小说的距离感，让中国读者更难接受该小说所叙述的故事。中国读者所喜爱的叙述方式应该像《简·爱》一样充满浪漫主义的情节设计，或如《呼啸山庄》一样具有跌宕起伏、悬念丛生的情节、相互煎熬的语言和略带神秘主义色彩的激情，而安妮平和又写实性的笔法则难以召唤出读者强烈的反应。安妮·勃朗特作为坚定的现实主义作家，坚持用书信体写作方式来避免叙述中出现浓重的主观现实主义色彩；然而，她在坚持自己的描写方式时也失去了众多的中国读者。因此，被

---

① 宋兆霖，著.《简·爱》译序. //宋兆霖，主编. 勃朗特两姐妹全集[C]. 石家庄：河北教育出版社，1996：12.

英国小说家、批评家乔治·莫尔称作“英国文学中最完美的散文体小说”的《阿格尼丝·格雷》也就成了无法满足中国读者的阅读习惯、无法被中国读者广泛接受的小说。因此，从主题、情节、人物以及叙事等各方面的阐释都足以解释为什么安妮·勃朗特无法得到中国读者大众的青睐。

可以说，虽然安妮是“19世纪最早自觉走向现实主义的大师之一，且其创作在时间上先于萨克雷、乔治·艾略特等人，在坚定性上也超越了她的两个姐姐”，① 但是在中国她的声誉却是靠着“勃朗特小妹妹”的名气而逐渐被发现的。1996年，宋兆霖在他主编的十卷本《勃朗特两姐妹全集》中未涉及安妮·勃朗特只言片语，究其原因也许是因为“勃朗特小妹妹”安妮在世界文学史上的地位和影响力还不足以把她的作品列选入“世界文豪书系”吧。

二、超时代的女性小说家及其自传体小说

显然，在20世纪90年代的中国，安妮·勃朗特作为勃朗特小妹妹的身份界定掩盖了她作为现实主义小说家的身份。她小说中丰富的主题和人物形象也因为其叙述手法和情节设计欠佳而不能受到中国读者的广泛阅读，从而削弱了它们被中国评论家读者广泛接受的可能性。然而，进入21世纪以后，尤其是随着女性主义文学批评和叙事时代的到来，安

---

① 赵慧珍.简论安妮·勃朗特及其代表作《怀尔德菲尔山庄的房客》[J].社科纵横，1997(2):76.

妮·勃朗特的笔记体书写方式和“知识女性”的命运受到了更多读者的喜爱以及更多评论家们的阐释。小说的主题、人物形象也摆脱了以往评论家给予的限制而被越来越多的中国读者所了解和喜爱。

2000年，康凤英在《辽宁师专学报（社会科学版）》发表论文“妇女独立的宣言——安妮·勃朗特的《阿格尼丝·格雷》”，该文章认为安妮在小说中“以客观现实的眼光注视不依靠家庭庇护的女性真实的生活道路”，并赞扬该小说是比易卜生的《玩偶之家》更早“探索女性可悲的社会地位和生存价值”的“妇女独立的宣言书”；而阿格尼丝·格雷则被誉为一个“心灵没有受到世俗社会的污染”，具有“健康的女性意识和独立人格”、“有理想、有追求”且“自尊、自爱、独立”的“知识女性”。① 2002年，杨金才在《妇女研究论丛》发表“再现单身女子心路历程的英国维多利亚小说”一文，从维多利亚时期的社会现实出发阐释了安妮·勃朗特笔下由于家庭条件不好而向往独立的“单身女子”阿格尼丝·格雷选择家庭教师这一出路的必然性，同时指出了“家庭女教师”的“佣人”“女仆”一样的真实社会地位；从社会现实出发阐释了阿格尼丝·格雷的生存困境和她所经受的精神折磨。② 2012年，周颖在《外国文学评论》上发表论文“想象与现实的痛苦：1800—1850英国女作家笔下的家庭女教师”，也从英国维多利亚时代的社会现实出发，阐释了安妮·勃朗特在现实世界和虚拟世界的痛苦与追求，以社会现实

---

① 康凤英.妇女独立的宣言——安妮·勃朗特的《阿格尼丝·格雷》[J].辽宁师专学报(社会科学版),2000(6):53.

② 杨金才.再现单身女子心路历程的英国维多利亚小说[J].妇女研究论丛,2002(4):49.

为依据提出了作家走向女权的必然。①

2003年，金琼在《怀化学院学报（社会科学版）》发表“安妮·勃朗特的女性写作立场”一文，指出“作者一反传统的以男性作为作品的主人公、男性作为叙述者，女子被压抑、被歪曲、被欣赏规定的惯例，在一定程度上建构了女性创作的主体意识，体现其女性写作的基本立场”②③，并用讲故事的叙述方式阐释了安妮·勃朗特的女性创作意识和女性写作立场，将安妮·勃朗特及其自传体小说《阿格尼斯·格雷》列入了“女性主义”批评的行列。2006年，田祥斌、张世梅在《三峡大学学报（人文社会科学版）》发表“论勃朗特三姐妹的女权观”一文，继续强化了安妮·勃朗特作为女性主义作家的地位。④ 2009年，刘婷婷发表在《科教文汇（上旬刊）》上的“《阿格尼斯·格雷》的女性意识探析”和发表在《北京青年政治学院学报》上的“《阿格尼斯·格雷》的叙事解读”两篇文章，分别从小说的女性叙述视角、女性话语强调了安妮·勃朗特追求事业、追求爱情，力争摆脱对男性的依附和陪衬的女权主义思想。2013年，王新春、张男撰文“《阿格尼斯·格雷》中主人公的女性主义意识”，从主人公阿格尼丝对事业、对婚姻的态度肯定了她的女性主义意识；同年，东北林业大学的张

---

① 周颖. 想象与现实的痛苦：1800—1850英国女作家笔下的家庭女教师[J]. 外国文学评论，2012(1)：101-102.

② 金琼. 安妮·勃朗特的女性写作立场[J]. 怀化学院学报(社会科学版)，2003(3)：41.

③ 张男. 女性主义理论解析《阿格尼斯·格雷》中主人公性格的双重性[D]. 东北林业大学，2013：I.

④ 田祥斌，张世梅. 论勃朗特三姐妹的女权观[J]. 三峡大学学报(人文社会科学版)，2006(01)：74-76.

男完成题为“女性主义理论解析《阿格尼斯·格雷》中主人公性格的双重性”的学位论文，该论文“运用女性主义的理论分析小说主人公阿格尼斯性格”中“具备女性主义特征”的部分和“缺乏女性主义特征”的部分，并从“经济、社会和家庭的影响方面分析阿格尼斯双重性格形成的原因”，对“女性应该如何反对压迫寻求平等，如何实现真正意义上的独立，如何实现自我价值等方面”进行了阐释。①

那么，为什么安妮·勃朗特会被定义为“女权主义者”呢？她在小说《艾格尼斯·格雷》中塑造了怎样的形象，才让学者们念念不忘她的女权主义者身份呢？女性主义者认为“父权制的社会把女性的身份限定为妻子、母亲和消费者”，“大多数妇女都活在‘幸福的家庭主妇’的神话中”，并因为“在经济上、感情上和精神上都依赖她们的丈夫”，所以她们感到“自己缺乏价值”、“空虚”，甚至是“苦闷”。② 因此，无论是安妮还是她笔下的阿格尼丝都是力图战胜父权社会的种种歧视和偏见，用工作使自己获得新生的女权主义斗士。

首先，安妮和她笔下的艾格尼斯都是对事业有追求的人。她们将家庭教师这个在维多利亚时代接近于女仆身份的职业，作为自己获得经济独立权的途径，精心地去经营这个自己喜欢的职业，勇敢地用自己的行动去影响自己所教育的孩子，用“谦卑、博爱、宽容的精神”修正他们“傲慢”的态度，杜绝他们无理取闹，甚至虐待动物的暴力倾向。虽然，她们的工作带

① 张男. 女性主义理论解析《阿格尼斯·格雷》中主人公性格的双重性[D]. 东北林业大学，2013：I.

② 程锡麟，方亚中. 什么是女性主义批评[M]. 上海：上海外语教育出版社，2011：18.

给她们的羞辱和不公平待遇远远多于薪酬，但是，她们依然以一个具有独立健全人格的人的形象坚定地追求这种不依赖别人、自力更生的生活方式。从某种意义上来说，阿格尼丝就是早期的生态女性主义者，她把家庭教师当作职业来看待，不仅希望通过自己的努力来改变那些贵族家庭的孩子、保护动物，更希望通过自己的努力去实现对他人的改造、对世界的看法，从而达到对自然、对女性的平等。然而，怀着未尽其才的惋惜，1848年5月，年仅29岁的安妮默然辞世。临终的遗言令人感慨："愿上帝宽限我一些时日，不仅为了父亲和夏洛蒂的缘故，也因为我想在离开人世前做一点有益之事。我脑海里有许多计划等待付诸实践——尽管卑微而有限，但我不想它们化为乌有。"①

其次，安妮和她笔下的艾格尼斯还是在爱情上追求平等的人。在小说中，安妮讲述了罗萨利的故事。罗萨利选择了"面目可憎、声名狼藉"的阿什比爵士为丈夫，以期达成梦想。然而，她在婚后一年的巨大变化展示了以追求地位和财富为目的的婚姻所具有的摧毁作用。同时，安妮还通过对艾格尼斯的母亲和艾格尼斯自己的婚姻选择来展现她理想中的婚姻模式。虽然现实中的安妮没有得到她的爱慕者的垂青，但是在小说中安妮为艾格尼斯安排了一个圆满的结局，让艾格尼斯与她朝思暮想的牧师步入了婚姻的殿堂。可以说，无论是安妮·勃朗特还是她塑造的艾格尼斯·格雷，都厌弃当时在英国贵族社会和新型资产阶级流行的以金钱和地位为目的的婚姻爱情观，而提倡

① Mrs. Gaskell. The Life of Charlotte Bront[M]. Oxford World Classics, 1996:302.

以平等、互相爱慕为前提的婚姻观。

通过小说安妮·勃朗特似乎在证明：女性不仅应该具有“温柔贤惠、关爱他人、同情弱者、乐于奉献”① 的女性特征，不要过分依赖男性，同时还应该用她们自己的行动去感化和改造那些长期浸润在男权社会的男性。因此，可以说，安妮·勃朗特的这种“文化女性主义”特质，让她在女性主义者的道路上走得比两个姐姐更远，更接近于乔治·艾略特。

三、国内安妮·勃朗特及其自传小说的研究不足与未来

笔者以“勃朗特”为主题词，对中国知网收录、时间在1991年至2017年的论文进行检索，搜集到2 329条相关文献；当笔者继续在结果中对“夏洛蒂”和“安妮”进行进一步筛选时，检索到含有“夏洛蒂”的文献1 062条，而含有“安妮”的文献仅93条，具体见表4-1。

表4-1　1991年至2017年中国知网中有关“勃朗特”“夏洛蒂”和“安妮”的数据

检索词	期刊	博硕论文	教育期刊	报纸	国际会议
“勃朗特”	1 727	301	250	38	13
“夏洛蒂”	764	162	125	8	3
“安妮”	62	16	11	3	1

① 程锡麟，方亚中．什么是女性主义批评[M]．上海：上海外语教育出版社，2011:33.

以上数据表明，1991年至2017年间，国内评论家读者对夏洛蒂·勃朗特的关注度远远超过了对安妮·勃朗特的关注。为了进一步了解国内评论家读者对夏洛蒂·勃朗特进行研究的具体方面，笔者继续使用中国知网（CNKI）的计量化可视分析功能对有关夏洛蒂·勃朗特的1 062篇期刊关键词进行词频统计并得到以下词频图（图4-1）。

从关键词分布图表中不难发现：国内对夏洛蒂·勃朗特的研究以其小说《简·爱》及其主要人物形象“简·爱”为主，多探讨简·爱的女性主义意识、女权主义特征，以及简·爱的性格、爱情、反抗与追求。而国内对于安妮·勃朗特的研究则多是对作家安妮·勃朗特的介绍，对她的自传体小说《阿格尼丝·格雷》的研究也大大低于对《怀尔德菲尔府的房客》的研究（图4-2）。

由以上图表的对比，不难发现：国内评论界对安妮·勃朗特及其小说《阿格尼丝·格雷》的研究，目前仍处于起步阶段；而研究的主要方向也只有两个：

一是勃朗特小妹妹的人生经历对小说《阿格尼丝·格雷》的影响研究。勃朗特小妹妹的人生经历与其自传小说的相互关系的研究始于中国译者裘因在1980年代撰写的译者序言和1991年她发表的“论安妮·勃朗特的创作”。[①] 2000年，刘晓文在《外国文学》发表的“宗教意识·道德情怀·圣经方式——英美女性文学再认识”一文，论述了基督教的宗教道德精神在安妮·勃朗特等英美女性文学缔造者笔下呈现的魅力，不仅缔造了将安妮·勃朗特与基督教联系在一起的论述结构，

① 裘因.论安妮·勃朗特的创作[J].外国文学研究，1991(3)：15-20.

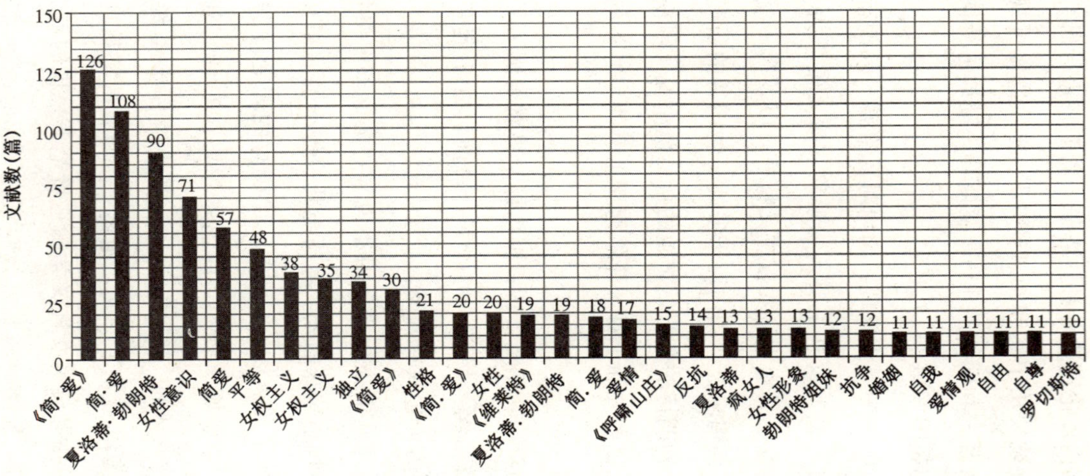

图 4-1　1991 年至 2017 年中国知网“夏洛蒂 · 勃朗特”相关文献关键词分布图

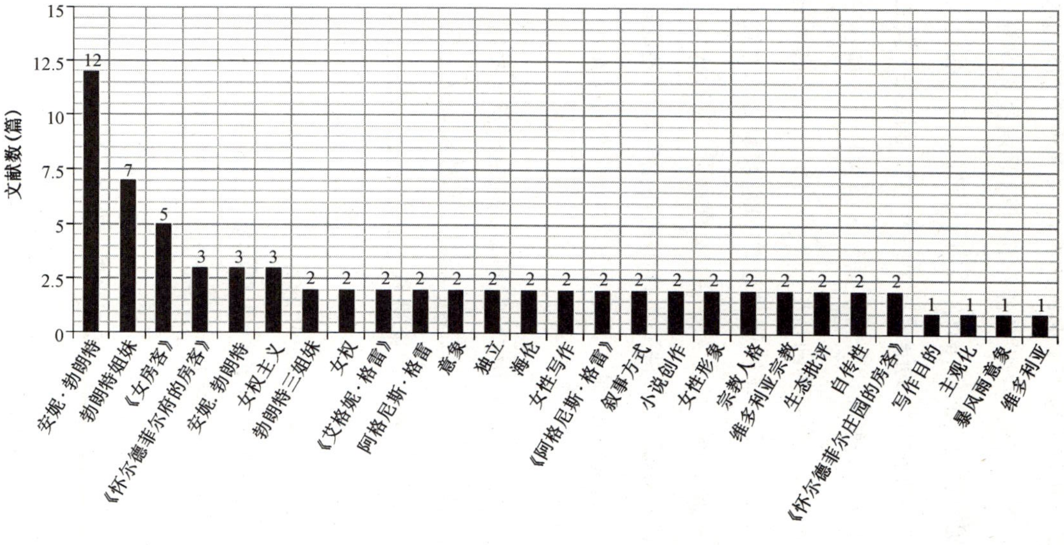

图 4-2　1991 年至 2017 年中国知网“安妮·勃朗特”相关文献关键词分布图

还将裘因所创造的从作家宗教道德情怀出发研究小说《阿格尼丝·格雷》的传统进行了深化。2002年杨金才在《妇女研究论丛》上刊载的“再现单身女子心路历程的英国维多利亚小说”和2011年张勤、赵静、欧光安合作在《湖北函授大学学报》上发表“安妮·勃朗特的创作背景及其自传性研究”两篇文章是对裘因创造的评论传统的继承。2013年，张静波在《湖北社会科学》杂志上发表题为“《阿格尼丝·格雷》——福音主义的女性布道者”的文章，将阿格尼丝·格雷定义为“福音主义的女性布道者”，一个“能够解决道德和宗教事务的女性”。①2015年，张静波出版了专著《女性主义视角下的宗教人格与创作——勃朗特姐妹研究》，进一步详细论述了安妮·勃朗特的宗教观。② 然而，遗憾的是，该主题并没有成为国内安妮·勃朗特研究的热点。

二是从女性主义批评角度出发阐释《阿格尼丝·格雷》的女性主义写作和女性意识。以上已经对《阿格尼丝·格雷》的女性主义写作和女性意识评论进行了相关梳理，在此不再赘述。然而值得注意的是，2011年以后，台湾评论界对《阿格尼丝·格雷》的女性形象进行了新的界定，开始从职业女性视角研究该作品，该评论始于伍晴文翻译的《艾格妮丝·格雷》。2011年，伍晴文译本由台中市好读出版公司出版时，台湾新生代作家贝莉为译本撰写了推荐序——“人人都是女配角”，文中称“身为家庭女教师的艾格妮丝”是一个“有点专业技能”

① 张静波.《阿格尼丝·格雷》——福音主义的女性布道者[J].湖北社会科学，2013(02)：125-128，132.

② 张静波.女性主义视角下的宗教人格与创作——勃朗特姐妹研究[M].桂林：广西师范大学出版社，2015：77.

的“上班女郎”，虽“不是富家千金，但家教良好、仪态得宜”，虽“不活跃”但“很尽本分”，“为了生活、为了在职场生存”，“隐藏自己的情绪”，但能够“把持住自己所坚持的小资女孩”。① 贝莉说这部小说所描述的“19 世纪的女性与 21 世纪的我们，要面对的问题竟如此雷同”，从而将这部 19 世纪的小说拉近到 21 世纪，与初来乍到却怀有美丽梦想的女性联系了起来，将艾格妮丝不太坎坷、平顺幸福的生活誉为“真正的生活”，重新阐释了“女配角”艾格妮丝的生活与幸福观；并将这一部 19 世纪的女性小说与现实社会中女性的工作联系到一起，开启了中国读者对该小说评论的新征程。② 遗憾的是在中国知网上，目前仍未有收录将艾格妮丝·格雷作为职场女性进行研究的相关论文。

值得高兴的是，目前国内文学评论家对安妮·勃朗特及其自传小说《艾格尼斯·格雷》的研究也出现了新视角——生态批评主义，该视角的运用始于 2010 年。聂鑫琳在《绥化学院学报》上发表的“《阿格尼斯·格雷》中的生态批评解读”一文首次将生态批评理论引入到安妮·勃朗特小说的评介中，开拓了安妮·勃朗特小说研究的新视角。遗憾的是，该视角并没有被延续，在接下来的六年间再无人撰写该方向的研究论文。实际上，无论是从精神生态研究出发研究小说中众多的贵族和资产阶级形象在拜金主义狂潮中如何失去了生态平衡，如何在追求物质生活的极端化进程中，逐渐物化了与他人之间的关系而表现出极端的冷漠和无情；还是研究小说中体现的夫妻之

---

① 贝莉. 推荐序:人人都是女配角. //安·白朗特,著. 艾格妮丝·格雷[M]. 伍晴文,译. 台中:好读出版公司,2011:2-3.

② 同上:3-4.

间、兄弟之间、母子之间如何形成了奴役与被奴役的不和谐社会关系；都是值得深入挖掘的课题。而从生态女性主义视角出发，探讨艾格尼斯这位心中充满爱和正义，试图用自己的爱去重建恶化的社会关系的那个爱的化身就更具有重大意义了。

总之，安妮·勃朗特及其自传体小说的魅力还有待更多的探究。随着国内评论家及读者对安妮·勃朗特的关注，安妮·勃朗特及其小说必将突破现实主义和女性主义的评价范式，获得更多的阐释可能，尤其是 2011 年上海译文出版社出版了李维屏教授主编的《英国女性小说史》，该书辟专章对安妮·勃朗特及其小说进行了介绍，一定能够引起更多的读者对安妮·勃朗特其人其作的关注。

第二节 《怀尔德菲尔府的房客》在中国的接受

“一般来说，女性写作更多地表现女性题材，描写女性的少儿时代、恋爱、婚姻、家庭、日常琐事、成年和晚年，抒写女性生命史，由此展开她们与男性、家庭、社会、世界多重的微妙关系”。① 《怀尔德菲尔府的房客》（又译《怀尔德菲尔山庄的房客》、《女房客》）（*The Tenant of Wildfell Hall*，1848），是安妮·勃朗特创作的第二部小说，仍然以日记体的形式讲述了一位神秘女士带着孩子和仆人入住多年无人居住的怀尔德菲尔庄园后发生的故事。这位女士名叫海伦，虽然她力求深居简出，尽量低调，不引起邻居们的关注，但还是被流言蜚语包围

① 张首映. 20 世纪西方文论史[M]. 北京：北京大学出版社，1999：504.

了。为了海伦而热血沸腾的年轻农场主吉尔伯特·马卡姆，虽然不相信传言，但是在自己鲁莽、冲动的驱使下还是将海伦的表哥暴打一顿。最终，海伦为了解除误会，给了吉尔伯特·马卡姆她的日记，将她的过去统统展示给了这个热血青年。

从海伦的日记里，吉尔伯特·马卡姆得知海伦是个有夫之妇，她的丈夫亚瑟·亨廷顿自幼娇生惯养，使用各种手段让海伦盲目地爱上了她。结婚之后亨廷顿仍然酗酒并和众多酒肉朋友过着放荡的生活并虐待试图劝他从善的海伦。亚瑟还教儿子喝酒，海伦偷偷在酒中加入了酒石酸让儿子完全讨厌酒味。亚瑟又试图教儿子谩骂和虐待动物，一直逆来顺受的海伦决定出走，计划当画家来独立生活，却被亚瑟得知，烧毁了画具。不得已，海伦带着孩子出走，来到了怀尔德菲尔庄园。她希望吉尔伯特不要再追求在法律上不能结婚的自己。

不久，海伦丈夫病危，她赶回家试图给临终的丈夫一些安慰，但亚瑟·亨廷顿拒绝了。亚瑟·亨廷顿去世之后，海伦继承了遗产，她可以自由地从事绘画了。面对仍然追求自己的吉尔伯特，海伦担心再婚后会失去独立地位。面对犹豫、彷徨的吉尔伯特·马卡姆，海伦用她的真情打消了他的顾虑，并使他们的爱情开出了现实的花朵。

《怀尔德菲尔府的房客》是一部超前于时代的作品。小说揭示了海伦与马卡姆几经波折和磨难的爱情、婚姻历程。与艾格尼斯·格雷不同的是，海伦身为有夫之妇，对丈夫的放浪形骸、不负责任一再迁就忍让，终至弃家出走，远避他乡。可一听说丈夫病危，她又毫不迟疑地回家照顾重病在身的丈夫，尽到了自己的义务与责任。在这里，安妮似乎传达出一个信息，即：女人爱自己的孩子、家庭，更忠实于自己的灵魂。离开丈夫是为了证明自己是一个有灵魂有尊严的个体；回归家庭则是肩负起自己对家庭不可推卸的责任。与贪图享乐、不讲信义的丈夫亨廷顿相比，海伦显示出在心智上超出男子的境界和气度。安妮借此题材显示出女子面对家庭变故的勇毅。一方面敢于公开地抗争，另一方面制定切实可行的人生计划。海伦决定作画卖钱来维持生计，艰难地谋求自我存在与发展的空间。这样，就不致陷入“娜拉出走后将会怎样”的疑问与窘境。可见，无论是家庭女教师题材还是爱情婚姻题材，都显示出作者站在女性立场展示女子在男权社会中求生存谋发展、确立自我的艰难处境。① 正如梅·辛克莱（May Sinclair）所说，“这在维多利亚女王时代的英国”是一件响彻时代的突破；就连其姐姐夏洛蒂·勃朗特都无法理解，并认为小说“题材的选择整个是个错误，简直想象不出于作者性格更不合拍的题材了”。②虽然，安妮·勃朗特非常真实地将当时社会的缩影浓缩到了书中的几个男性形象身上，但他们酗酒、放荡、虐待家人的恶习还是引起了一大波的批评言论。为此安妮在《怀尔德菲尔府的房客》的第二版前言里增添了口气强硬的言论，不仅强调了阿克顿·贝尔的独立性，还强调了自己希望通过“要按他们的真实面貌来加以描述，而不是按他们希望让读者看到的面貌来加以描述”，从而“对那些能够接受他的人总是传达它自己的道德”的重要性。③

---

① 金琼. 安妮·勃朗特的女性写作立场[J]. 怀化学院学报(社会科学版)，2003(3)：42.

② 威妮弗雷德·杰林，著. 前言. //怀尔德菲尔府的房客[M]. 安妮·勃朗特，著. 莲可，西海，译. 上海：上海译文出版社，2013：1.

③ 安妮·勃朗特. 怀尔德菲尔府的房客[M]. 莲可，西海，译. 上海：上海译文出版社，2013：再版序第1页.

本部分将就国内有关《怀尔德菲尔府的房客》的接受状况进行梳理，历时性地展示中国读者对这部作品在中国的译介与接受史。

一、《怀尔德菲尔府的房客》在20世纪90年代的译介

《怀尔德菲尔府的房客》是安妮·勃朗特在1846年至1848年间创作的以婚姻和救赎为题材的长篇小说。目前，该小说在国内有两种译本，分别是1992年由上海译文出版社出版的莲可、西海译本和1997年由敦煌文艺出版社出版的赵慧珍译本。其中，上海译文出版社的译本在2000年和2013年得以两次再版，在上译本的前言中，威妮弗蕾德·杰林（Winifred Jelling）称该小说为“‘妇女解放运动’的第一篇宣言，以一对完全不相称的恋人间的拜伦式婚姻为题材，描述女主人公海伦·亨廷顿被迫离开了她那万恶的丈夫，要求独立生活的权利并成功地做到自食其力”的故事，“《怀尔德菲尔府的房客》所选择的题材”更是“有意识地向当时的社会习俗和法律提出”的抗议。[①] 安妮再也不是作为三姐妹附带的一员而被提及，有关她的研究在20世纪90年代逐步展开。

当安妮·勃朗特及其《怀尔德菲尔府的房客》在国外学术界逐渐受到关注，其内涵不断得到释放的时候，国内评论家、学者对该小说的评价在20世纪90年代终于出现了。1991年，

---

① 威妮弗雷德·杰林，著. 前言. //怀尔德菲尔府的房客[M]. 安妮·勃朗特，著. 莲可，西海，译. 上海：上海译文出版社，2013：1-15.

裘因在《外国文学研究》上发表文章“论安妮·勃朗特的创作”，将《怀尔德菲尔府的房客》定义为“叙述一位年轻的单身母亲的曲折动人的经历”的“伦理小说”，不仅反映了19世纪英国社会中出现的“阶级偏见、追名逐利、道德沦丧、丑陋习惯”，还呈现了小说中的不同类型的婚姻关系和类型；① 文中，裘因将安妮·勃朗特所描写的婚姻观念分为三大类：第一类以金钱、地位为基础的婚姻，并以安娜贝拉与洛勃罗勋爵的婚姻为例，分析了这种婚姻关系的不稳定性；第二类以爱情为基础的婚姻关系，并以艾格妮斯及其母亲的婚姻分析这类婚姻关系的稳定、持续也是需要经过斗争和牺牲的；第三类以转变为基调的婚姻，并通过海伦和亚瑟·亨廷顿以及米莉森特和哈特斯利的婚姻阐述了爱情和婚姻关系并非一成不变的观点。

1996年，裘因在《名作欣赏》上发表“海伦·亨廷顿——妇女解放运动的先驱”一文，通过对比分析的方法将“勇敢的挑战，大胆的叛逆”当时的社会法律和道德传统的海伦与易卜生笔下的娜拉、托尔斯泰笔下的安娜一并列为为了追求“独立”“自由”、做一个不依附男人的“真正的人”而“走出家庭樊笼、追求女性的独立人格的先进的女性群体”。② 从而，开启了中国评论界从女性主义视角和比较文学研究视角对《怀尔德菲尔府的房客》进行研究的方向。

1997年，徐拯民在《辽宁广播电视大学学报》发表“她们同路不同归——谈海伦·亨廷顿和子君”一文，将安妮笔下的海伦和鲁迅笔下的子君进行了比较研究。论文指出，在“摆脱

---

① 裘因.论安妮·勃朗特的创作[J].外国文学研究，1991(3)：15.

② 裘因.海伦·亨廷顿——妇女解放运动的先驱[J].名作欣赏，1996(03)：56.

封建的婚姻枷锁，争取自主的择偶权”上，无论是海伦还是子君，都可谓女性解放运动的先行者；正如海伦“断然拒绝了能保证她婚后物质生活的男人，自作主张，选择了风流潇洒的亚瑟·亨廷顿”一样，子君义正辞严地宣称“我是我自己”以后依然选择了涓生。① 其不同则在于两人丈夫的不同和在其经历婚姻生活以后的选择不同，通过对比，作者不由得赞叹海伦是比子君更进一步的女性主义者，一个“自尊自爱、自信自强、有能力同男人一样面对严酷的生活，获得经济上的独立”② 的女人。同年，赵慧珍在《社科纵横》上发表“简论安妮·勃朗特及其代表作《怀尔德菲尔山庄的房客》”，文章从勃朗特姐妹的家庭背景与创作入手，详细分析了《怀尔德菲尔山庄的房客》中海伦的反抗意识及其与道德理想的因果关系，认为海伦“首先是道德家，其次才是敢于反抗的新女性”，因此，海伦的反抗、出走和再婚都是不以牺牲道德为代价的“理性”抗争。③ 2006年，赵慧珍在《四川外语学院学报》上刊登“重读《房客》话女权——论海伦的离家出走”一文再一次强化了海伦作为“道德型”“理智型”女权主义者的形象。

综上所述，《怀尔德菲尔府的房客》在我国20世纪90年代的研究才刚刚开始，而研究方法也多集中在作家生平与作品的关系研究、女主角形象与其他女性主义抗争者形象的比较研究，虽偶有涉及该小说的叙事方法，但并没有进行深入的研

① 徐拯民. 她们同路不同归——谈海伦·亨廷顿和子君[J]. 辽宁广播电视大学学报,1997(02):58-59.

② 同上:62.

③ 赵慧珍. 简论安妮·勃朗特及其代表作《怀尔德菲尔山庄的房客》[J]. 社科纵横,1997(2):77-78.

究；2000年以后，这种现象才得到改善。值得注意的是：2003年，湘潭大学的肖智立在其学位论文“勃朗特姐妹小说创作异同研究”中，“采用比较的方法，从文本出发，借鉴女性主义文学批评、马克思主义文论”，对勃朗特三姐妹“创作出现差异的原因主要有以下三个方面：个性及心理方面的差异、生活经历的差异以及所受的不同文学精神的影响”的差异进行了深入的探讨。① 肖智立在文中指出，《怀尔德菲尔府的房客》是安妮·勃朗特“直面人生”、勇敢的表达“自己内心的想法”的真实写照；她不仅跳出等待爱情的圈子，开始描写“许多同时代作家避而不谈的”婚姻问题，还在小说中为那些“与所嫁男人性情不和”的女性找到了解决问题的办法，给以绘画为职业为海伦设计了一个“理想主义”的谋生之道。②

那么，为什么这部被誉为“妇女解放运动”宣言的小说没有受到20世纪90年代中国评论家读者的关爱呢？

首先，从主题方面来说，20世纪90年代评论家读者对该小说主题的研究多集中在女性主义和“道德救赎”这两个方面，而小说《怀尔德菲尔府的房客》中呈现的爱情、婚姻、人的精神生态等主题并没有得到深入的挖掘。其原因大概可归纳为以下三点：一是20世纪90年代评论家读者对《怀尔德菲尔府的房客》的理解多建立在译本前言中西方评论家读者们已经定论的主题上，即道德救赎，而这一主题是非基督教国家的中国读者所不熟识的主题；二是20世纪90年代评论家读者对《怀尔德菲尔府的房客》的女性主义挖掘多建立在国内多勃朗

---

① 肖智立. 勃朗特姐妹小说创作异同研究[D]. 湘潭大学，2013:1.
② 同上:5-17.

特姐妹研究的大范畴之内，没有延伸；三是《怀尔德菲尔府的房客》中描写的爱情和婚姻模式不符合中国读者的审美需求。

虽然早在 1966 年克莱格·贝尔先生就断定“除了《安娜·卡列尼娜》外，没有别的小说像《怀尔德菲尔山庄的房客》一样将一桩婚姻从热恋到毁灭展现得如此真切，所写人性深处的善恶之争扣人心弦”；① 但是，中国读者似乎更乐于接受如《简·爱》一般灰姑娘式的爱情主题和公主与王子式的婚姻模式。因此，与《怀尔德菲尔府的房客》严肃的道德说教相比，《简·爱》的主题则更容易被中国读者所接受，从而使作品从一个反映爱情、婚姻的现实主义小说，拓展成了一部成长小说、励志小说、灰姑娘式的爱情小说。

其次，从情节设计方面来说，《怀尔德菲尔府的房客》存在“结构方面的缺点”，当海伦的日记进入到叙事的中间时，读者们期待的那幅“迷人的”“由女主人公自己完成的叙述”就荡然无存了，女主人公经历的“痛心”“幻灭”“怒火”和“反责”等都失去了应有的魅力。② 过多的心理描写使得海伦的形象越发地宗教化，只能从海伦的反思中看到她的部分表现，而前十五章则不一样，在马卡姆的叙述中，她是如此理性、如此聪慧的一个女子。因此，就连赞扬安妮的乔治·穆尔也不得不说由于“经验不足”才会使她将“那毁掉海伦生活的戏剧性故事”以日记的形式进入了读者的视野，而这故事“就像被拉开了一段距离”，无法让读者体验“女主人公的外貌、

---

① 可嘉，主编．编辑前言．//安妮·勃朗特，著．怀尔德菲尔山庄的房客[M]．赵慧珍，译．兰州：敦煌文艺出版社，1997：5．

② 威妮弗雷德·杰林，著．前言．//怀尔德菲尔府的房客[M]．安妮·勃朗特，著．莲可，西海，译．上海：上海译文出版社，2013：9-10．

她的嗓音、她的手势”。[①] 相比之下，无论是《简·爱》还是《呼啸山庄》都在悬念设计和故事情节设计方面略胜一筹，也因此更多地吸引了中国评论家读者们的关注。如果《怀尔德菲尔府的房客》像《简·爱》中对罗切斯特的描述一样，增加对亚瑟·亨廷顿的描述，或者让亚瑟·亨廷顿像《奥赛罗》中的伊阿古一样自己去表露自己的心声，去设计让海伦沦陷的陷阱，也许更能让读者大众体验海伦在理想幻灭的关头那种痛苦、愤怒和火热的情感，更能激发读者的阅读欲望和评论家读者的评论欲望。

其三，从人物形象塑造方面来说，《怀尔德菲尔府的房客》的人物也许过于悲观化、极端化了。小说中的豪门贵族都是一律的行为不端、酗酒并喜欢在都市风流巷乐不思蜀，无论是亚瑟·亨廷顿，他的朋友哈特斯利、哈格雷夫，还是他的情人安娜贝拉也都像他一样，赌博、酗酒、男女关系混乱；他们像一群恶的使者一样，沉湎于情欲和贪欲之中，互相讥讽、互相哄骗。与亚瑟·亨廷顿相反的人又都拥有质朴的心胸、爱心，并且能够设身处地为别人着想，并时刻准备改变自己的人，比如海伦、米莉森特等；他们像圣人一样，懂得克制自己的感情、约束自己的行为、并试图通过自己的行为去影响那些由于缺乏正确的引导而误入歧途的可怜的孩子。虽然，像海伦·亨廷顿这样的“基督徒”形象在英国文学史上不难找到相似的比照对象，但是对于中国读者来说，小说人物形象的过激化处理，无疑增加了读者阅读这部小说的审美隔阂。

---

① 威妮弗雷德·杰林，著. 前言. //怀尔德菲尔府的房客[M]. 安妮·勃朗特，著. 莲可，西海，译. 上海：上海译文出版社，2013：9.

另外，该小说的女主人公实际上在不同意丈夫出轨行为的同时，也在婚姻内寻找了一个男性伴侣，这就为中国读者接受该作品提供了一个更大的伦理障碍，中国传统文化里不缺乏为爱情牺牲的忠贞女子，更不缺乏为爱情奉献自己性命的已婚女子，唯独不赞扬的就是这种已婚妇女寻找爱情的不符合伦理道德诉求的人物形象。相比之下，简·爱在得知罗切斯特有家室时毅然选择离开，在罗切斯特经历火灾以后再度回到他的身边的选择就更符合中国读者的审美期待了。因此，《怀尔德菲尔府的房客》虽然描述了敢于逃离婚姻的牢笼去寻找以爱情为基础的婚姻，但是，在中国却几乎没有它可以生存的空间。

二、《怀尔德菲尔府的房客》在新世纪的接受

随着上海译文出版社的译本《怀尔德菲尔府的房客》在2000年出版，国内评论界对该小说的研究也出现了转机。从2000年到2017年间与该小说有关的研究论文增长了14篇，硕士论文3篇、博士论文1篇，大大促进了国内读者对《怀尔德菲尔府的房客》的再认识。随着大众阅读需求的增长，上译本《怀尔德菲尔府的房客》在2013年再版。而新世纪的十七年间，中国评论界对该小说的关注主要体现在以下三个方面：

第一，叙事研究。在叙事研究方面，评论多集中体现在对《怀尔德菲尔府的房客》的女性主义叙事研究。2003年，金琼在其“安妮·勃朗特的女性写作立场”一文中指出“安妮是始

终忠实于生活本身的逻辑与本来面目的，以至于有人谴责她‘过分渲染那些从生活中仔细复制下来的情节’。她虽然没有以强有力、激情、夸张来展露、呈示她的意图、愿望，但其写作中的女性意识的自觉，却始终贯注于作品的始末。只不过，这一切都沉淀在其相对和缓的叙事格调中”。①

随后，共有六篇论文和两篇硕士论文分别就《怀尔德菲尔府的房客》的叙事技巧进行了详细的论证，它们分别是：2005年杨璇瑜在《外语教育》杂志上发表的“《怀尔德菲尔府的房客》的叙述接受者及该作写作目的”，2006年刘彩霞在《许昌学院学报》上发表的“《怀尔德菲尔庄园的房客》的叙事艺术”，2014年闫莉莉在《海外英语》发表的“《怀尔德菲尔庄园的房客》的叙事智慧”、陈文玉在《海南师范大学学报（社会科学版）》发表的“穿越时代的安妮·勃朗特——《怀尔德菲尔府的房客》的叙事技巧”，2015年董梅在《语文建设》上发表的“《怀尔德菲尔庄园的房客》的叙事艺术”、李方木在《上海理工大学学报（社会科学版）》发表的“夺‘框’而出：论《怀尔德菲尔府的房客》的跨性别叙事”；2004年上海师范大学袁蔚的“勃朗特姐妹小说文体比较研究”和2013年南京师范大学叩梦丽的“浅论自然书写在安妮·勃朗特小说中的表现与深意”。

就期刊论文来说，杨璇瑜的“《怀尔德菲尔府的房客》的叙述接受者及该作写作目的”、刘彩霞的“《怀尔德菲尔庄园的房客》的叙事艺术”、闫莉莉的“《怀尔德菲尔庄园的房客》的

---

① 金琼. 安妮·勃朗特的女性写作立场[J]. 怀化学院学报(社会科学版)，2003(3)：41.

叙事智慧”，以及董梅的“《怀尔德菲尔庄园的房客》的叙事艺术”分别从叙述接受者“杰克·哈尔福特”“海伦”“弗雷德里克·劳伦斯”的视角分析了小说心理叙事的真实性和可靠性；不仅赞扬了《怀尔德菲尔府的房客》相对来说较为“和缓的叙事格调”，还对安妮·勃朗特设计的“书信体嵌套日记体的写作形式”及其双重叙事体系给予了肯定。与她们不同的是，陈文玉从“第一人称回顾性叙述”角度，将吉尔伯特·马卡姆的叙述称为“设置悬念”的叙事，将海伦的叙述称为“创伤记忆”叙事，并将安妮·勃朗特的生平故事融入到了对这两种叙事的理解，别出心裁的来诠释“使小说绽放独特魅力的”的叙事技巧。① 而李方木则认为小说从吉尔伯特的男性叙述者身份到海伦的女性叙述者身份转变，是安妮“对自我、叙述者以及故事人物的性别身份进行演绎的道路”，是“一次冲破传统意识形态的框约、进行女性主题建构的尝试”；② 从而呼应杨璇瑜等前期评论家们对《怀尔德菲尔府的房客》外部叙事和内部叙事的结构分析，并深化了对小说女性叙事和女性书写的研究。

就学位论文来说，上海师范大学袁蔚的“勃朗特姐妹小说文体比较研究”就《怀尔德菲尔府的房客》的日记体叙事手法、叙事角度、叙事模式进行了阐释。南京师范大学叩梦丽的“浅论自然书写在安妮·勃朗特小说中的表现与深意”则将安妮笔下大量的“景物和动物描写”“概括为自

---

① 陈文玉.穿越时代的安妮·勃朗特——《怀尔德菲尔府的房客》的叙事技巧[J].海南师范大学学报(社会科学版)，2014(11):91-98.

② 李方木.夺“框”而出:论《怀尔德菲尔府的房客》的跨性别叙事[J].上海理工大学学报(社会科学版),2015(2):155-159.

然书写”，文章强调了“自然景物和动物的描写”在“推动故事情节发展”、“烘托人物心情”，展现安妮“对生活哲理的认识”以及对“人与自然的思考”等方面的作用；还别出心裁地将小说中海伦与亚瑟·亨廷顿的矛盾解释为“追求乡下田园牧歌式生活的愿景”与“渴慕城市生活的喧哗与骚动的理想”之间的矛盾；文章通过挖掘《怀尔德菲尔府的房客》这部小说中大量的自然书写背后的深意，展示了安妮在艺术世界里追求“人与自然万物和谐相处”的境界的深远目的，暗示了安妮通过“依恃描写生态自然来构建基督教神话、弘扬基督教伦理道德的初衷”。①

第二，主题研究。在主题研究方面，中国评论家读者对《怀尔德菲尔府的房客》的阐释多从其宗教叙事入手，分析其宗教救赎主题。2000年，刘晓文在《国外文学》上发表“宗教意识·道德情结·圣经方式——英美女性文学再认识”一文，文中称“宗教”是“女作家们抵御社会邪恶与沉沦、疗救人心、拯救人类的有效武器”，由于维多利亚女性作家头脑中强烈的“《圣经》意识”，而使她们采用了“圣经方式”写作。② 可以说，安妮·勃朗特希望通过小说《怀尔德菲尔府的房客》达到“警示”作用，从而使“一个轻率的小伙子免于重蹈覆辙，或者可以防止一个没有头脑的姑娘像女主人公那样不知不觉地误入歧途”的这种设置正是符合了宗教叙事

① 叩梦丽. 浅论自然书写在安妮·勃朗特小说中的表现与深意[D]. 南京师范大学，2013：1.

② 刘晓文. 宗教意识·道德情结·圣经方式——英美女性文学再认识[J]. 国外文学，2000(2)：53-54.

模式的影响。① 这种宗教叙事的阐释也促使了更多的评论家读者对《怀尔德菲尔府的房客》小说中的宗教主题及其宗教化的人物形象进行研究。比如，2005 年李玉萍、高莹在《沈阳农业大学学报（社会科学版）》发表了“一曲凄婉悲壮的圣歌——浅谈《怀尔德菲尔山庄的房客》的基督教精神”；2009 年伍蓉蓉在《大众文艺（理论）》上发表了“亨廷顿与七宗罪——解析《怀尔德菲尔府的房客》中某男性角色的塑造”；2011 年合肥工业大学的学生孙莹撰写其硕士毕业论文“《怀尔德菲尔府的房客》中的圣经原型人物分析”，并以同样的题目在《安徽文学》上发表了一篇学术期刊论文；2010 年，南开大学的学生张静波撰写了她的博士论文《女性主义视角下的宗教人格与创作——勃朗特姐妹研究》，并于 2015 年由广西师范大学出版社出版。以上所列举的学术研究论文，均采用从宗教入手对《怀尔德菲尔府的房客》的情节及其人物形象进行分析和论证，其中伍蓉蓉将亚瑟·亨廷顿定义为“一个脾气粗暴、冷酷自私的恶汉”，具有“骄傲、贪婪、淫欲、妒忌、贪食、愤怒和懒惰”等“早期基督教所规定的七大重罪”。孙莹在其学位论文中分两个章节论述了海伦的救赎者身份和亚瑟·亨廷顿的“撒旦”形象，并将海伦和亚瑟比作圣经创世纪中的夏娃和亚当；而张静波则在其论文中将海伦视为在亨廷顿的恶行中忍受煎熬的“夏娃”、时刻“以基督教徒的坚忍来克制”自己的“房中天使”。

---

① 安妮·勃朗特. 怀尔德菲尔府的房客[M]. 莲可，西海，译. 上海：上海译文出版社，2013：再版序.

第三，女性主义抗争者的形象分析。在人物形象研究方面，中国评论家读者对《怀尔德菲尔府的房客》的人物形象评论多集中于对女性主义者海伦·亨廷顿的阐释，如2006年王晓红发表在《哈尔滨职业技术学院学报》上的“试析海伦和娜拉觉醒后的独立”和赵慧珍发表在《四川外语学院学报》上的“重读《房客》话女权——论海伦的离家出走”，2012年张静波发表在《文学与文化》上的“《女房客》：‘房中天使’的觉醒”，2014年周颖发表在《外国文学》上的“《怀尔德菲尔府的房客》中的女画家”，以及2015年哈尔滨师范大学李莹撰写的学位论文“生态女性主义视域下《怀尔德菲尔府的房客》的解读”，均从女性主义者的视角分析了海伦·亨廷顿的女性主义者的形象，以及她身上蕴藏的基督教情怀；而作品中起到叙述者、参与者、拯救者角色的吉尔伯特·马卡姆却无人问津，也没有对以亚瑟·亨廷顿为代表的堕落者的精神生态进行分析，更别说小说中其他女性形象了。相比之下，中国评论家读者对《简·爱》中的罗切斯特、伯莎·梅森，《呼啸山庄》中的希思克力夫、林顿等形象的评论则远远超越了对《怀尔德菲尔府的房客》中的人物形象的关注。

可以说，虽然国内勃朗特姐妹研究和女性文学研究的热潮使得安妮·勃朗特的《怀尔德菲尔府的房客》也开始受到评论家读者的关注，但是无论是从研究数量还是从研究视角来说，都尚处于研究的起步阶段，其丰富的研究题材还有待进一步的挖掘。

三、《怀尔德菲尔府的房客》在国内研究的不足与未来

虽然“20世纪的勃朗特评论脱离了空泛的一般性毁誉，转入细致具体的分析，从各个不同的方面和角度对作品的主旨、艺术技巧、手法和特色进行探讨”①，但是，就安妮·勃朗特的研究来说，国内研究还存在诸多不足。笔者分别以“简·爱”、“呼啸山庄”和“房客”（含“怀尔德菲尔”或“女”）为主题词，对刊登在中国知网上，时间在1991年至2017年间的论文进行检索，结果与“简·爱”相关的信息2 769条，与“呼啸山庄”相关的信息1 532条，与“怀尔德菲尔府的房客”相关的信息26条，具体见表4-2。

表4-2　1991年至2017年中国知网中有关“简·爱”“呼啸山庄”和“怀尔德菲尔府的房客”的数据

检索词	期刊	教育期刊	博硕论文	报纸	国际会议
简·爱	1 954	465	262	63	25
呼啸山庄	1 191	143	187	6	5
怀尔德菲尔府的房客	21	0	5	0	0

表4-2数据表明，1991年至2017年间，中国评论家读者在对勃朗特三姐妹小说作品的研究中以《简·爱》为首要评析对象，其次是《呼啸山庄》，而《怀尔德菲尔府的房客》则是中国评论家读者所冷落的对象。为了进一步了解在这一期间，

① 杨静远.一百多年来的勃朗特姐妹研究[J].读书,1983(6):81.

中国评论家读者对《简·爱》和《呼啸山庄》这两部小说的研究热点，笔者运用中国知网的计量可视化分析功能分别对与“简·爱”相关的信息 2 769 条和与“呼啸山庄”相关的信息 1 532条进行了分析，结果见图 4-3、图 4-4。

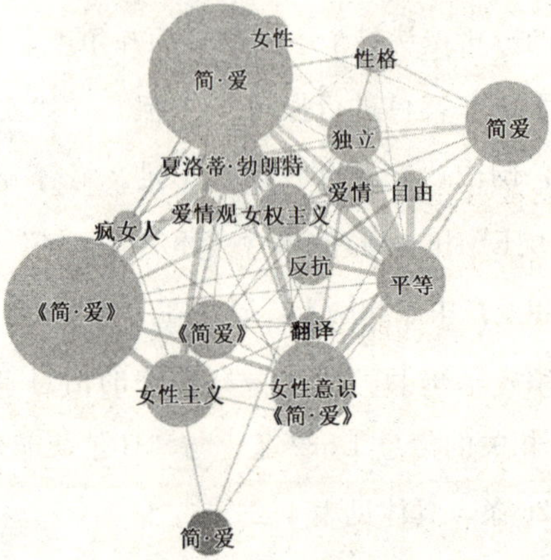

图 4-3　1991 年至 2017 年间，中国知网有关“简·爱”的关键词共线网络图

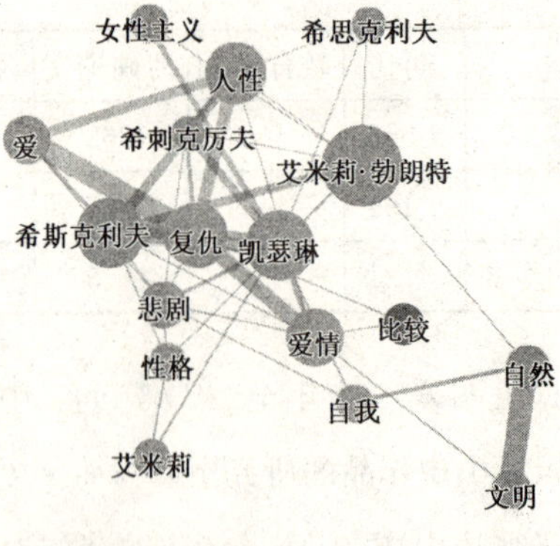

图 4-4　1991 年至 2017 年间，中国知网有关“呼啸山庄”的关键词共线网络图

由图 4-3、图 4-4 可以直观地发现，1991 年至 2017 年间，《简·爱》和《呼啸山庄》能够成为中国评论家读者的关注焦点的原因大致有三个共同点：①对女性主义、爱情这两大主题的阐释；②对重点人物形象的分析，如，《简·爱》女主角简·爱及疯女人、《呼啸山庄》的希思克力夫和凯瑟琳；③对作家的创作的研究。而中国评论家读者对《怀尔德菲尔府的房客》的研究也大致遵循了对《简·爱》和《呼啸山庄》的研究模式，主要从安妮·勃朗特的创作，到小说的女性主义主题，再到女性主义人物形象和叙事模式；但是无论是从数量上还是从内容上来说，国内目前对《怀尔德菲尔府的房客》的研究还存在诸多欠缺和有待挖掘的方面。主要表现为：

第一，小说主题挖掘不深。

目前，国内评论家读者较为关注的仅是《怀尔德菲尔府的房客》这部小说的女性主义特质及其宗教主题的挖掘，而缺少从更多元、更丰富的视角对小说进行深入研究。单就目前国内评论家读者们对《怀尔德菲尔府的房客》中的女性主义主题挖掘来说，还有许多不足之处，比如，在将海伦定义为在压迫中逐渐觉醒的女性主义者的时候，过多地强调了迫害者亚瑟·亨廷顿的恶的作用，却没有涉及到对其女性主义观念形成的促进者们，比如文中帮助海伦逃跑的仆人雷切尔、海伦的朋友米莉森特、海伦的哥哥劳伦斯等。

而就目前评论家读者对《怀尔德菲尔府的房客》中的宗教主题挖掘来说，也存在一定的片面性。比如，目前评价海伦宗教意识的正面意义者较多，却没有从宗教意识对海伦婚后生活的破坏性进行研究，而站在宗教背面的亚瑟·亨廷顿的形象尚无人研究。亚瑟·亨廷顿所代表的享乐主义，无宗教观念的放任主义，及时行乐的作风让拥有浓厚宗教思想的海伦无法忍受，因此让海伦变成了一个不苟言笑、面目严肃的可怕女人。

她当初为了爱情拒绝宗教观念强烈的长者时呈现出的俏皮和可爱也就完全消失了，因为爱而开始的一段婚姻，却因为恨结束了。宗教的教育意义到底是什么？为什么亚瑟·亨廷顿无法在尘世的爱中找到信仰？海伦到底是基督教教义的维护者还是受害者？这些问题都未曾有人深入研究过。

第二，小说的研究方法单一，缺乏多样性。

虽然，2013年杨永香在《大学英语（学术版）》上刊登了“‘成长’的诠释——分析安妮·勃朗特的小说《怀尔德菲尔府的房客》”一文，尝试使用成长小说的逻辑诠释《怀尔德菲尔府的房客》中年轻的主人公海伦在“经历了某种切肤之痛的事件之后”，“改变原有的世界观、性格”，“摆脱天真，并最终走向真实而复杂的成人世界”的过程。① 但是，从成长小说的视角解读《怀尔德菲尔府的房客》的主要人物形象的文章并没有过多的跟进。相比之下，从成长小说研究《简·爱》的文章却非常的丰富。如果从成长小说的视角解读《怀尔德菲尔府的房客》中丰富的男性形象，也会是一个非常有意义的课题。比如，运用西方的成长小说的理念，分析吉尔伯特·马卡姆这一人物的思想和性格的发展，通过叙述他在与海伦恋爱前、恋爱中、恋爱后的各种遭遇和经历，阐释他如何从一个暴躁的小伙儿成长为一个懂得分寸、懂得控制冲动的成人；或者通过分析亚瑟·亨廷顿这一人物的发展，阐释一个沉迷于世俗欢乐的年轻小伙如何走向毁灭。

2015年，哈尔滨师范大学的李莹在其硕士论文“生态

---

① 杨永香.“成长”的诠释——分析安妮·勃朗特的小说《怀尔德菲尔府的房客》[J].大学英语（学术版），2013(2)：264.

女性主义视阈下《怀尔德菲尔府的房客》的解读”中尝试“从生态女性主义的视角对小说《怀尔德菲尔府的房客》中所体现的生态女性主义进行详尽地分析，引导人们对自然、女性和男性三者关系进行感悟和反思，试图建立一个男女平等、生态和谐的社会”。该论文主题部分论述主要分为三个部分：其一、“从三个方面分析了《怀尔德菲尔府的房客》中所体现的男性对自然与女性的压迫，即在父权制社会中女性与自然相似的从属与被压迫的地位，具体体现在男主人公对自然的破坏、对像海伦这样的女性的压迫，同时也分析了女性与自然的紧密联系”；其二、“阐述了女性和自然对父权制文化观念的反抗，主要体现在海伦身体上、经济上和精神上对男性的反抗以及自然对男性的惩罚，展现了女性和自然为赢得自身权利而抗争的精神”；其三、“探究了小说中自然、女性和男性之间最终达成的理想的和谐关系，主要体现在海伦与自然的和谐关系以及她对爱情的勇敢追寻，最终有情人终成眷属并融入美好的生态环境中”。[①] 可以说，李莹的论文以《怀尔德菲尔府的房客》中的海伦为研究对象，运用生态女性主义文学理论对其进行了深入的分析，但是，遗憾的是，目前并没有出现从生态视角解读《怀尔德菲尔府的房客》的评论性文章，或者从精神生态领域出发分析解读小说中丰富的男性形象的文章。

相比之下，从生态学视角研究《呼啸山庄》的文章却非常的丰富。在中国知网中输入主题词“呼啸山庄”和限定

---

① 李莹.生态女性主义视阈下《怀尔德菲尔府的房客》的解读[D].哈尔滨师范大学,2015:12.

词“生态”，可以粗略地检索到自2006年至2017年间发表的42条相关文献，不仅包含对《呼啸山庄》的生态女性主义解读，还包括对该小说的精神生态、生态意识、生态伦理的解读。如果从鲁枢元在《生态批评的空间》提出的精神生态学理论出发，阐释《怀尔德菲尔府的房客》中亚瑟·亨廷顿“作为精神存在的主体的人与其生存环境（包括自然环境、社会环境、文化环境）之间相互关系”①，就可以避免长期以来对亚瑟·亨廷顿的评价模式，可以从另一个角度观察亚瑟·亨廷顿这个“反基督徒”在与上帝抢夺海伦之爱的过程中所进行的思想斗争，从一个精神生态学的视角对他的行为、欲望、动机、情感、人生观、价值观进行一个更加全面的了解。

另外，基于互文理论研究《怀尔德菲尔府的房客》中的人物形象与《简·爱》《呼啸山庄》《苔丝》等19世纪英国现实主义小说的关联性问题，也是一个值得挖掘的好课题。比如，从“出走”这一视角出发，就会发现：《怀尔德菲尔府的房客》中的海伦是婚后出走的，而《简·爱》中的简·爱和《呼啸山庄》的凯瑟琳却是婚前出走的；简·爱的回归使她进入了人生的美好阶段，而凯瑟琳的回归却带来了她精神生活的崩溃，以致于在希思克力夫归来时郁郁而终，而海伦的出走却最具有独立女性的意识。又比如，从“宗教救赎”这一视角出发，就会发现：《怀尔德菲尔府的房客》中的海伦与乔治·艾略特（George Eliot）撰写的《米德尔马契》（*Middlemarch*）中的多

① 鲁枢元. 生态批评的空间[M]. 上海：华东师范大学出版社，2000：93.

萝西娅（Dorothea）有着诸多相似之处；而当吉尔伯特·马卡姆高呼“那个人不是你的丈夫，在上帝的心目中他已经丧失了所有的权利”① 之时，你又会想到那可怜的苔丝在告知安吉·克莱她那不幸的遭遇时的反映。

当然，除了以上提到的宗教原型批评、女性主义批评、生态女性主义批评、生态学、精神生态学、互文理论，还可以从心理学、伦理学、比较文学等等现有的文学理论视角出发对《怀尔德菲尔府的房客》进行研究。

第三，小说人物形象分析不够深入、全面。

目前，国内评论家读者关注的焦点仅限于女性主义小说家安妮·勃朗特在小说中描述的女性主义抗争者形象，却很少将目光投向小说中丰富人物形象所体现的维多利亚时代人的精神生态问题的研究方面，这大致是由于小说叙事结构的局限所致。可以说，安妮在《怀尔德菲尔府的房客》的创作中没有给其他人物角色过多的阐释空间，读者在阅读的过程中已然对以亚瑟·亨廷顿为代表的人物有了“浪荡公子”式的作者的先见，而随着故事的进一步发展，这个傲慢无礼的男士并没有表现出像《傲慢与偏见》中的达西一样的沉稳气质，而是越来越暴露了其“恶”的本质，并逐渐成了让海伦无法接受的“匮乏‘神’之信仰”且“对天堂和地狱没有任何严肃思考”的“魔鬼”，一个海伦无法改造、无法掌控的存在。② 因此，很少有读者去体验这个恶魔的内心，而对其产生同情。

相较之下，无论是《简·爱》中的罗切斯特，还是《呼啸

---

① 安妮·勃朗特. 怀尔德菲尔府的房客[M]. 莲可，西海，译. 上海：上海译文出版社，2013：423.

② 张静波.《女房客》:“房中天使”的觉醒[J]. 文学与文化，2012(1)：77.

山庄》中的希思克力夫，都能拥有更多的赞扬之声了。如果我们能够接受罗切斯特并认为罗切斯特与英格拉姆小姐的关系是为了刺激简·爱，让她表露她内心深处对罗切斯特的热爱，能够把希思克力夫与伊莎贝拉·林顿的婚姻当成是他对凯瑟琳实施的复仇计划，那么，为什么我们不能把亚瑟·亨廷顿与安娜贝拉之间的关系看成是他用来试验海伦对他的爱的检测器呢？难道不是因为得不到海伦的爱，而使这个拥有“明亮的蓝眼睛”“发亮的栗色头发”，脸上“随时会绽出笑容”的“朝气蓬勃”的青年逐渐地走上了复仇的道路吗？① 难道不是海伦那“冷冰冰的傲慢神志”激起了亚瑟“邪恶的天性”，② 使他斗志昂扬地想要在一次次的挑战中证明自己在海伦心目中的位置吗？然而，遗憾的是国内研究者目前还没有关注到亚瑟·亨廷顿这一人物形象。而实际上，无论是从精神生态学视角，还是从心理学的视角，分析亚瑟·亨廷顿这一角色都具有很大的研究空间和很重要的研究意义。

第四，小说意象分析类文章明显不足。

当为数不多的《怀尔德菲尔府的房客》的研读者开始研究这部作品的时候，很容易受到女性主义和勃朗特姐妹研究模式的限制，而直接从女性主义书写、女性主义特征、宗教背景和家庭背景对该作品进行评论；因此，也就很少有人像关注《呼啸山庄》中的意象一样关注《怀尔德菲尔府的房客》中丰富的意象。2013 年，上海师范大学的研究生程玲完成了硕士毕业论文“安妮·勃朗特作品中的意象分析”，文章“采用文本细读”

---

① 安妮·勃朗特. 怀尔德菲尔府的房客[M]. 莲可，西海，译. 上海：上海译文出版社，2013：45.

② 同上：20.

的方法，探究了安妮两部小说《艾格妮丝·格雷》《怀尔德菲尔府的房客》和诗歌中典型的意象，其中的花草、大海、玫瑰、古宅等“意象与小说的人物形象、情节发展和作品主题的关系”，指出小说歌颂美好生命的主题，并赞扬“安妮在其主要叙事作品中，通过有意识的意象营造，增强叙事文本内部的张力，推动小说叙事的进程，赋予了作品的审美意境”。① 这篇硕士论文无疑拓展了对小说《怀尔德菲尔府的房客》的研究内容，但是还有待进一步从单个作品来研究《怀尔德菲尔府的房客》中丰富的意象，比如男性的“笑声”是欢快的还是胜利的象征，女性的“眼泪”是痛苦的还是决定的象征，等等。当然，随着勃朗特三姐妹研究的继续升温和女性主义研究的不断发展，安妮·勃朗特的《怀尔德菲尔府的房客》将会吸引更多的中国评论家读者的视线，但是，为什么中国评论家读者对勃朗特三姐妹中的安妮·勃朗特的《怀尔德菲尔府的房客》还是有很少的认同感呢？以下章节将就海伦·亨廷顿的形象进行分析，以期回答为什么《怀尔德菲尔府的房客》没有在中国引起丰富多样的阐释可能。

第三节　海伦·亨廷顿在中国的形象变迁

中国评论家读者对安妮的小说《怀尔德菲尔府的房客》的评价趋势也大大影响了小说女主人公在中国的接受，虽然《怀尔德菲尔府的房客》中的海伦·亨廷顿被誉为是比易卜生创作

① 程玲.安妮·勃朗特作品中的意象分析[D].上海师范大学，2013：5-6.

的娜拉更早地走出家庭牢笼的女性，并探讨了鲁迅先生及其关注的娜拉出走后的出路问题，但是海伦在中国评论家的视域中却首先是一个女性布道者。

一、女性布道者——海伦·亨廷顿

海伦的成长当然与安妮·勃朗特的基督教情怀有莫大的关系。现实中的安妮接受来自父亲的宗教教导，“其父亲帕特里克·勃朗特是一位虔诚的福音主义牧师，以福音主义教导勃朗特三姐妹”①，而小说中的海伦则接受来自姑妈的宗教观念指导。姑妈作为海伦的守护神，时刻提醒这位年方十八、长相俊美，且“拥有良好的出身”“可观的财产和继承权”的女子，远离“表面上最令人愉快”，实际是“一无足取的淫棍”或“无用的傻瓜”的男性。② 但是，这些教导在十八岁的海伦看来，都抵不过“爱情”。爱情来了，这个说话尖刻、语气粗暴且时而发脾气的小姑娘，把宗教带给她的严肃和稳重抛掷脑后，一见钟情式地爱上了亚瑟·亨廷顿。在海伦看来，亚瑟就像一个“光明天使”，宣告了海伦被求婚者折磨时期的结束；他“性格乐观，生性欢快而粗心大意”，“如果有人给他忠告并提醒他什么事是正确的”，“他将永远不会做坏事、说坏话”；而她正是那个“能使他免受他早年所犯罪过的后果，并且努力

---

① 张静波.《女房客》:“房中天使”的觉醒[J]. 文学与文化,2012(1):83.

② 安妮·勃朗特. 怀尔德菲尔府的房客[M]. 莲可,西海,译. 上海:上海译文出版社,2013:133-134.

把他召回到正道上”的使者。[①]

海伦在出嫁前就给自己设定好了拯救亚瑟灵魂的责任，她试图去发现他的内在优点，并珍视它、抚育它。然而，海伦是一个不成熟的布道者，时刻将人生较高的目标和德性放在嘴边，试图以圣人的口吻和妻子的身份去挽回亚瑟，“给他机会摆脱他因与比他更坏的人接触而偶然染上的恶习，并且使他焕发出自身的毫无阴影的真正德性之光”。[②]

婚后的她发现她无法对亚瑟的缺点视而不见，“而且越爱他，这些缺点就越使她苦恼”[③]，就越使她担心亚瑟的“爱情”会像炽热的炭火一样烧尽。于是，这个“可爱的宗教狂”“传神谕者”开始了改造亚瑟·亨廷顿的伟大工程。与此同时，亚瑟不但拒不接受她所灌输的崇高的思想，还开始把有关自己过去的情人的事情当作谈资来激起海伦的厌恶、嫉妒、使她“脸色发白，眼睛冒火，活像一只雌老虎”。[④] 在争执和冷战的僵持之下，海伦胜利了，可是亚瑟的过往带给她的沮丧情绪却挥之不去。

经历了两年的婚姻生活以后，海伦终于发现了亚瑟的“全部邪恶本质”，习惯了“忍受”他的变化，并将自己的“思想感情阴郁地闷在自己心里”，[⑤] 然而她的一再忍让却带来了亚瑟不断的挑战；海伦“憎恶和愤怒的神色”，虽然让亚瑟的情妇“默不作声地退缩”了，却使得亚瑟陷入了“低

---

① 安妮·勃朗特. 怀尔德菲尔府的房客[M]. 莲可，西海，译. 上海：上海译文出版社，2013：152-154.

② 同上：181.

③ 同上：192.

④ 同上：218.

⑤ 同上：255.

沉的笑声”。[①] 在长达三年的婚姻生活中，海伦所拥有的布道者的激情以及对亚瑟的爱全部消失了，他们成了“一个可爱活泼的小孩的双亲，住在一起”，但却“不存在爱情、友谊或同情”的夫妻，[②] 小阿瑟成了海伦在这个婚姻中得以继续生存下去的原动力。可是，亚瑟·亨廷顿越发蛮横的行为方式，让海伦害怕了，她害怕小亚瑟会继承父亲坏的因子，因此，在结婚五年的时候，她开始准备逃离，而且是带着孩子一起逃离。至此，对待宗教无比虔诚、对待道德无比严肃的海伦，从一个宗教布道者的身份中挣脱出来，走向了冲出牢笼的第一步。

然而，她的计划并没有马上成功。亚瑟也许是出于爱，也许是出于占有欲，拿走了海伦准备逃亡的全部资本、烧掉了她赖以生存的画布，然后扬长而去；再一次归来时，却带回了一个情妇，一个让海伦无法接受的打击。安妮·勃朗特将亚瑟·亨廷顿的毁灭之路归结为对男性教育上的缺陷，并希望用一个妻子去影响他、改变他在家庭和朋友那里习得的坏习惯，但是她在朴实的描绘中也同样证明了作为一个女人的无力感。于是，当这个可怕的轮回出现在小阿瑟的身上时，海伦受不了了，她不能让自己的孩子重蹈覆辙，她必须离开。虽然小说中随处可见圣经引文和说教，但是海伦·亨廷顿宗教布道者的身份也随着海伦的出走画上了句号。

---

① 安妮·勃朗特.怀尔德菲尔府的房客[M].莲可，西海，译.上海：上海译文出版社，2013:333-334.

② 同上:339.

二、女性主义者——海伦·格雷厄姆

在《怀尔德菲尔府的房客》的出版前言中，威妮弗雷德·杰林不仅将安妮·勃朗特看作是“文学界的灰姑娘”，还将《怀尔德菲尔府的房客》定义为“妇女解放运动”的第一篇宣言，于是，小说的女主人公——海伦就成了“妇女解放运动的先驱”、一个“已觉醒的女性意识的化身”。①

首先，她是一个有独立意识和选择权的女性。在婚姻的选择权方面来说，海伦无疑是具有自主权的。尽管她的姑妈非常不同意她选择亚瑟·亨廷顿作为结婚对象，但是也非常尊重海伦的个人意愿，同意她嫁给了亚瑟，虽然最后证明她的选择是错误的，但是她在婚姻对象的选择上彻底遵循了自己的意愿，“在争取婚姻自由的道路上，摒弃世俗观念，勇敢地迈出了自己选择的第一步”。② 在与亚瑟的婚姻中，她越来越感觉到自己的无能为力，于是她选择沉默，选择忍耐，但是她的独立意识却并没有湮灭，她积极地准备逃离这场婚姻，逃离这个伴随女人一生的束缚，最终选择了离家出走的道路。在亚瑟死后，她再一次根据自己的判断选择了吉尔伯特·马卡姆。在婚姻中追求平等和互相关爱的信念，更是体现了她的女性主义特质。这种特质也许是吸引亚瑟·亨廷顿爱上她的最重要的原因之

---

① 裘因. 海伦·亨廷顿——妇女解放运动的先驱[J]. 名作欣赏，1996(03)：54-58.

② 徐拯民. 她们同路不同归——谈海伦·亨廷顿和子君[J]. 辽宁广播电视大学学报，1997(02)：59.

一，但是亚瑟·亨廷顿更爱自己，想要让海伦变成一个顺从的、不讥讽、不给脸色、不训诫的弱女子，爱的港湾，在外面玩够了随时可以回来小憩的温柔乡，这里就没有海伦想要的平等和互相关爱了。相反，吉尔伯特·马卡姆就不一样，他像曾经的亚瑟·亨廷顿一样鲜活，却没有沾染更多的城市贵族少年的恶习，他深爱着海伦，还能够并愿意为海伦改变自己，让婚姻生活充满生机和活力。

其次，从经济独立方面来说，海伦也是一个彻底的女性主义者。她不依附于男性，有自己的独立行为能力。当亚瑟无聊的时候，她用读书、绘画填补时间的漏洞；当亚瑟离家不归的时候，她更是从绘画这种创造性劳动中得到精神的恢复；当她离家出走后，更是靠着绘画来支撑和养活着自己和孩子。“她要独立、要自由、要做一个真正的人的愿望”，[①] 促使她为了捍卫自己的人格，离开了丈夫、走出了家庭，去寻找一个职业女性的道路。而当她离开亚瑟以海伦·格雷厄姆夫人的身份重新开始生活的时候，她就是一个靠着绘画养活自己和孩子的“女画家”，一个职业女性了。她不必要再扮演天使的形象，而是很自然的流露出作为一名经济独立的成熟女性的魅力。

第三，她有主见、有节制。海伦身处在各种引诱之中，却能够保有对上帝的不可动摇的信仰，甚至用爱上帝的理由拒绝了她的爱慕者；在与亚瑟的对抗中，俨然是一个自制力过强的女人，但是又时刻提醒自己不能像亚瑟一样堕落。她没有报复心理，责任心强。当她的丈夫亚瑟声称谁都可以占有海伦的时

---

① 裘因. 海伦·亨廷顿——妇女解放运动的先驱[J]. 名作欣赏，1996(03)：56.

候，她并没有以报复的心态去改变自己的生存状态，而是保持着一颗冷静的心，开始准备一场大逃离。当她得知丈夫病危的时候又非常自觉地回到了亚瑟的身边，照顾他，让他在临死前得到最大的安慰。

第四，她的母性意识强烈。虽然她的母性意识和宗教意识让她以天使的身份出现在亚瑟·亨廷顿的面前，但是她的力量太微弱，以至于无法改变亚瑟的言行，让他成为“爱家庭、爱妻子、爱孩子”的模范丈夫，但是她却始终坚持要让她的孩子远离罪恶。在丈夫喂孩子喝酒的过程中，她采用了极端的措施让孩子失去了对一切酒的渴望，她甚至为了能让孩子学到更多的规矩变成了孩子眼中的“坏妈妈”，一个“不苟言笑”，总是很严厉、刻板的妈妈。但是她对孩子的保护意识，也同样促使她快速地选择离开。

因此，无论从哪种女性主义批评文论出发，海伦都是一个女性主义者，她的生活向读者展示了19世纪英国女性在追求独立自主的道路上所经受的苦难，她不是像简·爱一样刚刚步入爱情和婚姻殿堂的女性，也不是像凯瑟琳·恩萧一样放弃自己的内心归于传统家庭的女性，她更像是乔治·艾略特笔下的多萝西娅，时刻为了自己的人生目标而奋斗的女性主义斗士。

三、国内对海伦形象研究的不足

国内学者对海伦·亨廷顿的形象研究并不十分深入，主要是从以上提到的宗教和女性主义两方面进行探讨。1996年裘因在其论文“海伦·亨廷顿——妇女解放运动的先驱”一文中将海伦与俄国大文豪列夫·托尔斯泰创作的安娜以及挪威戏剧家易卜生笔下的娜拉进行了比较研究，将他们标榜为“为了捍卫自己独立的人格，追求妇女自身解放”的光辉榜样。

2006年，王晓红先后发表了“试析海伦、娜拉出走之比较”和“试析海伦和娜拉觉醒后的独立”两篇文章，用比较的方法分析了安妮·勃朗特笔下的海伦和易卜生笔下的娜拉的相同和相异之处，并指出：海伦和娜拉一样都是拥有强烈的女性意识、“追求平等自由和物质独立”的女性，“一个跟男人一样的人”、“从思想到行动都独立自由的人”。① 2012年，张静波在《文学与文化》上发表了“《女房客》：‘房中天使’的觉醒”一文，指出“海伦首段婚姻的失败在于她难以成为圣洁、缄默和忍耐的‘房中天使’，那么和吉尔伯特交往后，海伦能够抛弃之前的严肃宗教道德观，屈就一个冲动、冒失、鲁莽的年轻人吗？海伦和吉尔伯特的最终结合不仅是因为吉尔伯特勇于改变自我，适应海伦严肃的婚姻准则；另一个重要原因在于海伦也意识到宗教对她的负面影响——悲观、严肃和阴郁，她逐渐地抛弃宗教中残酷的不符合人性的一面，尝试接受乐观和健康的一面。因此这部小说是一部涉及男性和女性成长历程的严肃小说”。②

1997年，徐拯民发表的“她们同路不同归——谈海伦·亨廷顿和子君”一文首次将《怀尔德菲尔府的房客》与鲁迅先生1925年创作的《伤逝》进行了比较研究，通过对比海伦和子君的悲剧人生，赞扬她们是具有强烈的“反

---

① 王晓红. 试析海伦和娜拉觉醒后的独立[J]. 哈尔滨职业技术学院学报，2006(2)：37.

② 张静波.《女房客》:“房中天使”的觉醒[J]. 文学与文化，2012(1)：81.

叛意识”和“反叛精神”的女性，“她们在争取婚姻自由和自身解放的道路上，共同迈出了坚定的第一步”，但是浸润在中国传统封建文化“贤妻良母”“节妇烈女”形象影响下的子君，在抗争中逝去了，而海伦则摆脱了传统女性“自我压抑和奴化”的心理和行为模式，勇敢地走向了“自尊自爱，自信自强”的道路。① 但是，遗憾的是，中国文学史上虽然有诸多为爱情自由而出走的女性，并为读者大众所喜爱，但是像海伦这样逃离婚姻，且在婚姻之外寻找真爱的女性却是没有的。也因此，并没有在中国学术界引起以海伦为焦点的比较研究的高潮。

综上，不难发现：目前国内安妮·勃朗特的读者群还在形成之中，学术界对安妮·勃朗特的研究并不全面、也不够深入，主要还停留在对作家生平经历与小说创作的关系、小说女性女主角的女性主义批评、宗教批评这三个方面，未能从更多元的研究视角出发，深入解读小说中丰富的语言和意象、人物的精神生态、人物的心理等。希望本章节的整理能让更多的安妮·勃朗特的读者们找到研究安妮·勃朗特的切入点，在未来的研究中深入、具体地研究安妮·勃朗特和她的小说，我们用期待的目光展望安妮·勃朗特研究的更多成果。

---

① 徐拯民.她们同路不同归——谈海伦·亨廷顿和子君[J].辽宁广播电视大学学报，1997(02):58-62.

第五章　乔治·艾略特在中国的接受

乔治·艾略特（George Eliot，1819—1880），原名玛丽·安·伊万斯，是19世纪英国的一位具有深邃哲学思想和深厚的艺术鉴赏力的著名批判现实主义女作家，与同时代的狄更斯、简·奥斯汀、勃朗特姐妹齐名。乔治·艾略特作品中蕴含着深情的人文道德关怀、微妙的人物心理分析和深邃的哲学思考。弗吉尼亚·伍尔夫曾热情地赞美“她是女性中的骄傲和典范”[①]。历史学家阿克斯顿爵士也高度称赞她为“历史当中最伟大的天才”[②]。

艾略特一生中共创作了七部长篇小说、两篇短篇小说、一部中篇小说集和少量的诗歌及散文作品。传统的艾略特研究批评认为，艾略特的创作以《织工马南》（*Silas Marner*，1861）为分水岭可分为前后两期。前期作品采用典型的现实主义的创作手法、栩栩如生的人物刻画、细腻的笔调描绘了淳朴宁静的乡村生活，表达了处于英国转型期的人们的怀旧心情。前期作品使艾略特在维多利亚时代声名显赫，树立了她在英国文学史上的崇高美名，如《牧师生活场景》（*Scenes of Clervcal Life*，1858）、《亚当·比德》（*Adam Bede*，1859）、《弗洛斯河上的

① 乔治·艾略特. 弗洛斯河上的磨坊[M]. 祝庆英，郑淑珍，方乐颜，译. 上海：上海译文出版社，2008：3.

② 朱桃香. 乔治·艾略特的《米德尔马契》叙事研究[M]. 广州：暨南大学出版社，2016：2，6.

磨坊》（*The Mill on the Floss*，1860）、《织工马南》（1861）。后期作品转向关注历史事件、社会和政治改革。在质量上，虽不如前期的作品，但它们反映了艾略特在早期创作成功之后的新的探索和思考，如《罗慕拉》（*Romola*，1863）、《费立克斯·霍尔特》（*Felix Holt*，*the Radical*，1866）、《米德尔马契》（*Middlemarch*，1872）、《丹尼尔·狄隆达》（*Daniel Deronda*，1876）。

艾略特在作品中表达了对道德、宗教、人际关系、社会的深切关注，并使用心理分析的创作手法细致入微地刻画了琳琅满目的人物形象。尽管过去她被一些批评家看作是“有问题的”[①] 作家，她的作品和思想没有得到公正的评价，但随着时代的进步，她的作品正在被越来越多的人关注和接受，散发出熠熠光彩。伍尔夫概括性地总结出了艾略特作品的显著特点：“她终是把同情放在普通人这一边，她也最善于详细描写平凡生活中那些纯朴的快乐和烦恼。”[②]

国外学者塞缪尔·鲁卡斯早在1858年1月就在《时代》上发表了有关艾略特的第一部作品《牧师生活场景》的研究，成为艾略特研究第一人，就此拉开了乔治·艾略特研究的序幕。然而国内学者对她的关注较晚，伴随着艾略特作品和研究的宝贵资料被逐渐翻译介绍到中国，国内艾略特研究逐渐展开，日渐丰富。

---

① 朱桃香. 乔治·艾略特的《米德尔马契》叙事研究[M]. 广州：暨南大学出版社，2016：6.

② 乔治·艾略特. 弗洛斯河上的磨坊[M]. 祝庆英，郑淑珍，方乐颜，译. 上海：上海译文出版社，2008：3.

第一节 乔治·艾略特小说在中国的译介与研究

乔治·艾略特凭借她特立独行的个人经历和辉煌的文学成就，一直令国内外学者为之着迷。国内对乔治·艾略特的译介在20世纪30年代已经出现，直到20世纪80年代才日渐兴起，发展于20世纪90年代，在21世纪初呈现萎缩态势，整个过程呈现出波动性的发展趋势，这与当时中国的社会发展态势密切相关。艾略特研究也随之发生着明显的变化，形成了相对应的特色与阶段：彰显伦理道德考量的现实主义作家（20世纪30年代初至70年代末）、反思社会矛盾与冲突的严肃作家（20世纪80年代初至90年代末）、绽放多面风采的艾略特（2000年至2007年）和“和而不同”的艾略特（2008年至2015年）。

笔者在中国知网（CNKI）上输入关键词“乔治·艾略特”，并将截止时间设定为2015年12月，可检索到与之相关的文献共326篇（表5-1），其中学术期刊论文186篇，博硕论文共123篇，其中硕士论文121篇、博士论文2篇，教育期刊论文15篇，国际会议论文1篇，国内会议论文1篇，如表5-1所示。

表5-1 1949年至2015年中国知网“乔治·艾略特”相关研究数据

文献	学术期刊	博硕论文		教育期刊	国际会议	国内会议
		博士论文	硕士论文			
数量	186	2	121	15	1	1

从乔治·艾略特研究发表年度趋势分析图（图5-1）来看，

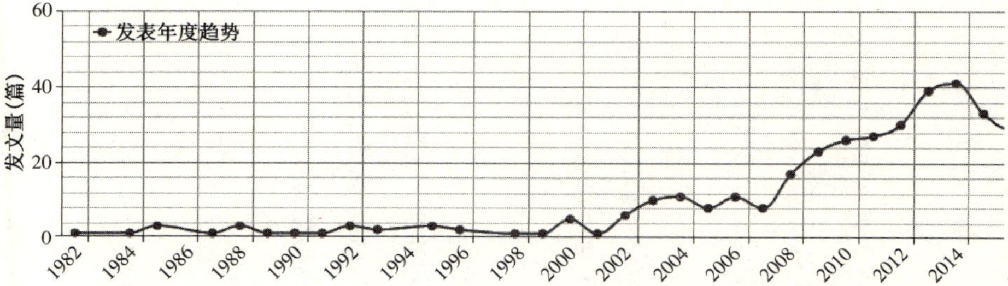

图 5-1　1949 年至 2015 年中国知网“乔治・艾略特”相关文献发表趋势图

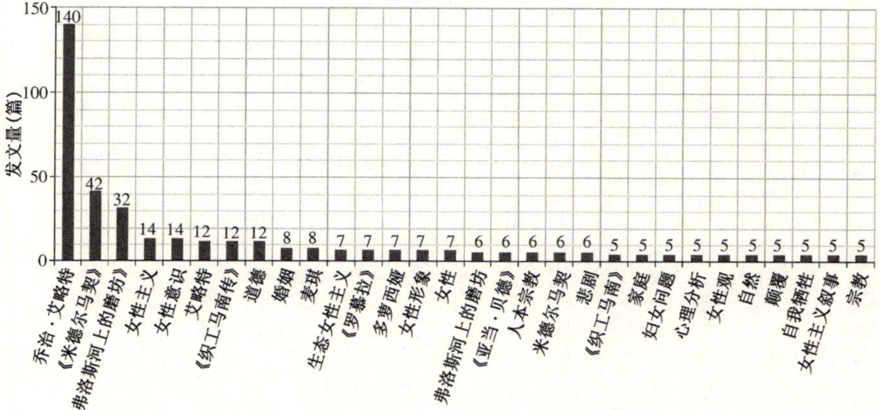

图 5-2　1949 年至 2015 年中国知网“乔治・艾略特”相关研究词频图

从 1980 年到 1999 年，共发表研究论文 24 篇，年平均发表量是 1.25 篇，研究状态比较低迷。但是从 2000 年到 2007 年进入了快速发展期，每年都有新的研究成果出现，共发表研究论文 62 篇，年平均发表量是 7.8 篇。从 2008 年到 2015 年是艾略特研究的繁荣期，共发表研究论文 236 篇，年平均发表 29.5篇。

为了进一步了解国内评论家读者对乔治·艾略特进行研究的具体方面，笔者使用中国知网（CNKI）的计量化可视分析功能对有关乔治·艾略特的 236 篇期刊关键词进行词频统计并得到以下词频图（图 5-2）。

关键词的分布图揭示了国内艾略特研究的热点作品、主要研究主题内容和重要的人物形象分析。国内研究最多的艾略特作品是《米德尔马契》，其次分别是《弗洛斯河上的磨坊》、《织工马南》、《罗慕拉》和《亚当·比德》。

就研究主题而言（图 5-3），主要集中在乔治·艾略特本人的研究、女性主义及女性意识等、道德、婚姻、宗教、悲剧、家庭、自然观、自我牺牲。研究最多的人物形象是麦琪，其次是多萝西娅。

一、彰显伦理道德考量的现实主义作家

早在 20 世纪 30 年代，国内就出版了艾略特《罗慕拉》的中文译本，当时译名为《乱世女豪》。[①] 1932 年，上海商务印书

① 北京图书馆，编. 民国时期总书目·外国文学卷[M]. 北京：书目文献出版社，1987：78.

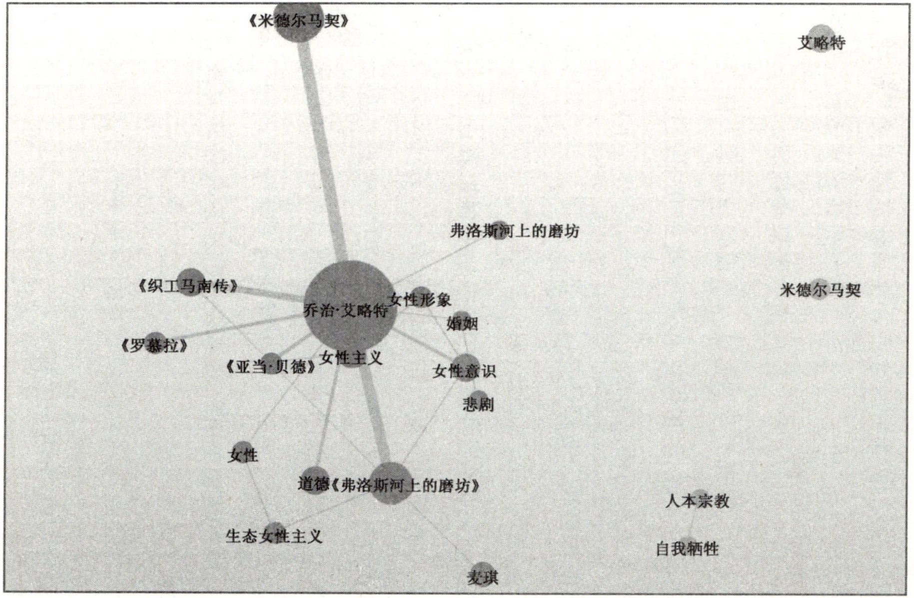

图 5-3　1949 年至 2015 年中国知网“乔治·艾略特”相关研究主题分布图

馆出版了梁实秋先生翻译的《织工马南传》。当时《新月》月刊对此译本的评价是“译笔忠实流畅，一无硬译死译的痕迹”。① 梁先生将《织工马南传》视为一流的外国作品，认为它反映了永恒的人性。

从新中国成立到改革开放之前，在高歌集体主义、精神至上等一元的价值观和“以阶级斗争为纲”的社会背景下，我国传统的社会价值观的范式是“伦理道德为最高标准，甚至是唯一标准的价值观，以理想化的道德人格或崇高道德人格为根本诉求的价值观……政治道德化和道德政治化是交织在一起的”。② 艾略特早期的作品在情节和人物形象塑造上贴合了当时中国社会的价值观。艾略特在《亚丹·比德》中“用其细腻的笔触向世人展现了发生在她周围的人与事、情与景”③，也是一篇道德寓言，“亚当和黛娜的身上始终保留着许多传统美德，如勤劳、诚实、朴素、仁慈、爱亲人、爱邻居、爱家乡”④。艾略特在《弗洛斯河上的磨坊》中展现了“集体”与“个人主义”的意识形态的冲突。⑤ 于是，1950 年由上海书报杂志联合发行并出版了张毕来先生翻译的《亚丹·比德》（《亚当·比德》）。在 1953 年中宣部部署的世界学术名著选译工作

① 赵军峰，胡爱舫. 梁实秋对翻译的贡献[J]. 荆州师专学报（社会科学版），1995 (3)：70.

② 徐贵权，邵广侠. 当代中国社会价值观范型转换初探[J]. 毛泽东邓小平理论研究，2004 (10)：69.

③ 乔治·艾略特. 亚当·比德[M]. 傅敬民，译. 上海：复旦大学出版社，2011：3.

④ 殷企平. 过去是一面镜子——《亚当·比德》中的社会伦理问题[J]. 外国文学研究，2007(1)：83.

⑤ 王海萌，杨金才. 论《弗洛斯河上的磨坊》中的中产阶级霸权[J]. 外语教学，2010(2)：65.

的推动下，1956年祝融和郑乐翻译了《弗洛斯河上的磨坊》，由上海文化生活出版社出版。1957年，曹庸翻译的《织工塞拉斯·马南》由上海新文艺出版社出版。紧接着由赵德鑫注释、苏联国家教育书籍出版局出版的简写本《织工马南传》在1958年由北京时代出版社出版，该版本在1964年被北京印书馆再版。《织工马南》成为当时深受中国普通大众喜爱的现实主义作品。曹先生和赵先生在译本中一致认为马南是具有勤劳、质朴等高贵品质的劳动人民；赵先生将马南的形象定性为受到排挤而破产的手工业主；马南的工人阶级的形象深得翻译家和普通大众的认同和接受。①

二、反思社会矛盾与冲突的严肃作家

20世纪80年代以后，中国进入了轰轰烈烈的改革开放年代，伴随着思想解放、观念更新，“这个时期的中国正处于一个新旧交替的转型期，表现为多种社会价值观念的并存，面临着传统与现代、先进与落后、中国和西方、新的和旧的等一系列尖锐的矛盾与冲突”。② 在这一社会背景下，《弗洛斯河上的磨坊》、《织工马南》和《亚当·比德》这三部作品成为当时艾略特作品中在中国改写本和全译本最多的作品。因为作品中的典型人物都生动地再现了社会普通人民在生活中经历的种种困

---

① 常晓丹.《织工马南》在中国的接受(1949—2013)[J].时代文学(下半月),2015(1):203.

② 徐贵权.改革开放以来中国社会价值观变化之研究透视[J].毛泽东邓小平理论研究,2007(6):25.

难、冲突和挑战，恰当地吻合了中国当时的社会价值观念，与中国的读者产生了情感共鸣。改写本文字通俗易懂、情节紧凑明快、价格实惠，满足了普通读者消遣的需求，陶冶了读者的情操。

这一时期内，价值观念的主题意识被唤醒。改写本既忠实于原文，又彰显了译者的主体性。例如，1982 年湖南人民出版社出版了由迈克尔·韦斯特改写、唐荫荪翻译的《弗洛斯河上的磨坊》的译本，并将书名改为《磨坊风波》。改写本在保留了原著精华的基础上，将原著的七章删减为四章，体现了译者的主体性。1983 年，庄和玲为同一改写本作注，增加了作家和作品的介绍以及重难点词语和句子的解释，帮助读者正确领悟原文。该译本一经上海译文出版社出版就广受好评，在 1992 年 5 月再版。1986 年上海译文出版社出版了由爱·杰·布拉利改写、王兴杨翻译的《织工马南》。译文在忠实原著主要情节和风格的基础上，力求与原著简洁明快的写作技巧保持一致，三言两语就能入木三分地勾勒出人物的内心世界和精神面貌。

随着改写本的风靡，艾略特作品的全译本也陆续出版，满足了国内研究性读者的期待。如 1982 年，浙江人民出版社出版了由曹庸翻译的《织工马南》，在此版本中，曹先生删除了与阶级斗争相关的字眼，将高得弗雷的称呼由“地主之子”变成了“爱蓓的生父”。[①] 1983 年，天津百花文艺出版社出版了由张玲翻译的中篇小说《牧师情史》。1984 年，湖南人民出版社出版了周定之翻译的《亚当·贝德》。1986 年，上海译文出版

① 常晓丹.《织工马南》在中国的接受(1949—2013)[J]. 时代文学(下半月),2015(1):203.

社出版了王兴杨翻译的《织工马南》。1987年，人民出版社出版了项星耀翻译的《米德尔马契》，贵州人民出版社出版了张毕来翻译的《亚当·比德》。1988年，人民出版社出版了王乐央翻译的《仇与情》(《罗摩拉》)。1995年，上海译文出版社出版了祝融、郑乐翻译的《弗洛斯河上的磨坊》。与改写本译本相似，全译本依然尽力保持原著的风貌和韵味。但全本译本优于改写本之处在于译者在译文的前言或者后记部分对原著作者、作品和作品中的人物形象进行了简要的评价，更加彰显了译者的主体性。如张玲在《牧师情史》中认为艾略特从始至终都站在劳苦大众一边，批判为富不仁，进行道德说教。张毕来在《亚当·比德》译本所附的"北戴河琐谈"中，首先用阶级的观点指出造成读者和小说中人物之间距离的根源在于两者所处的不同阶级和历史时代；接着简要地点评了小说中的人物身份和性格特征。周定之在《亚当·贝德》的前言中对艾略特的生平和英国评论界对艾略特研究的概貌做了简要介绍。朱虹为项星耀译的《米德尔马契》做了译文序。在序中，朱先生不但详细介绍了艾略特的生平和英国评论界对原著的反应，还梳理了故事情节中人物关系，更易于读者清晰地理解作品。项先生的译文兼顾到中英文句式的差异，把原著中的长难句截短成为短句，符合中国人阅读习惯。再加之对作品中人物心理的精准拿捏，对气势磅礴的宏大场面得当的把控，项先生译的《米德尔马契》堪称经典译本。

20世纪90年代，党的"十四大"确立了市场经济的合法地位后，中国继续深化经济改革，开始从计划经济转向市场经济。"经济价值成为社会的主流价值，一切价值都要置于经济理性的法庭面前加以审视，人们对经济价值和物质价值的追求成为超越一切的价值追求的最大和最高追求”。① 出版业的财政补贴被削减，开始自负盈亏，迫使出版业进行市场经济化，必须考虑销量的问题。所以市场成了出版业的一条重要的价值衡量标准。物质价值观的蔓延导致人们追求感官刺激和物质享受。20 世纪 90 年代的主流文化是通俗、流行的大众文化。精英文化被大众文化代替。“文学与政治权利、与市场之间，建立了一种既抵御，又同谋的复杂依存关系”。②

在这一背景下，从 20 世纪 90 年代到 21 世纪初，国内涌现出艾略特作品的多种译本仍然主要集中在她早期的创作作品上。复译本呈现出的特点是丛书化和系列化，表现形式依然是简写本和全译本。这一时期出现的简写本有：1998 年，邹晓明翻译的迈克尔·韦斯特改写的《织工马南》，作为书虫系列英汉对照读物，由北京外语教学与研究出版社出版；同年，内蒙古人民出版社出版了钟雷、李彤主编的《外国禁毁名著精华》，其中收录了宁玉鑫翻译的《亚当·贝德》，为了吸引读者注意力，在书的封面上特意加上“蜘蛛女之吻”的名字，并配以裸体男女缠绵的香艳图片以加强“禁书”的含义，商业化气息浓重；1998 年，内蒙古人民出版社出版了孟祥明的译本《亚当·比德》；2002 年，南方出版社再版了周定之的译本；1999 年，上海译文出版社重印了祝庆英等译的《弗洛斯河上的磨坊》；1999 年，张海军主编的《英国文学大家经典文库》中也收录了《弗洛斯河上的磨坊》。

---

① 廖小平，周泽宇. 价值观的分化探析——以改革开放以来中国社会为背景[J]. 北京大学学报(哲学社会科学版)，2013 (3)：19.

② 洪子诚. 中国当代文学史(修订版)[M]. 北京：北京大学出版社，2007：328.

这一时期内，国内艾略特译介的发展促进了国内艾略特研究的兴起，但是沾染了浓重的商业化气息的艾略特译介与中国知识分子秉持的“正心、修身”传统道德要求相左，所以本时期内艾略特研究发展较为缓慢。1980—1999 年，中国知网上共收录了艾略特研究成果 24 篇，主要集中在分析其前期作品中的道德主题和艺术特征，遵循作家—作品分析模式。道德主题方面，如：1988 年，王晓英的“‘爱的宗教’与乔治·艾略特的早期创作”发表在《南京师范大学学报》（社会科学版），是最早研究艾略特道德主题的成果。文章主要论述了艾略特在费尔巴哈人本主义的影响下在小说《亚当·比德》和《弗洛斯河上的磨坊》中表达了“爱”的宗教伦理道德关怀；① 1995 年，董俊峰的“试论乔治·艾略特小说中的‘人类宗教’道德观”在分析了《织工马南》和《米德尔马契》之后得出艾略特的“后果论”和以爱为核心的“人类宗教”的伦理思想；② 1993 年，王晓英在《南京社会科学》又发表了一篇名为“艾略特和她的小说”的学术文章，结合艾略特的生活环境和人生经历，从思想内容和艺术特色两方面对艾略特的七部长篇小说做了系统详细地论述，再次强调了作品中的道德主题，肯定了艾略特心理描写艺术的巨大成就。③ 关于艺术特色的研究，梁辉的“试论乔治·艾略特前期长篇小说中的心理描写艺术”高度评价了艾略特的心理描写艺术，认为它在某种程度上为现代小说

---

① 王晓英.“爱的宗教”与乔治·艾略特的早期创作[J]. 南京师大学报(社会科学版),1988(1):60-63,35.

② 董俊峰. 试论乔治·艾略特小说中的“人类宗教”道德观[J]. 贵州大学学报,1995 (3):70-75.

③ 王晓英. 艾略特和她的小说[J]. 南京社会科学,1993(2):121-125.

的发展做了准备。

三、绽放多面风采的艾略特

2001年中国加入了WTO之后，经济取得加速发展，极大地丰富了物质财富，“大众消费文化已经牢固树立了其霸主的地位”。[①] 同时，电子、网络等新媒体登场。以数字化为特征的新媒体“成为每一个现代人的身体的延伸，成为人们生活中不可或缺的存在，深刻地影响着当代生活地方方面面”。[②] 新媒体和传统媒体相结合，大大改变了文化和文学的环境氛围，对文学创作、文学批评、文学生产和文学传播造成了深刻和多重的影响。[③] 网络也成为文学的重要媒介。电子媒体是一把双刃剑，既给传统纸质媒体带来巨大冲击，也扩展了文学的传播范围和影响力。传统的精英文学在大众消费文化盛行的时代，“更多地会追求轰动效应、印数和销路”，[④] 文化环境日益艰难。而艾略特小说都是一本正经的，具有严肃、深沉的理性色彩，既没有为了增添小说的戏剧性在语言和情节上加入较多的喜剧成分，也没有才子佳人的浪漫描写。正如F. R. 利维斯所说，艾略特是“代表英国伟大传统的、有助于抵制现代商业化

---

① 陶东风，和磊. 中国新时期文学30年(1978—2008)[M]. 北京：中国社会科学出版社，2008：7.

② 毛华栋. 中国当代的消费主义文化探索——以电子产品的消费为例[J]. 当代社科视野，2011(11)：14.

③ 白桦. 中国文情报告·前言(2007—2008)[M]. 北京：社会科学出版社，2008：6.

④ 同上：7.

或传媒文化趋势的健康向上的五位作家之一”。[1] 结构复杂的句法和长句更是雪上加霜，艾略特的作品在中国普通读者中受到了冷落，所以其小说几乎不可能在这一时期内翻译过来。这一时期的重译和重版的现象也很稀少，主要是对已译的长篇小说进行重译或者补译。为了满足一些读者追求视觉效果的需求，《弗洛斯河上的磨坊》在1997年被改编成同名电影，由英国女演员艾米丽·沃森（Emily Watson）饰演麦琪，给中国观众带来了视觉上的愉悦。2002年孙法理重译了艾略特的《弗洛斯河上的磨坊》，并由译林出版社出版。孙法理的译文在译文语言风格上力求忠实于原文。译本在描写麦琪和汤姆的兄妹之情和幸福的童年生活的第一部分时，译文含蓄中带着流利和抒情，行文活泼、富有生气。在描写家庭变故和悲剧的第二部分，译文语言变得凝重。在句子结构的处理上，译文将原著复杂冗长的句子结构改为短句，符合国内读者的阅读喜好。2004年，北京外语音像出版社和外语教学与研究出版社共同出版了刘思远注释版的盒式录音版英文读本。2005年，学苑出版社出版了北京师联科学研究所编译的《织工马南》（英汉对照），并且随书附送录音光盘，便于爱好者跟读朗诵。2006年，人民文学出版社出版了项星耀翻译的《米德尔马契》，在1987年版本的基础上，删掉了朱虹作的序，增添了苏福忠撰写的前言，并在相关章节中插入了精美的插图。

与译介的萧条情况相反的是，国内艾略特研究出现了快速发展的势头。中国知网上收录的国内艾略特研究期刊论文一共

---

① 韩晓华. 从《亚当·比德》看艾略特对消费文化的回应[J]. 北京第二外国语学院学报，2009(12)：67.

62篇，年均发表7.8篇。造成这种差异的原因一方面是进入20世纪以来出现了纷繁复杂、异彩纷呈的西方现代和后现代文学批评理论，可以用来解读文学作品中反映的复杂社会关系和矛盾；另一方面，中国学者的思想比较活跃、开放、敏感，乐于学习和借鉴国外优秀的理论成果。这一时期的国内研究特点是：一方面宗教道德主题和心理艺术特征依然是传统研究的热点，不过本时期的研究多结合具体文本进行分析，拓展了研究的深度；另一方面，国内学者开始使用新的西方文学批评理论解读艾略特作品，拓宽了研究的广度。在宗教道德主题方面，如崔东的“记忆——乔治·艾略特人物个性的连续展现”结合艾略特三部作品《织工马南》《米德尔马契》和《弗洛斯河上的磨坊》论述了记忆与偶然事件、人物个性发展之间的关系。文章指出艾略特相信记忆能超越时间，在外界没有道德规范的情况下，提供一个道德基准，判断自己的行为。① 杜隽发表在《外国文学评论》的“论《牧师情史》的‘人本宗教’道德”避开了研究比较集中的《米德尔马契》《亚当·比德》和《织工马南》，转而研究艾略特的中篇小说《牧师情史》，拓宽了道德研究的范围。文章认为艾略特的“人本宗教”的道德观深受费尔巴哈的“人本宗教”思想和孔德的“实证主义”的影响。她在《牧师情史》中通过塑造利他主义者吉鲁、利己主义者安东尼和外乡人三个形象，表达了自己的“人本宗教”道德观。② 崔东发表在《江汉大学学报》（人文科学版）的“乔

---

① 崔东. 记忆——乔治·艾略特人物个性的连续展现[J]. 外国文学研究,2003(4):68-72.

② 杜隽. 论《牧师情史》的“人本宗教”道德[J]. 外国文学评论,2004(1):37-42.

治·艾略特的浪漫主义情怀”，认为艾略特小说的主基调是“爱”，小说中的乡村图景、人物刻画、道德说教，都饱含着她“爱”的浪漫主义情怀。①

在艺术特征方面，张雪的“灵魂之语——解读乔治·艾略特的《亚当·贝德》”认为音乐成为艾略特表达道德观的载体。艾略特通过巧妙地把人物塑造与高雅的音乐艺术揉合在一起，既展现了人物独特的个性魅力，又增添了平凡的普通人身上的浪漫气息。她对音乐的深刻领悟来源于卢梭、黑格尔、赫伯特·斯宾塞、弗朗兹·李斯特等著名哲学家或音乐家的作品的影响。② 陈蕾蕾的“传统与现代的统一——乔治·艾略特早期小说特征试析”认为艾略特的创作特征是传统与现代的统一。湖畔派诗人华兹华斯在他的《抒情歌谣集》序言中说过：“只有保持童年的记忆，我们的精神生活才会健康。对于那些不适应现代城市生活的人来说，回忆过去…… 是一剂助其康复的良药。”③ 艾略特深受华兹华斯和她原生传统家庭的影响。她采用维多利亚小说的传统手法，通过抓住人物的外貌、语言、举止等外部特征来塑造人物形象，并对旧宗教持保留态度。她的现代性由于深受当时许多新的社会科学理论和哲学思想的影响，多表现为对人的悲剧的深刻理解并率先使用心理分析的方法刻画小说主人公。④

---

① 崔东. 乔治·艾略特的浪漫主义情怀[J]. 江汉大学学报(人文科学版)，2003 (2):49-51.

② 张雪. 灵魂之语——解读乔治·艾略特的《亚当·贝德》[J]. 山东师大外国语学院学报,2000(4):71-73.

③ Rosemary Ashton. George Eliot[M]. Oxford，1983：48.

④ 陈蕾蕾. 传统与现代的统一——乔治·艾略特早期小说特征试析[J]. 暨南学报(哲学社会科学版),2002(6):82-86.

女性主义理论在20世纪80年代传入中国后，引起国内学者对艾略特的女性主义意识的关注。研究作品主要集中在《弗洛斯河上的磨坊》和《米德尔马契》，主流观点认为艾略特的女性观具有独特的矛盾性。如朱桃香的“试论乔治·艾略特女性意识的独特性——对《米德尔马契》的重新解读”从女作家独特的女性体验、多萝西娅两次婚姻和失败结局三个方面探析了艾略特女性意识的独特性。艾略特认为女性的边缘状态，既是男权社会压制的结果，又是女性自身历史积淀的集体无意识所导致的。女性要获得独立与解放，必须通过自我精神放逐才能完成生命程式的痛苦解构，在自慰自足的回归中完成对自我消失的诗性超越。① 陈明明的“乔治·艾略特的妇女观及其渊源”认为，艾略特的妇女观在女性教育和就业两方面具有进步性，她呼吁妇女享受平等的受教育的权利和更多的就业机会，并强调婚姻应该以真爱为基础。但她的妇女观也有一定局限性，根源在于宗教神学思想的束缚、离经叛道的非传统的婚姻模式和对写实主义美学思想的信奉。②

除了女性主义批评方法，国内学者还从新历史主义、精神分析、原型批评角度来解读艾略特的作品。如陈蕾蕾的“乔治·艾略特早期作品的新历史主义解读”从新历史主义的视角重新解读了艾略特早期的作品。文章认为艾略特早期创作中采用新历史主义的边缘性创作策略“再现”了历史，即她在“大历史”的一个切面上再现了社会中熟视无睹的事物，倾听新

---

① 朱桃香.试论乔治·艾略特女性意识的独特性——对《米德尔马契》的重新解读[J].暨南学报(哲学社会科学版),2002(6):75-81.

② 陈明明.乔治·艾略特的妇女观及其渊源[J].江南大学学报(社会科学版),2006(5):88-90.

的、被忽视、被压抑的边缘的声音，把“他者”从历史舞台边缘推向中心。艾略特揭露了田园生活中的不和谐因素如阶级分化和性别歧视，并质疑宗教中非人性因素。艾略特在作品中又从同情学说和因果报应的道德说教、保守的女性角色定位和人本宗教三个方面重构了意识形态和巩固了维多利亚时代的社会秩序。艾略特的早期作品展示了历史和现实的互动关系，应验了“一切历史都是现在史”的观点。① 张金凤的“从分裂走向统一的自我——对《弗洛斯河上的磨坊》中女性形象的精神分析解读”从精神分析的视角分析指出艾略特笔下的麦琪形象的独特之处在于麦琪不再是传统的叙事学中女性的“天使”或“魔鬼”的简单二元对立形象，而是从分裂的自我走向了统一的自我，既有精神道德追求，也呈现出旺盛的生命力和澎湃的激情。② 王燕的“罪与罚——《弗洛斯河上的磨坊》中洪水结局的圣经原型解读”认为艾略特在小说中通过使用象征惩罚和救赎的洪水圣经原型，表达了个人与社会和谐统一的现代思想，即只有经过苦难和牺牲，个人和集体、社会才能获得道德领悟能力，实现真正的统一和融合。③

2004 年，彭丽华的“中国乔治·艾略特研究综述”总结了 20 世纪以来国内的艾略特研究现状。文章将发表的期刊论文概括为三类。第一类是艾略特小说本身的研究；第二类是探讨艾略特对他人的影响和艾略特所受影响的研究；第三类是多种研

① 陈蕾蕾. 乔治·艾略特早期作品的新历史主义解读[J]. 外国文学研究，2002(1):54-60,171,172.

② 张金凤. 从分裂走向统一的自我——对《弗洛斯河上的磨坊》中女性形象的精神分析解读[J]. 解放军外国语学院学报,2004(5):79-84.

③ 王燕. 罪与罚——《弗洛斯河上的磨坊》中洪水结局的圣经原型解读[J]. 沧州师范专科学校学报,2006(4):28-30.

究方法。①

在新世纪，国内出版了四部艾略特研究专著，分别从伦理学、叙事学、政治观、文化等角度展开研究，呈现出研究向政治、文化研究的转向，使国内的艾略特研究更加成熟和系统化。

张金凤的英文专著《乔治·艾略特：理想主义与现实主义的"调和"》，2006 年由河南大学出版社出版。该著作的创新点是将艾略特的理想主义置于维多利亚中期现实主义与理想主义论争的大背景下进行探讨。全书一共六章，总体分为三部分；第一部分是引论，介绍了艾略特文学成就和艾略特研究综述；第二部分结合维多利亚中期的时代背景探讨艾略特的理想主义与现实主义的关系；第三部分详尽地解读了艾略特在后期三部作品中《费利克斯·霍尔特》、《米德尔马契》和《丹尼尔·德隆达》中呈现出的理想主义因素，提出艾略特的美学观发展成一种调和理想主义的"合成"现实主义。

杜隽的《乔治·艾略特小说的伦理批评》，2006 年由学林出版社出版。该著作的亮点是运用文学伦理学批评的方法进行研究，把艾略特的小说纳入到一个伦理系统进行考查，研究视角明确，观点梳理详细。全书共七章，可分三部分：第一部分主要介绍了艾略特的创作历程和点明该著作的研究意义和价值；第二部分阐述了艾略特的道德人生和作品中的宗教道德观。第三部分从女性伦理、家庭伦理和政治伦理三方面论述了艾略特的伦理道德观。在女性伦理中，作者探讨了艾略特的女

① 彭丽华.中国乔治·艾略特研究综述[J].湘潭师范学院学报(社会科学版),2004(5):83-84.

性意识和婚恋观。在家庭伦理中，作者认为艾略特非常注重夫妻之情、兄妹之情、父女之情和亲情。艾略特的政治伦理主要体现在她的后期作品中。

廖昌胤的《悖论叙事——乔治·艾略特后期三部小说中的政治现代化悖论》，2007年由中国社会科学出版社出版。该著作采用马克思主义唯物论辩证方法，从叙事学的角度专门探讨了艾略特后期的三部小说中存在的悖论和难题，以及作者采用的悖论式叙事策略。该著作研究视角和文本选择新颖，意味着艾略特研究进入了新的发展阶段。

马建军的《乔治·艾略特研究》，2007年由武汉大学出版社出版，全书一共四章：第一章按照作品的早、中、晚三个时期评述了艾略特的创作生涯，其中包括被国内学界忽视的短篇小说；第二章从历史与社会观、人文宗教观、道德现实艺术和女性观四个方面阐述了乔治·艾略特的创作思想和艺术；第三章从创作背景、科学历史观、叙事特征和人物分析四方面详细解读了艾略特的代表作《米德尔马契》；第四章则总结了国外的艾略特研究现状，列举了大量国外研究成果。该著作还有作家作品的年谱、小说人名地名英汉对照、部分名称简称等附录。该著作是一本全面、系统地研究艾略特作品的专著。该著作在大量外文文献的基础上，做了翔实的梳理和阐释，为进一步进行艾略特研究提供了更丰富的资料。

本时期的艾略特研究在广度和深度上都得到很大的扩展，不再是笼统的综合性概括，而是结合具体的作品，开始采用多元的文学批评角度，进行细致、深入的文本分析，绽放出艾略特多面丰富的迷人风采。

四、“和而不同”的艾略特

“随着经济全球化的深入和市场经济的繁荣，中国已经大规模地迈入消费文化的时代。……诉诸官能的消费文化泛滥成灾，而诉诸心灵的严肃文化陷入困境”。[①] 传统的报纸、广播、杂志在以互联网为核心的数字式电子传播时代，举步维艰。在此背景下，艾略特作品的引入翻译依然没有扩大。2008年仅重译了两部艾略特最受研究者和读者喜爱的作品，分别是《弗洛斯河上的磨坊》[②] 和《米德尔马契》[③]。同年，西安交通大学出版社出版了吴春晓的《弗洛斯河上的磨坊》译本。2009年，上海外语教学与研究出版社再版了书虫系列的《织工马南》，成为各大高校英语专业学生拓展能力的必读英语读物。2011年，上海复旦大学出版社出版了傅敬民翻译的《亚当·比德》。艾略特的另外两部长篇小说《费立克斯·霍尔特》和《丹尼尔·狄隆达》，两篇短篇小说《撩起的面纱》（*The Lifted Veil*，1859）和《雅各布哥哥》（*Brother Jacob*，1864），诗歌集《西班牙吉卜赛人》（*The Spanish Gypsy*，1868）和《朱巴尔传奇诗集》（*The Legend of Jubal and Other Poems*，1874），散文集《西奥弗拉斯特斯·萨奇的印象》（*The Impressions of Theo-*

---

① 毛华栋. 中国当代的消费主义文化探索——以电子产品的消费为例[J]. 当代社科视野，2011 (11)：12-17.

② 乔治·艾略特. 弗洛斯河上的磨坊[M]. 祝庆英，郑淑珍，方乐颜，译. 上海：上海译文出版社，2008.

③ 乔治·艾略特. 米德尔马契[M]. 项星耀，译. 北京：北京人民文学出版社，2008.

phrastus Such，1879），以及个人书信和日记等至今都未见中译本。总之，进入 21 世纪后，艾略特的译作范围没有扩大，发展较为缓慢。翻译的作品也比较集中，读者也难以领略到艾略特作品的全貌。对国外学者对乔治·艾略特进行的专门的评论性著作的译介也是屈指可数，对研究艾略特的原文翻译也是寥寥无几。这些还都有待国内翻译界的进一步努力。

在价值观方面，“当今的中国已经具有某些后现代的特征，……宣扬差异性，反对统一性和整体性的多元论成为了时代主流”。① 多元论导致了价值的多元化，赋予了人们更多价值选择的自由。形态各异的西方后现代主义文艺理论进入中国学者的学术视野，使艾略特研究成果更加丰富，研究视角更加多元。从 2008 年 1 月 1 日到 2015 年 12 月 31 日，中国知网（CNKI）收录的期刊论文共 236 篇，年均发表 29.5 篇，挖掘出更加丰富而不同的艾略特。

宗教道德的研究在这一时期仍然在继续，这是中国知识分子对当今社会中技术和人文天平失衡的回应，力求通过加重人文关怀的砝码，维持天平的平衡。国内学界对艾略特的宗教观的接受虽然研究的角度各不相同，但大部分都认为艾略特具有人本主义的宗教道德观，深受费尔巴哈和孔德思想的影响。如毛亮发表于《外国文学评论》2008 年第 2 期的“历史与伦理：艾略特的《罗慕拉》”，从历史和伦理两个角度讨论了作品所蕴含的主题思想。② 高晓玲在《外国文学评论》发表了“‘感受

---

① 廖小平，周泽宇. 价值观的分化探析——以改革开放以来中国社会为背景[J]. 北京大学学报（哲学社会科学版），2013(3)：15-21.

② 毛亮. 历史与伦理：艾略特的《罗慕拉》[J]. 外国文学评论，2008(2)：95-105.

就是一种知识!’——乔治·艾略特作品中‘感受’的认知作用”，从乔治·艾略特“感受就是一种知识”的论点出发，首先梳理了维多利亚时代认识论的背景，其次辨析了艾略特的“知识”和“感受”的概念，从感受的感受力、同情和直觉三个层面，分析了它的认识论价值，最后阐述了艾略特的“感受论”对其道德观和宗教观的影响，指出在艾略特的作品中感受和智性是相互渗透，相互补充，使艾略特成为一个真正的智者。① 廖辉的“论乔治·艾略特晚期作品中的伦理主题”从文化研究的角度，结合艾略特晚期两部作品《罗慕拉》和《米德尔马契》，从“进步学说”道德困境和珍视传统重建道德两部分论述了艾略特的“人本宗教”的道德观。② 但是徐颖认为艾略特的宗教道德观还来源于基督教，她发表在《外国文学》2013年第4期的“乔治·艾略特与圣经高等评断学”，从对理性释经思想的接受、对高等评断学理性原则的反思、理性结合情感的英国释经传统三个方面阐释了艾略特用文学家参与释经的方式挖掘出基督教信仰中的道德情感，借此修补现代精神与旧有信仰之间的裂痕，重构了崩塌的文化价值观。③

此外，主题思想研究扩展到艾略特的婚姻观，国内学界认为艾略特还是提倡女性回归家庭，自我牺牲成就男性。王园园的“超越传统意义的婚姻《亚当·贝德》中婚姻的独特意义”认为艾略特的婚姻观体现在宗教和女性两方面。艾略特认为

---

① 高晓玲. “感受就是一种知识!”——乔治·艾略特作品中“感受”的认知作用[J]. 外国文学评论，2008(3)：5-16.

② 廖辉. 论乔治·艾略特晚期作品中的伦理主题[J]. 湖南科技大学学报(社会科学版)，2014(5)：138-143.

③ 徐颖. 乔治·艾略特与圣经高等评断学[J]. 外国文学，2013(4)：134-141.

婚姻代表了人本宗教的信念，只有遵循自己的感受，才能拥有真正的幸福与快乐。艾略特在支持女性接受教育和工作的权利的同时，不主张男女地位的绝对平等，而强调女性在婚姻中做出自我牺牲来成就男性的抱负。这种矛盾的婚姻观是时代和传统社会的产物，既反映了她要求男女携手，共创协调发展的人类社会的美好愿望，又反映出她处于女权边缘的尴尬与无奈。①

国内还有学者运用生态女性主义批评、文学伦理学理论来解读艾略特早期作品。如褚晓航的“《弗洛斯河上的磨坊》的生态女性主义解读”运用了生态女性主义相关理论，分析了乔治·艾略特的小说《弗洛斯河上的磨坊》中对自然与女性、女性与男性对抗的书写，表达了追求女性解放，憧憬两性融洽，向往与自然和谐相处的理想。② 袁英的“《米德尔马契》：伦理关怀与道德寓言”中运用文学伦理学的批评方法深入地探讨了艾略特的伦理道德观产生的语境、在小说作品中的体现和多萝西娅的道德观。文章认为，在斯宾诺莎的影响下，艾略特作品中体现的伦理道德观可以概括为对他人的同情、个人与他人、社会之间的伦理关系，以及个人对道德的自我完善的不懈追求。《米德尔马契》中多萝西娅正是艾略特“扩大人们的同情心”的伦理思想的忠实践行者。艾略特为多萝西娅安排的婚姻选择和她自己的婚姻观具有高度的一致性。③

---

① 王园园. 超越传统意义的婚姻《亚当·贝德》中婚姻的独特意义[J]. 安徽文学，2008(9)：211.

② 褚晓航.《弗洛斯河上的磨坊》的生态女性主义解读[J]. 安徽文学，2009(11)：127-128.

③ 袁英.《米德尔马契》：伦理关怀与道德寓言[J]. 外国文学研究，2012(1)：68-74.

在“西西对比研究”方面，学者们也关注到了艾略特后期的一些作品，并开始将艾略特与国内外的作品进行对比研究，这是艾略特研究的新转向之一。国内对艾略特晚期作品的研究主要集中在《丹尼尔·狄隆达》和《罗慕拉》，主要围绕人的生存发展和幸福，挖掘艾略特提供的获得幸福感的良方。黄如敏的文章“论《丹尼尔·德隆达》中的两性对抗”从格朗古与格温多琳夫妇的“权力”之争、丹尼尔母子人生价值观的冲突、米拉父女伦理道德观的差异这三个方面为切入点，从社会学、心理学以及犹太宗教观等层面分析了两性意识形态矛盾的形成因素，认为艾略特通过揭示物质化社会进程中人类个体的心理、情感、道德成长与社会文明的整体演进之间的关系，表达了其美学价值即实现两性的和谐共处是现代人驱除精神孤独、心身融合的基本前提，也是社会平稳发展的必经之途。[①] 殷企平的“从自我到非我——《丹尼尔·德隆达》中的心智培育之路”论述了小说《丹尼尔·德隆达》中心智培育（the cultivation of the mind）的主题思想及其艺术呈现。文章认为关德琳和格朗古特的成长历程表达了艾略特的“非我的自我”的美德观点：同情心是从自我走向非我的必由之路；爱心和知识是心智培育的互相交织的两个基本前提；当事人的羞耻心是心智培育的关键。[②] 李涛和杨峻峰发表在《外语与外语教学》2013年第2期的“小说《罗慕拉》中的‘边界’意识”运用巴赫金对话理论中的“边界”的核心概念，论述了《罗慕拉》在民俗

① 黄如敏.论《丹尼尔·德隆达》中的两性对抗[J].泉州师范学院学报，2014(1):74-79.

② 殷企平.从自我到非我——《丹尼尔·德隆达》中的心智培育之路[J].外国文学研究，2015(2):74-82.

意义中和话语层面中的“边界”意识和小说中的“边界”意识在弱者对强者的戏谑、对官方权利的进犯、女性和男性的对抗中对权利的颠覆，最后指出小说中的“边界”意识强调边界思想的去中心化，提倡多元的精神。① 宋婉宜的“《罗摩拉》：一部孔德主义的小说”论证了艾略特借助描写小说萨伏纳罗拉、罗摩拉、蒂托等主要人物的个性与命运，探索适应时代转变的道德观、政治形式和伦理秩序，揭示了在此过程中产生的迷惘，是对孔德实证主义的继承与突破。②

在“中西对比研究”方面，主要集中在叙事学、主题思想、自然观等方面。如林琳的“‘我’与权威——从女性主义叙事学角度解读乔治·艾略特与冰心的小说”从女性主义叙事学的角度论证了乔治·艾略特与冰心的小说在叙事策略上的不同和巧合。虽然两者都采取了迂回曲折的策略，反映了女性作家在叙事上的尴尬和无奈，新的历史时代中新女性的矛盾与挣扎，但在叙事角度上，艾略特一直采用作者型叙述，紧握作者权威，而冰心一直使用“同故事”的我的叙述，只具有人物的权威。巧合之处在于在相似的社会语境下，艾略特和冰心的女性观都具有一定的保守性和矛盾性。③ 何大军的“乔治·爱略特和托马斯·哈代自然观之比较”论述了艾略特和哈代作品中自然的功能和特点的不同。关于自然的功能，乔治·艾略特描绘的自然充当背景，托马斯·哈代则将

---

① 李涛，杨峻峰. 小说《罗慕拉》中的“边界”意识[J]. 外语与外语教学，2013 (2):85-88,92.

② 宋婉宜.《罗摩拉》：一部孔德主义的小说[J]. 西南交通大学学报(社会科学版),2015(3):87-93.

③ 林琳. “我”与权威——从女性主义叙事学角度解读乔治·艾略特与冰心的小说[J]. 广东教育学院学报,2005(1):55-58.

自然背景有机地融入了作品中的人物情感当中。关于自然的特点，乔治·艾略特的自然世界是平静、现实的，真实而充满想象，托马斯·哈代的自然世界是主观的、充满情感的。造成自然观不同的深层原因是两位作家对达尔文理论的不同理解。① 黄如敏的“简·奥斯丁与乔治·艾略特小说思想之比较”论述了简·奥斯汀与乔治·艾略特小说思想在小说的妇女观、小说的社会观、小说的道德观三个方面的不同。在小说的妇女观方面，奥斯汀以人性的眼光从家庭内部来看待妇女问题，她的艺术范式是“灰姑娘式”的，最终女性仍自觉自愿地依附于男性，是传统而狭隘的。艾略特超越了奥斯汀的局限，明确指出女性要在教育和职业上争取与男性均等的机会，成为男性生活与精神上更加完美的伴侣。在小说的社会观方面，奥斯汀着眼于乡绅小社会，她对社会弊端温和的讥讽和千篇一律的喜剧结尾削弱了小说的社会批判力。艾略特怀抱宏大的历史目光和开阔的思想视野，深入思考 19 世纪的一系列社会问题，在作品中描绘了个人理想同社会现实的矛盾冲突，展示了一个处于更高层面上的资本主义社会演化过程。在小说的道德观方面，两者都秉持小说的道德教诲功能。但奥斯汀遵循笛福创立的小说道德教诲方式，将道德意识融入叙事形式之中，带给读者心灵的感化与启迪，艾略特则上升到对道德情感的探索。②

另外，国内还出现了两篇介绍艾略特国内外接受研究的

---

① 何大军. 乔治·爱略特与托马斯·哈代自然观之比较[J]. 北方论丛，2007 (5)：57-59.

② 黄如敏. 简·奥斯丁与乔治·艾略特小说思想之比较[J]. 北京第二外国语学院学报，2010(4)：58-62.

期刊文章，一篇是国外艾略特研究的述评，另一篇是艾略特在中国的接受研究。王海萌的“当代西方乔治·艾略特研究述评”在研究大量国外文献的基础上，清楚地梳理出艾略特研究重心的三大变化趋势，它们分别是：文化和政治转向；多元理论视角阐释作品新意，尤其令人瞩目的是伦理学、马克思主义和文化研究立场；重新评价艾略特诗歌。① 这篇文献不但开阔了国内研究者的视野，对国内学者以后的研究也有很大的启发。常晓丹在“《织工马南》在中国的接受（1949—2013）”中运用“文学接受”的研究方法，结合中国具体的社会背景，梳理出了《织工马南》的译本和研究从20世纪五六十年代到21世纪的中国的接受状况和与之相随的马南的形象变迁。在20世纪五六十年代，马南是勤劳、质朴的工人阶级劳动人民。在20世纪八九十年代，马南善良、无私的品质为他赢得了“慈父”的称号。在20世纪，国内学者从不同的研究角度分析马南的形象，马南变成了受难者，是忍受着精神孤独和社会异化的“约伯”。②

专著方面，继续沿袭向政治、文化研究的转向，新增的三部艾略特研究专著分别从政治观、音乐、文化等角度深化了艾略特研究。龙艳的《激进而保守的女性主义——英国作家乔治·艾略特研究》，2008年由外语教学与研究出版社出版。全书共分五章：第一章是艾略特女性主义写作；第二章从艾略特作品中超越现实的神性景观，神性启示的反抗与男性神学的压制、感性、理性和神性三者关系，神性命名和命名权的男性话

① 王海萌.当代西方乔治·艾略特研究述评[J].国外文学，2010(1)：35-42.

② 常晓丹.《织工马南》在中国的接受(1949—2013)[J].时代文学(下半月)，2015(1)：203-204.

语压制，艾略特眼中的信仰，价值和命名权五个方面深入地论述了艾略特的宗教观；第三章主要从艾略特的保守主义、艾略特的保守主义社会观、艾略特看传统、艾略特看教育四个方面阐述了艾略特的政治观；第四章主要解析了艾略特对人类的强烈同情和对世俗事物的理解；第五章是结语，指出女性主义文学的激进性和保守性来自作家本身的身份焦虑。该著作的亮点在于从艾略特的宗教观、政治观探讨了艾略特独特的女性主义观，论述内容丰富，不但扩大了女性主义批评的视野，还具有很高的理论价值。

张磊的《肯认与焦虑：乔治·艾略特小说中音乐文化的意识形态研究》，2012年由中国国际广播出版社出版。该著作运用法国学者阿达利“音乐的政治经济学”和英国学者伊格尔顿“审美意识形态”的理论，主要从音乐“理想化”和“世俗化”两个角度，结合《亚当·贝德》、《弗洛斯河上的磨坊》和《丹尼尔·狄隆达》三个具有代表性音乐主题的小说文本，分章节探讨了艾略特小说中涉及到的音乐政治之一体两面：中产阶级对音乐过于理想化的建构、音乐在工商业社会中的四种自我解构。最后回归到作者本身，指出乔治·艾略特在音乐政治观上呈现出复杂性、矛盾性的特征。一方面，作为中产阶级的精英分子，艾略特极为尊崇当时的主流音乐、音乐家，在很大程度上认同中产阶级的文化霸权意识形态；另一方面，她也敏感地意识到其中暗含的种种颠覆因素，对其存在的合理性、合法性产生严重的焦虑。该著作的特色在于结合典型小说文本，从音乐的角度深入探讨了艾略特的政治观，这在艾略特批评中较为罕见，视角独特，具有很强的启发性。

王海萌的《建构文化：乔治·艾略特小说中维多利亚时代中产阶级自我塑形研究》，2012年由上海外语教育出版社出版。该著作从文化研究的视角，围绕《佛洛斯河上的磨坊》《激进主义者菲力克斯·霍尔特》《米德尔马契》和《丹尼尔·德隆达》四部小说中的中产阶级文化，从霸权意识、性属关系、文化特征三个方面阐述了中产阶级塑造群体形象的方式，提出艾略特小说里中产阶级自我塑形的目的是形成一种具有建构性的积极文化。该著作的创新之处在于从文化研究的角度，深入地讨论了中产阶级自我塑形，填补了学界对此话题的研究空白，展示了艾略特研究的新动态。

从译本出版和再版的频率来看，体现善良、热情且对生活充满期待的普通人生活的伊万斯早期长篇小说，仍是中国普通读者的选择。[①] 艾略特的另外两部长篇小说《费立克斯·霍尔特》和《丹尼尔·狄隆达》，两篇短篇小说《撩起的面纱》和《雅各布哥哥》，诗歌集《西班牙吉卜赛人》和《朱巴尔传奇诗集》，散文集《西奥弗拉斯特斯·萨奇的印象》，以及个人书信和日记等至今都没有中译本面世，还需要中国翻译界进一步的努力。

统观国内的艾略特研究，学术界对艾略特研究的热情日渐高涨，从介绍性的研究到多元化、多视角的解读艾略特小说，到艾略特研究专著，再到艾略特对比研究、接受研究，国内对艾略特及作品的研究越来越全面、深入、系统，

---

① 常晓丹.《织工马南》在中国的接受(1949—2013)［J］. 时代文学(下半月),2015(1):203-204.

成果也越来越丰富。当代艾略特研究也出现了“政治和文化的转向”。[①] 在多元批评理论的运用和研究新转向两方面，国内研究都紧随国外研究发展。但在研究作品的选择上，国内艾略特研究有些滞后。期刊论文解读的作品多集中在《米德尔马契》《弗洛斯河上的磨坊》和《亚当·比德》上，所以出现了不少内容的重复，主要集中在女性主义、道德观、伦理观等方面。虽然出现了对艾略特后期长篇小说的研究、叙事学研究和艾略特的对比研究，但研究深度和层次还需要加强。又因国内尚未出版艾略特的中短篇小说和诗歌的中译本，因此国内学者相关的涉猎非常少，这些将会是国内学者以后关注的热点。

第二节　《弗洛斯河上的磨坊》在中国的接受研究

《弗洛斯河上的磨坊》是艾略特一部自传体小说，融入了作者满满的童年回忆。伍尔夫认为它是使读者“感受到了只有戛戛独造的大作家们才能给我们带来的那种妙不可言的温暖和轻松的一部作品。即使多年以后重温这部小说，它仍然能迸发出那样丰富的活力和热度”。[②] 小说描写的是磨坊主塔里弗夫妇一家的喜怒哀乐，背景是英国古老平静的圣奥格镇。全书虽没有步步惊心的情节，但随处可见温

① 王海萌.当代西方乔治·艾略特研究述评[J].国外文学，2010(1)：35-42.

② 乔治·艾略特.弗洛斯河上的磨坊[M].祝庆英，郑淑珍，方乐颜，译.上海：上海译文出版社，2008：序言.

馨浪漫的场景和细致入微的人物心理描写；虽没有思想深邃、智慧过人的大人物，但这些乡村小人物各个个性生动鲜明，言行蕴含朴素的人生哲理，所以被公认为作者前期作品中最优秀的一部。

随着这部小说在国内的不断再版和复译，国内学者对这部作品的研究热情也在不断地高涨，学者们从不同角度挖掘这部作品中的深层内涵，在期刊上发表了诸多文章。因此，研究关于这部小说的学术期刊论文，可以在一定程度上了解在中国学术界的接受状况。

在中国知网（CNKI）上分别输入关键词“弗洛斯河上的磨坊”“弗罗斯河上的磨坊”“佛洛斯河上的磨坊”“佛罗斯河上的磨坊”，并将截止时间设定为2015年12月30日，可检索到相关的文献共142篇（表5-2），其中学术期刊论文71篇，博硕论文共64篇，其中硕士论文63篇、博士论文1篇，教育期刊论文7篇。从以上关键词的检索量来看，国内该著作中文译名多用“弗洛斯河上的磨坊”，故在文中统一使用“弗洛斯河上的磨坊”来指代艾略特的英文原著。

表5-2　1949年至2015年中国知网“弗洛斯河上的磨坊”相关研究数据

文献	学术期刊	博硕论文		教育期刊
		博士论文	硕士论文	
数量	71	1	63	7

笔者以“出版年份”为横坐标，“学术发文数量”为纵坐标绘制了《弗洛斯河上的磨坊》的学术期刊论文分布图（图5-4）。

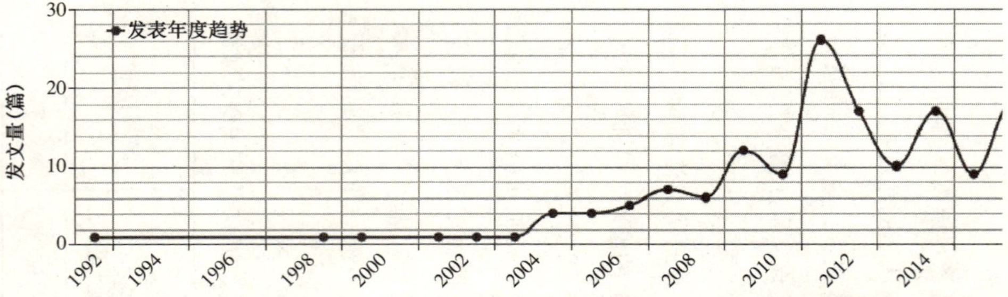

图 5-4　1949 年至 2015 年中国知网“弗洛斯河上的磨坊”相关文献发表趋势图

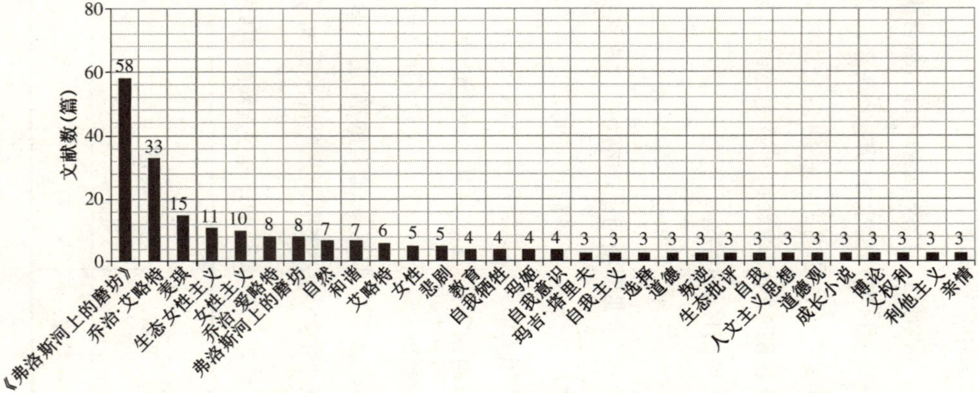

图 5-5　1949 年至 2015 年中国知网“弗洛斯河上的磨坊”相关研究主题词频图

《弗洛斯河上的磨坊》的相关文献关键词分布，如图 5-5 所示。

由图 5-4 和图 5-5 可见，国内研究《弗洛斯河上的磨坊》的研究总体有三个特点。

第一，国内学者在 1999 年才开始真正研究《弗洛斯河上的磨坊》这部作品，因为在 1992 年和 1998 年出版的两篇学术论文对《弗洛斯河上的磨坊》均属于一带而过。2006 年以前，相关的学术期刊的出版量都很小，年平均量 2 篇。虽然此作品曾被再版或重译，而且国内艾略特研究已经蓬勃展开，但是这部作品一直未得到国内学术界重视。从 2006 年开始，相关学术期刊的出版量总体趋势呈波动性上涨，在 2011 年迎来一个小高潮，达到 13 篇，说明国内学术界对于这部小说越来越关注，研究进程也越来越快，与国内同时期多元文化的文化语境密切相关。同时，2012 年《弗洛斯河上的磨坊》有 kindle 免费的电子书出版，让以互联网为媒介的新型阅读方式成了纸质译本的有力补充，使更多的中国学者能接触到并开始研究这部小说。

第二，《米德尔马契》和《弗洛斯河上的磨坊》是在国内重版和重译度最高的两部作品，也都在 2012 年有 Kindle 的免费书出版，但是《弗洛斯河上的磨坊》在国内学界的影响力远不及《米德尔马契》。而按照同样的检索设置，笔者可检索到与《米德尔马契》相关的文献 305 篇，其中学术期刊 223 篇，博硕论文 82 篇，远高于《弗洛斯河上的磨坊》142 篇的相关文献。原因可能有两个：一是《弗洛斯河上的磨坊》一经出版就备受争议，在故事情节的衔接和小说的结局上批评之声不绝于耳，而《米德尔马契》曾受到伍尔夫、利维斯、海特、哈迪、哈维等西方知名评论家的大力推崇，被誉为乔治·艾略特的巅峰之作,[1] 所以这两部作品在中国的接受情况相差悬殊，很可能与《米德尔马契》批评界享有的崇高文学地位有关；二是《米德尔马契》充满现代性的特点广泛地吸引了思想上和心灵上正在发生变化的中国读者。[2]

第三,《弗洛斯河上的磨坊》在中国的研究热点较为集中。首先，采用“作家—作品”评价模式。国内学者从文本出发，一共发表了 83 篇学术期刊论文，其中涉及以麦琪为主的人物形象分析的有 30 篇，向国内读者阐释了维多利亚时期的女性生存体验；有关主题思想的论文共 26 篇，主要分析了艾略特的宗教伦理道德观、女性意识、婚恋观和自然观等。这种评价模式一直贯穿于对《弗洛斯河上的磨坊》的研究，从未停止。其次，运用多元化的研究视角。21 世纪随着大量西方文学批评的引入，国内的学者从女性主义批评、原型批评、文学伦理学、新历史主义理论、生态批评来解读这部作品，共发表了 27 篇学术期刊论文。最后，对比研究成为新动向。近年来，国内学者们还开展了《弗洛斯河上的磨坊》的对比研究，共发表了 3 篇学术论文。

随着《弗洛斯河上的磨坊》在中国不断出版和再版的热潮，国内学界对其也进行了多层面、多元化的解读，从分析小说主题、人物形象的作家作品研究、20 世纪 90 年代的结构主义、女性主义、心理分析等，到 21 世纪的原型批评、生态理论、叙事学、文学伦理学、心理分析、马克思主义、叙事学、空间批评、新历史主义批评等，再到批评语言学、认知诗学视

---

① 罗杰鹦.《米德尔马契》的批评接受研究[J].外国文学研究,2011(5):122-128.

② 常晓丹. 从学术期刊论文谈《米德尔马契》在中国的接受[J]. 出版广角,2016(10):41-43.

角、女性哥特视角等分析作品的艺术特征、与国内外作品开展对比研究，极大地丰富了艾略特作品研究的内涵，也使读者能够更深刻地理解小说蕴含的魅力。

一、主题思想研究

（一）作品意象研究

关于《弗洛斯河上的磨坊》中意象的研究从 2006 年开始，一直延续到 2015 年，一共 6 篇期刊论文，研究热度不亚于对艾略特伦理、宗教观的研究。研究的意象多集中在水，其次是音乐和动物。在国内学者眼中，这些意象都具有象征性，或与麦琪直接相关，或隐喻当时工业社会背景。

“水”的意象最先引起中国学者的关注而且研究成果也较多，这与我国源远流长的水文化密切相关。“水不仅是人们的审美表现对象，也是理性认知对象，在中国文化中具有丰富而深邃的象征隐喻意义”。① “老庄取‘水’为意象的思想基础，就在于通过形象化的手段以水喻道、以水传道、以水应道、以水言道”。② 在《红楼梦》里，曹雪芹将水性与女性、水韵与女韵密切联系起来，“用‘水’来比拟女儿，描绘出一个汇山

---

① 魏颖. 女儿如水，水似女儿——《红楼梦》中“水”原型的文化特质及内涵[J]. 红楼梦学刊，2011(2)：137-148.

② 魏新强. 老庄道家哲学视域下的中国“水文化”教育理念的思考[J]. 华北水利水电大学学报(社会科学版)，2017(1)：1-4.

川之灵秀，钟天地之精华的女性世界”。[①] 再加之，我国学界“在20世纪90年代开始有意识地将‘水文化’作为一个科学概念提出并开始研究”。[②] 在此背景下，国内学者对《弗洛斯河上的磨坊》中水的意象在感情上更易亲近、更敏感，易于将中国文化中水与女性的联想移植到外国作品的解读中。

于是，关于《弗洛斯河上的磨坊》中水的意象研究，国内学界大多认为水与麦琪联系密切，是麦琪的成长历程和自由意志的体现，是麦琪获得重生的途径。如丁玫在其文章“小说《佛洛斯河磨坊》中玛姬的困境与水的意象”中指出艾略特用水揭示了玛姬身上存在的两难困境，既想冲破男权社会束缚、实现自我，又有潜意识里适应它、顺从它的倾向。玛姬的生命在水里终结意味着最终获得精神上的自由。[③] 单新荣、漆舒琴在“《弗洛斯河上的磨坊》中的水之隐喻”中认为水的隐喻映射了麦琪的成长和情感历程。水与麦琪息息相关，是她的生命之源，是她亲密无间并从中获得精神慰藉的伴侣，是她要顺势而为追求家庭和亲情之间和谐的情怀，是超越父权的良药。[④] 学者王素英对水的意象提出了新解，她认为水象征了当时轰轰烈烈的工业革命。她的“‘洪水般’的工业革命毁灭与再生——《弗罗斯河上的磨坊》的洪水结局新解”把小说置于工业化的背景下进行考查。艾略特通过运用象征死亡和重生的水

---

① 魏颖．女儿如水，水似女儿——《红楼梦》中“水”原型的文化特质及内涵[J]．红楼梦学刊，2011 (2)：137-148.

② 魏新强．老庄道家哲学视域下的中国“水文化”教育理念的思考[J]．华北水利水电大学学报(社会科学版)，2017(1)：1-4.

③ 丁玫．小说《佛洛斯河磨坊》中玛姬的困境与水的意象[J]．新余高专学报，2006(1)：29-31.

④ 单新荣，漆舒琴．《弗洛斯河上的磨坊》中的水之隐喻[J]．名作欣赏，2012(6)：37-38.

的神话原型指出工业革命也像洪水一样，具有死亡和重生的特性。一方面，工业革命不但毁坏了小说中自耕农的生活利益，还摧毁了人们的传统思想，导致人与人关系冷漠；另一方面，它催生了人们的现代意识，激发出麦琪对现代新生活的向往，引领汤姆迈入商业气息浓重的现代化之路。兄妹俩被弗罗斯河水吞没是因为两者在向现代化的路上出现了向传统的倒退。兄妹俩在现实世界的死亡意味着他们在精神世界里的重生。①

21 世纪也是交叉学科的时代。“在当下的学术研究中，学科交叉的研究、或称是借助于多学科的理论和方法对本专业的某一个研究对象进行深入地研讨是为趋势”。② 中国学者敏锐地关注到艾略特的音乐素养在作品中的流露，2011 年和 2015 年各有一篇有关《弗洛斯河上的磨坊》中音乐意象的研究文章，具有代表性的是罗灿的“麦琪的困境与抉择——音乐在《弗洛斯河上的磨坊》里的意义”。罗灿在文中借助于交叉学科达尔文的性选择理论，分析了音乐在刻画麦琪形象和深化主题中的实用性功能。文章认为艾略特用音乐将麦琪的道德困境展现出来。像鸟类用歌唱去吸引雌鸟一样，歌唱是斯蒂芬和菲利普用来吸引和争夺麦琪的竞争工具。斯蒂芬和菲利普的竞争歌声构成了社会意识的责任和无社会意识的自然欲望之间的斗争。斯蒂芬的歌声唤醒了麦琪对爱的憧憬，引诱麦琪忘掉责任和义务，遵从本能欲望享受生活。而菲利普的歌声引起了麦琪的回忆，时刻提醒麦琪要压制自己的欲望，不能损人利己。按照性选择的理论，麦琪应该选择斯蒂芬，但麦琪最终痛苦地选

---

① 王素英.“洪水般”的工业革命毁灭与再生——《弗罗斯河上的磨坊》的洪水结局新解[J]. 英美文学研究论丛,2010(2):95-104.

② 项阳. 功能性·制度·礼俗·两条脉——对于中国音乐文化史的认知[J]. 中国音乐,2007(2):25-34.

择放弃斯蒂芬，是超越了生物本能的反应。在动听的歌声中，读者深刻地体会到了艾略特所颂扬的利他主义的社会道德观。① 都辉的"音乐在《弗洛斯河上的磨坊》里的意义"也是从交叉学科音乐的角度着重探讨了音乐对麦琪实施的教化功能。艾略特用音乐唤醒了麦琪的人性和道德的力量。② 动物的意象则更多地隐喻了麦琪的动物本能。如江润洁的"《白孔雀》与《弗洛斯河上的磨坊》中的自然与动物元素"认为艾略特在小说中用野鸭、美人鱼、宠物狗等动物揭示了玛姬具有动物的活力，强调了人类的动物本能。③

单新荣的"《弗洛斯河上的磨坊》中的水之隐喻"、丁玫的"小说《佛洛斯河磨坊》中玛姬的困境与水的意象"、王素英的"'洪水般'的工业革命毁灭与再生——《弗罗斯河上的磨坊》的洪水结局新解"三篇论文的角度虽各有不同，但都认为小说中的水具有精神重生的作用。罗灿的"麦琪的困境与抉择——音乐在《弗洛斯河上的磨坊》里的意义"和江润洁的"《白孔雀》与《弗洛斯河上的磨坊》中的自然与动物元素"都论述到了麦琪与动物有某种联系。由此可见，国内学者就《弗洛斯河上的磨坊》的意象研究，既相互补充，也交相辉映。

（二）作品道德伦理思想研究

艾略特的道德观和伦理观密不可分，因为伦理学研究的首

---

① 罗灿. 麦琪的困境与抉择——音乐在《弗洛斯河上的磨坊》里的意义[J]. 外国文学，2011 (06)：55-60，158.

② 都辉. 音乐在《弗洛斯河上的磨坊》里的意义[J]. 语文建设，2015(6)：75-76.

③ 江润洁.《白孔雀》与《弗洛斯河上的磨坊》中的自然与动物元素[J]. 名作欣赏，2011(11)：121-122.

要问题就是道德与利益的关系，伦理学研究的对象也是道德。所以国内学者在分开探讨《弗洛斯河上的磨坊》中这两个主题时，内容会有交叉和重复。关于《弗洛斯河上的磨坊》的道德思想研究文章，在中国知网上共有5篇，分别发表于2003年、2005年、2006年、2007年、2011年。关于《弗洛斯河上的磨坊》的伦理思想研究文章，在中国知网上，2011年收录了2篇、2013年收录了1篇，一共3篇。从成果发表时间上看，早期的艾略特伦理观研究多使用“道德”一词，近来的相关研究多使用“伦理”一词，两者一脉相承。表述用词转换的原因可能是随着伦理学在中国作为一门学科的快速发展，伦理学与其他学科建立起了越来越巩固的联盟，成为一门跨学科、交叉性的研究，比道德一词涵盖了更广的范围。

国内学者虽从多种不同的角度进行阐释，丰富了研究视角，得出的普遍结论是艾略特在她的作品中一直秉持自我克己的利他主义的伦理道德观。其中具有代表性的成果有：崔东的“乔治·艾略特的情感道德观”通过探讨《弗洛斯河上的磨坊》和《米德尔马契》中麦琪和多萝西娅对情感处理的方式，揭示了艾略特的情感道德观。艾略特认为道德行为是情感的，并非理性的，可以脱离宗教信仰而独立存在的。爱才是控制情感的最有力的道德手段。① 何静的“解读《弗洛斯河上的磨坊》结局中的宗教观”中从洪水结局、圣奥格贞女和最后的救赎三个宗教符号探讨了艾略特以爱为中心的人道主义宗教观。艾略特将麦琪塑造成“圣奥格贞女”的化身，带领人们凝聚个人力量，相互补足，激励人们不断前进。洪水虽然给麦琪带来了死

① 崔东. 乔治·艾略特的情感道德观[J]. 湖北社会科学，2003(9)：37-39.

亡，但是也是对她的救赎，正是因为麦琪怀着对人类真正的爱，她才能拯救他人和自己。艾略特借助洪水的毁灭性不但表达了对人类命运和前途的深切关怀，更是对麦琪正直善良的品质的肯定。① 文章虽然认为艾略特的人道主义宗教观具有一定的局限性，但也高度肯定了艾略特的宗教观中合理的道德成分。李华的“从《弗洛斯河上的磨坊》看爱略特的人文主义思想”一文中，通过分析麦琪和塔里弗先生总结出爱略特的人文主义思想主要包括同情心和利他主义。最后指出爱略特的人文主义思想的来源是费尔巴哈和孔德。② 杨方林的“人生道德实验——再读《弗洛斯河上的磨坊》”从道德观的角度，梳理了麦琪在与汤姆、菲利普和斯蒂芬之间的感情纠葛中所经历的从道德不成熟到道德挣扎、再到道德胜利的成长过程，指出这部小说是艾略特为寻求解决个人欲望和传统规范的冲突的方法，是刻意安排的一场人生道德实验。实验结果表明：只有一个满怀对他人的爱和对他人痛苦的同情才能达到个人和传统规范的和谐。③ 何保兴的“从《弗洛斯河上的磨坊》看艾略特的伦理思想”认为艾略特的伦理思想主要包括同情意识和利他主义思想并探究了其伦理思想的来源。艾略特的同情意识来源于荷兰哲学家斯宾诺莎的《伦理学》，其主要表现为对身边普通人和人性弱点具有同情心，珍视人们在困难面前所表现出来的勇气和信心。艾略特的利他主义思想深受基督教的影响，其主要观

---

① 何静. 解读《弗洛斯河上的磨坊》结局中的宗教观[J]. 重庆三峡学院学报，2005(2):18-21.

② 李华. 从《弗洛斯河上的磨坊》看爱略特的人文主义思想[J]. 黄山学院学报,2006(1):120-122.

③ 杨方林. 人生道德实验——再读《弗洛斯河上的磨坊》[J]. 学术界，2011(11):132-138，286-287.

点是认为不论做任何事，都不能给他人或自己带来不利的影响。① 艾略特的思想是超前的，她所表现出的对道德准则的重视和对信仰丢失的担心在今天的社会仍然具有现实意义。王琴、陈斌的“文学伦理下的《弗洛斯河上的磨坊》”运用文学伦理学的理性意志和自由意志两个概念分析小说主人公麦琪内心的矛盾冲突，指出麦琪心里剧烈矛盾冲突和不断伦理选择的变化就是理性意志和自由意志相互交锋和转换的结果。通过麦琪的多次痛苦抉择，艾略特表达了自我克制的利他主义的道德原则和对理想人际关系的追求。② 刘淑君的“《弗洛斯河上的磨坊》中的家庭伦理道德观”认为艾略特在小说中展示了理想的家庭伦理道德观和处理家庭矛盾的方法。理想的家庭伦理道德的表现是家庭成员共担责任和义务，成员之间平等、互助和尊重。另外，回忆在处理家庭矛盾和关系中具有重要作用，因为回忆能使人们超越时间，将过去、现在和未来融合在一起。在失去外界道德约束的情况下，回忆可以提供一个道德标准，衡量自己的经历。③

在中国消费主义盛行的社会背景之下，“当前中国在部分人身上，特别是大城市人身上，表现出一种极端的趋势，即极端个人主义，如自我表现太过分或为了达到自己的目的不择手段等”，“部分个人缺乏内在的道德约束，丧失了责任感……享

① 何保兴. 从《弗洛斯河上的磨坊》看艾略特的伦理思想[J]. 安徽文学，2011(10):97-98.

② 王琴，陈斌. 文学伦理下的《弗洛斯河上的磨坊》[J]. 牡丹江大学学报，2013(5):22-24.

③ 刘淑君.《弗洛斯河上的磨坊》中的家庭伦理道德观[J]. 内蒙古民族大学学报，2011(1):17-18.

乐主义观念充斥在人们的工作和生活中”,[①] 而“艾略特的著作从道德上救赎世人，提出了安全道德价值”。[②] 国内学者通过孜孜不倦的伦理道德探讨，回应在当今市场经济不断繁荣并飞速发展的社会中出现的道德危机，试图重树发展社会主义经济所需的道德清流，展现出了国内学者的社会责任感。而且艾略特的伦理道德观对构建社会主义的和谐社会也具有借鉴意义。

(三) 成长主题

关于《弗洛斯河上的磨坊》中成长主题的研究，中国知网上一共收录 4 篇论文，2 篇发表于 2011 年、2 篇分别发表于 2012 年和 2015 年。王密卿、王苗的“成长小说：乔治·艾略特的《弗洛斯河上的磨坊》中的反乌托邦思想”，从宗教父权和教育两个方面，结合麦琪和汤姆的成长经历分析了小说的反乌托邦思想。艾略特认为以社会稳定和发展的名义否定个人、限制个人选择和受教育权利的行为在本质上是压迫。麦琪的死亡就是对它的抗争。[③] 而汪凡凡的“成长的困惑与自醒——成长小说视角下的《弗洛斯河上的磨坊》”重点分析了麦琪的道德成长过程，指出麦琪经历了从自我为中心的童年时代、成长中的道德困惑、自我意识的觉醒和升华三个阶段，最后建立了自己的道德体系。麦琪的成长历程充分表达了艾略特的道德观和矛盾

---

① 本刊记者. 成绩斐然任重道远——就建国 60 周年中国伦理学的发展访陈瑛研究员[J]. 道德与文明，2010(2):5-9.

② 朱桃香. 乔治·艾略特的《米德尔马契》叙事研究[M]. 广州:暨南大学出版社,2016.

③ 王密卿,王苗. 成长小说:乔治·艾略特的《弗洛斯河上的磨坊》中的反乌托邦思想[J]. 名作欣赏,2011(6):102-104.

女性观。[①] 马淑娟的英文期刊论文“剖析麦琪精神成长之路的艰辛”（*Difficulties in Maggie's Spiritual Growth*）认为麦琪的成长来源于内心欲望与社会现实的冲突，成长之路充满艰辛和坎坷。麦琪虽然生性聪颖、敏感，渴求知识，渴望人们的认同。但在当时社会条件下，作为女孩，她被剥夺了受教育的权利；她的桀骜不驯很难赢得人们的认可。[②] 彭丹的“弗罗斯女孩之烦恼——《弗洛斯河上的磨坊》中麦琪的成长”主要围绕麦琪与菲利浦和斯蒂芬的关系，从情感、道德和女性意识三个方面更全面地论述了麦琪从内心的挣扎和困惑到战胜困惑实现成长的过程。麦琪在情感上的成熟展现为爱情观的成熟，爱情不能脱离家庭责任而存在，更不能把爱情建立在别人的痛苦之上；在经历了童年时期道德上的利己主义后，成年后的麦琪坚守了利他主义的道德原则；在女性意识方面，麦琪先是忍气吞声，后来女性意识逐渐苏醒，渴望自己的独立空间，最后以死相拼来表达反抗。艾略特通过展现麦琪的内心从单纯到成熟的过程，揭示出维多利亚时期女性的生存状态。[③]

（四）婚恋观

在中国知网上查到 3 篇有关《弗洛斯河上的磨坊》中艾略特婚恋观的期刊文章，分别是 2011 年吴晓旭的“从《弗洛斯

① 汪凡凡. 成长的困惑与自醒——成长小说视角下的《弗洛斯河上的磨坊》[J]. 信阳师范学院学报(哲学社会科学版)，2012(2)：117-120.

② 马淑娟. 剖析麦琪精神成长之路的艰辛[J]. 海外英语，2011(10)：283-284.

③ 彭丹. 弗罗斯女孩之烦恼——《弗洛斯河上的磨坊》中麦琪的成长[J]. 长春教育学院学报，2015(8)：37-38.

河上的磨坊》看乔治·艾略特的婚恋观”和吕银平的“天平上的‘亲情’与‘爱情’——评《弗洛斯河上的磨坊》”，2014年张娜的“浅析《弗洛斯河上的磨坊》中麦琪人物形象体现出的婚姻道德观”。

关于艾略特的婚姻观，国内学界也达成了比较统一的认识，普遍认为一方面艾略特较为认同传统的婚姻观，展现了维多利亚时期的社会婚恋观；另一方面也表达了应该追求爱情而非金钱和门第的看法。如吴晓旭的“从《弗洛斯河上的磨坊》看乔治·艾略特的婚恋观”认为艾略特的理想的婚姻观念是传统的婚姻模式。在小说中，艾略特一方面认为在婚姻中女性要美貌、温顺和善良；另一方面，认为门第和财富的般配是婚姻美满的主要因素。这篇论文的观点有一定合理性，因为艾略特笔下的人物如戴娜、多萝西娅等都遵循传统的婚姻模式：作为女人必须要循规蹈矩，才能在平凡中获得幸福。① 正如陈明明在“乔治·艾略特的妇女观及其渊源”中所论述的那样，艾略特所接受的宗教思想、个人婚姻方式和“写实主义”的美学思想信奉三个方面导致了艾略特传统的婚姻模式观念。② 但是这篇论文也忽视了艾略特婚恋观的进步性，在《弗洛斯河上的磨坊》中，艾略特也主张女性应该勇敢地追求真爱，婚姻的实质应该是真爱的结合。吕银平在“天平上的‘亲情’与‘爱情’——评《弗洛斯河上的磨坊》”一文中指出艾略特认为爱情和亲情同等重要，因为为了爱情，麦琪宁愿背井离乡；为了亲情，麦琪愿意献出生命。文章也关注到了麦琪作为一个完整

---

① 吴晓旭. 从《弗洛斯河上的磨坊》看乔治·艾略特的婚恋观[J]. 名作欣赏，2011(30)：80-81.

② 陈明明. 乔治·艾略特的妇女观及其渊源[J]. 江南大学学报(社会科学版)，2006(5)：88-90.

的人，在爱情和亲情的天平上复杂、纠结的心境，以及在父权社会重压下对理解的渴望。① 张娜的“浅析《弗洛斯河上的磨坊》中麦琪人物形象体现出的婚姻道德观”通过分析麦琪与菲利普、斯蒂芬的关系，认为艾略特的婚姻道德观是反对没有爱情的和违背社会道德的婚姻。②

关于艾略特婚姻观的探讨在当今的社会中仍然具有现实意义。在奢靡风气影响下，当今社会出现了一些伤害和背叛两性关系的行为。要建立良好社会风气，需要人们对爱情和婚姻进行深刻和认真的道德反思。学界对艾略特婚姻观的研究，将会引导社会舆论，协助树立正确的婚姻观。

（五）悲剧结构

悲剧在中国和西方世界里都是一种特殊且意义非凡的艺术表现形式，其寓意深刻，给人以启发和激励，引导人们探求真理和伦理道德。在中国知网上共有 4 篇期刊阐述了《弗洛斯河上的磨坊》的悲剧结构，分别是 1999 年曾莉的“《弗洛斯河上的磨坊》的结局探析”，2003 年王琼“麦琪悲剧的成因——《弗洛斯河上的磨坊》解读”，2010 年李雪梅、廖新丽的“悲剧潜质在麦琪和爱德娜命运中的体现”和 2014 年宋世彤、李增的“艾略特小说的希腊式悲剧式结构”。

曾莉的“《弗洛斯河上的磨坊》的结局探析”的亮点是采用驳斥立论的方式从悲剧的角度探讨了小说悲剧的结局，认为

---

① 吕银平. 天平上的“亲情”与“爱情”——评《弗洛斯河上的磨坊》[J]. 时代文学，2011(10)：150-152.

② 张娜. 浅析《弗洛斯河上的磨坊》中麦琪人物形象体现出的婚姻道德观[J]. 名作欣赏，2014(27)：64-65.

血的遗传链是导致麦琪死亡的根本原因，回应了评论家对小说结局的两个质疑。洪水在形态、性质和影响三个方面都象征着血缘关系。弗洛斯河贯穿麦琪生命成长的全过程，主宰着麦琪的命运，这是麦琪葬身河水中的真正意义。最后，文章指出麦琪的死是传统悲剧结构必不可少的一部分，她的死是传统悲剧结构和现实主义的统一。① 王琼的"麦琪悲剧的成因——《弗洛斯河上的磨坊》解读"表达了类似的观点。② 宋世彤、李增的"艾略特小说的希腊悲剧式结构"是对前期有关悲剧结构研究成果的补充和深化。文章运用亚里士多德的悲剧理论更加详细地论述了《弗洛斯河上的磨坊》中的悲剧情节、命运悲剧、性格悲剧。文章最后指出艾略特将古希腊的英雄叙事模式移植到普通乡村人物身上，不仅再现了维多利亚时期的社会现实，更是讽刺和批判了19世纪的工业化社会，使读者能够更加深入地理解麦琪的悲剧命运，减少对小说悲剧结局的误读。③

总之，国内学者通过对《弗洛斯河上的磨坊》的悲剧解读，不但绽放出了麦琪的人性之美，也让读者看到了生命的璀璨光辉和人类美好的生命本质。这可能就是悲剧在多元化、消费主义盛行的当代社会的最大意义所在。

（六）其他主题

关于《弗洛斯河上的磨坊》的主题，国内学者还探讨了艾

---

① 曾莉.《弗洛斯河上的磨坊》的结局探析[J].四川外语学院学报，1999(3)：32-34.

② 王琼.麦琪悲剧的成因——《弗洛斯河上的磨坊》解读[J].绍兴文理学院学报(哲学社会版)，2003(5)：16-20.

③ 宋世彤，李增.艾略特小说的希腊悲剧式结构[J].外国问题研究，2014(4)：83-88.

略特对工业革命的反思、中产阶级霸权、艾略特的自然观和乡土记忆等。如丁光的“解读《弗洛斯河上的磨坊》中乔治·艾略特对工业革命的反思”，王海萌、杨金才的“论《弗洛斯河上的磨坊》中的中产阶级霸权”，都将小说置于英国当时工业革命的社会变革的大背景之下进行解读，将小说人物的命运起伏与当时波澜壮阔的时代背景紧密结合，不但使读者更深刻地理解小说中各种人物的选择，也揭示了艾略特广阔的观察视野、深邃的思想和在英国工业化进程中的体验和感受。

丁光的“解读《弗洛斯河上的磨坊》中乔治·艾略特对工业革命的反思”认为小说中的圣奥格小镇就是英国工业发展的缩影。以塔里弗为代表的自耕农成为工业化进程的牺牲品。多德森家族成员对输掉官司的塔里弗的冷嘲热讽表明工业化进程中的庸俗、势利的商业价值观正在逐步冷却和腐蚀亲情。工业革命使麦琪处于古老传统的圣奥格镇和现代化的英国的夹缝中，剥夺了她受教育和情感自由的权利，所以死亡也许是麦琪的必然归宿，因为只有在死亡中才获得内心的宁静。通过这部小说，艾略特不但深刻反思了工业化进程带给英国的冲击和考验，也流露出对变革的焦虑和不安。① 王海萌、杨金才的“论《弗洛斯河上的磨坊》中的中产阶级霸权”使用葛西兰的霸权理论，认为小说中表现了中产阶级在文化和经济的领导权方面的勃兴和对中产阶级霸权的僭越。塔里弗家的破产是中产阶级霸权在经济方面的最直接的体现。小说前半部分田园牧歌式的背景正好映衬出后半部分乡镇中产阶级在政治、经济和文化方面的新兴霸权。对中产阶级霸权的僭越主要集中在文化方面，

① 丁光. 解读《弗洛斯河上的磨坊》中乔治·艾略特对工业革命的反思[J]. 外语与外语教学，2006(8)：40-43.

通过超越已有的习俗和文化规则，与主流文化进行互动。最突出的表现为代表工业文明功利主义主流价值观的汤姆和代表浪漫主义传统的麦琪不断变化的关系上，二人在水中的融合暗示了两种文化相互交流和补充。文章最后指出艾略特通过《弗洛斯河上的磨坊》表达了对维多利亚时期中产阶级霸权的质疑和试图通过文化交流和互动破解其权利关系的努力。① 施慧的“回归自然的人性呼唤——从《弗洛斯河上的磨坊》看乔治·艾略特自然观”，从生态批评的角度通过解读小说中象征自然的意象的生态学意义，如弗洛斯河、红洼地的荒野、铎尔寇特磨坊和大洪水等，得出艾略特的自然观是矛盾的结论，虽然艾略特怀念过去的人和传统和谐相处的生活，但她认为工业化潮流势在必行。② 乔修峰的“‘移常’的建构性：乔治·艾略特小说中的乡土记忆”中运用“移常”的概念，解读了艾略特的《弗洛斯河上的磨坊》《米德尔马契》《丹尼尔·狄隆达》小说中展现的乡土记忆的重要性。艾略特认为“乡土记忆就是对早年乡土生活的主动回忆，是一种时间和空间上的有意识的回归，具有建构性。乡土记忆不仅是归属感的源头，还是精神存在的根基。侨易之人只要保留乡土记忆，就能随身携带自己童年的家”。③ 文章认为乡土记忆就是艾略特提出的应对现代社会流动的良方。

① 王海萌，杨金才．论《弗洛斯河上的磨坊》中的中产阶级霸权[J]．外语教学，2010(2)：65-68.

② 施慧．回归自然的人性呼唤——从《弗洛斯河上的磨坊》看乔治·艾略特自然观[J]．海外英语，2012(3)：233-235.

③ 乔修峰．“移常”的建构性：乔治·艾略特小说中的乡土记忆[J]．江苏师范大学学报（哲学社会科学版），2015 (2)：33-38.

二、文学批评理论解读

除了对小说进行主题研究外，国内学者还采用多元的研究视角，积极运用女性主义、原型批评、生态批评、文学伦理学批评、新历史主义、社会生态学和空间批评等理论解读了《弗洛斯河上的磨坊》，其中研究成果最多的三种批评理论是女性主义、生态批评、原型批评。

（一）女性主义批评

20 世纪 60 年代的女性主义文学理论是在争取女性权益的女性主义运动的背景下产生的。它从一种边缘的立场上来重新审视传统的理性逻辑和美学价值观，试图颠覆存在的不平等的性别权利关系，在探索中不断修正和完善自己的批评理论和理论体系，成为了 20 世纪后期最具活力的理论之一。①

随着女性主义理论在中国的不断发展，国内学者也将该理论运用到《弗洛斯河上的磨坊》的解读中。中国知网共收录了 12 篇相关期刊论文：2004 年 1 篇、2008 年 4 篇、2009 年 4 篇、2011 年至 2013 年各 1 篇。其中有代表性的是石晓杰的“从女性主义视角评析乔治·艾略特的《弗洛斯河上的磨坊》”，谭敏等的“解读《弗洛斯河上的磨坊》中的女性生存美学”和“游离于女权边缘的尴尬——试析乔治·艾略特的二元论的女性观”。石晓杰认为在《弗洛斯河上的磨坊》中麦琪矛盾的个性表达了

① 马新国. 西方文论史[M]. 北京：高等教育出版社，2008：634.

艾略特矛盾的女性观。一方面，麦琪的叛逆、独立、敢于追求自我的鲜明个性表达了艾略特对女性大胆追求教育、爱情等自由和权利的大声疾呼；另一方面，麦琪的顺从、依赖和自我弃绝不但揭露了女性在男权社会中的无奈境地，也表达了艾略特的妥协态度。她不赞同绝对的男女平等，提倡女性要具有克己、屈从和自我牺牲等品质才能促进社会的和谐与发展。艾略特矛盾的女性观具有人文主义色彩和社会道德意义，突破了男女的二元对立，认为社会的发展需要女性和男性的和谐和互助。① 李奇志在“从《弗洛斯河上的磨坊》看艾略特对男权话语的反叛和尊崇”中将相似的观点表述为“反叛”和“尊崇”，并将其归因于艾略特看待问题的复杂性。② 谭敏在“游离于女权边缘的尴尬——试析乔治·爱略特的二元论的女性观”一文中将其表述为“二元论”。③ 谭敏、赵宁、苑辉的“解读《弗洛斯河上的磨坊》中的女性生存美学”运用福柯的生存美学的要义，首选运用福柯的凝视规训模式指出男权社会对玛姬和其他女性角色所制定的美学标准：女性驯良温顺就是美，忤逆叛逆就是丑。可是麦琪和其他女性人物——母亲、格莱阁姨妈和露茜——却体现出了一种截然相反的、以爱和同情为核心的生存美学，展现出了一种“诗性美”。最后，文章运用露丝·伊瑞格瑞的“女人腔”的理论，以杜黎弗先生和杜黎弗太太围绕汤姆上学的谈话为例，阐述了小说中女性通过利用“女人腔”对男性权力话

① 石晓杰. 从女性主义视角评析乔治·艾略特的《弗洛斯河上的磨坊》[J]. 外语与外语教学，2008（8）：50-51.

② 李奇志. 从《弗洛斯河上的磨坊》看艾略特对男权话语的反叛和尊崇[J]. 电影评介，2008(14)：105-106.

③ 谭敏. 游离于女权边缘的尴尬——试析乔治·爱略特的二元论的女性观[J]. 四川外语学院学报，2004(4)：48-52.

语进行解构，达到了关怀自身的目的。[①]

(二) 原型批评

原型批评理论是20世纪初西方文论史上出现的研究文学与神话等原始文化关系的一种文学批评模式，是当代西方最有影响的文艺批评模式之一。[②] 它是以荣格的集体无意识和原型为出发点，关照艺术起源，涉及文学、人类学、神话学和心理学，到20世纪五六十年代，已发展成为一种跨学科的研究方法。原型批评理论集大成者是弗莱。原型批评的三个重要概念分别是“原型”、“神话”和“集体无意识”。[③] 原型可以是意象、象征、主题、人物和情节模式。神话原型批评深受国内学者欢迎，关于国内运用原型批评理论解读《弗洛斯河上的磨坊》的研究，中国知网上共收录4篇期刊论文，2006年1篇、2007年2篇、2013年1篇。研究多以《圣经》原型为主，主要集中在洪水意象、女性人物麦琪和情节模式上。如王燕的“罪与罚——《弗洛斯河上的磨坊》中洪水结局的圣经原型解读”将象征着惩罚和救赎的洪水圣经神话原型与兄妹俩的死亡结局相结合，认为死亡化解了兄妹俩的矛盾，实现了两者亲情的统一。洪水结局表达了艾略特的个人与社会和谐统一的现代思想，即苦难和牺牲能够增加个人和集体、社会获得道德领悟

---

① 谭敏，赵宁，苑辉. 解读《弗洛斯河上的磨坊》中的女性生存美学[J]. 山东理工大学学报(社会科学版)，2011(4)：74-78.

② 马新国. 西方文论史[M]. 北京：高等教育出版社，2008：363-364，634，635.

③ 曾繁仁，主编. 西方文学理论[M]. 北京：高等教育出版社，2017：246.

能力，达到真正的统一和融合。① 虽然都是从圣经原型的角度分析，但与王燕不同的是，韩晓华的“从圣经原型角度分析《弗洛斯河上的磨坊》”主要分析了麦琪和小说语言两个方面的圣经原型意义。文章认为麦琪是约伯和耶稣形象的融合，一方面因为像《圣经》中约伯一样，麦琪也经历了一个从富足到低谷再走出低谷的U形结构和道德提升过程；另一方面，在小说结尾，麦琪如同耶稣一样，用自我的牺牲和超越自我的爱感染了身边人。麦琪的言行传达了艾略特对人们的号召：人与人之间要相互关爱，相互理解，相互同情。小说的章节标题与《圣经》在语言上也有很多相似之处。最后，文章认为艾略特所处的时代和家庭背景导致了小说中《圣经》原型的广泛使用。② 陈莹的“从神话原型角度解读麦琪的逃离”将麦琪和斯蒂芬的私奔视为《圣经》中《出埃及记》的文学移位，其中麦琪是以色列人的文学移位，而斯蒂芬是摩西的文学移位。③ 廖晖的“论《弗洛斯河上的磨坊》中的原型模式”一文认为麦琪的成长历程展现了服从—压抑—解脱的成年礼仪式原型。文章认为塔利弗先生官司的败诉是麦琪强制性成年礼仪的开始。麦琪强制性服从始于家庭经济状况的衰败，不但经受物质贫穷之苦，还饱受心灵的磨难，压抑自己的意愿，恪守严苛的宗教道德标准。在压抑阶段，麦琪最终通过拒绝斯蒂芬的爱情、坦然面对私奔惩罚和冒险营救汤姆三件事情实现了自我个性的转换和社会化，领悟到自己的行为只有符合社会道德规范才能避免自我

---

① 王燕. 罪与罚——《弗洛斯河上的磨坊》中洪水结局的圣经原型解读[J]. 沧州师范专科学校学报，2006(4)：28-30.

② 韩晓华. 从圣经原型角度分析《弗洛斯河上的磨坊》[J]. 长春大学学报，2007(6)：65-68.

③ 陈莹. 从神话原型角度解读麦琪的逃离[J]. 安徽文学，2016(2)：45-46.

与社会冲突，达到平静和解脱。文章最后指出麦琪的成年礼仪式的成长过程，不但反映出维多利亚时代女性的矛盾与困惑，还引导读者思考如何把个人命运融合到人类整体命运中去。①

国内学者们通过原型研究的视角解读艾略特《弗洛斯河上的磨坊》，把小说中个人的体验凝结升华成人类的共同体验，使读者在阅读作品中体会到一种异常的释放感，并把个人的命运纳入到人类整体的命运中去思考，此时我们不再是我们，而是全体，心中回响着整个人类的声音。

（三）其他批评理论

其他诸如生态女性主义、新历史主义批评、文学伦理学的批评视角使《弗洛斯河上的磨坊》研究呈现出新的气象。

生态女性主义是西方女权运动和环境运动相结合的产物，是 20 世纪 70 年代到 90 年代女权运动第三次浪潮中的一个重要流派。中国知网上有 2 篇运用该理论对《弗洛斯河上的磨坊》进行深度解读的期刊论文，分别是 2009 年褚晓航的“《弗洛斯河上的磨坊》的生态女性主义解读”、2015 年黄宇虹的“《弗洛斯河上的磨坊》中自然、女性与男性”。褚晓航认为小说书写了自然和女性、女性和男性对抗，指出艾略特借此表达了追求女性解放、憧憬两性融洽、向往与自然和谐相处的理想。在对自然和女性的书写中，文章认为麦琪的美是与自然相通的。像自然中的动物或者植物一样，麦琪在自然中充满了无限的活力和美丽，完美地融合了自然之美和女性之美。当工业化进程淘汰

---

① 廖晖. 论《弗洛斯河上的磨坊》中的原型模式[J]. 湘潭师范学院学报(社会科学版)，2007(01)：93-94.

掉以家庭为单位的手工作坊时，自然遭受毁坏，麦琪也深受影响，麦琪的天性和才智也遭受到压抑，变得呆滞和顺从。在女性和男性的对抗书写中，麦琪逃离到吉普赛人驻地和与斯蒂芬私奔都表露出她对男权的反叛。但是麦琪心底却隐藏着与男性和谐并进的期盼，所以当洪水到来时，麦琪在对哥哥汤姆强烈感情的驱使下，涉险冒死营救汤姆，最后获得兄妹和解。①

新历史主义批评出现于20世纪70年代的美国，正式命名则是在80年代初。新历史主义不但强调“文本历史性”，更强调“历史的文本性”。② 国内学界对艾略特的新历史主义视角解读主要集中在她的后期作品中，结合前期作品的探讨并不多，目前共有2篇论文发表。2002年，陈蕾蕾的“乔治·艾略特早期作品中的新历史主义解读”对于系统地理解艾略特的前期作品意蕴提供了新的视角。文章着眼于艾略特早期的作品，认为她的早期作品的创作思想与新历史主义批评不谋而合，并以《弗洛斯河上的磨坊》为例进行了论证。首先，《弗洛斯河上的磨坊》就是艾略特早年家乡生活的碎片记忆的重新组合。艾略特反复用旧时的素材、记忆和思想等历史材料，力图再现一个小历史。这种小历史就是新历史主义的边缘性创作策略，倾听被忽视的、被压抑的边缘的心声。其次，艾略特在早期的作品中以深刻的历史意识洞察了小人物经历的不平现实，质疑了当时的社会秩序和意识形态。《弗洛斯河上的磨坊》中麦琪的命运就反映了维多利亚时期男权社会对女性自由和权利的剥夺，给女性带来痛苦、孤独和压抑。这样，艾略特通过把“他

① 褚晓航.《弗洛斯河上的磨坊》的生态女性主义解读[J].安徽文学，2009(11)：127-128.

② 马新国.西方文论史[M].北京：高等教育出版社，2008：635.

者”从历史舞台的边缘推到中心，消解了旧历史主义中心论的观点。再次，在对女性的定位上，艾略特保守的观点与新历史主义观点吻合。《弗洛斯河上的磨坊》中麦琪的形象证明了艾略特虽然看重个人独立和价值的实现，但更看重自我克制与牺牲的传统女性品质。最后，艾略特在再现“历史”的同时，又通过对语言的质疑解构了历史，再一次印证了艾略特早期创作思想与新历史主义的一致性。① 2011 年，韩素敏的“‘颠覆’与‘抑制’——新历史主义视野中的《弗洛斯河上的磨坊》”从新历史主义的“颠覆”和“抑制”这两种社会功能解读了《弗洛斯河上的磨坊》。小说从宗教思想、男权社会、传统道德和阶级歧视四个方面对维多利亚时期正统思想进行了颠覆，体现了艾略特对当时社会的批判。但是这种批判并不彻底，因为麦琪最终选择了克己利人、自我牺牲，反映了麦琪对正统思想的认同和顺从，抑制了对社会的“颠覆”力量。在结局中麦琪以死亡为代价达到了颠覆和抑制的平衡。从新历史主义的角度解读这部小说能引发人们去思考在当今社会中如何达到颠覆和抑制的平衡，实现男女和谐相处。②

文学伦理学批评是一种“从伦理的立场解读，分析和阐释文学作品、研究作家以及与文学相关的问题的文学批评方法”。③ 在具体的文学作品中，伦理的核心内容是人与人、人与社会以及人与自然之间形成的被接受和可的伦理秩序，以及

① 陈蕾蕾. 乔治·艾略特早期作品中的新历史主义解读[J]. 外国文学研究，2002 (1)：54-60，171，172.

② 韩素敏.“颠覆”与“抑制”——新历史主义视野中的《弗洛斯河上的磨坊》[J]. 文教资料，2011(18)：30-32.

③ 聂珍钊. 文学伦理学批评：基本理论与术语[J]. 外国文学研究，2010 (1)：12-22.

在这种秩序的基础上形成的道德观念和维护这种秩序的各种规范。① 21世纪初文学伦理学批评在我国迅速发展起来，国内从文学伦理学视角解读《弗洛斯河上的磨坊》的研究如王琴、陈斌的“文学伦理下的《弗洛斯河上的磨坊》”（2013）。文章运用文学伦理学提出的斯芬克斯因子，分析了麦琪不断变化的伦理行为及伦理选择的内在原因，探寻乔治·艾略特的道德观。童年时期的麦琪在与周围人物的关系和与哥哥汤姆的关系中处处都体现了自由意志和理性意志的冲突。一方面，麦琪的自由意志让她内心充满了反抗的冲动；另一方面，她的理性意志让她强烈地渴望被别人爱和接受。麦琪在自由意志和理性意志的双重重压下，不断地挣扎和成长。成年后的麦琪，由于家庭的变故，虽然仍受到自由意志的作用，渴望充实和丰富多彩的生活，但是更多的是受到理性意志的管控，多次放弃自我欲望，仿效《效仿基督》，学会克己利他。最后，在洪水到来时，冒死解救汤姆，最后两人冰释前嫌，共同沉入水底。麦琪在磨难中经历的种种伦理选择深刻地体现了艾略特的道德观。艾略特提倡的是自我克制的利他主义道德观。②

三、艺术特征分析

国内学者还从情景反讽、女性哥特视角等角度分析作品的

---

① 聂珍钊. 文学伦理学批评：基本理论与术语[J]. 外国文学研究，2010(1)：12-22.

② 王琴，陈斌. 文学伦理下的《弗洛斯河上的磨坊》[J]. 牡丹江大学学报，2013(5)：22-24.

艺术特征。

反讽是西方文学理论中的重要概念，从 20 世纪 60 年代起，国外在各个领域对反讽展开了讨论。它与文学密不可分，正如米克(D. C. Muecke)所说，反讽是一种颇具文化意义和文学意义的现象。① 在反讽领域最基本的类型是语辞反讽和情景反讽。② 情景反讽侧重的是反讽情景，是一种意料之外，是观察者期望落空的过程和境遇。国内从情景反讽的角度解读《弗洛斯河上的磨坊》的研究，目前中国知网上只有 1 篇，就是罗绮伦发表于 2007 年的“《弗洛斯河上的磨坊》中的情景反讽”。罗绮伦结合麦琪、汤姆和塔里弗先生三位人物的命运分析了小说中情景反讽的运用，指出情景反讽不但使小说情节跌宕起伏，还使人物塑造更加饱满、清晰。③ 该篇论文看到了艾略特的情景反讽在小说中的运用，视角独特，但可惜的是，未能更进一步探讨艾略特在否定表象的背后对真相进行的反思，以及对当时的社会秩序和意识的否定。

关于女性哥特的概念，最早是由美国女性主义文学评论家艾伦·莫尔斯（Ellen Moers，1928—1979）在其著作《文学女性》（*Literary Women*：*The Great Writers*，1976，另译为《文学妇女》或《女文人》）中提出。她认为“女性哥特”是“18 世纪以来女性作家创作的哥特小说”。④ 但现在普遍认为

---

① D. C. 米克. 论反讽[M]. 周发祥，译. 北京：昆仑出版社，1992：1.

② 胡春华，赵艳丽. 情景反讽与语辞反讽之比较[J]. 宜宾学院学报，2008(1)：108-110.

③ 罗绮伦.《弗洛斯河上的磨坊》中的情景反讽[J]. 科教文汇，2007(10)：182-184.

④ Moers，Ellen. Literary Women：The Great Writers[M]. New York：Oxford University Press，1977：90.

女性哥特指女性作家创作的、体现了女性意识的哥特小说，表达女性内心深处的抗争、幻想和恐惧，体现了以男权为主导的性别身份观对女性造成的影响的有效载体。2014年，叶梅发表了“女性哥特视野下的《弗洛斯河上的磨坊》”的学术论文。该文章从女性形象的矛盾性及双重作用、女性与父权制度的关系和双重文本（激进和保守）三个方面论述了小说中哥特元素的体现。哥特元素的运用一方面展现了女性蕴含的反抗力量，女性反抗男性的压迫和禁锢的勇气；另一方面揭示了女性对男性的反作用。在女性的感染和引导下，男性建立了完整自我，对女性产生了一定的依赖性。艾略特的《弗洛斯河上的磨坊》是激进和保守矛盾的集合体，反映了艾略特对维多利亚男性话语权的反叛、尊崇和妥协，体现了艾略特矛盾的女性意识。①

四、比较文学研究

国内学者还将《弗洛斯河上的磨坊》与国内外的小说进行了比较研究，进一步拓宽了研究这部小说的视野，在中国知网上可查询到5篇对比研究的相关期刊论文，分别是2002年袁翠珍的“论《弗洛斯河上的磨坊》对《白孔雀》的影响”，2007年林华瑜的“性别权利的两种演绎——《紫色》和《弗洛斯河上的磨坊》中的两性文化观念比较”，2009年白塔娜的“《简·爱》和《弗洛斯河上的磨坊》——塑造两位女主人公时

---

① 叶梅.女性哥特视野下的《弗洛斯河上的磨坊》[J].湖北文理学院学报,2014(7):29-31,35.

不同写作手法的对照”，2011年刘杰、刘晓波的“河流，悲剧的象征——对比分析《弗洛斯河上的磨坊》和《哈克贝利费恩历险记》”和2011年甄艳华、马百玲的“从伦理角度分析麦琪和姚木兰的相似性”。国内的对比研究呈现出两个特点：一是多集中在女性人物的对比之上；二是多集中在与国外作品的对比研究上，少见与国内作品的对比。

在文章结构和写作手法对比方面，袁翠珍的“论《弗洛斯河上的磨坊》对《白孔雀》的影响”从环境描写、作品的人物形象塑造、结构三个方面论述了《弗洛斯河上的磨坊》对劳伦斯的《白孔雀》的影响。文章认为《白孔雀》是劳伦斯改写版的《弗洛斯河上的磨坊》，体现了艾略特对劳伦斯的深刻影响。[①] 白塔娜（Bai Tana）的英语论文“Jane Eyre and The Mill on the Floss—A Comparison of Writing Techniques in Portraying the Two Heroines”侧重于从写作方法上比较两部小说在女主人公的塑造上的不同之处。文章采用点到点的对比模式，认为在人物性格和心理描绘方面，勃朗特善于用人工艺术品的方法，而艾略特则长于描绘自然环境。在人物刻画上，勃朗特表现出更多的浪漫色彩，而艾略特则更显理性。在叙事手法特征上，勃朗特以平实率真为主，而艾略特则含蓄委婉。[②]

在主题思想对比上，林华瑜的“性别权利的两种演绎——《紫色》和《弗洛斯河上的磨坊》中的两性文化观念比较”从教育和爱情的角度分析了两部小说中迥异的手足之情背后暗含的

① 袁翠珍. 论《弗洛斯河上的磨坊》对《白孔雀》的影响[J]. 南京农专学报，2002(3):103-106.

② Bai Tana. Jane Eyre and The Mill on the Floss—A Comparison of Writing Techniques in Portraying the Two Heroines [J]. 语文学刊，2009(5):37-39.

两性文化关系。两部小说的作家成长年代虽然相差一个世纪，但这两部小说体现了共同的两性文化特质，即性别压抑已经成为一种文化，压制和歧视具有了某种普遍性。在此文化特质下，亲情呈现出不同的功能。艾略特笔下演绎的兄妹亲情是女性对男权社会的反击、屈从和伤感。而艾丽丝·沃克笔下的姐妹之情则是在男权社会中，女性自我救赎的出路，姐妹情谊是对抗男权社会的一种重要力量。文章最后又回归到两部小说的共同性上，认为两部小说都让读者深切地认识到只有构建两性平等、健康、和谐的文化氛围，两性才能真正地拥有幸福。这篇文章在篇幅上重点着力于分析不同的亲情关系模式，笔者认为文章忽视了这两种模式实质上是顺承的关系，艾略特和艾丽丝都在探索女性在男权社会中的成长路径。艾略特笔下克己利他的麦琪最后通过死亡达到了两性的和解；相比之下，艾丽丝的同性之间的相濡以沫更温暖，更切实可行。① 而刘杰、刘晓波的英语学术论文“河流，悲剧的象征——对比分析《弗洛斯河上的磨坊》和《哈克贝利费恩历险记》”重点探讨了两部小说中的河流意象共同之处。文章认为河流是支撑两部小说故事情节开展的主干。在两部小说中，河流一反传统的自由幸福的源泉的形象，变成了悲剧的象征，带来失败、危险和死亡。②

在与国内作品对比上，甄艳华、马百玲的“从伦理角度分析麦琪和姚木兰的相似性”认为两者在自我发现、反抗和妥协上都有相似性，但各自表现形式相同之中又有不同。自我发现

---

① 林华瑜. 性别权利的两种演绎——《紫色》和《弗洛斯河上的磨坊》中的两性文化观念比较[J]. 电影文学，2007(19)：78-79.

② 刘杰，刘晓波. 河流，悲剧的象征——对比分析《弗洛斯河上的磨坊》和《哈克贝利费恩历险记》[J]. 语文学刊，2009(3)：170-173.

的相似性体现在两者的学识和感情纠葛。麦琪聪慧好学，渴望他人的爱。姚木兰融合了儒家文化和道家文化，虽然与孔立夫相爱，却嫁给了曾荪亚。在反抗方面，除了两者都有情感的反抗外，麦琪主要是反抗家庭，而木兰反抗社会习俗。在妥协上，麦琪妥协于自己的家庭和社会责任；而木兰更多地妥协于家庭责任。[①] 该篇文章的新颖之处在于将麦琪与国内作品中的女性形象进行了对比，揭示出了不同之间的相同、相同之间的不同。遗憾的是，文章未能更进一步探究麦琪和木兰之间相同和不同背后的原因。

综上所述，从小说主题、人物形象研究、20 世纪 90 年代的结构主义、女性主义、心理分析等，到 21 世纪的原型批评、生态批评、新历史主义批评等，国内学界对《弗洛斯河上的磨坊》也进行了多层面、多元化的解读，极大地丰富了艾略特作品研究的内涵，也使读者更深刻地理解小说蕴含的魅力。但是国内的研究也有明显的重复性，主要表现在艾略特的宗教、伦理道德、女性主义观点和神话原型等的研究方面，但对小说的叙述方式、心理分析，以及对比研究尤其是男性人物的对比研究还不够深入，将是今后《弗洛斯河上的磨坊》研究的新转向。

第三节　麦琪·塔里弗在中国的形象变迁

《弗洛斯河上的磨坊》讲述了在 19 世纪的维多利亚时期，

---

① 甄艳华，马百玲. 从伦理角度分析麦琪和姚木兰的相似性[J]. 文学界，2012(7)：29-32.

渴望自由的英国少女麦琪在社会传统束缚下苦闷、挣扎的生活经历。从小说被翻译到中国以来，小说女主人公 Maggie 名字的译文一共有四个版本，分别是麦琪、玛吉、玛姬和麦吉，其中以麦琪的使用最为广泛。分别以麦琪、玛吉、玛姬和麦吉为关键词，将查询截止时间设定到2015年12月31日，在中国知网共查询到30篇学术论文，分别从女性主义、亚里士多德悲剧理论、弗洛伊德精神分析理论、福柯的权利理论与悖论、亨利·柏格森的生命哲学理论等角度，围绕麦琪与汤姆、菲利普和斯蒂芬的关系对麦琪的形象进行解读，其中以女性主义的理论运用最为广泛。麦琪的形象随着时间的推移和研究的不断深入，经历了从传统的悲剧人物、温情的女性基督，到艾略特的化身、陷入自我矛盾的“天使”，最后到闪烁着叛逆精神的新女性之光的形象变迁。

一、传统的悲剧人物

18世纪以来，小说的“幸福结局”在许多作品中已经初露端倪。理查逊和菲尔丁都在他们的小说中安排过这种皆大欢喜，《简·爱》也以女主人公简和罗切斯特的幸福婚姻而告终。小说的“幸福结局”也受到了越来越多作家的青睐，而且也越来越符合广大读者的阅读趣味。《弗洛斯河上的磨坊》自从出版以来，麦琪的悲剧结局就一直饱受批评家的诟病，亨利·詹姆斯就认为小说的结局让人难以接受，他说：“在文学方面，我几乎找不到什么东西比她的每一部小说的结尾的章节更让人感到不痛快的了——甚至在《弗洛斯河上的磨坊》里，也有一个致命的结尾……《弗洛斯河上的磨坊》一书的主要缺陷——实际上是它惟一的严重缺陷——就是它的结尾。……作者讲述这个故事的方式给人以这样的印象：它的结局即使并不十分美满，但至少也是通常能够遇到的那种情况。而照现状来看，故事的结局给了读者一个最痛苦的打击。读者对此结局没有任何思想准备；故事一直没有向这方向发展；在悲惨的结局发生前没有任何预兆。"① 因为"洪水"来得太过突然，而使小说显得不真实，似乎是艾略特为了解决麦琪的困境而勉强采取的一个权宜之计。

对此，国内有些学者从亚里士多德悲剧理论的角度解读麦琪的悲剧人生，为艾略特辩护，认定麦琪是传统的悲剧人物形象。曾莉的"《弗洛斯河上的磨坊》结局探析"从遗传学和亚里士多德悲剧理论的角度，通过深入挖掘麦琪与其父亲、其兄汤姆的关系和其内心的自我，将麦琪的悲剧归因于遗传链。其次，在麦琪性格的刻画上，她认为艾略特遵循了亚里士多德悲剧性格的要求。麦琪就是亚里士多德所说的"比今天的人好的人"，她纯洁、善良、热情，与身边冷漠、自私的人形成鲜明对比；同时，她又冲动、缺乏理智，出现行为"过失"，导致人生悲剧。《弗洛斯河上的磨坊》的结构也符合传统悲剧结构的模式：以麦琪幸福快乐的童年生活为开始，以麦琪的死为代价恢复秩序为结局，带给读者心理满足和正义感得到宣泄的快感。麦琪的死体现了传统悲剧结构与现实主义的统一。② 王琼的"麦琪悲剧的成因——《弗洛斯河上的磨坊》解读"也认为麦琪是亚

---

① 亨利·詹姆斯. 小说的艺术[M]. 上海：上海译文出版社，2001：222.

② 曾莉.《弗洛斯河上的磨坊》的结局探析[J]. 四川外语学院学报，1999(3)：32-34.

里士多德式的悲剧人物形象，体现了传统悲剧人物性格品质的矛盾统一。麦琪陷入了道德的困境，无法平衡内心的各种尖锐矛盾。一方面，她把道德理想作为自我肯定、自我实现的人生理想，但她的人生理想只限定在个人的精神范围内，具有狭隘性；另一方面，她的理想过分强调了自我牺牲、个人义务这些具体道德规范，具有片面性，最后以死亡结局。① 高晓玲的"理解人性追求和谐——从人物塑造看《弗洛斯河上的磨坊》的主题"认为麦琪的悲剧原因是两难的困境选择，她的短短一生中经历了亲情、爱情、友情带来的种种烦恼和困扰，迫使她选择但又无从选择，无法达到对自我的完整、平衡的认可。麦琪的喜怒哀乐人生具有普遍性，体现了人们无法达到自我与他人和谐的人生困境。② 程雨丝的"古典理想的现代阐释——《弗洛斯河上的磨坊》的现代性分析"将麦琪的悲剧归结为社会原因，认为麦琪开始是一个拥有健全的人性的平凡人，在生活中却不断遭受冷漠的传统思想和工业化社会的双重压制和排挤，逐渐被忽视、被异化，逐渐走向崩溃的边缘。麦琪的"被异化的"悲剧命运不仅是个人的或者女性的悲剧，更是英国现代化过程中新旧价值观冲突的悲剧。通过麦琪，艾略特不但表达了对英国工业化的忧虑，还表达了自己人性复兴的思想。③

今天的世界已经更加多元化和纷繁复杂，人类的痛苦并没有随着文明的增加而减少，所以文学批评家们有义务使人们认

---

① 王琼. 麦琪悲剧的成因——《弗洛斯河上的磨坊》解读[J]. 绍兴文理学院学报(哲学社会版)，2003(5)：16-20.

② 高晓玲. 理解人性追求和谐——从人物塑造看《弗洛斯河上的磨坊》的主题[J]. 郑州工业大学学报(社会科学版)，2001(2)：39-42.

③ 程雨丝. 古典理想的现代阐释——《弗洛斯河上的磨坊》的现代性分析[J]. 河北大学成人教育学院学报，2009(4)：93-95.

识到悲剧不是渲染苦难，而是人类生活中极富有哲理性和深刻意义的一部分。它在读者心中激起怜悯之情，引导人们从中看到自己的影子，对现实形成观照，更好地审视和反思当今盛行消费主义文化的社会现实，追求美好的生命本质。

二、温情的女性基督

“综观19世纪中叶英国有关小说的评论或争论，几乎每一种观点都在强调小说的某种实用功能……讨论得最多的是小说的道德教诲功能”。① 艾略特在作品中对宗教中虚妄、违背人性的因素进行大胆地批判，对合乎理性、人性的因素进行旗帜鲜明地赞扬，淋漓尽致地展现了她作为“人本宗教”道德批评家的特质。艾略特虽然摒弃了宗教中的迷信思想，但对宗教中的情感、博爱和人性因素倍加推崇，尊重这些品质在拯救和净化人的心灵方面的作用，所以她塑造了一系列典型的“女性基督”形象，如《亚当·比德》中的黛娜·莫里斯、《织工马南》中的多丽·温斯罗普和《米德尔马契》中的多萝西娅·布鲁克，传达自己“人本宗教”的观点。

《弗洛斯河上的磨坊》中的麦琪也饱含着浓浓的基督教人道主义思想。国内学者如何静、韩晓华、侯雅丽和杨瑞君等认为麦琪充满了同情心和自我牺牲精神，就像“圣奥格贞女”或“耶稣和约伯的合体”。何静在“解读《弗洛斯河上的磨坊》结

---

① 殷企平.小说的用处——19世纪中叶英国小说理论的主旋律[J].外国文学评论,1998(1):14-19.

局中的宗教观”中指出：麦琪就是圣奥格贞女的形象，她敢于追求真理，像“圣奥格贞女一样”。① 艾略特在小说第十二章中用保护神圣奥格的传说暗示圣奥格镇经常发生水灾，为麦琪的命运埋下伏笔。麦琪是第一个发现弗洛斯河河水泛滥的人，但她没有叫嚷，也没有吓得发抖，惊慌失措，而是像奥格一样抱着慈悲之心，头脑冷静，思维敏捷，及时唤醒、协助保勃·杰金一家积极展开自救。在危急时刻，麦琪丝毫不顾眼前的危险，一心记挂家人的安危。于是听从自己内心的渴求，驾船去拯救洪水中的亲人和朋友。在风雨中与洪水斗争的麦琪，像奥格受到圣母的祝福那样，内心充满了力量，精力越来越充沛，平安地抵达磨坊，找到了哥哥，完成了拯救哥哥的使命，使汤姆不禁感叹到“这几乎是神奇的、神佑的奋斗”。② 虽然最后麦琪被洪水吞没，但她像奥格那样在一片汪洋之中奋力摇船拯救他人的努力依然振奋人心。③

韩晓华的“从圣经原型角度分析《弗洛斯河上的磨坊》”认为麦琪是约伯和耶稣形象的融合。麦琪如同《圣经》中约伯那样经历了一个从富足到低谷再走出低谷的U形结构、并在变故中完成道德提升的过程。④ 像早年深受上帝喜爱的约伯一样，童年的麦琪深受父亲疼爱，享有哥哥的陪伴，童年

① 何静. 解读《弗洛斯河上的磨坊》结局中的宗教观[J]. 重庆三峡学院学报，2005(2)：18-21.

② 乔治·艾略特. 弗洛斯河上的磨坊[M]. 祝庆英，郑淑珍，方乐颜，译. 上海：上海译文出版社，2008：473.

③ 何静. 解读《弗洛斯河上的磨坊》结局中的宗教观[J]. 重庆三峡学院学报，2005(2)：18-21.

④ 韩晓华. 从圣经原型角度分析《弗洛斯河上的磨坊》[J]. 长春大学学报，2007(6)：65-68.

生活无忧无虑。可是在父亲磨坊破产之后，麦琪就开始经历了上帝对其进行的道德试炼。在经过内心欲望和道德多次斗争之后，麦琪终于超越了自身的狭隘，由当初的自私任性变得克己利人，同情他人处境，完成了道德的提升。在小说的第七部分“最后的得救”中，如同耶稣一样麦琪表现出超越自我的无私的爱和牺牲精神。她的精神几乎拯救了身边每一个人的灵魂：她不计前嫌在洪水中冒着生命危险奋力去拯救汤姆的行为使汤姆“对人生奥妙得到了新的启示……脸色惨白，露出一种恐惧和屈服的神情”。① 他从麦琪身上汲取到一种强大的精神力量，在生命的最后关头对人生有了更深层的感悟。麦琪的爱正如光和色彩对眼睛的作用那样，赐予了菲利普爱好生活的力量，将他的模糊不安化作生动的感觉；也不再因为身体的缺陷而自卑，意识到了生活由于和别人的生活发生了关系，才变得越来越丰富。麦琪大胆追求爱情的行为让露茜感到了自己的渺小，露茜用忏悔一样严肃的音调向麦琪倾诉道“你比我好。我不敢——”。② 麦琪在离开斯蒂芬后所面临的困境中展现出的强烈的受难意识也赋予了塔里弗夫人反抗父权的力量，充满强烈慈爱之情地说：“孩子，我和你一块儿去，你还有妈妈。”③ 甚至连一直不喜欢麦琪的葛莱格姨妈都破天荒地第一次站出来为麦琪的名誉正名，“她坚决不让自己的朋友帮着外人来破坏这个孩子的名誉，决不让他

---

① 乔治·艾略特. 弗洛斯河上的磨坊[M]. 祝庆英，郑淑珍，方乐颜，译. 上海：上海译文出版社，2008：473.

② 同上：465.

③ 同上：443.

们把她从家里赶出去受外人嘲笑”。① 在洪水来临时，她舍身救人，表现出了超越自我的爱，体现出了以“爱”为本质和核心的基督精神。

麦琪不仅具有无私和博爱的情怀，还像耶稣一样背负着他人沉重的十字架。作为一个拥有花季一样美丽青春的少女，麦琪承受了太多的苦难。为了满足母亲的虚荣心，她努力地打扮自己，却总是事与愿违；她从小敏而好学，渴望知识，由于当时性别的偏见，被生硬地剥夺了受教育的权利，就连深爱的爸爸都认为“……女孩子大起来以后，过于聪明就会跟长了尾巴的羊一样——它不会因为尾巴长而多值几个钱”②。为了父亲和哥哥对威根姆一家执拗的仇恨，她被迫放弃与自己惺惺相惜的菲利普的友情；为了维护表妹露茜的幸福和利益，她主动放弃对其具有强烈吸引力的斯蒂芬，也放弃了自己渴望爱情的本能欲望和随之而来的安逸生活。私奔的事实澄清以后，圣奥格的人们仍然拒绝接受她，质疑她的人格和品质，认为她是一个“曾经让人说过闲话的人”，一个被“男人开过玩笑的人”，一个“不敢冒险去接触的人”，坚决要把她驱逐出去，以澄清圣奥格镇的空气。在种种十字架的重压之下，麦琪发出了绝望的哀嚎：“我一定会背着它，直到死，但是离死还有多远哪！我还这样年轻，这样健康。我怎样才会有耐心和力量呢？……难道我还得在生活中碰到其他同样的磨难吗？”③ 文章的结局就是上帝对麦琪行为的奖赏，通过一场洪水结束了麦琪的生命，

---

① 乔治·艾略特. 弗洛斯河上的磨坊[M]. 祝庆英，郑淑珍，方乐颜，译. 上海：上海译文出版社，2008：455.

② 同上：8.

③ 同上：46.

并在死亡中达到与他人代表的传统价值观的和解，获得精神永生和自由。小说中艾略特借凯恩博士之口表达了对当时人们道德堕落的批判和对麦琪的同情，“现在公众对教会和基督友爱的观念已经完全懈怠；我们简直说不上在公众的脑子里还有这种挂念的存在。……现在的总趋势就是关系松懈——人们都任意选择而不履行自己的责任……”。①

艾略特在小说中树立了麦琪的榜样形象，以榜样诲人，而不是刻板的道德说教。尽管艾略特已看到了生活的悲剧性，但她通过麦琪表达了对人类的乐观与信心，仍坚信人性可爱，坚信道德教育在改造社会、拯救人心方面的强大作用。

三、艾略特的化身

由于文化、文明和环境所造就的时代精神润饰也监察着文学，作者常常把真实的“自己”隐匿起来，驱使一些浮在表层的假象作掩护，给人们了解作家、理解作品罩上了一层迷雾。② 但是作家的生活和经历仍然是作品内容的基石，例如但凡写出伟大悲剧的作家一定亲身经历过彻骨的悲哀，所以作品可以看作是作家内在情感的外在表现。另外，从文艺心理学的角度看，作品是传递作者心中涌动的意象和情感的媒介。《弗洛斯河上的磨坊》是一部带有强烈的自传色彩的小说。这部小

---

① 乔治·艾略特. 弗洛斯河上的磨坊[M]. 祝庆英，郑淑珍，方乐颜，译. 上海：上海译文出版社，2008：451.

② 夏玲英. 作品与作家心理窥视[J]. 上海大学学报：社会科学版，1989(3)：75.

说开始于作者某个二月下午的一场梦，作者在梦中回到了一片令她魂牵梦绕的时空，那就是童年的记忆。侯雅丽在“麦琪——乔治·艾略特人本宗教的实践者”中指出麦琪具有的同情心和利他主义精神，是艾略特理想的人本宗教的践行者。艾略特描写了麦琪连续性的成长历程，从陷入利己主义的泥潭，到身体力行同情别人和利他，再到抵抗住爱情的巨大诱惑，最后到对善的忠诚和追求，借此宣扬了她的道德观。① 艾略特经历的两段婚姻使她形成了自己的婚姻道德观。她认为没有爱情的婚姻是不道德的，违背社会道德的婚姻是不能接受的。《弗洛斯河上的磨坊》中麦琪就是艾略特婚姻道德观的典型代表者，② 因为麦琪敢于反抗性别不平等，敢于追求自由与独立。

另外一些学者认为麦琪是艾略特的替身。英国文学批评家F. R. 利维斯曾经笃信不疑地说：“玛姬·塔里弗和年轻的玛丽·安·伊文斯（乔治·艾略特的原名）根本就是一个人。”③ 哈罗德·布鲁姆也曾经认定小说主人公麦琪便是作者的化身，因为两者无论是外貌还是生活经历上都有大量的相似之处。作家与作品的关系被看成“镜像反映”，就是“因为它能够形象并且集中地反映‘我’和蕴藏于‘我’之中的另一个‘我’的关系”。④ 作家将自己的生命体验融入到艺术世界的描绘中，构建作品的整体框架和典型细节。杨瑞君通过比照麦琪和艾略

---

① 侯雅丽. 麦琪——乔治·艾略特人本宗教的实践者[J]. 西北农林科技大学学报(社会科学版)，2008(3)：137-140.

② 张娜. 浅析《弗洛斯河上的磨坊》中麦琪人物形象体现出的婚姻道德观[J]. 名作欣赏，2014(27)：64-65.

③ 符亦文. 出走与回归[J]. 电影文学，2009(20)：89-91.

④ 易丹. 生命力量的镜与像——剖析作家与作品的关系[J]. 湘潭师范学院学报(社会科学版)，2009(3)：164-166.

特的经历和情感历程，认为“麦琪是艾略特的真实写照，她们都情感丰富、渴望爱和关怀。当与传统发生冲突时，都会选择妥协，是传统道德的受害者”。① 李玲认为一方面玛姬之死不但控诉了父权社会对女性的压迫和束缚，还反映了工业文明对自然的迫害；另一方面，玛姬是艾略特的替身，她的经历反映了艾略特面对的困境。玛姬之死使艾略特的情绪得到宣泄，让艾略特获得了新生，能够以全新的心态面对新生活。②

所以，只要把艾略特和麦琪放到维多利亚时期的历史语境中考查，就会发现麦琪就像艾略特一样，一直是位有文化有主见、敢作敢当、特立独行的他者。

但是将艾略特的个人经历和麦琪的经历仔细对照，笔者也发现两者之间也存在着许多不同之处，主要体现在两者对爱情之路的选择上。像艾略特一样，麦琪也经历了两段情感经历，分别与菲利普和斯蒂芬。菲利普虽然身体残疾，性格忧郁胆怯，但生性敏感，具有敏锐的观察力，热爱艺术，学识渊博。麦琪在斯特林老师家初次见到菲利普时，就对他充满了好奇和同情，两人因为兴趣爱好相投而彼此吸引。麦琪和菲利普的爱情是合法的，如果两人结合，“于知识求索可谓珠联璧合”。③ 但是受到两家世仇的阻挠，麦琪最终选择了回归家庭，放弃了菲利普。后来麦琪又遇到英俊潇洒、风流倜傥的斯蒂芬，重新燃起对美好生活和爱情的向往。但是由于斯蒂芬是表妹露茜的

---

① 杨瑞君. 透视玛吉的世界——评《弗洛斯河上的磨坊》[J]. 安徽文学，2008(6):198-199.

② 李玲. 控诉和重生——论玛姬之死的社会意义和个人意义[J]. 湘南学院学报，2013(6):44-48.

③ 朱桃香. 乔治·艾略特的《米德尔马契》叙事研究[M]. 广州：暨南大学出版社，2016:13.

未婚夫，在经过痛苦的抉择后，麦琪仍然以露茜的利益为重，无奈地放弃了斯蒂芬炽热的爱情。从麦琪对两段感情的处理上看，麦琪感情的天平一直倾向于家庭血缘的纽带和克己为人的高尚道德情操。正如麦琪在小说中所表述的那样："忠诚坚贞也指不做损害人家对我们信赖的事，不做使那些在生活中信赖我们的人痛苦的事。……我不能忘掉过去而重新开始一种新生活；我一定得回忆过去留恋过去，不然的话，我就会感到彷徨。"① 而艾略特本人却在现实婚姻中打破传统规范，与有妇之夫公开共同生活二十五年，在法律形式上不合规范。他们的结合对于体面家庭而言可谓窘迫尴尬至极。社会上尖刻地批评艾略特的行为不但使整个家族蒙羞，还给自己和整体女性带来羞辱，唾骂之声接连不断。刘易斯去世一年半后，艾略特回归传统婚姻模式，与比自己小二十岁的约翰·W·克罗斯举行婚礼仪式，获得了哥哥艾萨克的原谅。麦琪与艾略特爱情选择的差异是艾略特本人成长和成熟的标志，正是因为她亲身体验了逾越范式婚姻的不易和压力，她才塑造了麦琪的形象借以传达她对女性婚姻的建议。在这个意义上，麦琪和艾略特本人的爱情选择虽然表面上大相径庭，实则是统一的、一致的。艾略特通过文学创作获得了精神享受。她在享受自己心灵构筑的艺术世界的同时也在欣赏自己生命力量的美，一种符合自己审美心智、心灵形式、意识形态的思想和意志。

---

① 乔治·艾略特. 弗洛斯河上的磨坊[M]. 祝庆英，郑淑珍，方乐颜，译. 上海：上海译文出版社，2008：435，437.

四、陷入自我矛盾的“天使”

阿诺德·卡特曾经这样评论艾略特的作品，“在艾略特之前，还没有一个作家像她那样有意识地将社会生活的内部联系和个人心路历程的变化如实地描述出来”。① 因此，艾略特创造的人物更加复杂，也更加真实。国内学者从弗洛伊德精神分析的角度剖析了麦琪形象中的本我、自我和超我的相互关系，有的认为麦琪是“实现自我统一的女性”，如张金凤的“从分裂走向统一的自我——对《弗洛斯河上的磨坊》中女性形象的精神分析解读”。有的学者认为玛吉有人格缺陷，如李安恒的“精神分析《弗洛斯河上的磨坊》中玛吉的精神结构及其人格缺陷”。有的学者认为玛吉的精神状态失衡，如周晓红的“《佛洛斯河上的磨坊》中玛姬的精神生态解析”。

张金凤认为麦琪不同于传统的“魔鬼”或者“天使”的形象，而是英国文学史上最早实现自我统一的女性。因为在小说中，艾略特既刻画了她的优点，也大胆地披露了她的缺点；她既有道德和精神追求，也有对生命激情的感官体验。② 李安恒运用弗洛伊德的精神分析理论，通过分析玛吉与汤姆、菲利普和斯蒂芬的关系，指出玛吉有人格缺陷。她的自我、本我和超我都对汤姆过分依赖，导致缺乏独立的人格和自我，无法抵制

① 王晓英.艾略特和她的小说[J]. 南京社会科学，1993(2)：121-125.

② 张金凤. 从分裂走向统一的自我——对《弗洛斯河上的磨坊》中女性形象的精神分析解读[J]. 解放军外国语学院学报，2004(5)：79-84.

僵化的旧道德。① 周晓红从精神生态学的视角剖析了玛吉的成长过程，指出家庭的误解和社会的偏见使她遭受了一系列的精神生态危机，不断放弃自我，导致精神状态失衡。小说结尾的洪水结局使玛吉保持了自我完整，玛吉在洪水中得到了灵魂的净化，精神上的永恒和救赎。②

另外，国内学者如鲜丽君和叶梅从悖论的角度论证了麦琪具有悖论式的性格，其表现形式是既叛逆又顺从，既独立又过度情感依赖，但最终臣服于顺从和情感依赖。麦琪悖论式的性格不但体现了艾略特矛盾的女性观，也反映了当时女性进退两难的困境。鲜丽君的“《弗洛斯河上的磨坊》中玛姬性格的悖论式解读”认为玛姬具有悖论式性格，表面是反抗和叛逆，实质是妥协和顺从，究其原因，第一源于艾略特的矛盾的女性观。艾略特一方面鼓励女性追求工作和受教育的权利；一方面又受到传统观念的影响，认为自我牺牲是女性的美德。第二源于当时道德审美观对作品的约束。当时的社会认为作家的责任就是要传播已经确立的社会价值观。③ 叶梅的“性格悖论与道德选择——解读《弗洛斯河上的磨坊》中麦琪的形象”认为麦琪具有独立和依赖的双重性格。她天性既叛逆，无拘无束，又对家庭尤其是汤姆具有强烈的依赖性。这种悖论的性格一直左右她与菲利普的交往。一方面她同情菲利普，愤恨汤姆，表现出她的叛逆和同情心；另一方面她服从汤姆，与菲利普断绝来

① 李安恒.精神分析《弗洛斯河上的磨坊》中玛吉的精神结构及其人格缺陷[J].长沙大学学报,2012(6): 89-91.

② 周晓红.《佛洛斯河上的磨坊》中玛吉的精神生态解析[J].郑州大学学报(哲学社会科学版),2013(4):113-116.

③ 鲜丽君.《弗洛斯河上的磨坊》中玛姬性格的悖论式解读[J].剑南文学(经典教苑),2013(10):53,55.

往，表现出对自己行为的怀疑，缺乏抗争的勇气。悖论的性格使麦琪在与斯蒂芬的交往中饱受欲望和道德的挣扎，最后内在的道德力量战胜了个人欲望，麦琪拒绝了斯蒂芬，回归社会，但是并未获得传统社会的饶恕，最后与汤姆一起沉入弗洛斯河中。麦琪的矛盾性格使她既不能安于遵守传统社会礼法，又不能做完全独立自主的选择。所以叶梅认为麦琪的叛逆精神只是相对的，本质上她还是符合家庭天使的特质，具有某种现实品格。① 杨洋、胡文成的“解析《弗洛斯河上的磨坊》中的生命蕴含”分析了小说中的四个人物形象：汤姆、麦琪、迪安先生和鲍勃。文章毫不客气地指出麦琪不是柏格森所定义的“真正的人”，而是“梦中人”，因为她一直深深地受制于过去，沉溺于父亲和汤姆的爱，妄想回到过去。家庭破产后，父亲和汤姆对她的爱发生了变化，冷落了她。麦琪试图用牺牲自己的爱情换回汤姆的爱，但是努力一次次地失败了。麦琪一直生活在过去的阴影里，不能面对和接受变化，抱残守缺，不是一个“真正的人”，所以注定会失败。②

国内研究者从分析麦琪的矛盾心理出发，透过广阔的社会画面挖掘历史社会因素给人们造成的道德心理压力；又通过分析麦琪的心理活动，探索麦琪灵魂内部的斗争，揭示出主宰麦琪行动的心理因素、本能欲望以及遗传链的影响。通过麦琪，艾略特反映了19世纪英国社会女性的生存状态：一方面女性的独立意识已初步苏醒；另一方面，女性面临失去个人自由和

---

① 叶梅. 性格悖论与道德选择——解读《弗洛斯河上的磨坊》中麦琪的形象[J]. 长江大学学报(社科版)，2014(3)：54-56.

② 杨洋，胡文成. 解析《弗洛斯河上的磨坊》中的生命蕴含[J]. 重庆交通大学学报(社科版)，2011(6)：80-83.

独立的社会现实。在矛盾和痛苦中选择的麦琪蕴含着艾略特对社会伦理维系的思考。

五、闪烁着叛逆精神的新女性之光

2005年我国首次将男女平等作为基本国策写入法律，2011年国务院制定和颁布《中国妇女发展纲要（2011—2020年）》，规定了新的十年妇女发展所要达到的具体指标，成为男女平等基本国策的重要见证。2012年党的“十八大”首次将男女平等基本国策写入全国党代会报告，强调应该注重女性综合素质的培养，增加其参与社会活动的机会。我国一直致力于改善和提高女性的生存状态。在此背景下，国内部分学者尝试从女性主义的视角解析麦琪的成长历程，认为麦琪深受父权社会的压制和束缚，她不但有传统女性的光辉，更有新女性叛逆的精神，死亡是她唯一的出路，她在死亡中获得了心灵的平静和精神的重生。这一主题的研究论文主要有杨瑞君的“透视玛吉的世界——评《弗洛斯河上的磨坊》”，甘细梅的“‘我者’与‘他者’——对《佛洛斯河上的磨坊》女主人公玛吉的解读”，赵胜杰、张金霞的“女性主义视角解读麦琪在父权社会的悲剧命运”，马淑娟的“剖析麦琪精神成长之路的艰辛”，翟永丽的“在自由和束缚之间——解读乔治·艾略特主要作品中的女性形象”，姜晓娜的“《弗洛斯河上的磨坊》中麦琪的人物形象分析”，李惠香的“玛姬：一位追求知识自由的女性”，蒋贤萍的“权利网中的规训与惩罚——解读《弗洛斯河上的磨坊》”，王佳和王晓利的“女性哥特视野下维多利亚时期文学中的女主人公——以简·爱和麦琪·塔里弗为例”，宋薇的“解读《弗洛斯河上的磨坊》中的女性主义意识”等。

其中一些学者主要侧重分析麦琪的叛逆精神，高度赞扬了麦琪的女性主体意识。杨瑞君、王凤认为玛吉敢于反抗迂腐、陈旧的传统。她的反抗意识体现在她与斯蒂芬的情感纠葛和之后勇敢地面对镇上人们的谣言绝不逃离的行动中。①② 甘细梅认为玛吉渴望独立，渴望被人承认。无论她怎样努力，都是被同性和异性边缘化的“他者”，在被男性权威扼杀个性的同时，也被收编到男权社会中。玛吉最后的悲剧结局意味着重新回归到大自然，这是她的唯一出路。③ 赵胜杰、张金霞认为麦琪是受男性父权社会压迫的女性形象。④ 马淑娟认为麦琪是追求自我意识、渴求他人认同的女性。但在男权社会中，因为她聪敏好学，个性叛逆，与传统社会格格不入，她的成长之路充满了艰辛。⑤ 宋薇将麦琪女性主义意识的成长分成不羁的小精灵、麦琪的逃离意识和麦琪的拯救意识三个阶段，并高度评价了麦琪对他人的拯救意识，认为这种意识赋予了麦琪崭新的形

---

① 杨瑞君. 透视玛吉的世界——评《弗洛斯河上的磨坊》[J]. 安徽文学，2008(6)：198-199.

② 王凤. 论麦琪之死——对《弗洛斯河上的磨坊》的麦琪的悲剧解读[J]. 宜宾学院学报，2006(9)：78-81.

③ 甘细梅. “我者”与“他者”——《对佛洛斯河上的磨坊》女主人公玛吉的解读[J]. 韶关学院学报·社会科学，2009(8)：13-16.

④ 赵胜杰，张金霞. 女性主义视角解读麦琪在父权社会的悲剧命运[J]. 安徽文学，2009 (6)：217.

⑤ 马淑娟. 剖析麦琪精神成长之路的艰辛[J]. 海外英语，2011(10)：283-284.

象。[1] 李惠香认为玛姬是新时期觉醒女性的代表，她追求知识自由，反抗传统的女性教育。她努力通过各种途径获得知识，充实自己，满足精神需求。通过知识，玛姬不但获得了经济独立，还获得了菲利普的友谊，一定程度上实现了与男性精神上的平等。[2]

另一些学者既看到了麦琪的叛逆精神，也关注到了麦琪无奈的妥协。如甄艳华、马百玲认为麦琪像姚木兰一样，都经历了自我发现、反抗和妥协。[3] 姜晓娜认为麦琪既有传统女性的谦恭和愿意为家庭牺牲一切的优秀品格，又有新女性的叛逆精神。性格的双面性使她陷入艰难的选择困境之中，无法自拔。麦琪最后与汤姆在水中和解和溺亡是她最好的结局，结束了她所有的困惑和心理折磨。[4] 王佳和王晓利从女性哥特视野分析了女主人公的反叛精神、矛盾的自我意识。一方面她不甘于做男性的附属品，具有抗争精神，试图像男人一样，依靠自己的力量生存下去，具有渴望突破自我的超前女性意识；另一方面，她又处处受到男性的限制，反叛中有妥协和尊崇，在小说结尾与汤姆一起溺亡，使渴望自由的理想化为泡影。艾略特通过麦琪表达了维多利亚时期女性内心的渴望与诉求。[5]

还有一些学者运用叙事学和权利理论解读麦琪的新女性之

---

① 宋薇.解读《弗洛斯河上的磨坊》中的女性主义意识[J].海外英语，2013(3)：193-194.

② 李惠香. 玛姬：一位追求知识自由的女性[J].安徽文学，2014(10)：53-54.

③ 甄艳华，马百玲.从伦理角度分析麦琪和姚木兰的相似性[J].文学界，2012(7)：29，32.

④ 姜晓娜.《弗洛斯河上的磨坊》中麦琪的人物形象分析[J].牡丹江大学学报，2014(1)：22-23.

⑤ 王佳，王晓利.女性哥特视野下维多利亚时期文学中的女主人公——以简·爱和麦琪·塔里夫为例[J].安徽文学，2015(9)：22-23.

光，视角新颖，颇具代表性。翟永丽从女性主义叙事学的角度，认为麦琪的性格深受塔里弗太太的母亲角色的边缘化的影响。因为失去母亲的关爱，麦琪渴望来自别处的关爱和认可作为补偿；塔里弗太太角色的边缘化赋予了麦琪更多的自由实现梦想，使她成为一个卓尔不群的女性。同时，理想母亲的形象依然在内心深处影响她，使她放弃自己的爱情。① 蒋贤萍运用福柯的权利理论，分析了麦琪不但受到了男权社会话语权利和规训权利的压制和惩罚，还受到了来自菲利普的知识权利的浸润。在麦琪的成长过程中，一直都受到以汤姆为代表的男权社会话语的规训和惩罚。汤姆认为麦琪与菲利普的交往有损父亲形象，粗暴地干涉麦琪与菲利普的交往；他还认为麦琪与斯蒂芬的私奔有辱家族荣誉，将迷途知返的妹妹拒之门外。此外，麦琪还深受规训权利的监督和训诫，不断压抑自己的内心，变得麻木和驯服。但麦琪也在不断地反抗，行使自己的微观权利。在与菲利普交往中，麦琪获得了菲利普知识权利的启发与引导，懂得了生命的意义，努力恢复青春的梦想和激情。麦琪的反抗使得权利关系呈现出动态的状态。②

综上所述，麦琪在国内学者眼中，既是一位受到男权社会束缚的传统女性，善良、克己、妥协、顺从；又是一位具有女性意识萌芽的新女性，聪慧、独立、叛逆、渴求知识和自由。她不是一个完美的家庭天使，性格之中充满了矛盾，因过度依

① 翟永丽.在自由与束缚之间——解读乔治·艾略特主要作品中的女性形象[J].黑河学院学报,2011(5):92-96.

② 蒋贤萍.权利网中的规训与惩罚——解读《弗洛斯河上的磨坊》[J].湘南学院学报,2014(4):36-40.

恋过去而无法改变成为“真正的人”，却在死亡中找到出路，获得解脱和重生。麦琪的人生是19世纪维多利亚时期女性社会生活的缩影，不甘于父权的控制，想要冲破父权的牢笼，但一次又一次地被打回，被父权社会收编。艾略特通过麦琪不但揭示了女性在职业、教育、婚姻中的困境，还表达了其超前的女性观。

国内学者对麦琪的形象解读虽然饱含同情，但并没有一味地抛洒溢美之词，而是进行了辨证客观的分析，尽量地还原出一位真实的麦琪。她的经历为我们打开了一个窗口，从中我们既可以感受到维多利亚时期女性主义意识的觉醒萌芽又能够体会到女性主义发展的曲折艰难。

随着研究层次的不断深入，研究角度的不断转换，麦琪的形象从早期的亚里士多德式的悲剧人物、无私救人的女性基督、艾略特的替身，变迁为陷入自我矛盾的“天使”、具有叛逆精神的新女性。麦琪形象的不断变迁不但体现出国内学者对她的同情和喜爱，更体现出对麦琪所反映的女性人生困境的理解和共鸣、对女性为争取自由和平等所做的努力和抗争的赞赏和支持。艾略特的作品犹如一个时代的棱镜，把一个立体丰满的女性人物形象投射给新中国社会发展的各阶段，国内不同时期对小说主人公麦琪形象的解读与分析则构建出人类命运的类本质，代表着中国评论家读者对当代社会价值观的定义与诠释。

结　论

社会变革的每波大浪，人文思潮的每次狂澜，总是会冲开传统观念秩序的厚厚帷幕，为女性展露出一角星空。从不完整存在的被动客体到突显出自我的活跃主体，从人性意识到女性意识，从在社会舞台上步履蹒跚、犹疑瞻望到政治舞台上自信从容、坚定果敢，女性形象作为时代文化的一面镜子，映射着一路的崎岖与艰险。在英国文学的历史长河中，众多栩栩如生的女性形象如银河中闪烁的群星，多彩斑斓，构成独特的人文景观。从本质上说女性的命运即是人类的命运，循着女性形象嬗变的轨迹，可以概览女性的生存状态，窥测女性的心灵世界，理解女性的奋斗与追求，揭示女性成长发展的规律。

在19世纪的英国现实主义作家中，以勃朗特姐妹、盖斯凯尔夫人和乔治·艾略特为代表的女性小说家们带着敏锐的嗅觉广泛地关注着女性。她们把目光转向婚姻、家庭、道德、压迫等一系列社会问题方面，笔锋触及女性心理、女性地位、女性困境、女性反抗、女性独立、女性意识社会化等诸多领域。她们的创作打破了一直以来被男性所垄断的文学领域。她们以女性意识为视角来探讨男权社会中女性的处境、体验和对生命的感受，展现出一个丰富多彩的女性世界；她们小说中的女性成为绝对的主要角色，而不再是可有可无的配角，渴望实现自身的人生价值，追求在经济上、政治上和男人平等。在她们敏感细腻的大脑和精致的文笔之下，一大批有着不同社会地位和家庭背景的女主人公们对理想家园展开了苦苦追寻；她们笔下的人物都映射了英国维多利亚时期女性文学中女性意识的觉醒和深化。简·爱、凯瑟琳·恩萧、海伦·亨廷顿、玛丽·巴顿、麦琪·塔里弗的女性意识从觉醒到彰显、再到提升也证明了女性逐渐走向社会领域，女性意识逐渐纳入社会轨道，与现实社会紧密联系在一起，实现了女性意识社会化的突破。

梳理国内学者对19世纪英国现实主义女性作家的五部作品（《简·爱》《呼啸山庄》《怀尔德菲尔府的房客》《玛丽·巴顿》《弗洛斯河上的磨坊》）的研究与接受，发现国内研究者从不同的角度表达了对19世纪英国女性意识的关注。他们分析19世纪英国女性作家冲破以男性为主导的英国文学桎梏，塑造诸多性格鲜明、具有超时代思想的女性形象的文学现象；探究英国女性文学中女性意识的觉醒、深化、反抗、独立、困惑和发展的演变历程；发掘19世纪现实主义女性小说在中国的研究不足和研究空白，促进中国女性主义文学研究的均衡健康发展，丰富比较文学接受研究的领域；追寻中国社会价值观的变迁对读者期待视野的影响及研究西方女性主义话题在中国的移植和中国化的轨迹。通过对比、分析中国读者对五部作品中五位女主人公的阅读和评价，来发现中国女性社会地位的变化，中国人评判女性的标准的变化，中国人的阅读心理、审美心理、接受环境的变化，以帮助中国读者观察自身在中国不同历史时期审美情趣、接受心理、期待视域的变化。

任何一种文学阅读和接受行为，都离不开一定的社会文化环境，而一种文学现象——在一定时间内大量读者对某个作家作品的喜好，则是个人“期待视野”到公众“期待视野”的提升。在阅读小说时，读者与作品之间建立对话关系，作品的意义与审美价值得到了体现，正如《简·爱》中一句话所言："还是让我内心的耳朵去专门倾听一个永远不会结束的故事——这个故事由我的想象力创造出来而且会不断地讲述下去……。"① 在这样的一个动态的过程中，读者的期待视野不断提高，而文本的审美内涵也随着社会文化的变迁不断被挖掘、被提升。自1978年以来，中国的改革开放使中国逐步融入了全球化的进程，中国社会经历了高速的现代化转型，中国社会价值观也急剧变迁，从一元向多元、从整体向个体、从理想向世俗、从精神向物质的转变。社会价值观的演变催生了读者期待视野的发展，19世纪五位女性主义作家的小说自传入中国以来，其女主人公简·爱、凯瑟琳·恩萧、海伦·亨廷顿、玛丽·巴顿、麦琪·塔里弗的形象随着时代和社会语境的变化经历了国内读者对其或褒或贬的多元化审视和评价，透过小说中女性人物自我意识的建立、自我空间的追求和自我身份的探索，读者可以看到英国19世纪文学中女性的蜕变过程，女性在性别角色中的改变以及女性在拓展个人精神空间、经济空间和政治空间时的挣扎。小说中的女性人物尝试超越现存的社会文化规范，有意识地追求自我的发展、自我的实现。

玛丽·巴顿从幼稚走向成熟，她把自己的爱恋者放在社会政治生活中予以考查，这是妇女参与社会思考的开始。这种把女主人公直接设置在社会政治活动之中的文学安排是空前的，盖斯凯尔夫人作品中的女性意识不再局限于个人的情感生活

① 夏洛蒂·勃朗特. 简·爱[M]. 吴钧燮，译. 北京：人民文学出版社，1990：115.

中，而是扩大到广阔的社会生活中。玛丽·巴顿的人物塑造，打破了男子优越论神话，把备受冷落与歧视的女性置放于社会的中心，展示出女性机智、独立的性格魅力。简·爱的性格是沿着反抗、斗争、追求的个人奋斗道路逐步发展的。在残酷的社会环境里，在可怕的傲慢与偏见中她完全摆脱了金钱、地位、权势等的束缚和诱惑，不以自己出身贫寒、社会地位低下而妄自菲薄，坚决维护着自己做人的尊严，在争取平等和自由的斗争中所作的坚忍不拔的努力和展现的纯洁高尚的心灵有着经久不衰的艺术魅力。凯瑟琳·恩萧的一生都在追求爱与自由。她是艾米莉·勃朗特集中赞美的角色，是美好人性的载体，自由、热情、奔放，也是作家展现人性真善美的最终诉求。海伦·亨廷顿是一个女性主义者，她的生活向读者展示了19世纪英国女性在追求独立自主的道路上所经受的苦难，她像乔治·艾略特的《米德尔马契》中的多萝西娅，是一位时刻为了自己的人生目标而奋斗的女性主义斗士。麦琪·塔里弗经历了内心欲望与外界力量、美好理想与残酷现实之间强烈冲突带来的痛苦与挣扎，是乔治·艾略特笔下一个具有崇高道德观的卫道者；在国内学者眼中，她既是善良、克己、妥协、顺从的传统女性，又是聪慧、独立、叛逆、渴求知识和自由且具有女性意识萌芽的新女性。五位女主人公的人生经历为我们打开了一个窗口，从中我们既可以感受到维多利亚时期女性主义意识的觉醒萌芽又能够体会到女性主义发展的曲折艰难。五位女主人公的形象不断变迁，不但体现出国内学者对她们的同情和喜爱，更体现出对她们所反映的女性人生困境的理解和共鸣、对女性为争取自由和平等所做的努力和抗争的赞赏和支持。19世纪英国女性现实主义作家的作品犹如一个时代的棱镜，把一个个立体丰满的女性人物形象投射给新中国社会发展的各阶段，国内不同时期对小说主人公们形象的解读与分析则构建出人类命运的类本质，代表着中国评论家读者对当代社会价值观的定义与诠释。

改革开放以来，19世纪英国女性现实主义作家的作品在中国的研究进入繁荣期，这与中国社会的价值观变迁不无关系。随着中国社会价值观从一元转向多元、从整体转向个体、从理想转向世俗、从精神转向物质，中国女性地位呈现出许多积极变化。全国妇联和国家统计局联合组织实施第三期中国妇女社会地位调查主要数据显示：18～64岁女性中85.0%处于在婚状态，无论城乡，大多数已婚妇女能够得到丈夫的理解和支持，夫妻关系和谐；85.2%的女性对自己的家庭地位表示比较满意或很满意，男性的相应比例为89.3%；女性有房产（含夫妻联名）的占37.9%，男性为67.1%；在“自己外出学习/工作”的问题上，有88.8%的女性“基本可以”或“完全可以”以自己的意见为主；在“家庭投资或贷款”的决策上，由夫妻共同商量及主要由妻子决定的比例达74.7%；在“从事什么生产/经营”和“买房、盖房”的决策上，妻子参与决策的比例为72.6%和74.4%。这些数据说明女性主体意识日趋增强，女性决定个人事务的自主性提高，两性在家庭重大事务决策上更为平等。① 这些数据揭示了女性在不同时代既有社会秩序、利益配置导向背景下的发展轨迹，又有性别关系和性别文化背

① 第三期中国妇女社会地位调查课题组.第三期中国妇女社会地位调查主要数据报告[J].妇女研究论丛，2011(6)：5-15.

景下的发展轨迹。①

从女性的角度看待、观察事物，以女性的眼光体察、思考生活中的一切，将“人”和“女人”统一起来，包含性别又超越性别的价值追求，将促进女性开拓更加广阔的生活天地，建构更加平等独立的社会环境，女性探索的脚步也将永不停歇，因为女性主义思想“尽管有开端，但却没有终结：因为它没有预先确定的终点，女性主义思想允许任何妇女思考她自己的想法。不是一种真理，而是各种真理，它们一起推动妇女赢得自由”。②

---

① 吴帆. 相对资源禀赋结构中的女性社会地位与家庭地位——基于第三期中国妇女地位调查数据的分析[J]. 学术研究，2014(1)：42.

② [美]罗斯玛丽·帕特南·童. 女性主义思潮导论[M]. 艾晓明，译. 武汉：华中师范大学出版社，2002：412.

后　记

《19 世纪英国现实主义女性小说在中国接受史：1949—2014》（项目批准号：15YJA752017）是教育部人文社会科学研究一般项目（规划基金）的结项成果。该项目是由来自中原工学院、中原工学院信息商务学院、郑州轻工业大学的几位从事英国文学方向教学与研究的老师们共同完成的。项目组成员常晓丹、张文杰、刘丽、李强、周立利在课题研究过程中做了大量调研工作，并参与了本书部分章节的写作；常晓丹老师还参与了对本书初稿的反复修改工作，并提出独到的意见和建议。此外，项目组以部分阶段性研究成果为基础发表相关研究论文六篇。感谢他们所付出的辛勤努力！

希望本书的出版能对国内英国 19 世纪女性文学研究提供些微有益的借鉴；并通过研究加深中国读者对历史的认识与感受、对时代的理解与洞察、对社会价值观的定义与诠释。本书的最终成稿是基于对全国约三百位研究英国 19 世纪现实主义女性文学的专家学者、研究比较文学与世界文学的专家学者的相关研究成果的梳理、分类，可以说，是这些专家学者的前期研究成就了本书。这里对他们致以深深的谢忱！

虽然在写作过程中，作者谨小慎微，力求准确，但书中肯定仍有悖谬舛讹之处，诚望各位前辈大家、学长同仁、同行专家、英国文学的评论家读者和爱好者不吝赐教、批评指正。

感谢教育部人文社会科学研究项目的资助，感谢责任编辑张睿女士为本书的出版所做的认真细致的工作，感谢上海外国语大学李维屏老师的教诲以及河南大学高继海老师、中原工学院郭万群老师的指导与鼓励。

姚晓鸣

2018 年 5 月

参考文献

[1] 马新国.西方文论史[M].北京:高等教育出版社,2002,2008.

[2] 邓楠.论19世纪英国女性文学繁荣的原因[J].求索,1998(4):105.

[3] John Sutherland, ed.. The Stanford Companion to Victorian Fiction[M]. Stanford: Stanford UP, 1989.

[4] 露丝·佩里.大名鼎鼎的玛丽·阿斯泰尔:一位早期的英国女权主义者(Ruth Perry. The Celebrated Mary Astell:An Early English Feminist)[M].芝加哥和伦敦:芝加哥大学出版社,1986.

[5] [美]肖瓦尔特,著.她们自己的文学[M].韩敏中,译.杭州:浙江大学出版社,2012.

[6] 梅丽·威廉斯.英国小说中的妇女,1800—1900[M].麦克米兰出版社,1984.

[7] Elaine Showalter. A Literature of their Own: British Women Novelists from Brontë to Lessing[M]. 北京:外语教学与研究出版社,2004.

[8] 程鸥,夏雨,编.英国文学[M].上海:中流出版社,1941.

[9] 钱乘旦.第一个工业化社会[M].成都:四川人民出社,1988.

[10] Smith G.. Mrs Gaskell and her novels[C]. // Sanders V. Lives of Victorian Literary Figures: Elizabeth Gaskell, the Carlyles and John Ruskin by Their Contemporaries[M]. London: Pickering & Chatto, 2005:106.

[11] 金东雷.英国文学史纲[M].上海:商务印书馆,1937(民国二十

六年二月).

[12] Easson, Angus. ed.. Elizabeth Gaskell: The Critical Heritage [M]. London: Routledge, 1991.

[13] 雪莉·福斯特. 维多利亚时代妇女小说:婚姻自由与个人[M]. 伦敦:克鲁姆·海尔姆,1985.

[14] 宁. 伊丽莎白·盖斯凯尔的"复活"[J]. 外国文学评论,2007(1):154.

[15] 傅燕晖. 不仅仅是亲爱的山鲁佐德——论伊丽莎白·盖斯凯尔的经典化过程 [J]. 天津大学学报,2015(5):239.

[16] [德]马克思. 英国资产阶级. //马克思恩格斯全集(中文版)·第10卷[M]. 北京:人民出版社,1956:686.

[17] 陈礼珍. 伊丽莎白·盖斯凯尔的重新崛起[J]. 外国文学动态,2013(2):63-64.

[18] 李天纲,主编. 民国西学要籍汉译文献·经济学(61种)[M]. 上海:上海社会科学院出版社,2016.
https://www.douban.com/group/topic/88096303/.

[19] 葛棒录. 中英文学关系编年史[M]. 上海:上海三联书店, 2004.

[20] 刘意青. 经典[M]. 北京:外语教学与研究出版社,2006.

[21] 格士克夫人,著. 伍光建,译. 克阑弗[M]. 上海:商务印书馆,1927(民国十六年).

[22] 珈兹格尔(加斯克尔),著. 女性的禁城[M]. 朱曼华,译. 上海:启明书局,1937(民国二十六年)初版.

[23] 莫逊,勒樊脱,等著. 英国文学史[M]. 上海:商务印书馆,1947(民国三十六年四月).

[24] http://blog.sina.com.cn/s/blog_4cff98f501009lav.html.

[25] 梁遇春,著. 高恒文,选编. 醉中梦话[M]. 天津:天津人民出版社,1998.

[26] 王云缦,傅淑芳.为名作家立传,好!——读《外国名作家传》(上)[J].读书,1979(6):40,42.

[27] 张敏,繁澍.试论《玛丽·巴顿》的思想内容——关于盖斯凯尔夫人代表作的评价问题[J].文科教学(乌盟师专),1982(1):70.

[28] 王秋荣,丁子春.无产者战斗的画卷——评盖斯凯尔夫人的《玛丽·巴顿》[J].上海师范大学学报(哲学社会科学版),1984(1):25-31.

[29] 胡亦乐.试论盖斯凯尔夫人笔下的妇女形象[J].山东外语教学,1991(4):25.

[30] 吴祖镏.关于《南方与北方》的一点看法[J].南通师专学报(社科版),1994(4):34-36.

[31] 吴祖镏.浅论盖斯凯尔夫人的《克兰福德》[J].广西师范大学学报(哲学社会科学版),1987(1):84-90.

[32] 程慧静,刘立峰.盖斯凯尔夫人创作的现实性[J].南昌教育学院学报,1998(3):23-26.

[33] 朱虹.从阶级矛盾到文化冲突——《南方与北方》赏析[J].名作欣赏,1995(3):26-30.

[34] 朱虹.英国小说的黄金时代:1813—1873[M].北京:中国社会科学出版社,1997.

[35] 欧阳美和,周香花.维多利亚文化语境中矛盾意识的突显——评盖斯凯尔夫人的《玛丽·巴顿》[J].外国文学研究,2006(2):87-92.

[36] 陈娇娥,何畅.从《玛丽·巴顿》到《南方与北方》——盖斯凯尔夫人工业题材小说中情感结构的比较与分析[J].浙江工业大学学报(社会科学版),2006(1):59-64.

[37] 孙彦召.《克兰弗德镇》的女性主义叙事解读[D].河北师范大学,2009.

[38] 李因.伊丽莎白·盖斯凯尔作品中人物的两性越位的研究[D].

东北师范大学，2006.

[39] 罗杰鹦. 论《克兰福德镇》中的叙述迷宫与女性意识[J]. 四川外语学院学报，2007(1)：37.

[40] 周香花.《南方与北方》：冲突与解构[J]. 华东交通大学学报，2009(5)：127.

[41] 吴庆宏. 女性与慈善——解析盖斯凯尔工业小说中的人物塑造[J]. 河北联合大学学报(社会科学版)，2012(5)：205-209.

[42] 东红.《克兰福德镇》的女性观点[J]. 广东工业大学学报(社会科学版)，2005(02)：87-90.

[43] 魏恩文. 试析盖斯凯尔夫人《克兰福德镇》的叙述声音[J]. 黎明职业大学学报，2005(02)：9-12.

[44] 车莉. 19 世纪英国女性文学中女性意识的嬗变[J]. 学术交流，2003(5)：152-154.

[45] 魏恩文. 盖斯凯尔夫人小说中的男性与唯一神教精神[J]. 重庆工商大学学报(社会科学版)，2005(3)：132.

[46] 李增，陈莹. 维多利亚小说人物的阶级属性与道德观研究——以盖斯凯尔夫人小说中绅士形象为例[J]. 长春工业大学学报(社会科学版)，2009(1)：102.

[47] 陈礼珍.《北方和南方》的性别政治逻辑：功能性人物与女性发展空间的生成[J]. 国外文学，2012(3)：129，133.

[48] 陈礼珍. 社会空间分界的性别政治——《北方和南方》性别力量背后的意识形态陷阱[J]. 外国文学研究，2011(6)：151，133.

[49] 吴迪. 静水深流：《克兰福德》的宁静世界[J]. 求是学刊，2010(4)：112-117.

[50] 王忠霞，曹瑜.《南方与北方》的互文性研究[J]. 鸡西大学学报，2013，13(03)：116-118.

[51] 殷企平. 在“进步”的车轮之下——重读《玛丽·巴顿》[J]. 外国

文学评论,2005(1):91-99.

[52] 阿萨·勃里格斯. 英国社会史[M]. 北京:中国人民大学出版社,1991:279.

[53] 盖斯凯尔夫人. 玛丽·巴顿[M]. 荀枚,佘贵棠,译. 上海:上海译文出版社,1978.

[54] Gilmour, Robin. The Novel in the Victorian Age: A Modern Introduction[M]. London: Edward Arnold,1986.

[55] 薛龙宝. 评盖斯凯尔夫人的《玛丽·巴顿》[J]. 扬州师院学报(社会科学版),1986(1):45.

[56] 徐新. 论盖斯凯尔夫人的《克兰福德》[J]. 南京师大学报(社会科学版),1992(4):98.

[57] 程慧静,刘立峰. 盖斯凯尔夫人创作的现实性[J]. 南昌教育学院学报,1998(3):23-26.

[58] [美]安妮特· T. 鲁宾斯坦. 英国文学的伟大传统(下):从司各特到肖伯纳[M]. 上海:上海译文出版社,1998.

[59] 陈礼珍. 蝎子与鸦片的政治讽喻——《玛丽·巴顿》的殖民与阶级隐喻话语[J]. 天津外国语学院学报,2015(1):58-62.

[60] 鲍丹,李君君. 盖斯凯尔作品中的政治和社会批判[J]. 湖北经济学院学报,2015(2):95.

[61] 范一亭. 女性主义的空间探索与阶级意识 ——论《玛丽·巴顿》中盖斯凯尔夫人的政治想象[J]. 国外文学,2015(1): 46.

[62] 樊黎,吴格非.《玛丽·巴顿》中的情感结构[J]. 文学界,2010(6):35.

[63] Elizabeth Kowaleski - Wallace. Consuming Subjects: Women, Shopping, and Business in the Eighteenth Century[M]. New York: Columbia University Press,1997.

[64] Gordon Bigelow, Fiction, Famine, and the Rise of Economics in

Victorian Britain and Ireland[M]. Cambridge: Cambridge University Press, 2003.

[65] 赵蓉. 从女性主义角度解读《玛丽・巴顿》[J]. 思想战线,2009(s2):25.

[66] 宁媛媛. 家庭天使的"堕落"——盖斯凯尔夫人小说中19世纪女性的生存境遇[J]. 湖南工业大学学报(社会科学版),2009(1): 62.

[67] Colby B. Robin. Some Appointed Work To Do: Women and Victorian in the Fiction of Elizabeth Gaskell [M]. London: Greenwood Press,1995.

[68] 杜娟,杜艳春. 盖斯凯尔夫人笔下的女性形象解析[J]. 吉林师范大学学报(人文社会科学版),2013(4):58.

[69] Harman Leah Barbara. The Feminine Political Novel in Victorian England [M]. Virginia: University Press of Virginia, 1982.

[70] 刘媛岑. 从心理变化层面解读《玛丽・巴顿》[J]. 文学教育,2013(8):8.

[71] 龚北芳. 论19世纪英国文学中的女性形象[J]. 大庆师范学院学报, 2014(7): 59.

[72] 杨静远,编. 勃朗特姐妹研究[M]. 北京:中国社会科学出版社,1983.

[73] 吴国清. 从"改写"理论看夏洛蒂作品在中国的译介与研究[J]. 海外英语, 2012(5): 213-214.

[74] 茅盾. 真亚耳(Jane Eyre)的两个译本[J]. 译文,1937(5):1073.

[75] 苏耕欣. 新中国六十年勃朗特姐妹小说研究之考察与分析[J]. 浙江大学学报(人文社会科学版),2013(2):120.

[76] 张学信,等著. 论夏绿蒂・勃朗特的《简・爱》[M]. 北京:人民文学出版社,1958.

[77] 中华全国妇女联合会. 毛泽东周恩来刘少奇朱德论妇女解放[M]. 北京:人民出版社,1988:30.

[78] 胡作友,喻凤. 从边缘到中心——"五四"运动前后中国翻译文学的地位[J]. 合肥工业大学学报,2009(5):107.

[79] 伊塔马·埃文-佐哈尔. 多元系统论[J]. 张南峰,译. 中国翻译,2002(4):19.

[80] 廖七一. 多元系统[J]. 外国文学,2004(1):48-52.

[81] 龚明德. 李霁野译《简·爱》的民国版[J]. 四川文学,1998(11):71.

[82] 谢天振. 译介学导论[M]. 北京:北京大学出版社,2007.

[83] 夏洛蒂·勃朗特. 简·爱[M]. 祝庆英,译. 上海:上海译文出版社,1980,1995.

[84] 徐菊. 经典的嬗变——《简·爱》在中国的接受史研究[M]. 上海:上海文艺出版社,2010.

[85] Lawrence Venuti. Translator's Invisibility: A History of Translation[M]. London & New York: Routledge,1995.

[86] 朱立元. 当代西方文艺理论[M]. 上海:华东师范大学出版社,1997.

[87] Lefevere, A.. Translation, Rewriting and the Manipulation of Literary Fame [M]. Shanghai: Shanghai Foreign Language Education Press, 2004:15.

[88] 弗里德里希·恩格斯,卡尔·马克思. 马克思恩格斯论艺术[M]. 曹葆华,译. 北京:中国社会科学出版社,1982.

[89] 陈德鸿,张南峰. 西方翻译理论精选[M]. 香港:香港城市大学出版社,2000.

[90] 朱光潜. 为什么要放? 怎样放? [J]. 中国青年, 1957(13):17.

[91] 毛泽东. 在延安文艺座谈会上的讲话[N]. 解放日报,1943-10-19.

[92] 白自然.谈谈“简·爱在罗沃德”这篇课文［J］.外语教学与研究，1965(3):44.

[93] 杨静远.夏洛蒂·勃朗特小说中的爱情主题［J］. 文学评论，1980(5):111,112,89.

[94] 朱虹.《简·爱》小资产阶级抗议的最强音［J］.读书，1979(5):38-39.

[95] 张唯. 夏洛蒂·勃朗特“女性解放”主题探析［J］.华中师范大学研究生学报，1984(1):86-87.

[96] 朱虹.禁闭在“角色”里的“疯女人”［J］.外国文学评论，1988(1):95.

[97] 方平.为什么顶楼上藏着一个疯女人？——谈《简·爱》的女性意识［J］. 读书，1989(9): 47.

[98] 范文彬. 对《简·爱》中的罗切斯特形象的再审视［J］.外国文学研究，1985(2):77-83.

[99] 范文彬.也谈《简·爱》中疯女人的艺术形象［J］.外国文学评论，1990(4):95-101.

[100] 张蓉燕. 儒学——中国接受《简·爱》的伦理学思想基础［J］.求是学刊，1992(3):85-87.

[101] 方平.希腊神话和《简·爱》的解读［J］.外国文学评论，1992(1):46-52.

[102] 易晓明. 一种特殊的心态的构成——论夏洛蒂·勃朗特的自叙体小说［J］.外国文学评论，1989(3):40-41.

[103] 梁艳华.论简·爱的经久性魅力及其对当代女性的启示［J］.电影文学，2009(5):104.

[104] 王文惠. 从生态女性主义视角对《简·爱》的重新解读［J］.外国文学研究，2008(01):119,122.

[105] ［美］斯皮瓦克. 三个女性主义文本和一种帝国主义的批判

[A]. //巴特·穆尔-吉尔伯特. 后殖民批评[C]. 杨乃乔,等译. 北京:北京大学出版社,2001:222-228,2012(4):90.

[106] 符海平,刘向辉.《简爱》的后殖民主义视角再解读[J]. 长春师范学院学报(人文社会科学版), 2012(4): 90.

[107] 吴懿纯,黄丹玫. 平等·自由·财产——试比较娜拉的出走和简·爱的回归[J]. 青年文学家,2009(6):42.

[108] 高鲜花. 缀网劳蛛的悲剧宿命——解析娜拉与简·爱[J]. 常州工学院(社科版),2008(4):54.

[109] 姜莉霞. 简·爱与苔丝的性格及命运对比分析[J]. 镇江高专学报,2013(4):26.

[110] 林桂红. 基于功能翻译理论下的《简·爱》翻译[J]. 语文建设,2016(2):97.

[111] 朗芳.《简·爱》的主题意象:月亮与火[J]. 名作欣赏,1997(6):38.

[112] http://wenda. so. com/q/1363920229061338.

[113] [美]吉尔伯特,古芭,著. 阁楼上的疯女人——女作家与19世纪文学想象力[M]. 杨莉馨,译. 上海:上海人民出版社,2014.

[114] 朱虹.《简·爱》与妇女意识[J]. 河南大学学报,1987(5):23.

[115] 陈梅. 女性意识的觉醒与反抗——《傲慢与偏见》与《简·爱》的女性意识[J]. 作家,2012(7):65-66.

[116] 刘静文. 透过《简·爱》看女性意识的觉醒[J]. 作家,2014(12):103-110.

[117] 方位津. 光环下的阴影——简·爱叛逆性格质疑[J]. 国外文学,1993(1):46-50.

[118] 斯皮瓦克. 在另一个世界:文化政治学论文集(In the Other World: Essays in Cultural Politics)[C]. New York: Methuen, 1987.

[119] 王勇.后殖民女性主义视野下的简·爱形象[J].黑龙江社会科学,2011(04):100-102.

[120] 张文杰.现代阐释学视域下维多利亚小说中的女性形象研究[J].科教文汇(下),2015(03):149-150.

[121] 王吉梅.来自荒原的风——谈《呼啸山庄》的审美特点及读者的接受过程[J].1995(4):37.

[122] 王琼.《呼啸山庄》的艺术魅力——粗犷美[J].昭通师范高等专科学校学报,2000(1):10.

[123] 王晓真.《呼啸山庄》与英国女性哥特小说研究[D].河南大学,2010.

[124] 毛姆.巨匠与杰作[M].孔海立,等译.上海:华东师范大学出版社,1987.

[125] 弗吉尼亚·伍尔夫.论小说与小说家[M].瞿世镜,译.上海:上海译文出版社,2000.

[126] 不列颠百科全书·第3卷[M].北京:中国大百科全书出版社,1999.

[127] 杨静远.勃朗特姐妹的生平及其创作[J].名作欣赏,1986(03):87-90.

[128] 爱米莉·勃朗特.呼啸山庄[M].方平,译.上海:上海译文出版社,1987,1994.

[129] 冯茜.英国的石楠花在中国——勃朗特姐妹作品在中国的流布及影响[M].北京:中国社会科学出版社,2008.

[130] 方长安.论外国文学译介在十七年语境中的嬗变[J].文学评论,2002(6):83.

[131] 张宇波,吴格非.艾米莉·勃朗特作品在中国的译介和研究[J].河北理工大学学报(社会科学版),2005(4):182,181.

[132] 张亚婷.论译者主体性在文学作品中的发挥——以《呼啸山庄》

之杨苡与方平的译本为例[J]. 文化学刊,2016(4): 81.

[133] [英] 艾米莉·勃朗特. 呼啸山庄[M]. 天津:天津科技翻译出版公司,2003.

[134] 爱米莉·勃朗特. 呼啸山庄[M]. 杨苡,译. 南京:江苏人民出版社, 1980.

[135] 陈茂林. 回归自然返璞归真——《呼啸山庄》的生态批评[J]. 外语教学,2007,28(1):69-73.

[136] 胡鸿. 本我·自我·超我——《呼啸山庄》中凯瑟琳悲剧命运的解析[J]. 安徽文学(下半月), 2006(09):40-41.

[137] 朱晓映. 爱恨情仇:对《呼啸山庄》的原型解读[J]. 学术交流, 2007(12):178-181.

[138] 刘永杰.《呼啸山庄》的《圣经》解构[J]. 天津外国语学院学报, 2003,10(6):66-70.

[139] 刘进. "观望者"的故事——《呼啸山庄》叙述层次研究[J]. 四川师范大学学报(社会科学版),2006,33(3):100-103.

[140] 苏玉霞. 从空间叙事解读《呼啸山庄》凯瑟琳之悲剧[J]. 文学与艺术,2013(11):99.

[141] 高继海.《呼啸山庄》的主题与叙事[J]. 外国文学研究,2008(3):111-113.

[142] 袁海旺. 艾米莉·勃朗特及其《呼啸山庄》[J]. 重庆大学学报(社会科学版),2005,11(1):78-80.

[143] 张薇.《呼啸山庄》主人公性格解读[J]. 甘肃广播电视大学学报,2012,22(4):22-23.

[144] 马坤. 自我的认同与回归——再读《呼啸山庄》[J]. 外国文学研究,2003(3):33-37.

[145] 陈一萍. 希斯克利夫是浪漫主义英雄还是恶魔——论希斯克利夫的复仇[J]. 中山大学学报,2001,21(2):134-137.

[146] 蒋永国. 从《呼啸山庄》看艾米莉·勃朗特的哥特情结[J]. 西安外国语学院学报,2000(4):59-60.

[147] 缪春旗.《呼啸山庄》的人性复归主题[J]. 盐城师范学院学报(人文社会科学版),2000(3):50.

[148] 唐晓莉.《呼啸山庄》研究综述[J]. 廊坊师范学院学报(社会科学版),2008,24(06):35-37.

[149] 孙莉娜.《呼啸山庄》希克厉形象再议[J]. 边疆经济与文化,2004(12):43.

[150] 孙冬梅. 试析《呼啸山庄》中希刺克利夫和凯瑟琳的自私性[J]. 河南师范大学学报, 2002(6):32.

[151] 张晓焕.《呼啸山庄》男女主人公双重个性解读[J]. 语文建设,2014(7):56-57.

[152] 周琳玉. 一样的隐喻,不同的他者——《简·爱》与《呼啸山庄》的后殖民主义视角比较[J]. 佛山科学技术学院学报,2006(4):28-31.

[153] 徐国琴. 劳伦斯与艾米丽·勃朗特作品中的独白与象征对比[J]. 上饶师范学院学报,2005(2):78.

[154] 韩清华. 混浊世界的清醒者,爱情真谛的探索者——劳伦斯与艾米莉社会批判主题、爱情主题对比[J]. 上饶师范学院学报,2004(4):67.

[155] 黄爱华,陈漪. 复仇·情爱·原野——《原野》与《呼啸山庄》比较阅读[J]. 中国文学研究,2005(1):97-103.

[156] 王玲.《家》与《呼啸山庄》中主仆恋之比较[J]. 江西社会科学,2007(12):70-72.

[157] 王桢. 英国女性文学的两座丰碑——《简·爱》与《呼啸山庄》比较研究之一[J]. 贵州大学学报(社会科学版), 2005(4):116-120.

[158] 王喆. 现实沃土之沉思　爱情王国之绝唱——《呼啸山庄》与

《简·爱》对比研究[J]. 长春工业大学学报(社会科学版)，2011(1):122-125.

[159] 邵旭东. 何以写出《呼啸山庄》? ——也谈艾米丽·勃朗特创作源泉问题[J]. 外国文学研究,1996(04):11-15.

[160] 王国庆. 从艾米莉的传记看《呼啸山庄》[J]. 外国文学研究,1988(1):16-21.

[161] 陈维平. 艾米莉·勃朗特的困惑与成就[J]. 江苏教育学院学报,2002(6):78.

[162] 高永红. 艾米莉·勃朗特小说中的意象意蕴[J]. 世界文学评论,2008(2):52-55.

[163] 范祥涛. 从《呼啸山庄》的六种译本透视翻译研究和重译中的一些问题[J]. 山东师大外国语学院学报,2001(01):74-78.

[164] 陈建生,王占连.《呼啸山庄》四个中文译本的研究——基于女性主义翻译理论视角[J]. 辽宁工程技术大学学报,2016(2):119.

[165] 彭石玉,张清清. 从图里翻译规范看《呼啸山庄》两个汉译本的特色[J]. 外国语文研究,2016,2(03):87-95.

[166] M. Visick. The Genesis of Wuthering Heights [M]. HongKong: Hong Kong University Press,1965.

[167] C. W. Hatfield. The Complete Poems of Emily Jane Bronte [M]. New York: Columbia University Press, 1941.

[168] 屈儆聆. 艾米莉·勃朗特和她的诗歌[J]. 河南师大学报(社会科学版),1983(02):103-108.

[169] 谷红丽. 孤独才女傲视诗魂——勃朗特与狄更生诗歌比较研究[J]. 海南师院学报，1998(2): 78.

[170] 皮爱红,杨灿. 霍沃斯荒原上歌唱的精灵——艾米莉·勃朗特诗歌主题分析[J]. 中南林业科技大学学报(社会科学版),2008

(4):115.

[171] 刘富丽.内在性超越:艾米莉·勃朗特早期诗歌解读[J].外国文学研究,2011,33(01):95-102.

[172] 李晓乒.国内艾米莉·勃朗特诗歌研究综述[J].文教资料,2014(21):25-26.

[173] 贺夏蓉,潘利锋.论艾米莉·勃朗特诗歌中对比手法的运用[J].湖南科技学院学报,2007(6):32.

[174] 刘洪宇,吴蒙.浅谈艾米莉·勃朗特诗歌创作的几个特点[J].徐州工程学院学报,2006(11):75.

[175] 付玉群.与自然共舞,吟唱"自我"与"他者"——论生态女性主义视阈下的艾米莉·勃朗特自我诗歌[J].名作欣赏,2012(3):99.

[176] 汪琼.论艾米莉·勃朗特诗歌的叙事艺术[J].湖南科技学院学报,2017(4):39-47.

[177] 陈碧园,贺夏蓉.孤帆远景——论艾米莉·勃朗特诗歌的绘画艺术[J].湘潭师范学院学报(社会科学版),2009(4):208-210.

[178] 艾米莉·勃朗特,著.宋兆霖,主编.艾米莉·勃朗特诗歌全编.//勃朗特两姐妹全集·第8卷[M].刘新民,译.石家庄:河北教育出版社,1996.

[179] 高万隆,等.艾米莉·勃朗特研究[M].北京:中国社会科学出版社,2010.

[180] David Cecil. Early Victorian Novelists: Essays in Revaluation [M]. London: Constable, 1934.

[181] 许钧.论翻译之选择[J].外国语,2002(1):63.

[182] 郭延礼.中国近代翻译文学概论[M].武汉:湖北教育出版社,1998.

[183] 程翔章.中国近代翻译文学的兴盛及其原因[J].外国文学研

究,1998(4):96.

[184] 张炯.中华文学发展史(近世史)[M].武汉:长江文艺出版社,2003.

[185] 王建开.五四以来我国英美文学作品译介史 1919—1949[M].上海:上海外语教育出版社,2003.

[186] 伍光健.孤女飘零记[M].北京:商务印书社,1935.

[187] T. Eagleton. Myths of Power: a Marxist Study of the Brontes [M]. Palgrave Macmillan: Hampshire, 2005.

[188] 陈焜.论艾米莉·勃朗特的《呼啸山庄》[M].北京:人民文学出版社,1958.

[189] 刘春慧.颠覆与重构——论《呼啸山庄》的性别意识[J].学术交流,2009(2):172-174.

[190] P. Spacks. "Critical Extracts." in H. Bloom(ed.), Heathcliff. New York: Chelsea House, 1993:36-38.

[191] 王国明,王蓬.《呼啸山庄》二题[J].郑州大学学报(哲学社会科学版),2000(2):87-90.

[192] 代新黎.试论《呼啸山庄》所表现的人性与人际关系[J].学术交流,2008(6):159-161.

[193] 张同乐,毕铭.《呼啸山庄》——一部具有现代主义意味的小说[J].外国文学研究,1999(1):66-69.

[194] D. Cicel. Emily Bronte and Wuthering Heights in T. Winnifrith (ed.), Critical Essays on Emily Bronte[M]. London: Prentice Hall International, 1997.

[195] 杨莉馨.一部"天堂"与"地狱"之书——再论《呼啸山庄》的主题[J].南京师大学报(社会科学版),2008(2):143-147.

[196] S. Gilbert & S. Gubar. The Madwoman in the Attic: The Woman Writer and the Nineteenth Century Literary Imagina-

tion[M]. New Haven: Yale University Press, 2000.

[197] 范岭梅.纳莉的谎言[J].北方论丛,2004(1):40-42.

[198] J. Mathison. Nelly Dean and the Power of Wuthering Heights, Nineteenth Century Fiction[J]. 1956,11(2):102-129.

[199] R. Polhemus. Passionate Calling: Wuthering Heights, in H. Bloom(ed.), Heathcliff[M]. New York: Chelsea House, 1993: 163-189.

[200] 金琼.绝对是空中的永恒沉思——《呼啸山庄》的叙述技巧和结构意识[J].外国文学研究,1993(2):38-43.

[201] 韩敏中.无穷无尽的符号游戏——20世纪的《呼啸山庄》阐释[J].外国文学评论,1992(1):53-61.

[202] 张静波.论《呼啸山庄》中童年和纯真主题[J].名作欣赏,2007(18):106-109.

[203] 李胜清.希思克厉夫:镜像化的人性符号[J].文艺争鸣,2007(1):156-159.

[204] 黄曼青,易春华.《呼啸山庄》与《红字》景物象征之比较[J].社会科学家,2005(4):198-204.

[205] 陆小宁,刘志.《呼啸山庄》与《金锁记》情感世界之比较[J].外国文学研究,2000(1):59-64.

[206] 刘文.病·思想·社会:《莎菲女士的日记》与《呼啸山庄》的比较研究[J].学术论坛,2006(2):155-160.

[207] 方平,著.呼啸山庄·译本序.//呼啸山庄[M].爱米莉·勃朗特.方平,译.上海:上海译文出版社,2006: 8.

[208] 陶勇,沈建青.勃朗特姐妹研究的新发展[J].外国文学研究,1998(9):124-126.

[209] 方平.谁是《呼啸山庄》的主人公——呼啸山庄的结构研究[J].外国文学研究,1988(4):79-84.

[210] 陈瑛,熊欣.《呼啸山庄》凯瑟琳人物形象分析[J]. 文学教育,2008(3):101-103.

[211] 陈明霞. 从文学空间的角度试析《呼啸山庄》中凯瑟琳的个性[J]. 芜湖职业技术学院学报,2009,11(01):41-44.

[212] 党红.《呼啸山庄》中凯瑟琳的形象解读[J]. 芒种,2013(21):101-102.

[213] 弗洛伊德. 精神分析引论[M]. 高觉敷,译. 上海:上海译文出版社,1984:334-336.

[214] 李敏. 论人性的扭曲——《呼啸山庄》主要人物性格分析[J]. 焦作师范高等专科学校学报,2006(3):77.

[215] 吴靖青. 分裂与置换——析《呼啸山庄》中的凯瑟琳·恩萧[J]. 湖北民族学院学报,2008(5):65.

[216] [英] 诺曼·N·霍兰德. 后现代精神分析[M]. 潘国庆,译. 上海:上海文艺出版社,1995.

[217] 陈了. 论《呼啸山庄》凯瑟琳的悲剧选择[J]. 咸宁学院学报,2007(4):78-80.

[218] 费玉双. 解析《呼啸山庄》中女主人公凯瑟琳悲剧人生四部曲[J]. 辽宁行政学院学报,2008(12):89-90.

[219] 艾米莉·勃朗特. 呼啸山庄[M]. 王惠君,王惠玲,译. 伊犁:伊犁人民出版社,2001.

[220] 李灏. 解析《呼啸山庄》中的凯瑟琳·恩萧悲剧分析[J]. 殷都学刊,2011(3):84-88.

[221] 刘长. 凯瑟琳:桀骜不驯的荒原之女[J]. 惠州大学学报,1996(1):61-65.

[222] 王轶美. 从《呼啸山庄》看女性的自我追求[J]. 哈尔滨学院学报,2003(3):97-102.

[223] 郝瑞娟,王敏琴. 双性同体的失而复得——《呼啸山庄》中凯瑟

琳形象新析[J]. 商丘师范学院学报,2007(4):43-45.

[224] 弗吉尼亚·沃尔夫. 一间自己的屋子[M]. 王还,译. 上海:三联书店,1989.

[225] Blessler, Charles E.. Literary Criticism: An Introduction to Theory and Practice [M]. UpperSaddle River: Prentice Hal Inc., 1999.

[226] 张永怀. "双性共体"的新女性——《呼啸山庄》凯瑟琳·恩萧新解[J]. 中华女子学院学报,2010(3):43-45.

[227] 朱郑毓. 简·爱和凯瑟琳:两姐妹作家笔下的两姐妹形象[J]. 文教资料,2012(33):113-117.

[228] 李嫦英,边玉柱.《呼啸山庄》与《简·爱》女主人公的性格特点之比较[J]. 作家,2009(7):42-43.

[229] 田甜.《呼啸山庄》与《简·爱》中女性意识的比较解读[J]. 长春理工大学学报(社会科学版),2014(5):130-131.

[230] Guy Schofield. The Gentle Anne[J]. Brontë Society Transaction,1971(1):1.

[231] 安妮·勃朗特. 怀尔德菲尔府的房客[M]. 莲可,西海,译. 上海:上海译文出版社,2013.

[232] Winifred Gërin. Anne Brontë[M]. London: Thomas Nelson and Sons LTD., 1959.

[233] 乔治·桑普森. 简明剑桥英国文学史[M]. 刘玉麟,译. 上海:上海外语教育出版社,1987.

[234] 李小江. 勃朗特姊妹的创作背景[J]. 河南师大学报(社会科学版),1983(2):111-114.

[235] 杨静远. 一百多年来的勃朗特姐妹研究[J]. 读书,1983(6):76-81.

[236] 杨静远. 勃朗特姐妹的生平与创作[J]. 名作欣赏,1986(2):

94-95.

[237] 安杰利娜·格里奥,撰写.任亚凌,译.《阿格尼丝·格雷》英文版导读.//阿格尼丝·格雷[M].安妮·勃朗特,著.薛鸿时,译.重庆:重庆出版社,2008:5.

[238] 裘因,著.《艾格妮丝·格雷》译后记.//艾格妮丝·格雷[M].安妮·勃朗特,著. 裘因,译.上海:上海译文出版社,2000:162-163.

[239] 裘因.论安妮·勃朗特的创作[J].外国文学研究,1991(3):14-20.

[240] 薛鸿时,著.《阿格尼丝·格雷》中译本再版前言.//阿格尼丝·格雷[M].安妮·勃朗特,著.薛鸿时,译.上海:译林出版社,1995.

[241] 张静波.女性主义视角下的宗教人格与创作——勃朗特姐妹研究[M].桂林:广西师范大学出版社,2015.

[242] 宋兆霖,著.《简·爱》译序.//宋兆霖主编.勃朗特两姐妹全集[C].石家庄:河北教育出版社,1996:12.

[243] 赵慧珍.简论安妮·勃朗特及其代表作《怀尔德菲尔山庄的房客》[J].社科纵横,1997(2):76-78.

[244] 康凤英. 妇女独立的宣言——安妮·勃朗特的《阿格尼丝·格雷》[J].辽宁师专学报(社会科学版),2000(6): 53.

[245] 杨金才.再现单身女子心路历程的英国维多利亚小说[J]. 妇女研究论丛, 2002(4): 49.

[246] 周颖. 想象与现实的痛苦:1800—1850英国女作家笔下的家庭女教师[J].外国文学评论, 2012(1):101-102.

[247] 金琼. 安妮·勃朗特的女性写作立场[J]. 怀化学院学报(社会科学版), 2003(3): 41-42.

[248] 张男.女性主义理论解析《阿格尼斯·格雷》中主人公性格的双

重性[D]. 东北林业大学,2013:Ⅰ.

[249] 田祥斌,张世梅. 论勃朗特三姐妹的女权观[J]. 三峡大学学报(人文社会科学版),2006(01):74-76.

[250] 程锡麟, 方亚中. 什么是女性主义批评[M]. 上海: 上海外语教育出版社, 2011.

[251] Mrs. Gaskell. The Life of Charlotte Bront[M]. Oxford World Classics,1996.

[252] 张静波.《阿格尼丝·格雷》——福音主义的女性布道者[J]. 湖北社会科学,2013(02):125-128,132.

[253] 贝莉. 推荐序:人人都是女配角. //安·白朗特,著. 艾格妮丝·格雷[M]. 伍晴文,译. 台中: 好读出版公司,2011:2-4.

[254] 张首映. 20 世纪西方文论史[M]. 北京:北京大学出版社, 1999.

[255] 威妮弗雷德·杰林,著. 前言. //怀尔德菲尔府的房客[M]. 安妮·勃朗特,著. 莲可, 西海,译. 上海:上海译文出版社, 2013:1-15.

[256] 裘因. 海伦·亨廷顿——妇女解放运动的先驱[J]. 名作欣赏, 1996(03):56.

[257] 徐拯民. 她们同路不同归——谈海伦·亨廷顿和子君[J]. 辽宁广播电视大学学报,1997(02):58-62.

[258] 肖智立. 勃朗特姐妹小说创作异同研究[D]. 湘潭大学, 2013:1-17.

[259] 可嘉,主编. 编辑前言. //安妮·勃朗特,著. 怀尔德菲尔山庄的房客[M]. 赵慧珍,译. 兰州: 敦煌文艺出版社, 1997:5.

[260] 陈文玉. 穿越时代的安妮·勃朗特——《怀尔德菲尔府的房客》的叙事技巧[J]. 海南师范大学学报(社会科学版), 2014(11):91-98.

[261] 李方木. 夺“框”而出：论《怀尔德菲尔府的房客》的跨性别叙事[J]. 上海理工大学学报(社会科学版),2015(2):155-159.

[262] 叩梦丽. 浅论自然书写在安妮·勃朗特小说中的表现与深意[D]. 南京师范大学,2013:1.

[263] 刘晓文. 宗教意识·道德情结·圣经方式——英美女性文学再认识[J]. 国外文学, 2000(2):53-54.

[264] 杨永香. “成长”的诠释——分析安妮·勃朗特的小说《怀尔德菲尔府的房客》[J]. 大学英语(学术版),2013(2):264.

[265] 李莹. 生态女性主义视阈下《怀尔德菲尔府的房客》的解读[D]. 哈尔滨师范大学,2015:12.

[266] 鲁枢元. 生态批评的空间[M]. 上海: 华东师范大学出版社, 2000.

[267] 张静波.《女房客》:“房中天使”的觉醒[J]. 文学与文化,2012(1):77-83.

[268] 程玲. 安妮·勃朗特作品中的意象分析[D]. 上海师范大学,2013.

[269] 王晓红. 试析海伦和娜拉觉醒后的独立[J]. 哈尔滨职业技术学院学报, 2006(2): 37.

[270] 乔治·艾略特. 弗洛斯河上的磨坊[M]. 祝庆英,郑淑珍,方乐颜,译. 上海:上海译文出版社,2008.

[271] 朱桃香. 乔治·艾略特的《米德尔马契》叙事研究[M]. 广州:暨南大学出版社,2016.

[272] 北京图书馆,编. 民国时期总书目·外国文学卷[M]. 北京:书目文献出版社,1987.

[273] 赵军峰,胡爱舫. 梁实秋对翻译的贡献[J]. 荆州师专学报(社会科学版),1995(3): 70.

[274] 徐贵权,邵广侠. 当代中国社会价值观范型转换初探[J]. 毛泽

东邓小平理论研究,2004 (10):69.
[275] 乔治·艾略特.亚当·比德[M].傅敬民,译.上海:复旦大学出版社,2011.
[276] 殷企平. 过去是一面镜子——《亚当·比德》中的社会伦理问题[J]. 外国文学研究, 2007(1):83.
[277] 王海萌,杨金才. 论《弗洛斯河上的磨坊》中的中产阶级霸权[J]. 外语教学,2010(2):65-68.
[278] 常晓丹.《织工马南》在中国的接受(1949—2013)[J]. 时代文学(下半月),2015(1):203.
[279] 徐贵权. 改革开放以来中国社会价值观变化之研究透视[J]. 毛泽东邓小平理论研究,2007(6):25.
[280] 廖小平,周泽宇. 价值观的分化探析——以改革开放以来中国社会为背景[J]. 北京大学学报(哲学社会科学版),2013(3):15-21.
[281] 洪子诚. 中国当代文学史(修订版)[M]. 北京:北京大学出版社,2007.
[282] 王晓英."爱的宗教"与乔治·艾略特的早期创作[J].南京师大学报(社会科学版),1988(1):60-63,35.
[283] 董俊峰. 试论乔治·艾略特小说中的"人类宗教"道德观[J]. 贵州大学学报,1995 (3) :70-75.
[284] 王晓英.艾略特和她的小说[J]. 南京社会科学,1993(2) :121-125.
[285] 梁辉. 试论乔治·艾略特前期长篇小说中的心理描写艺术[J]. 广州社会科学,1991(6):106-113.
[286] 陶东风,和磊. 中国新时期文学 30 年(1978—2008)[M]. 北京:中国社会科学出版社,2008.
[287] 毛华栋. 中国当代的消费主义文化探索——以电子产品的消

费为例[J]. 当代社科视野,2011(11):14.

[288] 白桦. 中国文情报告・前言(2007—2008)[M]. 北京:社会科学出版社,2008.

[289] 韩晓华. 从《亚当・比德》看艾略特对消费文化的回应[J]. 北京第二外国语学院学报,2009(12):67.

[290] 崔东. 记忆——乔治・艾略特人物个性的连续展现[J]. 外国文学研究,2003(4):68-72.

[291] 杜隽. 论《牧师情史》的"人本宗教"道德[J]. 外国文学评论,2004(1):37-42.

[292] 崔东. 乔治・艾略特的浪漫主义情怀[J]. 江汉大学学报(人文科学版),2003(2):49-51.

[293] 张雪. 灵魂之语——解读乔治・艾略特的《亚当・贝德》[J]. 山东师大外国语学院学报,2000(4):71-73.

[294] Rosemary Ashton. George Eliot[M]. Oxford, 1983.

[295] 陈蕾蕾. 传统与现代的统一——乔治・艾略特早期小说特征试析[J]. 暨南学报(哲学社会科学版),2002(6):82-86.

[296] 朱桃香. 试论乔治・艾略特女性意识的独特性——对《米德尔马契》的重新解读[J]. 暨南学报(哲学社会科学版),2002(6):75-81.

[297] 陈明明. 乔治・艾略特的妇女观及其渊源[J]. 江南大学学报(社会科学版),2006(5):88-90.

[298] 陈蕾蕾. 乔治・艾略特早期作品的新历史主义解读[J]. 外国文学研究,2002(1):54-60,171,172.

[299] 张金凤. 从分裂走向统一的自我——对《弗洛斯河上的磨坊》中女性形象的精神分析解读[J]. 解放军外国语学院学报,2004(5):79-84.

[300] 王燕. 罪与罚——《弗洛斯河上的磨坊》中洪水结局的圣经原

型解读[J]. 沧州师范专科学校学报,2006(4):28-30.

[301] 彭丽华. 中国乔治・艾略特研究综述[J]. 湘潭师范学院学报(社会科学版),2004(5):83-84.

[302] 毛华栋. 中国当代的消费主义文化探索——以电子产品的消费为例[J]. 当代社科视野,2011 (11):12-17.

[303] 乔治・艾略特. 米德尔马契[M]. 项星耀,译. 北京:北京人民文学出版社, 2008.

[304] 毛亮. 历史与伦理:艾略特的《罗慕拉》[J]. 外国文学评论,2008(2):95-105.

[305] 高晓玲. "感受就是一种知识!"——乔治・艾略特作品中"感受"的认知作用[J]. 外国文学评论,2008(3):5-16.

[306] 廖辉. 论乔治・艾略特晚期作品中的伦理主题[J]. 湖南科技大学学报(社会科学版),2014(5):138-143.

[307] 徐颖. 乔治・艾略特与圣经高等评断学[J]. 外国文学,2013(4):134-141.

[308] 王园园. 超越传统意义的婚姻《亚当・贝德》中婚姻的独特意义[J]. 安徽文学,2008(9):211.

[309] 褚晓航.《弗洛斯河上的磨坊》的生态女性主义解读[J]. 安徽文学,2009(11):127-128.

[310] 袁英.《米德尔马契》:伦理关怀与道德寓言[J].外国文学研究,2012(1):68-74.

[311] 黄如敏. 论《丹尼尔・德隆达》中的两性对抗[J]. 泉州师范学院学报,2014(1):74-79.

[312] 殷企平. 从自我到非我——《丹尼尔・德隆达》中的心智培育之路[J]. 外国文学研究,2015(2):74-82.

[313] 李涛,杨峻峰. 小说《罗慕拉》中的"边界"意识[J]. 外语与外语教学,2013 (2):85-92.

[314] 宋婉宜.《罗摩拉》：一部孔德主义的小说[J].西南交通大学学报(社会科学版)，2015(3)：87-93.

[315] 林琳."我"与权威——从女性主义叙事学角度解读乔治·艾略特与冰心的小说[J].广东教育学院学报，2005(1)：55-58.

[316] 何大军.乔治·爱略特与托马斯·哈代自然观之比较[J].北方论丛，2007 (5)：57-59.

[317] 黄如敏.简·奥斯丁与乔治·艾略特小说思想之比较[J].北京第二外国语学院学报，2010(4)：58-62.

[318] 王海萌.当代西方乔治·艾略特研究述评[J].国外文学，2010 (1)：35-42.

[319] 常晓丹.《织工马南》在中国的接受(1949—2013) [J].时代文学(下半月)，2015(1)：203-204.

[320] 罗杰鹦.《米德尔马契》的批评接受研究[J].外国文学研究，2011(5)：122-128.

[321] 常晓丹.从学术期刊论文谈《米德尔马契》在中国的接受[J].出版广角，2016(10)：41-43.

[322] 魏颖.女儿如水，水似女儿——《红楼梦》中"水"原型的文化特质及内涵[J].红楼梦学刊，2011(2)：137-148.

[323] 魏新强.老庄道家哲学视域下的中国"水文化"教育理念的思考[J].华北水利水电大学学报(社会科学版)，2017(1)：1-4.

[324] 丁玫.小说《佛洛斯河磨坊》中玛姬的困境与水的意象[J].新余高专学报，2006(1)：29-31.

[325] 单新荣，漆舒琴.《弗洛斯河上的磨坊》中的水之隐喻[J].名作欣赏，2012(6)：37-38.

[326] 王素英."洪水般"的工业革命毁灭与再生——《弗罗斯河上的磨坊》的洪水结局新解[J].英美文学研究论丛，2010(2)：95-104.

[327] 项阳. 功能性·制度·礼俗·两条脉——对于中国音乐文化史的认知[J]. 中国音乐,2007(2):25-34.

[328] 罗灿.麦琪的困境与抉择——音乐在《弗洛斯河上的磨坊》里的意义[J]. 外国文学,2011 (06):55-60,158.

[329] 都辉. 音乐在《弗洛斯河上的磨坊》里的意义[J]. 语文建设,2015(6):75-76.

[330] 江润洁.《白孔雀》与《弗洛斯河上的磨坊》中的自然与动物元素[J]. 名作欣赏,2011(11):121-122.

[331] 崔东. 乔治·艾略特的情感道德观[J]. 湖北社会科学,2003(9):37-39.

[332] 何静. 解读《弗洛斯河上的磨坊》结局中的宗教观[J]. 重庆三峡学院学报, 2005(2):18-21.

[333] 李华. 从《弗洛斯河上的磨坊》看爱略特的人文主义思想[J]. 黄山学院学报,2006(1):120-122.

[334] 杨方林. 人生道德实验——再读《弗洛斯河上的磨坊》[J]. 学术界,2011(11):132-138, 286-287.

[335] 何保兴. 从《弗洛斯河上的磨坊》看艾略特的伦理思想[J]. 安徽文学,2011(10):97-98.

[336] 王琴,陈斌. 文学伦理下的《弗洛斯河上的磨坊》[J]. 牡丹江大学学报,2013(5):22-24.

[337] 刘淑君.《弗洛斯河上的磨坊》中的家庭伦理道德观[J]. 内蒙古民族大学学报,2011(1):17-18.

[338] 本刊记者. 成绩斐然任重道远——就建国 60 周年中国伦理学的发展访陈瑛研究员[J]. 道德与文明, 2010(2):5-9.

[339] 王密卿,王苗. 成长小说:乔治·艾略特的《弗洛斯河上的磨坊》中的反乌托邦思想[J]. 名作欣赏,2011(6):102-104.

[340] 汪凡凡. 成长的困惑与自醒——成长小说视角下的《弗洛斯河

上的磨坊》[J]. 信阳师范学院学报(哲学社会科学版),2012(2):117-120.

[341] 马淑娟. 剖析麦琪精神成长之路的艰辛[J]. 海外英语,2011(10):283-284.

[342] 彭丹. 弗罗斯女孩之烦恼——《弗洛斯河上的磨坊》中麦琪的成长[J]. 长春教育学院学报,2015(8):37-38.

[343] 吴晓旭. 从《弗洛斯河上的磨坊》看乔治·艾略特的婚恋观[J]. 名作欣赏,2011(30):80-81.

[344] 吕银平. 天平上的"亲情"与"爱情"——评《弗洛斯河上的磨坊》[J]. 时代文学,2011(10):150-152.

[345] 张娜. 浅析《弗洛斯河上的磨坊》中麦琪人物形象体现出的婚姻道德观[J]. 名作欣赏,2014(27):64-65.

[346] 曾莉.《弗洛斯河上的磨坊》的结局探析[J]. 四川外语学院学报,1999(3):32-34.

[347] 王琼. 麦琪悲剧的成因——《弗洛斯河上的磨坊》解读[J]. 绍兴文理学院学报(哲学社会版),2003(5):16-20.

[348] 宋世彤,李增. 艾略特小说的希腊悲剧式结构[J]. 外国问题研究,2014(4):83-88.

[349] 丁光. 解读《弗洛斯河上的磨坊》中乔治·艾略特对工业革命的反思[J]. 外语与外语教学,2006(8):40-43.

[350] 施慧. 回归自然的人性呼唤——从《弗洛斯河上的磨坊》看乔治·艾略特自然观[J]. 海外英语,2012(3):233-235.

[351] 乔修峰."移常"的建构性:乔治·艾略特小说中的乡土记忆[J]. 江苏师范大学学报(哲学社会科学版), 2015(2):33-38.

[352] 石晓杰. 从女性主义视角评析乔治·艾略特的《弗洛斯河上的磨坊》[J]. 外语与外语教学,2008(8):50-51.

[353] 李奇志. 从《弗洛斯河上的磨坊》看艾略特对男权话语的反叛和

尊崇[J]. 电影评介,2008(14):105-106.

[354] 谭敏. 游离于女权边缘的尴尬——试析乔治·爱略特的二元论的女性观[J]. 四川外语学院学报,2004(4):48-52.

[355] 谭敏,赵宁,苑辉. 解读《弗洛斯河上的磨坊》中的女性生存美学[J]. 山东理工大学学报(社会科学版), 2011(4):74-78.

[356] 曾繁仁,主编. 西方文学理论[M]. 北京:高等教育出版社,2017.

[357] 韩晓华. 从圣经原型角度分析《弗洛斯河上的磨坊》[J]. 长春大学学报,2007(6):65-68.

[358] 陈莹. 从神话原型角度解读麦琪的逃离[J]. 安徽文学,2016(2):45-46.

[359] 廖晖. 论《弗洛斯河上的磨坊》中的原型模式[J]. 湘潭师范学院学报(社会科学版),2007(01):93-94.

[360] 陈蕾蕾. 乔治·艾略特早期作品中的新历史主义解读[J]. 外国文学研究,2002 (1):54-60,171,172.

[361] 韩素敏."颠覆"与"抑制"——新历史主义视野中的《弗洛斯河上的磨坊》[J]. 文教资料,2011(18):30-32.

[362] 聂珍钊. 文学伦理学批评: 基本理论与术语[J]. 外国文学研究,2010(1):12-22.

[363] 王琴,陈斌. 文学伦理下的《弗洛斯河上的磨坊》[J]. 牡丹江大学学报,2013(5):22-24.

[364] D. C. 米克. 论反讽[M]. 周发祥,译. 北京:昆仑出版社,1992.

[365] 胡春华,赵艳丽. 情景反讽与语辞反讽之比较[J]. 宜宾学院学报,2008(1):108-110.

[366] 罗绮伦.《弗洛斯河上的磨坊》中的情景反讽[J]. 科教文汇,2007(10):182-184.

[367] Moers, Ellen. Literary Women: The Great Writers[M]. New

York: Oxford University Press, 1977.

[368] 叶梅. 女性哥特视野下的《弗洛斯河上的磨坊》[J]. 湖北文理学院学报,2014(7):29-35.

[369] 袁翠珍. 论《弗洛斯河上的磨坊》对《白孔雀》的影响[J]. 南京农专学报,2002(3):103-106.

[370] Bai Tana. Jane Eyre and The Mill on the Floss—A Comparison of Writing Techniques in Portraying the Two Heroines [J]. 语文学刊,2009(5):37-39.

[371] 林华瑜. 性别权利的两种演绎——《紫色》和《弗洛斯河上的磨坊》中的两性文化观念比较[J]. 电影文学,2007(19):78-79.

[372] 刘杰,刘晓波. 河流,悲剧的象征——对比分析《弗洛斯河上的磨坊》和《哈克贝利费恩历险记》[J]. 语文学刊,2009(3):170-173.

[373] 甄艳华,马百玲. 从伦理角度分析麦琪和姚木兰的相似性[J]. 文学界,2012(7):29-32.

[374] 亨利·詹姆斯. 小说的艺术[M]. 上海:上海译文出版社,2001:222.

[375] 高晓玲. 理解人性追求和谐——从人物塑造看《弗洛斯河上的磨坊》的主题[J]. 郑州工业大学学报(社会科学版),2001(2):39-42.

[376] 程雨丝. 古典理想的现代阐释——《弗洛斯河上的磨坊》的现代性分析[J]. 河北大学成人教育学院学报,2009(4):93-95.

[377] 殷企平. 小说的用处——19世纪中叶英国小说理论的主旋律[J]. 外国文学评论,1998(1):14-19.

[378] 夏玲英. 作品与作家心理窥视[J]. 上海大学学报:社会科学版,1989 (3):75.

[379] 侯雅丽. 麦琪——乔治·艾略特人本宗教的实践者[J]. 西北农

林科技大学学报(社会科学版),2008(3):137-140.
[380] 符亦文. 出走与回归[J]. 电影文学,2009(20):89-91.
[381] 易丹. 生命力量的镜与像——剖析作家与作品的关系[J]. 湘潭师范学院学报(社会科学版),2009(3):164-166.
[382] 杨瑞君. 透视玛吉的世界——评《弗洛斯河上的磨坊》[J]. 安徽文学,2008(6):198-199.
[383] 李玲. 控诉和重生——论玛姬之死的社会意义和个人意义[J]. 湘南学院学报,2013(6):44-48.
[384] 李安恒. 精神分析《弗洛斯河上的磨坊》中玛吉的精神结构及其人格缺陷[J]. 长沙大学学报,2012(6): 89-91.
[385] 周晓红.《佛洛斯河上的磨坊》中玛吉的精神生态解析[J]. 郑州大学学报(哲学社会科学版),2013(4):113-116.
[386] 鲜丽君.《弗洛斯河上的磨坊》中玛姬性格的悖论式解读[J]. 剑南文学(经典教苑),2013(10):53-55.
[387] 叶梅. 性格悖论与道德选择——解读《弗洛斯河上的磨坊》中麦琪的形象[J]. 长江大学学报(社科版),2014(3):54-56.
[388] 杨洋,胡文成. 解析《弗洛斯河上的磨坊》中的生命蕴含[J]. 重庆交通大学学报(社科版), 2011(6):80-83.
[389] 王凤. 论麦琪之死——对《弗洛斯河上的磨坊》的麦琪的悲剧解读[J]. 宜宾学院学报,2006(9):78-81.
[390] 甘细梅. “我者”与“他者”——《对佛洛斯河上的磨坊》女主人公玛吉的解读[J]. 韶关学院学报·社会科学,2009(8):13-16.
[391] 赵胜杰,张金霞. 女性主义视角解读麦琪在父权社会的悲剧命运[J]. 安徽文学,2009(6):217.
[392] 宋薇. 解读《弗洛斯河上的磨坊》中的女性主义意识[J]. 海外英语,2013(3):193-194.
[393] 李惠香. 玛姬:一位追求知识自由的女性[J]. 安徽文学,2014

(10):53-54.

[394] 姜晓娜.《弗洛斯河上的磨坊》中麦琪的人物形象分析[J]. 牡丹江大学学报,2014(1):22-23.

[395] 王佳,王晓利. 女性哥特视野下维多利亚时期文学中的女主人公——以简·爱和麦琪·塔里夫为例[J]. 安徽文学,2015(9):22-23.

[396] 翟永丽. 在自由与束缚之间——解读乔治·艾略特主要作品中的女性形象[J]. 黑河学院学报,2011(5):92-96.

[397] 蒋贤萍. 权利网中的规训与惩罚——解读《弗洛斯河上的磨坊》[J]. 湘南学院学报,2014(4):36-40.

[398] 夏洛蒂·勃朗特. 简·爱[M]. 吴钧燮,译. 北京:人民文学出版社,1990.

[399] 第三期中国妇女社会地位调查课题组. 第三期中国妇女社会地位调查主要数据报告[J]. 妇女研究论丛, 2011(6):5-15.

[400] 吴帆. 相对资源禀赋结构中的女性社会地位与家庭地位——基于第三期中国妇女地位调查数据的分析[J]. 学术研究,2014(1):42.

[401] [美]罗斯玛丽·帕特南·童. 女性主义思潮导论[M]. 艾晓明,译. 武汉: 华中师范大学出版社, 2002.